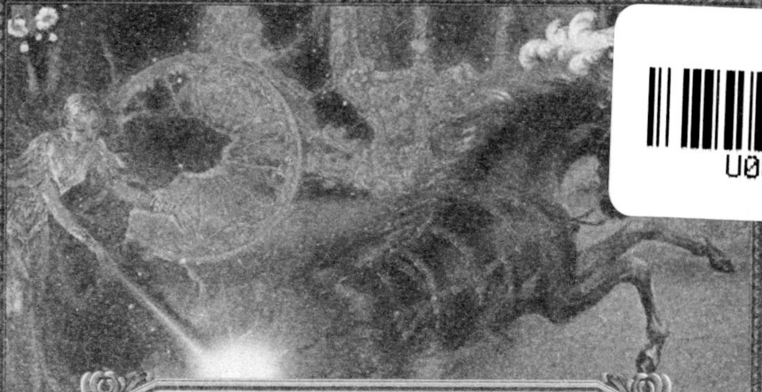

最经典的科幻故事

盛文林◎编著

台海出版社

图书在版编目（CIP）数据

最经典的科幻故事 / 盛文林编著. —北京：台海出版社，2011.3

ISBN 978-7-80141-776-3

Ⅰ. ①最… Ⅱ. ①盛… Ⅲ. ①科学幻想小说－作品集－世界
Ⅳ. ①I14

中国版本图书馆 CIP 数据核字(2011)第 033116 号

最经典的科幻故事

著　者：　盛文林

责任编辑：　姜航　　　　装帧设计：天下书装
版式设计：　盛文林文化　　　　责任印制：蔡旭

出版发行：台海出版社
地　址：北京市景山东街 20 号，　邮政编码：　100009
电　话：010－64041652（发行，邮购）
传　真：010－84045799（总编室）
网　址：www.taimeng.org.cn/thcbs/defauit.htm
E-mail：　th-cbs@163.com

经　销：全国各地新华书店
印　刷：北京高岭印刷有限公司
本书如有破损、缺页、装订错误，请与本社联系调换

开　本：710×1000　1/16
字　数：200 千字　　　　印　张：16
版　次：2011 年 7 月第 1 版　　　　印　次：2011 年 7 月第 1 次印刷
书　号：ISBN 978-7-80141-776-3

定　价：28.00 元

前言

在当今百家争鸣、百花齐放的文学舞台上，科学幻想小说独树一帜，是当今世界上最受读者欢迎的文学体裁之一。

有人说，科幻故事是地球的童话，她长有两个巨大的翅膀：科学幻想和文学故事。美国著名文学评论家伊哈布·哈桑曾说："科幻小说可能在哲学上是天真的，在道德上是简单的，在美学上是有些主观的，或粗糙的，但是就它最好的方面而言，它似乎触及了人类集体梦想的神经中枢，解放出我们人类这具机器中深藏的某些幻想。"科幻大师凡尔纳也说："科幻小说是一把神秘的钥匙，你拿着它，可以打开古老的历史之门，也可以偷窥地球的未来。"可见，科幻小说的魅力有多大。

科学幻想小说对于启迪智慧，丰富人的想象力和创造力，是非常有帮助的。由此，它对青少年的吸引力是非常大的。实际上，科学幻想小说的读者群远不止青少年，也有很多是企业的职员、工人、攻读学位的博士生和专业技术人员，从学龄儿童到退休老人，几乎包罗社会各个阶层。许多国家出版了专门刊登科学幻想小说的杂志。世界各国每年推出的电影或电视系列片，以科幻为题材的作品数量也相当可观，而且影视界十分热衷把一些著名的科学幻想小说搬上银幕或改编成电视系列片，使许多科幻小说里的角色成为家喻户晓、深受孩子们喜爱的人物。甚至有的国家还专门开设了科幻小说的课程，成立了科幻小说作家协会、科幻小说读书会或俱乐部，而且定期召开全国性或世界性的科幻小说作家、读者和出版商会议，评选优秀作品，进行学术探讨等等。所有这些都表明，科学幻想小说越来越受到社会的广泛关注。

古今中外的科幻高手名篇纷呈，本书精中选精，把一些耳熟能详的经典科幻故事汇编成册，以飨读者，希望给读者带来精神上的愉悦。

Contents

目　录

格兰特船长的儿女

儒勒·凡尔纳（法）

1864年7月26日，“邓肯号”游船刚刚驶出苏格兰海湾不久，就遇到了一件怪事，水手们钓起了一条3米多长，重达600多斤的鲨鱼，它的肚子里，竟然藏着一只酒瓶。水手们议论纷纷，爱德华船长对大副奥斯丁说：“你把瓶子拿过来，海上的漂流瓶，里面说不定装着什么宝贝呢。”

瓶子里面没有装着什么宝石一类的宝贝，相反有些破烂——几页残破的纸片，上面用英、法、德三国文字写着：

> 1862年6月7日，三桅船“不列颠尼亚号”……沉没在靠近巴塔戈尼亚一带海岸的南半球海面……因紧急登陆，两名水手和船长格兰特……到达此大陆，将受俘于野蛮的印第安人。特抛下此文件于经……纬37°11′B处，乞予救援，否则必死于此！

爱德华爵士喜欢航海，又是个好心人，回到英国后，他马上在《泰晤士报》登了一则启事：

> 欲知三桅船“不列颠尼亚号”及其船长格兰特的消息者，请询问爱德华·歌利纳帆爵士。
>
> 地址：苏格兰……

没几天，一个叫玛丽·格兰特的女孩和一个叫罗伯尔·格兰特的男孩找到了爱德华爵士，他们是格兰特船长的两个孩子。

爱德华爵士和夫人海伦两人这才明白，那个抛下瓶子的格兰特船长竟是个传奇人物：三年前，格兰特想在澳大利亚一带海域找出一片陆地来，以便安置苏格兰移民。为此，他把儿女托付给亲戚，自己带着探险队，驾驶着“不列颠尼亚号”去太平洋各大岛屿探险去了。看到启事，格兰特船长的这双儿女更加心急如焚：他们的爸爸是已经葬身大海，还是被土著人抓去了？

海伦夫人对爱德华爵士说：

“爱德华，亲爱的！我们的“邓肯号”游船很结实，它不怕南半球海洋上的风浪！我们去寻找格兰特船长吧——你不是答应带我去环球旅行吗？”

爱德华爵士亲切地说：“好的，亲爱的。”

玛丽和罗伯尔高兴极了！作为格兰特船长的儿女，他们当然要随船出发。

爱德华爵士办事雷厉风行，立即着手作远航寻找格兰特船长的准备。装煤，补充燃料；扩大了库舱，装进两年的粮食；他还在船头甲板上，安装了一门大炮以防万一。

1864 年 8 月 25 日，“邓肯号”起航了，乘员有爵士夫妇、玛丽姐弟、船长门格尔、大副奥斯丁、一位随船的少校等。好笑的是，当游船出了北海峡开始在大西洋上航行时，船上突然冒出来一个陌生人！他叫巴加内尔，是一名地理学家，准备去印度考察，可他上错了游船——将错就错，糊涂的地理学家只好随船出发，等有合适的机会再去印度了。

“邓肯号”船着南纬 37 度线航行，一路上没有寻到格兰特船长的踪迹。来到南美洲大陆后，地理学家巴加内尔说：

“海洋上一时找不到，也许漂流瓶是从内陆河流到海里去的，我们为什么不去大陆上找找看？”

于是，说好碰头地点，除了船长门格尔和海伦、玛丽两位女士留在船上，大家都下了船，开始了他们“横贯南美洲大陆的散步”。

在南美洲大陆，爸爸没找着，罗伯尔·格兰特差点丢了性命：一只秃鹫将他抓上了天空。就在这紧急的时刻，当地的一位叫巴塔戈尼亚的猎人赶到，一枪击中了秃鹫，救下了小罗伯尔·格兰特。

罗伯尔奇迹般的死里逃生后，大家又有过“夜遇红狼群”、“遭遇大洪水”等惊心动魄的考验，但是，连格兰特船长的影子也没看到。他们和“邓肯号”上的留守人员会合后，沿着南纬 37 度线，径直驶向新的希望所在地：大洋洲。

航程很艰难，巨浪和暗礁几乎摧毁了“邓肯号”，大家将成桶的海豹油倾倒进大海里铺成油毯，受了伤的“邓肯号”才滑过浪尖，抵达澳大利亚大陆。

在澳洲，大家九死一生，终于查寻到了格兰特船长的消息：他们遇到了“不列颠尼亚号”的水手长艾尔通。通过他，大家知道了格兰特船长的下落。可恨的是，这个被格兰特船长赶下船的坏蛋，竟做了海盗的头儿，他带领土匪袭击了爱德华爵士一行人，还劫持了他们写给大副奥斯丁的信件。信中爵士要求大副奥斯丁将修好的“邓肯号”开到澳大利亚东海岸等候。

“邓肯号”找不到了，没有了航海的工具，无奈之下，大家准备散伙。玛丽和罗伯尔失望极了。没办法，大家只好坐上“麦加利号”双桅帆船，计划取道新西兰返回欧洲。新西兰沿岸的景色很美，但是这些美景没让大家高兴起来，因为更大的危险来了：他们被有吃人恶习的土人抓住了。原来，英国殖民者正在和当地土人打仗，酋长“啃骨魔”准备用这几个欧洲人，去换回他们的大祭师。

为了活命，爵士一班人在罗伯尔的帮助下，挖开了囚室的墙，但是被土人发现了，他们只好跑上山，快到山顶时，土人不追了——原来，爵士他们闯入了一个酋长的墓地，按照土人的迷信，这里是神灵禁地，他们不敢靠近，谁靠近老天就要惩罚谁！

墓地建在一个小的火山上。为了摆脱土人的围困，爱德华爵士带领大家，制造了一次人工火山爆发——他们掀开压在火山口上的巨大岩石，“拔掉了塞子”的火山口顿时喷出地火和岩浆，土人惊吓得四散而逃。

爵士带领大家脱险了。他们跑到大海边，竟然奇迹般地发现了自己的“邓肯号”，船是大副奥斯丁驾驶着，那个海盗头子艾尔通也被押在船上！

原来，上次在澳洲大陆，鬼使神差间，地理学家巴加内尔写给奥斯丁的信件出了一点错误：他把澳大利亚东海岸写成了新西兰东海岸。艾尔通带着偷来的信件找到“邓肯号”时，聪明的奥斯丁识破了艾尔通的诡计，他控制住了这个坏蛋以后，就按着信上的要求，来到了新西兰东海岸。

爵士和海盗艾尔通开始谈判：爵士同意将艾尔通“放生”在一个孤岛上，艾尔通就告诉他格兰特船长的一点消息。爱德华爵士同意了。艾尔通说：其实，格兰特船长的“不列颠尼亚号”就是在新西兰附近海域出事的，至于格兰特船长的生死，他的确不知道。

大家又有了一点信心，他们决定先为艾尔通寻找一个“流放”的荒岛，再接着去找格兰特船长。不久，小岛玛丽亚泰勒萨进入了他们的视野——但是不能将艾尔通放上岛，因为夜色中的小岛上有烟火，可能有土人在上面生活，艾尔通要是上岸，必死无疑。善良的爱德华爵士决定，天亮以后再为艾尔通找一个无人的孤岛。

玛丽·格兰特和罗伯尔·格兰特彻夜未眠，他们望着漆黑的海洋和夜空，在心里一个劲地呼唤：爸爸，爸爸，你在哪里呀？

太阳出来了，“邓肯号”距离玛丽亚泰勒萨小岛只有 1 千米远，“邓肯号”缓缓开行，准备离开。就在这时，眼尖的罗伯尔大叫起来：

“看哪，岛上有三个人在沿着岸边跑动！他们手里还晃着什么东西！”

船长门格尔用望远镜看了一会儿，突然大叫起来：

“是英国国旗，他们手里挥舞着英国国旗！”

“邓肯号”掉头朝小岛开去，快接近岸边时，玛丽又惊又喜地哭喊起来：

“那是我爸爸呀——真是我爸爸呀！”

众人上岸，高大而强壮的格兰特船长一下子将自己的女儿和儿子抱起来，含着热泪亲吻他们……

原来，“不列颠尼亚号”失事后，格兰特船长和两个船员就躲到这个孤岛上避难，过起了刀耕火种的鲁滨逊式生活。

海盗艾尔通自愿留在了小岛上，忏悔自己的罪行，并忠实地看守着格兰特船长留下的“领地”——玛丽亚泰勒萨小岛。

“邓肯号”起航返回欧洲了。经过 5 个月的环球航行，玛丽和罗伯尔在爱德华爵士的帮助下，终于找到了自己的爸爸——格兰特船长。

八十天环游地球

儒勒·凡尔纳（法）

1872年10月，伦敦一俱乐部的牌桌上，展开了热烈争论。论题是：环游地球一周最少需要多少时间。

“80天。”斐利亚·福克说，同时拿出《每日晨报》的一张时间表：伦敦至苏伊士（火车、船）7天，苏伊士至孟买（船）13天，孟买至加尔各答（火车）3天，加尔各答至香港（船）13天，香港至横滨（船）6天，横滨至旧金山（船）22天，旧金山至纽约（火车）7天，纽约至伦敦（船、火车）9天，合计80天。其余5个人认为旅程中可能出现各种意外：如坏天气，船不能出海，火车抛锚，车、船到达和出发的时间衔接不上，甚至遇到海盗、印第安人，等等。所以，80天不可能环游地球。福克先生说：“我愿意以2万英镑打赌，在80天内完成环球旅行。今天是10月2号星期三，我保证在12月21号星期六晚上8时45分回到伦敦俱乐部。我今天晚上将坐8时45分到杜伏勒的火车出发。”其余5个人同意参加这场赌赛，他们当场写好字据，并且郑重地签了名。

福克回到家，立即命令他的法国仆人路路通收拾行李，准备环游地球。

打赌的消息很快传遍伦敦，引起轰动。市面上甚至出现了“福克股票”，吸引了更多的人参加赌赛。一时间，福克的环球旅行成为最热门的话题。就在此时，一封署名“侦探费克斯”的、从苏伊士拍到伦敦警察局的电报把这股热情浇得冰冷。

电文是这样的：“我盯住了银行窃贼斐利亚·福克，速寄拘票至孟买。”

原来福克他们打赌、出行的那天下午，英国国家银行5.5万英镑被窃。据出纳员描述，窃贼是个绅士，其特征竟与福克完全吻合。于是人们认为，显然福克是想借环球旅行逃跑。

这一切，已经踏上旅程的福克当然一无所知。10月9日，他们提前半天到达苏伊士。福克下船的第一件事就是到领事馆去请领事在护照上签字，以便于将来查对他的旅行路线。而路路通，就利用在苏伊士停留的4个小时到处观光。这时，守候在码头上的费克斯就设法接近路路通，从他口里得到了不少情况。路路通说，他的主人生性孤僻，像数学机器那样精确、稳健。他很有钱，又令人捉摸不透。就说这次忽然决定要环球旅行，他就死也不明白为了什么。还随身带了那么大一笔款子，看来非花光不可。

“这个人正是那个盗窃银行的窃贼!”费克斯决定跟随他们到孟买，到那里，就可以拿到拘票捉拿福克归案，巨额的奖金也十拿九稳到手了!

10月22日中午，福克主仆到达孟买，比原定计划早到了2天。福克照例去领事馆，同时吩咐路路通必须在8点前回到车站，他们将乘当晚8时的火车到加尔各答。费克斯也乘同条船到达，他一到就去了警察局，询问拘票是否寄到，结果令他失望，拘票还没有寄来。

他希望福克会在孟买停下来，并不真的要到地球的尽头去。这时，路路通无意中给他帮了个大忙。路路通在孟买闲逛时，忽然想去参观一下寺庙。他不知道寺庙禁止基督徒入内，即使信徒入庙，也必须脱掉鞋子。当他大摇大摆地欣赏寺庙里金碧辉煌的装饰时，几个僧侣把他推倒在地。结实而灵活的路路通三拳两脚打翻了僧侣们，转身飞奔。等他赶到车站，离开车只有5分钟了。

尾随在后的费克斯决定去寺庙唆使僧侣到加尔各答去告路路通，使他们不得不迁延时日。他知道，英国政府对违反印度宗教习俗的事一向处分很严，路路通必将被逮捕。

路路通一点也没有料到自己犯了法，他心安理得地随主人福克坐上火车向加尔各答飞驰。

第二天上午，火车经过马利甘姆，进入了一个凶险的地区。这里聚居着保留杀人祭神习俗的、死亡女神卡丽的信徒。

第三天天亮，路路通掏出怀表一看，才凌晨3时，福克斯告诉他，因为他们一直向东，每过一度经线，就要短4分钟，实际上他的表已慢了4个小时，他必须随时按当地子午线拨表。这时火车慢慢地停下，列车长宣布，已经到了铁路的尽头克尔比镇。旅客们必须换乘其他交通工具走50英里到阿拉哈巴德，在那里乘坐到加尔各答的火车。

福克冷静地接受了这个意外，因为他已有两天富余时间。但镇上大、小车辆早被抢雇一空，他们只好用2000英镑买了一头大象，还雇了一个向导，从一条最近的路进入丛林。

向导引着他们尽量回避卡丽信徒的村落，在密林的掩护下悄悄前进。23日下午4时，他们离阿拉哈巴德很近了。这时丛林里传来一片人声、鼓声，一群僧侣走过来。中间是一辆雕着蛇形花纹的大车，大车上耸立着面目狰狞的死亡女神像。车后跟着一群浑身割开血淋淋的十字形伤口的老托钵僧，然后是一个被人架着走的年轻女人，她皮肤很白，穿着华贵的纱丽。再后面是一顶双人轿抬着土王的尸首。

“这是寡妇殉葬，”向导对躲在灌木丛后的福克主仆说，“她将在明天早上被活活烧死。”说完，他解开象，请福克上路。福克没有动身的意思，说：“我还富余12小时，可以用来救她！”

黑夜降临，他们悄悄地接近关闭寡妇的寺庙，设法在庙墙上挖一个可以进入的洞，而他们的工具只有几把小刀。这时，4个卫兵走过来，沿墙巡视，挖墙的方法无论如何进行不通了！

一夜很快过去了。

第二天天蒙蒙亮，被大麻熏昏的寡妇被抬上火葬坛，和土王并排躺下。坛下是被油浸透的木柴，一个僧侣点着了火，立刻浓烟滚滚。这当儿，福克要奋不顾身地冲上坛去，向导使劲抓住了他，要他看坛上发生的变化，原来“土王”突然在浓烟中站了起来，抱着那年轻女人向丛林走来。教徒中一片惊呼，他们匍匐在地，谁也不敢抬头望一望。

这个复活的“土王”走到福克隐藏的地方，用急促的声音说：“快走！”是路路通！他趁乱早就爬上了火葬坛，冒充土王救出了殉葬者！

待教徒们从恐怖中苏醒，发现坛上土王的尸体还孤零零地躺在那儿时，这一行人已穿出丛林，接近阿拉哈巴德了！

年轻女人叫艾娥达，当她苏醒过来时，发现自己穿着欧式服装和几个陌生人坐在火车上，十分惊奇，路路通向她说了她被救的经过，她含泪感谢他们。

10月25日，火车到加尔各答。福克打算坐当天中午12时的船到香港，艾娥达将在那里下船，她在那里有亲戚。可是一下火车，几个警察走过来告诉福克，他们被捕了。在警察局，法官宣布路路通以亵渎寺庙罪应当拘留15天，罚款300英镑，如果他们不愿坐牢，必须交2000英镑保证金。

“我照付。”福克说。

“钱能通神！”暗中监视他们的费克斯气得咬牙。他急忙拍电报到伦敦让他们把拘票寄往香港，然后悄悄上了福克一行乘坐的“仰光号”。

当路路通在甲板上又遇见费克斯，惊奇极了，他琢磨了好久，终于恍然大悟，这个人一定是打赌的对方派来监视他们的。

11月3～4日，遇上了暴风雨，船速减慢，结果比原计划迟了一天到香港。没想到去横滨的船因锅炉出了点毛病也顺延一天，大约是11月7日上午5时开船，福克可以在香港逗留16小时。他下了船，立刻去找艾娥达的亲戚，谁料到这家人已于两年前迁往荷兰。艾娥达听到这消息并不沮丧，她越来越依恋福克，而福克也很乐意带她走遍天涯海角。她受过良好的英国教育，是一位善解人意的可爱的旅伴。路路通呢，现在对费克斯一路跟随他们一点也不奇怪。他们一起下船去喝酒，酒半酣时，费克斯向路路通摊牌，告诉他，他主人是一个大窃贼。路路通这一惊非同小可，他打心里相信主人决不是坏人，但又拿不出证据来，他大叫着："我不信，不信！即使你说的是真的，即使你拿全世界的金子给我，我也不背叛他！"因为这个沉重的打击，路路通喝了过量的酒，晕倒了！他这一来可误了大事，因为他去订票时，开往横滨的船已通知旅客，锅炉提前修好，今晚8时就开船，现在他没法告诉他主人这个消息了！

第二天福克还没有见到路路通，他按时和艾娥达到达船码头，才发现船昨晚8时已经开走，下一班船8天以后才开。福克并不慌乱，他在码头寻到一条合适的快船，答应每天付100英镑的船费，这笔钱很可观，船主同意冒险远航一趟。费克斯急得没办法，只好老着脸皮上前要求让他搭乘这条船，他说他正好要去横滨有急事。

小快船抵挡不住远洋的风浪，它最多也只能开到上海，福克要求他们尽量在11月7日下午7时前到达，因为那时将有一条美国邮船从上海开往横滨。11月11日下午7时，小船离上海还有3海里！正在这时，一条邮轮吐着浓烟出现在航道上，这正是开往横滨的那条美国船。福克当机立断，大喊"放炮！下半旗！"这是求救信号，邮船的船长听到求救信号，改变航道向他们开过来。福克、艾娥达，还有费克斯就都上了这条船，于11月14日到达横滨。

再说路路通，当他从酒后昏睡中惊醒，离8点钟只剩十几分钟了，他拼命跑到码头，冲上跳板，再一次昏了过去。当他第二次醒来已是第二天。他醒来第一件事就是到舱房去找主人，舱房空着，票还在他手里！由于他的疏忽，他主人不仅会输掉那2万英镑，而且还可能落到费克斯手里。想到这里他恨不得杀死他自己！

11月13日，路路通到达横滨。他估计福克要迟8天坐下一班船到达。他身上没有钱，他必须设法谋生。他找到一个美国杂技团，团长聘用路路通作法国小丑，参加叠罗汉的演出，做垫底的那个大力士。这天，他正在台上表演，“罗汉”已经叠到第四层，台下响起一片掌声。这时，路路通忽然在看台中发现了福克。他不顾肩上的人，一下子飞到看台。“人塔”马上稀里哗啦倒塌下来。福克看到路路通，就像一小时前才分手那样，说：“是你，快开船了，走吧!”

11 月 14 日下午 6 时半，福克一行乘“格兰特将军号”去旧金山。费克斯这时已不能凭英国拘票逮捕福克了，因为福克已经离开英国势力范围。他只能紧紧跟定福克，希望他早一日回到伦敦。当他咒骂着登上这条船，迎面碰见路路通。路路通二话不说，狠狠揍了他一顿。路路通不打算把这个人的身份告诉主人，免得令主人分心，而他要百倍小心地提防这个密探，保护主人。

12 月 3 日，船平安到达旧金山。这天正逢治安法官竞选。各党派的选民不仅激烈的舌战，而且用武力互相攻击。福克一行好不容易才穿过那石子横飞、棍棒交加的露天会场，按时于 12 月 3 日下午 6 时到达火车站，坐上了横贯美洲腹地，从旧金山到纽约的火车。这条线路全长 3786 英里，走完它需要 7 天时间。

火车一路飞驰，经过加利福尼亚进入内华达山区。盘山而上的火车有时不得不停下来给成群的野牛让路。火车到咸湖区停留 4 小时，继续北上，经过威伯尔河再折向东穿越洛基山脉。12 月 7 日，火车临时停车，因为前面的梅迪西吊桥发生摇荡，旅客必须步行 16 英里绕道过河，到对岸去乘车。但是，司机是一个有冒险精神的人，他认为可以用高速减轻对吊桥的压力，当列车飞驰过桥后，“轰”的一声，吊桥就坍落在梅迪西湾的激流里了。

12 月 8 日，火车经过普鲁木河，突然听到一阵叫喊声和枪声：这是一帮印第安人在袭击火车。他们可以在列车奔驰时纵身攀上车门，拿着火枪，像猴子一样翻进车厢。列车里的旅客差不多都带了武器，他们都勇敢地参加了战斗。

前面是克尔尼堡，那儿有一个美国兵营，如果火车能及时停下，印第安人将不战自退。如果不停，他们将把列车抢掠一空。但是，司机一开始就被印第安人打昏了，怎么办?“这事交给我好了!”路路通从一个窗口溜出车厢，沿着车架的边沿，从一节车厢爬到另一节车厢，直到车头与车厢的联结处。他是那样的灵巧、迅速，以至于当他松开挂钩链条后没有被发觉。这时，车身一阵晃动，车头继续向前冲，车厢则在离克尔尼堡 100 步远的地方克服了惯性停下来。兵营的士兵听到枪声向火车跑来，印第安人立即撤退，同时带走了还挂在车厢外的路路通。

福克下了车，望着雪地上杂沓的马蹄印和散乱的尸首、血迹，沉思一会说："无论死活我要把路路通救回来！""啊！福克先生！"艾娥达流着泪握住了他的手。她知道，对于福克，这意味着破产。但福克却很冷静，他要求队长给他派30名士兵，如果能救回俘虏，他将付1000英镑的奖金。

福克走后不久，火车司机从昏迷中醒来，把发疯般向前冲的车头倒退着开回克尔尼堡，带走了这列车。艾娥达和费克斯都留下来了，他们都在焦虑地等待福克回来，但是焦虑的性质有着质的不同。

第二天上午7时，福克他们回来了。他们在离克尔尼堡10英里远的地方追上了印第安人，和他们打了一仗，救回了路路通。但因此他们损失了20小时，他们只能搭乘今天（12月9日）晚上的火车去纽约，而且无论如何赶不上12月11日从纽约开往利物浦的轮船了！

费克斯也希望福克早些回英国，他好在那里逮捕他。于是费克斯建议福克一行坐一种带风帆的雪橇到下一站去，风力大时，这种雪橇的速度几乎可以赶上火车了。下午7时，他们果然及时赶到奥马哈，登上开往芝加哥的火车。10日下午4时，他们又搭上从芝加哥到纽约的快车。12月11日11时15分，他们到达纽约港，而开往利物浦的船却已于45分钟前开出，他们只得坐14日的船了。

12日一早，福克到船码头希望像上次一样租一条船。结果他以每人2000美金的高价找到一条货船，但船长声明，他只能顺便带他们到波尔多，绝对不能专程送他们到利物浦。"行！"福克干脆地同意了。上船之后，他发动了金钱攻势，买通了所有的水手，然后把固执的船长锁在船长室，改变航向，直奔利物浦！

航程一帆顺风，可是在离利物浦770海里时，煤烧光了！怎么办！福克考虑了一下，去找那个囚徒船长，船长怒气冲天地骂他是海盗、魔鬼！福克等他骂完，说："我想买你的船。"

"不卖！""我出6万美金，我想烧掉船上一些装备，因为没有煤了。到利物浦，我将把船壳还您。"船长的愤怒立即化为乌有，因为这次交易他可以赚4万美金。他帮忙劈碎门窗烧锅炉，干得很起劲。

12月20日，舷木、挡板、大部分甲板都烧掉了，船越来越轻。12月21日11时40分，福克终于到了利物浦，他富余了9个小时的时间，而此去伦敦只需6个小时，他们赢定了！

谁知他们一踏上英国的土地，费克斯就拿出拘票向福克说："你被捕了！"几个警察不由分说把福克囚禁起来，等候法院裁判。艾娥达急得泪流满面，路路通则后悔自己没有向主人说明费克斯的身份，恨不得一头撞死。

时间一分一秒地过去，2 时 33 分，囚室门被打开，费克斯、艾娥达、路路通一齐跑进门。费克斯急得结结巴巴，说："请……请愿谅，有个窃贼太像您了，他已在 3 天前捉拿归案。"

福克没有说什么，只是死盯住费克斯，然后一拳把他击倒，说："我们快走！"随后，他们坐上一列专车向伦敦飞驰，当他们到达伦敦，已是 8 时 50 分，他迟到了 5 分钟！福克一行回到家里，静静地过了一夜。第二天，福克与艾娥达商量她今后的问题。他说："请原谅我把您带来英国。当时我还是个有钱人，我打算把我的财产分一半给您，让您可以在英国生活，但现在，除去近 2 万英镑的旅费，我还要付出 2 万英镑赌赛费。请让我把剩余不多的钱留给您，作为您今后的生活费用。""哦，那么您呢？你不愿有人和您共同分担痛苦吗？您愿不愿意接受我做您的亲人，您的妻子？"艾娥达说。

"我爱您"，福克先生激动地站起来说，"我现在比任何时候都更富有！"他立刻打铃，吩咐路路通去请神父主持第二天（星期一）的婚礼！"这时已 8 时 5 分，路路通非常乐意这个差使，他一阵风似地去了，又像一颗子弹似地射回来，上气不接下气地说："明天……明天不可能结婚了！""为什么？""因为明天是'星期日'！""不可能！"福克说。"今天是星期六！是神甫告诉我的！"路路通一边说，一边拖着福克就跑，现在只剩 10 分钟了。

这天，那五位赌友从早上 9 时就聚集在俱乐部，一直待到晚上。8 点 40 分，福克还没露面，他们紧张的心情渐渐松驰，开始相信胜券在握了。8 时 44 分到了，又平安无事地过了 45、50、55 秒。到 57 秒时，大厅的门一下子打开，福克冲进了大厅，这时，钟还没有来得及摆完第 60 下。

福克赢得了这场比赛，更重要的是他在这次环球旅行中获得了爱情，这比那 2 万英镑重要得多。

落根的五亿法郎

儒勒·凡尔纳（法）

沙拉赛恩是一位正直的医生，他50岁了，眼睛仍然清澈有神。他相貌庄重可亲，令人一见如故。此刻，他正坐在布赖顿一家旅馆的房间里，手里拿着一张《泰晤士报》，报上全文刊载着前天晚上他在国际卫生学学会上所作的“关于研究血球验算的报告”。

“先生”，旅馆侍应生过来问道，“您现在是否可以接见客人？”

沙拉赛恩医生接过他递过来的名片，很奇怪在这人地生疏的地方会有人来拜访他。

夏尔泼先生，法律顾问

看着这张名片，沙拉赛恩越发惊讶：

“法律顾问？你肯定他是找我的吗？”

“是的，先生”。侍应生答道。

“那好，请他进来吧。”

一位年龄不算很大的男士走进来，他放下皮包和帽子，径自坐下，自我介绍道：“我是亨利·夏尔泼，彼格夏联合事务所的负责人之一，请问阁下是从法国杜埃来的沙拉赛恩医生吗？”

“是的，先生。”

“令尊是叫伊席陶尔·沙拉赛恩？”

“一点不错。”

“那么他母亲的名字是裘丽·朗谢方？”

“是的。”医生越发惊奇了。

“您的祖母是法国第36骑兵队的鼓手长让-约克·朗谢方的姐姐，死于1812年。”夏尔泼没有理睬沙拉赛恩医生惊诧的神情继续说道。

对于这个人如此透彻地了解自己的家谱，医生奇怪透了，不禁插嘴说道：“我的祖母的确姓朗谢方，舅祖父也确实叫让-约克·朗谢方。”

“好极了，您正是我五年来一直在寻访的人。”夏尔泼先生接着说，“您没有兄弟姐妹吗?”

“没有。不过，先生，您究竟要谈什么问题呢?”

夏尔泼先生激动地站起来。“尊敬的莫杜拉纳脱爵士，请允许我这样称呼您。因为目前您是我们所知道的让-约克·朗谢方男爵爵位的唯一继承人。您的舅祖父1819年归附为英国臣民，由孟加拉总督保举，封为男爵。他的妻子蓓根·高古尔死后，他获得了妻子的财产收益权。他死于1841年，他们的儿子是个白痴，死后既无遗嘱，又无继承人。因此，蓓根的遗产和利息30年来几乎分文未动，按法院裁定存放在英格兰银行。这笔款项目前已达5.27亿法郎。”

沙拉赛恩医生惊得目瞪口呆，半晌说不出话来，继而又感到惶恐，他不敢相信《一千零一夜》中的梦幻会变为现实！他问道：

“对这件事您有什么证据吗？先生。”

夏尔泼从皮包里掏出七八卷文件来，“这些东西会比我更详细地向您说明一切。”

医生半信半疑地拿起文件，有地方法院裁决书副本、英格兰银行存单，以及寻找朗谢方后裔的记事材料等。沙拉赛恩医生很快浏览了一遍后，他的疑团消失了，他诚恳地对夏尔泼先生说：“非常感谢您不辞劳苦为这件事奔走，请您继续做我的法律顾问吧。”

夏尔泼先生高兴极了，“一切遵照您的意思，男爵先生，我随时听候您的吩咐。”

夏尔泼先生告辞后，医生静下来给他的儿子写了一封信，告诉他5亿多法郎的财产继承权和英国男爵爵位的事，随后他穿上大衣去开会。一刻钟后，这位不同凡俗的人物已经把那几份财富置之脑后了。

医生的儿子奥克达夫·沙拉赛恩是一个普通的人，没有什么缺陷，也无过人之处，他现在是巴黎中央理工学院的学生。所幸的是，他有一个智力和精力各方面都远远超过他的亲密朋友——马尔赛·勃鲁克曼。马尔赛也是中央理工学院的学生，他12岁便成了孤儿，靠一笔微薄的年金作求学的费用。虽然贫寒，可他坚毅刚勇，敏慧过人，门门功课都是优等。沙拉赛恩医生夫妇喜欢他、信任他的程度甚至超过自己的儿子，而马尔赛也懂得应该把自己的爱献给这两位像父母般对待自己的人。

“你看!”奥克达夫拿着父亲的信呼喊着他那位正在做功课的朋友，刚接到的消息使他手足无措。

马尔赛接过信来，从头到尾看了两遍，说道：“这真是怪事，一笔惊人的财富!”

奥克达夫的喉咙像被什么堵住了似的，“5亿法郎，还有一个爵位，这简直是惊天动地!”他什么也不去干，在房间里转来转去，又对马尔赛说：“你记得吗？数学教师曾说过，一个人一分钟花掉一个法郎的话，1000年才能花完5亿法郎!”

他憧憬着有钱便能得到的一切，实在忍不住了，便抓起帽子飞奔下楼，嚷道：“我要回杜埃去，告诉妈妈和妹妹这不可思议的事情!”

奥克达夫跑远了，马尔赛独自沉思了一会儿，“钱还有什么更好的用途呢?”然后，他又埋头到学习中去了。

布赖顿，惊人的事情发生后的第二天。

当沙拉赛恩医生走进世界卫生学会会议的会场时，很明显地感觉到，他的同行们在欢迎他的时候显出一种不寻常的尊敬，一种近乎阿谀的推崇。有人递给他一张报纸，上面有这样一条花边新闻：

“一宗骇人听闻的遗产——著名的蓓根·高古尔无人继承的遗产，终于找到了它的合法继承人……”

原来如此！不知怎么的，沙拉赛恩医生感到怏怏不乐。他的工作，他个人的成就，他对这一切具有的深厚感情——已经淹没在这一片金银的大海中。在人们眼里，他不再是一个孜孜不倦的学者和天才的发明家，人们看到的只是一个亿万富翁。想到此，他的脸上露出忧郁的神色。

突然，一个伟大的理想照亮了他的心房，他向大会主席要求发言，主席先生立刻同意了。

医生在发言中说道：“我确实合法地获得了一笔巨大的财产，可我认为这笔钱不应该属于我个人，而应该属于人类的进步事业。因此，我建议用这笔资金建设一个城市，一个集中我们每个人的想象力，严格按照科学标准设计的模范城市。在我们这个模范城市里，没有失业与贫困，人们享受着最好的医疗卫生条件，每个人都有受到高等教育的权利……”他的发言起初产生的效果是一片不信任的寂静，然而，随着他的描绘，几年以后就可能成为现实的康乐之城使与会者沸腾起来。在掌声、欢呼声中，这个提议被世界卫生学会接受了，并将这座未来的康乐之城命名为“法兰西城”。

沙拉赛恩医生获得巨额遗产继承权的新闻，经过好几种报纸的转载，来到了德国。耶拿大学的化学教授苏尔策先生看到了这条新闻后，“朗谢方”的名字引起了他的注意。他从壁炉旁摘下一个小镜框，拿出里面的照片翻过来，“戴兰丝·苏尔策，本姓朗谢方”一行发黄的、年深月久的字迹写在照片的反面。

由于苏尔策教授是让-约克·朗谢方长姐的孙子，并保存有舅祖父本人给他姐姐的几封信，于是蓓根的遗产又多一个继承人。经过夏尔泼先生的调解，5亿法郎被一分为二。对此，沙拉赛恩医生非常冷静，只要能立即着手他的“法兰西城”计划，其他都是次要的。

而苏尔策先生却不然，他滔滔不绝地说道：“我要认领这笔遗产，是为了把它从那个法国人手里夺过来，我憎恶他的原因是种族而不是其他……”在苏尔策教授看来，伟大的日耳曼民族应该排斥所有其他民族，所以，当他听说了“法兰西城”的计划后，立刻针锋相对地制定了另一个计划——毁灭一切拒绝被日耳曼人吞并的民族，并声称在医生建造“法兰西城”的同时，他要用日耳曼民族的精神建造另一个强大的城市，它将使“法兰西城”不得安宁。

时间和地点都不同了，蓓根的遗产在她的两个继承人手里已经5年。

在美国俄勒冈南部，离太平洋南岸10法里的地方，延伸着一块荒凉的地区。山坡上蜿蜒着煤渣铺成的道路，发黄的草丛下躺着色彩斑斓的矿渣。在那取之不尽的柯尔兹煤山脚下，矗立着一片深色的、巨大的、奇特的建筑物，这就是斯达尔施塔特钢城。一道岗峦形成的壁垒把它从世界孤立开来。

这里是前耶拿大学化学教授苏尔策的私人的产业，有5万名工人。他凭着蓓根的亿万财富，已经成了最大的钢铁家。他从自己的矿山中开采煤和铁矿，就地熔炼成钢水，制造大炮。他制造的各种式样、各种口径的大炮，销往全世界许多国家。

11月的一个早晨，一个年轻工人来到钢城，他是一个高个儿小伙子，体格十分强壮。在核对了各种证件后，他被雇为熔铁工人。这位叫施瓦尔茨的小伙子被带到一所高大的工厂，他漫不经心地打量了一眼，不由得对这里整体设计的合理和工人紧张有序的工作，流露出一种行家的赞赏。

施瓦尔茨工作非常努力，很快便被提升为工长。一天，从总经理办公室来了一个通知，“请施瓦尔茨立即到A字门的中央总部。”施瓦尔茨非常兴奋，他终于等到了这一天。

中央总部戒备森严，当他来到总经理室的时候，两个教授模样的人正等着他。

“有人提到你，说你表现非常杰出，你是否能接受一些测验，以便让我们确定能否把你安置到更合适的位置。”于是施瓦尔茨接受了化学、几何、数学、绘图等方面的测验。对所有的问题，年轻人回答得既清楚又准确，主考人非常满意。

“你被录取了，”总经理说，“以后就在设计处工作。”他们怎能料到，这个年轻工人实际上是巴黎中央理工学院的高材生马尔赛·勃鲁克曼呢？

马尔赛和奥克达夫终于在毕业以后分道扬镳，奥克达夫在巴黎过了几年花天酒地的日子后，幡然醒悟了，他毅然结束了那毫无意义的生活，回到了父亲身边。而马尔赛一开始就是“法兰西城”的积极建设者，为了解除苏尔策对“法兰西城”的威胁，他化装成工人进入钢城，然后靠智慧和勇气慢慢打入钢城的核心。现在马尔赛已进入钢城设计处工作，从这里他得知钢城的心脏是金牛塔，苏尔策的寓所在塔的底部，著名的密室在塔的中部。可怎样才能打进金牛塔呢？为此，马尔赛绞尽脑汁。

3 月里的一天，总经理对他说：“苏尔策先生密令，要选一个最好的设计师到他那里去，我们决定让你去。”

进入金牛塔！这机会使他有可能掌握钢城的绝密，马尔赛不禁喜出望外。

几个星期后，马尔赛和苏尔策先生完全打成了一片，他们形影不离，马尔赛看出苏尔策的主要秉性就是贪得无厌，狂妄自大，极端爱慕虚荣，于是他小心谨慎地根据这一点来决定自己的一举一动。

在金牛塔内隐藏着一个绝密的新式武器，这对马尔赛来说已不是秘密。可究竟是什么武器？它的性能如何？苏尔策一直不让马尔赛知道。时间一天天过去了，如果苏尔策马上采取行动，那么日益昌盛的“法兰西城”很有可能毁于一旦！马尔赛心急如焚，他急于知道谜底，决定冒险“孤注一掷”。

一天晚饭后，马尔赛照例与苏尔策闲聊起来，他巧妙地将话题一转，说道：“说来说去，关键在于我们缺乏发明的天才，我们缺少创造性的新式武器……”苏尔策被马赛的激将法激怒了，他从牙缝里挤出：“跟我来，先生，我要让你看看这是不是创造性的发明！”

嗬！一门奇大无比的攻城炮就安装在金牛塔的顶部。配合使用的是一种玻璃火箭炮弹，外面包着橡木，里面装着液体碳酸，它具有72个大气压力，炮弹一落地就引起弹囊爆炸和碳酸的气化，它产生的结果是：离爆炸中心30米的地区内，气温降到零下100度，同时空气中混入巨量的碳酸气，其中的一切生物都将冻死和中毒。苏尔策得意地说：

“9月13日晚上11点45分，沙拉赛恩的‘法兰西城’将在我的伟大发明中与这个世界永别了！‘法兰西城’，哈，哈哈……一个最出色的实验场！”

马尔赛不由自主地战栗了一下：“也许您的这个计划本来应该绝对保守秘密的吧！”

苏尔策先生回答说：“应该感到遗憾的不是对你公开了我的秘密，而是你在这样年轻的时候就得死去！你知道了我的秘密，就只有死路一条！”他把手一挥，两个巨人保镖立刻把马尔赛监禁起来。马尔赛知道和这个不通人性的苏尔策论理是白费劲，可怎样才能拯救“法兰西城”和那些他所爱的人们呢？他整整一夜没有合眼。几天后，苏尔策还没有下令处死他，马尔赛感到一线希望。他仔细地分析了金牛塔附近的地形，脑子里不停地转着各种办法。

9月12日晚上，马尔赛巧妙地将烟头从窗洞里扔进对面的模型馆。堆着的图纸和松木做的轻巧模型被点燃了，火势越来越猛，苏尔策急得团团转：“谁能救出中间的3175号模型，赏他1万块美金！”

3175号模型正是他那门了不起的大炮的模型。马尔赛对着窗洞喊：“让我去，反正我被你判了死刑，我不在乎怎样死法！”

苏尔赛同意了，马尔赛接过一个蓄气箱背上，就往模型馆里冲去。

其实马尔赛根本不打算抢救苏尔策的模型，他早就考虑好了，穿过模型馆的另一边，就可以到花园里，那里有一个巨大的管道通往城外，是作排水用的。此刻，马尔赛毫不犹豫地纵身一跳，跳进排水洞里，靠着蓄气箱沿管道逃出了钢城。

当他历尽艰辛赶回“法兰西城”时，已是13日晚上10点钟。沙拉赛恩医生和全城的公民正在开防御大会。马尔赛爬上讲台，嘶哑地说：“再过1个多小时，苏尔策的新式炮弹将轰击这里。现在，赶快离开或是藏到坚固的洞底下去，这里的一切都将毁灭，但是，只要人活着，只要有时间和金钱，我们还可以把它重建起来！”不用再多解释，人们早就知道，这个年轻的工程师是值得信赖的。

11点45分，一块庞大的、黑色的物体随着尖厉的呼啸声从“法兰西城”的上空飞过，消失在夜空里。由于苏尔策在一道弹道学计算题上的差错，他那可怕的炮弹已经越出大气层，不可能着地了。“法兰西城”安然无恙。

此后的几个月，“法兰西城”不停地做着战备工作，可斯达尔施塔特钢城方面却毫无动静。倒是从旧金山证券交易所传来苏尔策破产失踪了的消息。究竟是怎么回事呢？马尔赛带着他的朋友奥克达夫潜入钢城。空旷的工厂里空无一人，熔炼炉熄灭了，烟囱停止了冒烟。

由于钢王苏尔策的高度集权制，厂里的最高级工作人员，对于越出自己固定的职权范围的事情从来连想都没想过。他们互相间没有联系，每个人只担负着交派给自己的那一部分工作。没有苏尔赛的命令，他们就只有等待。因此，当苏尔策失踪后，钢城便停止了运转。

马尔赛他们潜伏进入金牛塔，穿过一条除苏尔策外只有马尔赛知道的暗道，来到苏尔策实验室的圆形门洞前。透过圆洞的厚玻璃，一幅又恐怖又想象不到的景象映入他们的眼帘——苏尔策被自己正在进行实验的炮弹炸死，并被爆炸时产生的可怕的冷气冻僵！

钢城斯达尔施塔特在马尔赛和他的朋友奥克达夫的努力下，顺利整顿好了。成为“法兰西城”的一个工业中心。沙拉赛恩医生和“法兰西城”的人们，不仅是最富正义感、最爱和平的人，也将成为最强大的人！

海底两万里

儒勒·凡尔纳（法）

1866年前后，大海上不断发生怪事：有人看到了比鲸鱼还大的海中怪物；有的说看到了大海蛇；有的轮船被海中怪物给撞坏了。

各界议论纷纷，是大章鱼还是海底暗礁？还是哪个国家的新式武器“潜水艇”呢？我当时正在美国作科学考察，对这些传闻十分关注。我在一些场合表明了自己的观点：海怪极有可能是一种凶猛的海麒麟！

政府应各界要求派出二级战舰“林肯号”出海清除这种怪物，我也收到了他们的邀请信：

递交纽约第五号路旅馆，巴黎自然科学博物馆教授阿龙纳斯先生。

先生：

如果您同意加入“林肯号”远征队，合众国政府很愿意看到这次远征有您代表法国参加。法拉古司令官已留下船上一个舱房供您使用。

海军部长　何伯逊敬启

我毫不犹豫地接受了美国政府的邀请。准备停当以后，我带着仆人康塞尔踏上“林肯号”向舰长法拉古报到。让人高兴的是，“林肯号”上不但武器齐全，最妙的是，还有一位加拿大的鱼叉手之王尼德·兰！

海上寻觅良久，终于，在太平洋北部海面，“林肯号”遭遇上了这个带电的海怪，它在海底会发光，大炮和尼德·兰的鱼叉都没能制服它，我、康赛尔，还有尼德·兰却被“海怪”弄起的海浪掀到了大海里，等我们醒过神来，尼德·兰告诉我：

“先生，知道我们为什么还都活着吗，我们正站在海怪的背上，它是钢铁做成的。”

还没当我仔细观看脚下的钢铁海怪，舱门突然打开，我们成了“海怪”的俘虏，原来这个钢铁海怪是一艘先进的潜艇。令人想不到的是，这个神秘潜水艇的船长竟然会讲法语，他是一个不大愿意与地球陆地接触的海底人，而且说起话来盛气凌人、怪里怪气、滔滔不绝：

“——啊，我是尼摩船长，你们现在成了‘诺第留斯号’的乘客，我将带你们畅游海底……我爱海，海是包罗万象的，海占地球面积的十分之七，海的气息纯洁而卫生，啊，先生，您要生活，就生活在海中吧，在海中是完全自由的。”

“诺第留斯号”潜水艇用电作为动力，艇内是一个舒适的生存空间，靠存储和排放海水控制潜水艇的升降，我们在海底平原散步，海底的花、石、植物、贝壳、珊瑚类动物在阳光的透射下，呈现出五颜六色的景象。尼摩船长还带领我们“走”到海底森林打猎，猎获了一只水獭和一只长相奇怪的海鹅。在太平洋海底游览的时候，我们还发现了巨大的黑鲸鱼，还有一只沉在海底的三桅船！海洋的底部真是个神秘而恐怖的世界。

“诺第留斯号”驶进印度洋、红海，穿过阿拉伯海底地道，驶入地中海，1867 年 2 月 21 日，我们来到了大西洋，在这海底三百多米的深处，我们看到了让人类震惊的东西：沉没的大西洋城！穿上潜水衣，尼摩船长带领我们参观了一座荒废的海底城市：坍塌的屋顶，倒下的庙宇，破损零落的拱门，倒在地下的石柱，可以想见当年这些建筑物是多么的坚固结实。借着微弱的海底阳光，我们依稀看到了一些水利工程的残存基址，还有就是空旷无一人的街道！是什么原因导致大西洋城的毁灭？洪水、地震、火山爆发？这么一片生机勃勃的大陆和城市、人类，一夜之间就淹没在了海底！

就在“诺第留斯号”由大西洋驶入太平洋即将完成这趟旅程的时候，我们站在潜艇平台上，观看了一场恶斗：先是成群的大头鲸攻击弱小的长须鲸，再后来就是尼摩船长的潜水艇像一把海底大鱼叉，横扫凶恶的大头鲸，海水顿时变得血腥起来。

战斗结束后，尼摩船长说：

“鱼叉手之王先生，您觉得怎么样？”

“不怎样，先生，”尼德·兰回答道，“不错，场面很激烈，不过我不是屠夫，我是打鱼人，这景象不过是一次大屠杀罢了。”

尼摩船长说：

“我这是清除有害动物，我的‘诺第留斯号’并不是一把屠刀。”

“我还是喜欢我的鱼叉。”尼德·兰说。

“各人有各人的武器。”尼摩船长说着，把“诺第留斯号”开到一条被咬死的长须鲸旁边，尼摩的手下忙着把鲸鱼奶头中藏的奶汁取出来，分量足有两三吨！大家尝了尝鲸鱼奶的味道，味道很好，跟牛奶味道差不多。但是从这一天开始，我突然发现，鱼叉手之王尼德·兰和尼摩船长的关系有点不对劲。

“诺第留斯号”穿过了冰山的围困，来到了南极。这是一片寒冷无比的土地，除了冰山和流动的散冰块，就是鸟儿和各种极地动物：红眼圈的海燕、短翅膀的潜水鸟、海马、海豹。

南极之旅虽然有冰山挡道，但总算有惊无险，可是在墨西哥湾，我们却付出了血的代价：我们遭遇了传说中的海怪——巨大的章鱼！它足足有八米长，它紧跟着我们快速地倒退着走，一双黑蓝色的大眼睛盯视着我们，最恐怖的是，它长在头上部的八只长胳膊，不停地摆动，就像疯女人的乱头发那样吓人地乱飘！我们来到潜水艇平台上，刚想干掉这个怪物，想不到它的速度比我们还快——它伸出触须，闪电般地卷走了一名水手！大家被激怒了：尼摩船长挥舞起了斧子，尼德·兰操起了鱼叉，但是章鱼越聚越多，黑色的液体从这些怪物口中喷出，景象恐怖无比。混战中，一头章鱼向尼德·兰张开了大嘴。危急时刻，尼摩船长的斧头劈进了它的嘴巴，鱼叉手之王得救了，章鱼怪败逃而去，那名水手也永远地消失了。尼摩船长望着血染的海面，眼泪流了下来。但是灾难并没有结束。海画上出现了一艘战舰，它将“诺第留斯号”当成了海中怪物进行攻击，“诺第留斯号”冲上前去，轻易地撞碎了它！战舰缓缓沉入海中，战舰上的人悲惨死去，那副死前的惨相令我终生难忘：桅杆上挤满了遇难的人，最后，海水渐渐淹没了他们的头顶……

这件事使我痛下决心离开“诺第留斯号”，虽然尼摩船长待我们不错，但他对人类的仇恨之情令我不能接受。我、尼德·兰、仆人康塞尔偷偷登上了“诺第留斯号”上的一艘小艇，就在我们逃离“诺第留斯号”的时候，北冰洋大风暴来了，我们还没反应过来，小艇就被狂风掀飞了……

万幸的是，等我们醒过来，已经是在罗夫丹群岛渔民的木头房屋里了。我们得救了。

经过这一趟海底环球旅行，我们不但弄清了海洋怪物的真实面目，也认识了尼摩船长——他是哪国人？或者说他是从哪里来的神秘怪人？他为什么远离和仇视人类？我不能以简单的言语来说明尼摩船长是个好人，还是个坏人，我只能希望这无限神奇的海底世界，能够渐渐熄灭他心头的复仇怒火。

神秘岛

儒勒·凡尔纳（法）

在美国南北战争期间曾发生了这样一件事。

1865 年 3 月 23 日下午的 4 点钟，5 名北军士兵和一只狗，坐在氢气球下面的吊篮里，从南军的围困中成功逃脱。想不到的是，大风暴却将他们吹落在南太平洋中的一个孤岛上。

这 5 个倒霉的人是：工程师史密斯、史密斯的仆人纳布、《纽约先驱报》的记者史佩莱、水手潘克洛夫、孤儿赫伯特。那只幸运的狗叫托普，是工程师史密斯的爱犬。

为了在孤岛上生存下去，大家只好使出自己的野外生存本领：吃茨蟹、蛤蜊还有野鸽子肉，喝河水，住石窟，用钓鱼的方法钓松鸡。幸运的是，记者史佩莱口袋里还有一根火柴棒，星星之火给这个荒岛带来了烟火的气息。5 个人和一条狗开始了荒岛生活。

一天，一场突如其来的大暴风雨，将他们的住所——石窟“洗劫”一空，更可怕的是火种也熄灭了。

“会有办法的，我们自己做火柴！”工程师史密斯说，“我们不要慌张，要做长期的打算，现在大家去打猎、捡木材。”

史密斯卸下自己和记者史佩莱的手表玻璃盖，做成了一个放大镜。太阳光经过放大镜，汇集一点燃着了一堆干柴。史密斯把火给几个同病相怜的伙伴送去。在爱犬托普的协助下，大家又捕到了角雉、水豚、绵羊等，很是丰富。大家心情一时高涨起来，给这个孤岛起了个有纪念意义的名字：林肯岛。

这些林肯岛的首批居民们为了生存而卖力的工作，他们又发现了陶土、铁矿石、石灰石、黄铁矿石，于是，在工程师史密斯的指导下，人类生活的一些必需品，就在这个小岛上被艰难地“开发”出来了，有火炉、快刀、弓箭、陶器、玻璃、圆规、风磨、斧子、风箱，更可喜的是还有一台发电机。

令他们真正惊喜的是，孤儿赫伯特在缝补自己的破坎肩的时候，竟然发现了一粒麦子，这是他以前喂鸽子时不小心落进去的，大家捧着这粒比金子还宝贵的种子欢呼。欢呼声中，他们依稀看到了明天的麦田和将来的美食：面包、蛋糕、馅饼。

夜晚来了，林肯岛的居民们睡在“石窟宫殿”里，情不自禁地感叹道：从“石器时代”向“金属时代”进化，我们的老祖先是多么的不容易啊！

突然有一天，林肯岛的居民们碰到了一件奇怪的事情：在一只捕获的小野猪身上，他们发现了一枚铅弹，一枚不属于他们的铅弹。

这枚小小的铅弹一下子扰乱了林肯岛的平静，难道这里还有其他人吗？或者说已经有人上岸了吗？如果有人，他们是朋友，是敌人，还是海盗？疑惑恐惧之中，他们决定造一只平底船，用来巡视全岛。

奇怪的事接连发生，他们在海滩上又找到了一只大箱子，里面的东西简直让他们欣喜若狂，这简直就是一只百宝箱：除了生活必需品、《圣经》等书籍，还有衣服、药品、枪支、火药、地图、望远镜等。

史密斯看见《圣经》里夹着一个书签，他顺手翻开，在《马太福音》第七章第八节的附近有一个铅笔画的红十字，他把那一行念了出来：

——凡祈求的，就得着；寻找的，就寻见。

来历不明的铅弹，从天而降的大箱子，《圣经》里的暗语，看来，这里的确是一个神秘的怪岛，不管是福是祸，工程师史密斯觉得：这岛上一定有人来过，而且就在不远处注视着他们。于是，林肯岛的居民决定：寻找他们。

寻找的结果是，人没有找到，却找到了两位新居民：小猿猴杰普和一头野驴。然而，他们打开那张地图时，却发现在林肯岛的附近，还有一个达抱岛，他们决定造一只大点的船，去附近的达抱岛看一看，看它上面有没有人。就在他们作准备的时候，他们捡到了一只漂流瓶，上面断断续续写着几行字：遇难人……达抱岛：西经 153 度，南纬 37 度 11 分。

史密斯和仆人纳布留守林肯岛，水手和史佩莱、赫伯特三人驾船向达抱岛驶去。在岛上，他们抓住了一个毛发长长、破衣烂衫的“野人”，三人决定将“野人”载回林肯岛。在夜里，他们在海上迷路了，幸亏林肯岛上燃起了篝火，他们才找准回去的航线。他们由衷佩服工程师史密斯的聪明，他是怎么知道大家会迷路的？

原来，这个人就是《格兰特船长的儿女》里面写的那个坏蛋水手艾尔通，因为做了图财害命的海盗勾当，他被船长扔在达抱岛荒岛上已经12年。

然而，艾尔通的一句话，又让林肯岛的居民们大吃一惊：

“我从来也没把什么漂流瓶扔在海里，那张纸条真的不是我写的。”

更让大家吃惊的是，工程师史密斯说，他从来没在林肯岛上点过什么篝火。既然篝火不是史密斯他们点燃的，那么，那堆指引大家从达抱岛回到林肯岛的篝火，是什么人点燃的？

铅弹、大箱子、漂流瓶、篝火……林肯岛的居民们不明白：这个孤岛到底还有多少神秘的东西在等着他们？那个神秘的人物到底是谁？

在孤岛上生活了两年。林肯岛的居民们都很思念祖国和故乡，还有家人。他们决定离开这里，如果艾尔通想走，那就带他一起走，但是走之前，他们要完成一件事，那就是弄清这个孤岛的秘密，还有寻找到那个神秘的人。

1867年10月17日，一艘海盗船向林肯岛驶来，林肯岛的居民与海盗发生了激战，一阵激烈的枪响过后，林肯岛的居民们眼看就要招架不住了，突然，那个他们寻找多日未见到的神秘人物出现了并出手相助，海盗船被击沉了。勘察现场后，史密斯和他的伙伴认为，是一枚类似水雷的爆炸物击沉了这艘海盗船。

还没等林肯岛上的居民从战争中平定下来，林肯岛上的火山爆发了。大家挤在小船上开始逃难，在走投无路的关口，他们在峭壁下发现了一个神秘的漂浮物，大家走上去之后，舱门打开了，这艘神秘的船真像一个水下博物馆。

一切谜团水落石出了：这个神秘的漂浮物就是“诺第留斯号”潜水艇。史密斯肯定地对坐在沙发上的一个有着雪白胡子的老头说：

“尼摩船长吧？感谢您多次出手相助，非常感谢！”

原来，尼磨船长就是印度的达卡王子，他发起的独立运动失败了，于是，建造了这艘“诺第留斯号”隐居海底。

时至今日，尼摩船长已经是耄耋老人了，但他不愿意离开“诺第留斯号”重返陆地，他把自己的墓地定在了海底。史密斯众人只好乘坐小船，回到了祖国。

4年的荒岛生活，给林肯岛的居民们留下了十分美好而独特的回忆，他们无法忘记这4年来在荒岛的日日夜夜，一言一行，也忘不了那个给他们多次帮助的尼摩船长。

珊瑚岛上的死光

童恩正（中）

“晨星号”飞机出事了，出事地点在太平洋上空。“晨星号”的驾驶员陈天虹工程师不知所踪。

下面是获救后的陈天虹工程师的自述：

我是一名华侨，在外国一家实验室工作，我的老师赵谦先生用毕生的心血，研制成功一种高能原子电池，这种高能电池，能在瞬间释放出很大的能量，在军事、工业、宇宙航天等方面，实用价值非同小可。有着强烈爱国情怀的赵教授嘱托我，让我携带他的研究成果，飞回祖国，为祖国效力。

就在我接受这一重要而神圣的使命，准备启程回国的头天晚上，不幸的事情发生了，随着“砰砰”两声枪响，赵教授倒在了血泊里。原来，一帮匪徒用枪逼迫赵教授交出高能原子电池的图纸，赵教授在打开保险柜的同时，启动了自动程序销毁了图纸，穷凶极恶的匪徒气急败坏，凶残地杀害了赵教授。

当地警察说：“一切证据表明，是一个叫乔治的家伙干的，他是某大国的一名特工。”警察又对我说：“陈先生，你现在是唯一掌握赵教授研究成果的人，他们已经盯住你了。”

事情来得如此突然，又如此紧迫，我立刻带上高能原子电池，登上实验室的“晨星号”双引擎小型飞机，就在我驾驶着“晨星号”即将升空的时候，我看到在机场公路上，出现了一辆神秘的福特牌轿车……

我果真被这伙匪徒盯上了。“晨星号”飞越太平洋的时候，某大国正在这里举行军事演习。天气晴好，天空却突然出现了奇怪的闪电，“晨星号”被闪电击中了，我只好携带高能原子电池紧急跳伞……

我在海里浮浮沉沉，一天两夜过去了，第三天的上午，我刚刚看到一个小岛的影子，一头巨大的鲨鱼却向我冲了过来，这下死定了，正当我等待死神到来时，突然，一道刺眼的红光射来，鲨鱼被杀死了。饥饿、疲惫和恐惧交织的我昏迷了过去……

不知过了多久，我徐徐醒来，发现自己被马太博士救下了，这个孤岛就叫马太岛。

马太博士原名叫胡明理，是X国一名华裔工程师，在激光测距仪上研究成果突出，官方想把他的研究成果当作武器开发，这违背了胡博士做人做事的原则，最后胡博士选择了“失踪”——他的同学布莱恩是一家电子公司的负责人，愿意帮助他继续研究，于是，马太博士来到这座无名小岛，后来大家就把这个无名小岛称为“马太岛”。

马太博士告诉我，现在，岛上只有他和仆人阿芒两个人，他的学生罗约瑟上岸去了。他利用潮汐发电，继续他的研究工作，而且他的激光掘进机已经完成，任何金属岩石遇到它都会汽化，这是一种威力巨大的掘进工具，绝对不能落在坏人手里，所以他把它藏得好好的。

我小心地问他：

“马太博士，你反对把激光当作武器，那你杀死鲨鱼用的，不是一种新型的激光吗?”

“这个小岛上没有武器，”马太博士答道，“罗约瑟快回来了，你可以乘坐他的飞机离开这里。”

驾驶马太博士的摩托快艇从岛边掠过，我发现，马太岛实际上是一个美丽的珊瑚礁岛。我无心观看这里的旖旎风光，便来到马太博士的实验室。马太博士发现计量仪读数升高，便问我：

“你没携带什么放射性的东西吧?”

我只好把高能原子电池取出来，实情相告：我不但带了辐射性的东西，而且还是高能原子电池，我老师让我带回祖国去，用于和平目的。

马太博士顿悟道：

“这种高能原子电池，如果和我的激光掘进机组装在一起，将会为人类带来多大的好处啊!”

这天傍晚，我正和马太博士坐在走廊上乘凉，欣赏太平洋上的落日，一艘军舰出现在我们视野里，直朝小岛驶来。马太博士用望远镜看了看，疑惑地说：

“P级导弹驱逐舰，他们来这里干什么?”

原来是布莱恩和罗约瑟来了。为避免麻烦，我赶紧躲进书房，从门缝里观察外面的动静。

一个叫沙布诺夫的家伙兴奋地说：

“几天前，一个毒贩在我国案发，他抢劫了一架飞机逃跑，被我的‘死神的火焰’在太平洋上空击落了!”

“什么‘死神的火焰’?”马太博士问道。

“就是用您的研究成果制成的防御工具啊，不过这种武器……这种工具很难瞄准目标，也容易受到干扰，”布莱恩说道，“我们这次来，就是找您帮忙，请您提供一种新的……”

马太博士坚决不干，而且很生气。他的学生也背叛了他，帮着布莱恩和沙布诺夫说情，马太博士怒叱他们，拒绝服从。布莱恩威胁道:

“我们认为这个小岛的保密性不好，决定今晚炸掉它，你赶快跟我们走吧!”

马太博士义愤填膺，心脏病复发，绝望地倒在了地上。

这伙坏蛋在小岛上安放了核爆炸装置，设定1小时后毁灭小岛。他们又杀害了仆人阿芒，将实验室的资料洗劫一空后，匆匆登上了军舰。

待他们走后，我赶紧走了出来，将马太博士抱在怀里，给他服了特效药。马太博士醒来后，知道他们抢走了资料，便焦急地问我:

“军舰……走了没有?”

“还没有。”

“快，快，”他指着墙角的激光器，“把它放到窗口上去，为了千万人的生命，我必须这么做。”

马太博士熟练地接通了高能原子电池，将激光器的强度开到最大，马太博士颤抖的手抱紧了激光器，瞄向了海面。

一缕红色的光芒，犹如一把复仇的利剑，划破了漆黑的夜空刺向了海面。

第一次射击，海岸边的椰子树被拦腰截断。

第二次射击，激光束引起了海水爆裂。

马太拼尽全力，终于瞄准了军舰，红光闪过，一声剧烈的爆炸声过后，军舰在烟火中沉没了……

“我错了，”马太博士耗尽了自己生命的最后能量，“不把这群鲨鱼消灭掉，世界上就没有正义和和平……”

话音还未尽，马太博士就溘然离世。

再有一二十分钟，马太岛就要毁于核弹了。我拿不动激光器，就抱起高能原子电池，拼命跑向海湾，驾驶摩托快艇，开动最大马力，全速驶离小岛。

大约十几分钟后，只听身后天崩地裂般的一声巨响，马太岛消失了。

我镇定精神，全速向祖国方向驶去。

日本沉没

小松左京（日）

小野寺在人山人海的东京站八重洲入口，走到装在墙上的冷水器前面，把嘴对准水龙头，踩了一下踏板，冷水哗哗地喷了出来。他并没有去喝水，却痴痴地盯望着冷水器后面的墙壁。那儿有一条裂缝，顺墙垂直向上裂去，一直裂到天花板。

“喝完了吧？”站在他后面一个身材魁梧的男子不耐烦地问道。

小野寺胡乱地喝了口水，“对不起……请吧。”他说着，离开了冷水器。当他抬头瞧了瞧对方的脸孔时，两人都不约而同叫喊起来，那个男子用宽厚的手掌使劲抓住了小野寺的肩膀。

“好家伙，原来是你老兄啊……”小野寺笑道。

“昨晚的醉劲还没醒过来吧？”那个男子叫乡六郎，是小野寺的老友，昨天夜晚他们还在一起喝了通宵的杜松子酒。

坐进开有冷气的餐车，小野寺已经神志清醒过来。餐车的人渐渐拥挤起来，乡六郎和小野寺起身回车厢时，这样说：“在这种大热天，你的工作可真叫人羡慕啊。”

小野寺苦笑道：“没有想象中那么好。这次要搭保安厅的船到南边去，不过是修理一下‘海神号’潜水艇罢了……”

“南边？”

“鸟岛东南，小笠原稍稍往北一点，有个岛子不见了。”

乡六郎转身问道：“是火山喷发吗？”

“不是喷发，只是无缘无故突然沉下去了。”

小野寺在静冈同乡六郎分手，换上东海道线来到烧津港口。停靠在码头的海上保安厅“北斗号”巡逻艇的后甲板上，装有盖着帆布的深水潜艇。他在那里碰上了 M 大学地质学副教授幸长，还有一个矮矮胖胖的人，幸长副教授介绍说：

“小野寺君，这位是田所老师。”

“北斗号”长鸣汽笛，解开了缆绳，飞快地驶离海岸，一直快速南下。下午，驶进八丈岛附近。由于接到电报说，应当在该处汇合的总公司作业母舰“巽丸”，已经先期开到现场，因此，“北斗号”决定不在八丈岛停泊，继续航行。傍晚7时，“北斗号”已经到达鸟岛东北约30千米的汇合地点。

小野寺走进士官舱，桌上摊满了海图和文件，10名左右的学者和调查员，正在七嘴八舌地议论着那个突然沉没的小岛。据说早在四五年前就发现了那个小岛，南北1.5千米，东西800米，海拔才70米，岛上长了许多草，而且还有直冒清水的泉眼，它还有一个类似马蹄形的相当大的海湾，是个非常好的锚地。

“据说，岛子下沉时，有乌拉加斯岛的渔民呆在岛上，他们的情况怎么样?”田所博士提高嗓门问道。

正在这时，舱门开了，进来一个50岁上下的男子，这个浑身散发着鱼腥和机油味、酷似渔民的男子身后，跟着皮肤晒得黑黑的3个人。

“他就是搭救乌拉加斯岛渔民的‘水天丸号’渔轮上的山本，那几个，就是岛子下沉时，呆在岛上的人。”

那个名叫山本的渔民说：“那天，我们正在小笠原群岛西北方的孀妇岩东北一带打鱼，过了晌午，天气预报有热带低气压，我们就打算早些收工，找个岛子躲一躲。于是借着顺风和潮流，向北漂去，好歹到了那个无名岛。这时天已经黑了，我们在距离岛子700多米的海面抛了锚。那天晚上，除了驾驶员以外，大家都睡了。”

幸长副教授问：“抛锚地点的水深是多少?”

“我记得大概是15米。天亮前3点钟，船首好像叫什么东西给拖向海底去似的。大家惊醒过来，跑到甲板上一看，昨晚还黑黝黝挺立在鼻尖前面的岛子，无影无踪了。渔船孤零零地漂在一望无际的大海当中。这时值班员爬上瞭望台，瞪着充满血丝的眼睛向海里望去，接着大声喊道：‘有人在游水!’一看，在离船不远的地方，有人一边喊叫，一边游着。于是，我们马上去搭救，就是他们3个!”

那3个乌拉加斯岛的渔民接着说，他们是下午到达岛上的。修理独木舟和船帆直到傍晚才修好。他们三个在海湾正中的崖腰发现一个不太深的洞窟，就睡在洞内。半夜里，在黑森森的近处，响起涛声。其中年纪最大的老人把另外两人叫醒。水已浸进洞来。天太黑，找不到打捞起来的独木舟。三人慌忙逃向岛顶，海水跟踪而来。岛顶有个用石头垒起的台子，三人爬了上去。这时岛子基本下沉到海中，顶端变成浮在水面上的点点礁石。不一会儿，脚下的石块已被冲走，到处卷起许多旋涡，岛子已经消失，脚下全都是水，脚踩下去已没有陆地的影子。他们只好在茫茫夜海游着，直到东方发白，看到远方有只船，便发出呼喊，向船只游去。

田所博士默默地听罢，说："这么大的一个岛子，如此迅速下沉，这种情况很少见啊。"

疲惫不堪的小野寺返回到东京的海底开发公司。这时调度部主任吉村把他叫住："去喝杯生啤酒好吗？"

吉村和小野寺到了西银座的酒吧间，喝了几杯杜松子酒，吉村这才透露邀他出来的本意，他要给小野寺介绍一个对象。

小野寺答应了，吉村叫来一辆新奔驰汽车，立即沿着第三京滨公路驰向镰仓新道。

小野寺在车上睡了一觉，当他醒来时，汽车停在一所别墅的院前，吉村领着小野寺穿过不太长的走廊，走入一间椭圆形房间，屋角设有酒吧间，一个苍白面孔的少女在那里调配鸡尾酒。

当小野寺被介绍给站在酒吧间的姑娘时，他才知道，姑娘名叫阿部玲子，是这所别墅的主人，也是他今晚非正式相亲的对象。

"喝这个可以吗？"玲子漫不经心地把手里的杯子递给小野寺。

"就喝它了。"小野寺陪着笑脸说，"我喝啦。"

过了片刻，玲子向他瞧了瞧："小野寺先生，游泳去怎么样？"

"好吧。"说着，小野寺匆匆脱掉短袖衬衫。

海水微温，风平浪静。玲子游向海滨沙滩，把半截身子泡在水里俯卧着。小野寺也同样泡在水里坐了下来。

"怎么样，我们结婚吧？"玲子突如其来地问。

小野寺沉默不语地向黑沉沉的海面望去。正在这时，地下迸发出震耳欲聋的轰响。突然刮起的大风扑面而来，飞沫溅到人身上。两人躺着的沙滩，噼啪颤动，滚石冲过山崖的茂密草丛，向他们身旁呼啸而下。与此同时，远处的伊豆山彤云密布，掠过几道线型闪电。接着，山顶上闪烁着金黄色的光，通红的火柱冲入云霄，传来如同滚雷和连珠炮般的声音……

"快些离开这儿！"他高声喊道，催促着玲子。大地在不间歇地颤动，碎石、尘沙和岩块不断从崖上滚落下来。他拉着玲子的手，飞快地跑着。昏黑的海水急速向海面退去，海面各处的岩石也随即显露了出来。

内阁例行会议如约在上午召开。由于头天晚上伊豆天城山的喷发和附近一带的地震，会议的议题转到了这方面。首相府的总务长官简单报告了伊豆地震的受灾情况。天城山的熔岩已溢流到热川前沿，铁路、公路和旅游设施等方面的损失总额，估计已超过几千亿日元……

“无论是喷发还是地震，都没有提出过预报或警报吗?”刚出国访问归来的首相，喃喃问道，“政府不是早就做了一笔相当可观的预算，请人研究地震预报吗?”

“是的，可是想在五年十年之内搞出较为准确的地震预报，是根本办不到的……”年纪最轻的科学技术厅长官说。

“关于地震，是不是先听听学者们的意见?”厚生省大臣建议。

内阁成员和学者，原订4天后举行的地震问题座谈会，为了对新闻记者保密，向后推迟了一个星期秘密召开。时间是晚上8点，地点是平河町新建成的大厦内某俱乐部。会上并没有多少令人满意的精彩发言。大藏大臣问：“今后地震是增加呢，还是减少？今后是否存在特大灾害和较大灾害的可能性?”

“这个问题很难回答。不能说没有，但也不能肯定地说有。”T大学的山城教授回答得模棱两可，使人摸不着头脑。

田所博士发言了：“根据地震仪记载，地震活动指数最近几年明显上升，在正常情况下，每年地震次数平均是7500，而目前已经到了13000……”

山城教授不以为然地说：“当然，我们也承认它在增加，但太大的地震却在减少，主要是微震、弱震。”

“最近，我有机会出去观测了一下。在南太平洋的小笠原群岛的南方，有个小岛一夜之间下沉250米。也就是说，海底在一夜之间下沉了那么多。我坐着深海潜艇，在海沟下面，亲眼看到了密度非常高的海底浊泥流。而且，最近几年之内，日本陆地震源深度有增大的趋势……”

“请问可能会发生什么事？产生这种想法的根据又是什么？嗯，田所先生。”山城教授打断了田所的发言。

“到底要发生什么，现在还不清楚。至于根据嘛，还相当不足。”田所博士沉着应付，“我认为，今后日本列岛的动向，有必要对海底加以注意。而且，到目前为止，很可能出现光靠过去积累下来的观测实例无法预测的新现象，这是我们经常容易忽略的，也就是说，地壳运动的变化，大大加快了速度……”

首相又问他：“刚才，你说执政的人要有相当大的决心，但不知下多大才好?”

听了首相的问话，田所耸了耸肩膀说：“把日本可能要毁灭也设想在内比较好些，说不定日本要完全消失……”

令人想不到的是10天之后，田所突然接到幸长副教授的电话，请他马上到皇宫饭店会一位要人。田所无法推辞，来到豪华的饭店，只见一位瘦得皮包骨的老人，纹丝不动地坐在手推车上。尽管天气如此炎热，膝盖上却蒙着一条毛毯。

这位神秘的老人早年曾是一个风云人物，包括首相和内阁成员，遇事都要找他，听取他的意见。

“您能告诉我，怎么称呼您?”田所博士盯着老人问道。

“咳，坐吧。”老人说，“管他叫什么呢。就是告诉你我姓渡，你也不认识。今天请你来，想问你一件事，可以告诉我吗?”

“什么事?”田所不知不觉坐了下来。

“有件事放心不下……”老人锐利的目光逼视着田所，“很可能像是3岁孩子提出的问题，但却是我的一块心病，那就是燕子啊。”

“什么，燕子?”

“不错。每年燕子都来我家房檐絮窝，已经有20多年的光景了。还是去年来絮的窝，也不知为了什么，7月就飞走了，而且把刚下的蛋也丢在那儿不管。今年呢，终于没有再飞来，左邻右舍统统如此。这预兆着什么呢?”

田所微微颔首，“哦，这样的事我知道，不仅您那儿，全国都如此。”

“这到底是怎么回事？是将要发生什么事情的先兆吗?”

“目前还不能说什么。”田所摇了摇头，“我有一种茫然的恐惧感，但是，还什么也讲不清楚。”

“我明白了。”老人咳嗽一下，“另外还有一件事，也想问问你。对科学家来说，最重要的是什么?”

“对于科学家，特别是自然科学家，最重要的是敏锐的直觉。”

令田所博士没有想到的是，和这位神秘的老人晤面后，他的深海调查和研究突然之间出现新的转机，许多原先一筹莫展的困难迎刃而解。他一直无法弄到的深海潜艇，居然有人暗中帮助解决。调研经费也有了保障，而且以他为中心的代号为“D”的研究计划，已经人马齐备，顺利地开展工作了。在这些奇迹般的变化背后，可以隐约看到那位神秘老人的巨大势力。

运载着深海潜艇“克尔马狄克”号的“吉野”号考察船在波涛中前进，田所博士把参加D计划的人员召集到前甲板上方的舰长室。研究信息科学的中田一成向两手支头沉思的田所博士喊了一声：“除了山崻，计划全体人员都已经到齐了。请您向全体人员，再简单介绍一下这个计划的目的，以及目前已经掌握的大致情况。”

“怎么说呢？D计划是……”田所博士站在大塑料板旁边，沉思了一会儿说：“根据目前多方面的调查研究，在我的脑子里，渺渺茫茫地形成了日本列岛可能发生地质大变动的想法。我们这个计划，内容就是要调查研究一下，有没有这种可能……”

稍许停顿了一下，他接着说：“这种可能性一旦成为事实。日本将发生大变动，遭受很大打击……我不清楚日本列岛会不会毁灭……”

这时，走廊传来急促的脚步声。一个晒得黝黑的年轻士官走了进来，满脸紧张，手中的纸片在微微颤抖。

“横须贺舰队司令部发来了指示电报，”他一边看纸片，一边有些口吃地说，“关东地方发生强烈地震，震中在距东京湾30千米的海面上，震级8.5。东京湾、相模湾一带，遭受海啸袭击，东京市内由于发生烈度在6至7度之间的烈震和激震，损失似乎很严重。根据海上自卫队总部命令，派遣本舰前往救灾，现改变航向，向东京湾进发……”

田所博士、幸长教授和小野寺三人从横须贺搭直升机，目的地，总理府。

冲天的大火，滚滚浓烟，弥漫天空，贮藏在东京湾沿岸的几万吨原油、柴油和化学药品，流向四方。特大海啸接踵而至，高达8至10米，把正在燃烧的易燃物卷向四面八方。堆积在码头的大量货物起火，被海啸卷到陆地上的货轮和燃烧的油轮翻滚着。沿海修筑的首都一号高速公路的桥墩破坏殆尽。

田所博士等五人来到渡老人的寓所，一位穿着瘦身短襟和服的姑娘给他们端来了茶。

“告诉我，日本将来会怎么样呢？田所先生……”老人一边轻声咳嗽一边问。

“我现在的看法，还是和当初跟您谈过的一样，今后……为了更确切一些，不仅需要进行大规模调查，同时也需要得到许多科学家的合作。问题是，怎样做才能达到这个要求，怎样去同政府谈这件事。”

老人默然，用枯枝一般的双手，捧着素陶茶碗，摇晃着开水，室内一片静寂。

“对下一阶段要搞什么，大致有个计划吧？”过了会儿，老人又问。

“有个腹稿。”中田冷静地答道。

“这样，快些把它整理出来。明天我打算给首相打个电话，见一面谈谈……”

在澳大利亚堪培拉郊区的一幢私人别墅里，身材短小、头发半白的日本特使野崎向澳大利亚总理递交了日本首相和外务大臣的亲笔信，开门见山提出要求向澳大利亚移民。

“第一批 100 万人，如果可能，希望将来接纳 200 万到 500 万人。”

“100 万人等于我国总人口的大约百分之八。”总理大口喷着雪茄烟说，“而且……还是在两年之内？”

“也许还要提前一些。如果可能，希望在年内先迁过来一部分。哪怕是 10 万人也行……”

小野寺疲惫不堪地走了进来。幸长副教授坐在终端器旁。

“幸长，今后我干什么呢？”小野寺仍旧双手掩面，声音含混不清地问，“我是一名深海潜艇的技师，今后在总部也派不上什么用场了吧？”

幸长叼起一支香烟，手指颤抖，是小野寺打着打火机帮他点着了烟。

“还没下达指示。官房长官内定中田和我参加正式成立的计划总部的科学组。本来，我们打算邀你也一起进去。”

小野寺微微一笑。“可我不是国家干部啊，我不过是一名临时雇用的潜艇驾驶员而已。”

幸长很难过：“那你何去何从？”

小野寺有些腼腆地说：“我打算结婚，我对国家的贡献已经超额完成，想在那件事正式公布前，同她逃到国外去。这样做可以吗？”

“祝你新婚幸福。”幸长掐灭香烟说，“你走了，我会感到很无聊……”

小野寺迈着大步，消失在门外。

在日本政府原定发表日期的前三天，也就是 3 月 11 日，美国地质测量学会发表公告指出，亚洲东部大陆架，特别是以日本列岛的圆弧为中心，行将发生巨大地壳变动。这个消息有如晴天霹雳，震撼了全世界。于是日本临时国会于上午 11 时开会，会议只开了 10 分钟。主要是宣布：除在东京大地震死去的议员外，其余都出席了会议，因此本届临时国会是合法的，接着宣布暂时休会，下午 1 时复会，首相将发表重要演说。

下午，国会大厅排满了电视台和电台的录像机和话筒。企业部门已经无人办公。日本全国都在紧张地等待着这一时刻。一点整开会，首相带着沉重的心情立即登上讲坛。

“各位议员，我以日本政府最高负责人的名义，向各位宣布，现在，我们的国家正处于史无前例的困难关头……”

当首相正在国会发表讲话时，小野寺手提旅行袋，走到“D计划”总部的办公室。

幸长问：“今天就动身啦？”

“唔，3点30分从成田机场起飞，绕道莫斯科，暂时先去瑞士。她把全部家当都汇到瑞士银行去了。”小野寺告诉幸长，他和未婚妻玲子约好一点钟在成田高速公路的站台见面。这时，一朵巨大的灰色蘑菇云正在3月的浅蓝天空，滚滚跃向高处。冲击波震得窗户玻璃咯哒咯哒直响。原来富士山喷发了，箱根的神山和大涌谷也开始喷起火来，还发生了小规模的爆炸。屋里的电话响了，幸长去接电话，“是你的电话，女人打来的……”他对小野寺说。

“喂，喂，你现在在哪儿?”小野寺大声问。

“我现在……离开了真鹤公路……车被堵塞……”电话中传来玲子的声音。

忽然通话声被轰隆一声巨响打断，好像是经久不息的山鸣，充斥在听筒深处。电话断了，玲子的声音永远消失了……

小野寺放下电话冲出门去。这时是3月12日下午1点11分。两天以后，富士山发生大爆炸，把富士山斩成两截，整个山降低了700米。同一时刻，三浦半岛和伊豆半岛开始下沉。3月24日，日本东西两个地区，以大地沟带为界，开始快速断裂了……

在国际救援组织的帮助下，负责国民撤退的日本撤退计划执行委员会计划把7月份救出的人数增加到7000万人。伤亡和失踪的总人数，目前已超过1200万人。救护队本身也牺牲了将近5000人。在不断震动、崩溃和下沉的岛屿上，还有3000万以上的人，胆战心惊地等待救援的到来。开始，经过日本政府一年来交涉的结果，只有18个国家同意接纳日本难民，接纳的总数不到2000万人，加上避难到联合国托管的东伊里安和其他岛屿的，总共还不到3000万人。但是日本又一次在最后关头的关键时刻，向死亡挑战创造了奇迹，动用了一切力量，到同年7月为止，总算在地震、喷发和海啸之中，从日本撤走了6500万人，平均每月撤走1600万人。由政府机构、军方和民间共同组成的援救组织的300万工作人员，为了把剩下的3000多万人全部救出，正在废寝忘食地进行最后的努力。不过，在剩下的人当中，有许多70岁以上的老人是不忍离开故土而主动留下的。

渡老人躺在树木繁茂的宽敞邸宅的一间屋子里，这座用钢筋水泥建造的邸宅，经过无数次地震仍然完整无恙，只有走廊和室内到处蒙上灰尘。

“都处理好了吧，你们走吧……花枝你还在干什么？”老人问。

那个叫花枝的姑娘突然走到老人身旁，掩面跪了下来：“我……不走……”

“胡说，要坚强地活下去。花枝，只有一句话要记住，活这件事本身就不是一件容易的事啊……”

轰隆一声巨响，地动山摇，房屋旋转起来。“快点！”老人催促道，“马路要被堵塞的……”

脚步声和呜咽声消失了。渡老人合上了眼睛，样子安详。

邪恶的视线

筒井康隆（日）

作为精神传感能力者，七濑和纪男姐弟俩可以通过意识交谈，感知到别人的心理活动。市中心一座钢筋水泥结构的5层建筑公寓里是他们的住所。他们有一点积蓄，但为了应付将来意想不到的事情，七濑把只有4岁的纪男放在家里，到位于繁华大街上的宙斯酒店工作。

“七濑女士，我赞美您，崇拜您，我是您的仆从！”这是一种激情倾诉的意识，不论走到哪里，她都能清楚地感知到。这不是纪男发出的，而是来自另一个人。

七濑来到宙斯酒店时，一个名叫茂美的女招待正在更衣。茂美特别讨厌七濑，因为宙斯的“首席美貌女郎”的绰号无形中被来店不久的七濑夺去了。她看见七濑走进更衣室，心里恨恨地骂到：“哼，傻大个儿！”

茂美换好衣服走出去后，一个叫弥荣的女招待走进更衣室。这是一个高个儿、微黑，容貌很一般的温顺女人。她和七濑低声打了一下招呼，就背向她，在刚才茂美站过的地方弯腰脱连衣裙。突然，她像触了电一样停止了动作，七濑立刻将注意力集中到弥荣的内心活动上。“啊！钻石！好大的钻石！在地上！谁的呢？茂美的！她曾说值380万日元！悄悄地拣起来！这个钻石就是我的了！”弥荣拾起地板上的钻石，她激烈的心跳，猛烈地传给七濑。

这正是茂美经常夸耀的那块钻石，可能是在更衣时，不小心将它从戒指上刮下来了。弥荣是把钻石交还给茂美还是私吞，与自己无关，七濑想，不管怎样，自己就推说：“没看见”！

七濑走出更衣室，来到酒店大厅，酒保亨利咧着大嘴，露出雪白的门牙向七濑微笑着。他是个黑人。

酒店位于大楼的地下室，已经来了两个客人，茂美和另一个叫千鹤的女招待陪伴着。老板娘向七濑递了个眼色，七濑也拣了个座位，在茂美的正对面坐下。

两个中年客人一齐将目光转向七濑，茂美毫不掩饰地表现出讨厌的神色。他们说，3个月前来这里时似乎没见过这位小姐。千鹤忙向客人作了介绍，七濑在酒店的名字叫“夕子”。

七濑朝茂美的白金戒指瞟了一眼，果然，那块钻石不见了。茂美本人还没发觉。最先发觉的是千鹤，她的目光偶然落在茂美的戒指上：“茂美，钻石!”“啊！钻石!”茂美惊叫起来，马上蹲下身子，在铺着红地毯的地板上慌乱地搜寻起来。店里的女招待们都凑了过来，弥荣也在其中。她们心里暗自欢喜，表面上却装出很关心的样子，一边帮助寻找，一边问这问那。

“姐姐，发生了什么事?”远在公寓里的纪男，可能是遥感到了一种不平常的气氛，担心地发出询问信息。“没什么！喂，快把饭吃完！怎么还剩些呢?”七濑与纪男互相传递完传感信息后，就将意识之门完全关闭了。

女招待们还在吵嚷，茂美哭了。

“要哭就到更衣室去哭!”老板娘在心里骂着，嘴上却说，“没掉在更衣室里吗?”“啊……”茂美略带惊喜地叫着，快步向更衣室跑去，但一无所得。七濑想，茂美更衣时，只有自己在场，她一定会怀疑自己。

为使自己从纠纷中脱身，要揭发弥荣，不行，那将更糟，别人将因此而怀疑自己的底细。

正如七濑所料到的那样，茂美开始怀疑她。茂美和其他女招待耳语：“我更衣时，只有七濑在场!”七濑想，如果茂美敢当面问她，她就可以大声斥责她，问她有什么证据。可茂美并没有当面质问她。七濑忧郁了。茂美不掌握任何证据，不敢质问七濑，她开始考虑是否要给警察打电话。七濑有些着急了，她想，如果叫警察就麻烦了，一旦警察去自己的公寓，就会发现纪男。纪男是个孤儿，他的亲人在一次车祸中丧生，七濑发现他是个精神传感能力者，就收养了这位无家可归的孤儿。如果他们发现自己把本来不是亲属的孩子带进公寓，马上就会怀疑自己。无论是七濑还是纪男，都是生来就带着绝大秘密的人，至今还没有发生过超越他们警惕范围的事。

9点钟了，七濑向纪男发出传感信息：“纪男！你看电视哪？赶快睡觉吧!”“嗯，马上就睡！你回来时叫我一声!”互相熟悉的精神传感能力者通话，几乎不用语言，而是通过一种抽象地简化了的图形来交谈。七濑与纪男之间就是如此。例如，“好”或“可以”这个意识，是一个有一定厚度的图形，其厚度根据了解和强调的程度来变化。所以，他们的对话可以在普通对话的几十分之一的时间内完成。

10点钟刚过，西尾来到了酒店。七濑见他进来，大吃一惊：他是透视能力者，一定会发现藏在弥荣胸饰里的钻石！第一次见到西尾，是在七濑来酒店工作的第四天晚上，他是茂美的情人。七濑原以为他只是一个与其他男人同样有浓厚浪漫想象力的人罢了，可后来发现，他一看见她，就透过服饰观察到了她的躯体，浮现在他意识中的躯体与七濑所熟悉的自己的躯体没有丝毫的差别。与西尾是否也可以像和纪男一样成为知己呢？七濑经过全面观察，发现西尾的超能力只是停止在透视上，而且他的意识内容比普通人邪恶得多。西尾也以和七濑同样的理由，极力隐藏着自己的超能力。但作为超能力者所应负有的使命感，他不但一点儿没具有，相反，他的思想意识充满了邪恶。透视能力对他这个小商事公司的经理的帮助真是大极了，28岁的西尾取得了很大的成功。他积下了巨款，茂美的钻石戒指就是西尾给买的。今天他来，肯定要为茂美寻找钻石。

“七濑女士，我赞美您，崇拜您，我是您的仆人！”七濑又一次感受到一种激情的倾诉。

七濑想，必须想个办法到西尾的座席上去，以便见机行事。她来到柜台前，站在西尾座席上很容易望得到的地方，向酒保亨利大声说：“请给我一杯凉水！”亨利轻轻地点点头，微笑着递给她一杯凉水，但在他的笑脸上，隐约现出不安的神色，他在为七濑的处境担忧。

七濑有意慢悠悠地喝着凉水。这时，西尾的视线与七濑的视线碰到了一起。他是个贪婪的色鬼，最近对茂美有些腻了。他渴望得到七濑，同时还寻找着其他女人。七濑来到西尾的座席上。千鹤也坐在西尾的座席上，她正在向西尾述说丢失钻石的经过。西尾边听边向四周环视着，他的视线在弥荣身上扫过，好像没有发现什么。可能是太远了，“看来非把弥荣叫到近处来不可了！”七濑这样想，只有让西尾从弥荣身上找出钻石才能使自己摆脱别人的怀疑。当弥荣起身上厕所时，七濑把她叫了过来，问她肚子怎样了，原来七濑从她的意识中发现她正在拉肚子。坐在七濑身边的西尾发现了藏在弥荣胸饰里的钻石。“怎么是她呢？一个很不漂亮的女人！身材还可以，威吓她一下！”西尾这种狠毒肮脏的念头，使七濑又一次感到恶心。

西尾开始威胁她。弥荣知道事已败露，吓得身体都僵直了，意识出现空白。“我在新闻会馆的地下室等你，明白吗？”西尾临走前告诉弥荣。

七濑提前来到了新闻会馆附近，不一会儿，西尾的意识出现在她的“雷达”

上。弥荣随后也来了。威逼已成为西尾的家常便饭，“把钻石从胸饰里拿出来之后又放到哪里去了?”西尾问。弥荣完全胆怯了，她怎么也不明白他是怎么知道这件事的。“不是用手纸包着塞进口红瓶里了，就是装进美容膏的小管里了。”西尾不厌其烦地说出钻石的藏处，他根本没把弥荣放在眼里，所以在她面前一点也不隐瞒自己的能力，“快拿出来吧!”被点中了隐处，弥荣不由自主地从手提包里将装美容膏的小管拿了出来。西尾接过小管，连看都没看，就揣进了衣袋，站起身说：“到我公寓里陪我睡去！我替你保密，不用害怕!”七濑快步走开，在附近找到一个电话，用手帕将送话筒包上，拨动宙斯的号码，告诉茂美，西尾和弥荣一起回公寓去了。

西尾的公寓是个9层的建筑，他住顶楼。七濑躲在粗大门柱的暗影里，目送着茂美走进公寓。她遥感到弥荣正在受西尾的侮辱。突然，西尾的意识中浮现出“茂美来了!”的内容，七濑不禁为西尾的透视能力感到惊愕，在这附近，他的透视能力远远超过了她的精神遥感能力。“快到隔壁去穿好衣服，回去罢!”西尾刚把弥荣赶出那间屋子，茂美就到了，西尾装出挺吃惊的样子说他这里谁也没来过。

七濑失望了，西尾根本不想把钻石还给茂美，而且自己所期望的一场混战也宣告落空。她考虑着如何向西尾索取钻石，再把它丢到某个容易被茂美发现的地方，不然，自己永远也摆脱不了“钻石小偷”的嫌疑。真烦死人了！七濑想着。最后她决定，给西尾打电话，到他住处当面交锋，别无选择。西尾根本没想到七濑会独自一人来他的房间。他兴奋极了。

“难道这一行动是轻率的吗?”七濑苦苦地思索着。她清醒地意识到自己所面对着的危险。当然，最危险的是被西尾发现自己是超能力者。“如果被他发现，我就……决不能容忍西尾这样的恶棍继续留在人间!”七濑决心已下，沉着地向西尾的公寓走去。来到公寓，她立刻强烈地感受到西尾那淫猥、邪恶的视线，如同缕缕发热的飘带一样，紧紧地缠绕她的全身，像无数条毒蛇缠身一样令人难以忍受。在登上9楼，按动西尾公寓的门铃之前，七濑已经在西尾的幻想中被他侮辱了许多次。

“七濑女士，我赞美您，崇拜您，我是您的仆从!”这时，七濑又一次感受到平时经常收到的那个激情倾诉的意识。她每次感知到这个意识之后，都向对方发出过呼唤，但一次也没发觉对方有反应。现在她又试着向对方发出了呼唤，结果还是没有任何反应。

“我在酒店无辜地被认为是‘钻石小偷’，”七濑来到西尾的房间，用一种实在无能为力的口气说，“实在没办法，求求您，把那块钻石还给我，我好把它暗中还给茂美。”“你怎么知道钻石在我这里呢?”西尾一边回应一边想着如何侮辱七濑。

危机步步逼近，七濑决定通过纪男求援。信息在两人之间通过固定的黑色箭形传递：“→→→纪男!”“姐姐，我注意着呢!”“这是电话号码，”七濑向纪男连续发出一连串的数字，“叫一个亨利的接电话！把我的地点告诉他！叫他马上来救我！快!”在亨利来到之前，必须再争取一些时间。七濑和西尾周旋着。

“七濑女士，我赞美您……”这发自亨利的意识强度超出了以往任何一次。

西尾逼近七濑，就在他决定采取行动的一瞬间，七濑抽身站起来躲开他。西尾被她这一突如其来的动作惊呆了。但他马上镇静下来，又向七濑身边逼过去。“我再问你一遍！你是怎么知道我发现钻石藏在弥荣胸饰里的?”

“不要靠近我!”七濑的声音有些发颤。就在西尾扑上来的一刹那，她给了他第一次沉重的打击：“透视!”这句话如同晴天霹雳，震得西尾呆若木鸡。“对！你是个透视能力者！我要告诉所有的人，西尾是个透视能力者!”“她是怎么知道的?”七濑发现此时的西尾的意识，“这个女人是个精神感应能力者!”他第三次向七濑扑过来，七濑将威士忌一下子泼在西尾的脸上，又把玻璃杯向他额头砸过去，转身就向门口跑去，没跑出两步，就被西尾拦腰抱住，按倒在地板上。

亨利的意识迅速地靠近。他来到房门外，“咔嚓!”一声，门自动打开。“啊！意念力!”西尾绝望地哀叫着向写字台奔去。门开了，亨利箭一般冲了进来。“小心!”七濑急忙提醒，“写字台里有手枪!”西尾已拿出手枪，但枪马上从他手上飞落到远处的地板上。“快！打死他!”七濑知道，可以用亨利意念的力量处死这条恶棍。为使自己不看西尾的死态，她紧闭双眼。

“好！叫他尝尝死亡的滋味!”随着亨利的话音，刚落在地上的手枪又飞回西尾的手中。目瞪口呆的西尾，眼睁睁地看着自己拿着手枪的手指向自己的头部，枪口顶在自己的太阳穴上。“饶命！不要杀死我!”他脸上的肌肉难看地抽搐着，痛苦地扭动着身体，徒劳地拼死挣扎。“砰!”低沉的枪声在整个房间里、走廊中回荡着，几条血线飞溅到写字台上，西尾的尸体扑通一声摔倒在地板上。

“快走!”七濑一边用颤抖的双手穿着衣服，一边急促地说。她拿出抽屉里装美容膏的小管，擦掉留在酒杯上的自己的指纹。亨利用他神奇的力量将门关上，从里面闩好，并擦掉留在门把手上的指纹。七濑把装美容膏的小管交给亨利说：“钻石在这里塞着，你把它还给茂美，就说是扫地时拣到的！”

“七濑女士，现在我们该怎么办呢？”“在两三天之内，我们装作一无所知，照常上班。然后，带上纪男离开这里！”原来，七濑已经感觉到亨利是个意念能力的拥有者，之所以没同他接触，是为了全面观察他。但有一点使她不解：亨利为什么不按着自己的意志去使用这种能力呢？两人并肩走出公寓，身材高大的亨利脱下自己的外套，轻轻地披在七濑身上。他谈起了自己，“我父亲在世时，只有他命令我做什么时，我才使用意念力。否则，我是绝不会随意使用它的。父亲死后，我就开始寻找能代替父亲的我心中的神，”亨利激动地说，“今天找到了，您就是我心中的神！我多次呼唤过您，听见了吗？”“七濑女士，我赞美您，崇拜您，我是您的仆人！”

水晶天

布林（美）

十分幸运，我被解冻的那一年，远测器992573—aa4号恰恰传回报告，找到了水晶天已破裂的一颗好星。所谓好星也就是由有生命存在的行星环绕的恒星。当时活着的深层空间人，即探索外层空间的宇航员仅12位，我是其中之一，因此就毫无疑问地参加了这次探险事业。

我们这群人来自不同的时代，其中要数我年龄最大。这些深层空间人，曾飞出太阳系破裂的水晶天，并在其他星系的水晶天之外，观察过那儿有生命的世界……那情况就像儿童把脸贴在糖果店的玻璃窗上，贪婪地看着陈列在里面的糖果却无法得到它们一样。

对这次探险活动，太阳系政府进行了严格的新闻封锁。心理学家们认为，人类已不能再经受失望了。他们害怕抑郁症会像瘟疫一样蔓延，有些人甚至竭力阻止这次探险。

当我们乘坐的航天飞机经过冥王星的时候。太阳系政府的运货飞机还在源源不断地给我们运来冷冻箱，如果我们真的发现颗好星照耀着一个好世界的话，就会唤醒那些“冬眠”的男男女女，并把他们送上新的家园。但我们接受的命令是：除非有建立殖民地的可能，否则不能“唤醒”任何人。万一远测器传来的消息令人失望，这些冷冻箱就会重新送回地球，而那些沉睡着的人根本不会知道，他们曾进行了一次来回4万光秒差距的长途星际旅行。

我们来到太阳系边缘的查伦星球。太阳系破裂的水晶天中碎冰块闪光耀眼，颇为壮观。当我祖父还小的时候，查伦就已成为探索外太空的基地了。成千上万的男男女女，集中在小行星似的飞船周围，他们带着各种动物和货物，带着希望，激动万分地登上飞船，去远征殖民。这些早期的探险者们明白，他们永远也到达不了目的地，但他们并不忧伤，因为他们知道自己从事的事业，是为了全人类。

我们从查伦星球飞过，看到了巨大的飞船场。数千年来建造的各种各样的飞船全都停在那里。我凝视着那些古老的飞船，不禁想到了我祖父的青年时代。当时“探索者号”飞船在太阳系边缘欢快地巡航，结果与太阳系水晶天的内层相撞，相撞时的船速为光速的1%。当“探索者号”与水晶天相撞时，水晶天向外弯曲了几个光分。“探索者号”急忙向地球发回激光通讯。他们只知道发生了奇怪的情况，好像什么力量要把他们撕裂似的，甚至感到宇宙本身也被撕得粉碎！水晶天就这样破裂了。而这一创举，完全是在无意识中完成的。没有发现“探索者号”的残骸，也许整个飞船因撞击而爆炸化为烟云了。紧接着便是一场漫布天际的彗星雨，在那场与彗星雨搏斗的大战中，人类几乎死了一半。几个世纪后，太阳系的行星才重新获得了安全。人们又重新开始探索太阳系以外的世界。

我们进行的是一次环程旅行，从水晶天到量子点再到黑洞。探测器发现的好星叫“雕塑家”，位于附近的小银河系。我们花了12个飞船年才到达那里。在旅程中，我们飞经了至少200颗好星，这些好星散发着黄色、稳定、孤独的热光。每颗好星都有行星环绕其旋转。有好几次，我们从行星附近掠过时，用超高倍望远镜窥见了粼粼碧波的世界正在旋转。我们为这些新世界绘制详细的地图，以备将来有一天，人类能发展有意识地冲破水晶天的技术，完成“探索者号”在无意识中完成的丰功伟绩！

有一次，我们确实在一个好星外面2光寸的距离上逗留了一阵子——正好在其水晶天的外缘。也许，我们靠得那么近是愚蠢的，如果撞在水晶天上，就会机毁人亡。但我们难以抵住这诱惑，因为我们收到了水晶天内碧波世界发出的经过调制的无线电波。这仅仅是第四次发现有技术文明的世界。我们用了一年时间，利用机器探测器，进行观察和录音。我们并不想与他们交际，因为在现阶段这种交际是无法办到的。只要向好星内部世界发射探测器，就会被好星四周的水晶天撞得粉碎。如果我们向好星内部世界发送集束无线电波，也将会遭到同样的厄运，电波将会形成一个反射镜，阻挡任何与当地智慧生物的交际。但我们仍然能听到他们自己相互之间的通讯。任何形态的智慧生物，不能从外部穿越水晶天，但内部的无线电波却能透过水晶天逃逸出来。我们很快发现，这又是一个与外界隔绝的封闭种族。他们对宇宙不感兴趣，甚至根本就没有形成宇宙旅行的概念，我们只好失望地离去。

在我们离目标几光星期时，已能清晰地看到我们所要探测的好星。远测器发回的报告完全正确，这确实是颗好星——稳定、古老而又孤独——黄色的温暖的光芒，透过粼粼发光的彗星云，显得友好可亲。这是破裂的水晶天。

探测器在200万个小星体周围发现了3个小世界和水。指令长命令生命科学专家，马上准备一份解冻人员的名单，一旦发现好世界，便立即行动。名单上有生物学家、行星专家、考古学家、交际学家，等等。这时，一个宇宙物理学家从探测器中发现了一个更惊人的情况：环绕这颗恒星旋转的每个小星体都经过了改进，他们像古代的士兵在操场上列队操练似的，整齐而又有规律！人类的文明用了3千年时间，才引导其周围的小行星进入适于空间殖民的轨道。但与这个星系相比，人类只算是业余殖民者。

当人类开始建造第一批星际飞船时，思想家们就怀疑：如果星际旅行真如想象的那么容易，为什么那些有生命的世界没有被别的智慧生物占领呢？“探索者号”意外地撞破了水晶天，才在无意中为我们揭开了这个千古之谜。在随之而来的彗星战中，人类对冰球进行轰击或导航，否则，这些冰球会把仅有的几个脆弱的世界撞得粉碎。那时候，全人类都似乎发狂了。住在环形空间殖民带的子民们，把上百万个空间城市导航至冰球降落的路途上，阻拦它们撞到地球上，而这些子民只是从书本上才了解地球。我的第一个100年，就是在吼声呼啸的小飞船上度过的。最后，彗星被人类征服了。人类把眼光又重新转向茫茫太空，新的宇宙飞船又建造起来。飞船满怀信心飞向宇宙，他们也曾发回过令人欣喜的消息，说他们正环绕着他们发现的绿色世界旋转，然而，当他们进入水晶天时，就毁灭了。后来过了好几个世纪，人类才学会怎样发现水晶天这一死亡带。

正是这不可克服的障碍，使我们无法接近我们向往的美丽的小世界，无法向外太空开拓殖民星球。整整3个世纪，人类几乎为此发狂了。我用被单把头蒙起来，一睡就是几百年。

飞船在旋转。指令长发来一个令人震惊的消息：这个生机勃勃的太阳系里没有一种智慧生物！我们绕着一个碧绿的星球转了一小时又一小时，不时发出阵阵欢呼。在巨大的苍穹下，20个月亮照亮了大片大片的森林，但没有通讯信号，没有光波。那些被唤醒的科学家轮流观察星球，他们兴奋地淌下了欢乐的泪水。

到了第二年，100名生物学家已遍布在行星上。他们兴高采烈地调查行星上的植物群和动物群，并把地球上的植物加以改进，使之适合于这颗行星上的生态条件，而又不致于破坏其生态平衡。工程师们在调查那些小行星。他们兴奋地宣布，小行星幅员广阔，一开始就可殖民10亿人。但最激动人心的还是考古学家的报告。他们从行星上的人工制品中考证出，原先在这儿的居民自称为“纳塔拉尔人”，他们长得和人类相似——双足、九指，外貌古怪。

与我们从前从远处观察到的一些智慧生物不一样，纳塔拉尔人是一个独特的民族，和人类一样具有探险精神，向往新的生活空间。

整整两个星期，我们都在研究有关“纳塔拉尔人”的材料。一千多年来，人类一直在探求冲破好星周围的水晶天这一死亡地带的方法，试图完成“探险者号”在无意间完成的业绩。

现在，终于有了答案！纳塔拉尔人也撞破了一个水晶天，而且也是他们自己太阳系的水晶天！其经历几乎和我们经历的一模一样！结论再清楚不过了：死亡带可以冲破，但只能从里向外冲！正在这时，考古学家们挖掘出一块方碑，那是一堵高耸的闪闪发光的金属墙，刻在上面的文字叙述了纳塔拉尔人在这个星球上最后几天的历史。而在这之前，纳塔拉尔人的结局对我们来说一直是个谜。

和人类一样，纳塔拉尔人也经历了漫长的痛苦时期。发展了星际旅行的种族无法向外开拓，因为只能从里向外冲破水晶天，他们比人类更早地了解了这一宇宙奥秘，但他们没有灰心，仍坚持不渝地进行空间开拓。几个世纪过去了，他们一直在茫茫太空中寻找好星。终于有一天，他们的远测器找到了5个没有死亡带水晶天保护的碧波世界。他们在方碑上刻下了这些行星的坐标。

当我意识到这块方碑献给我们的巨大财富时，激动得喉头都梗死了。可是纳塔拉尔人到哪儿去了？他们为什么离开自己的家乡？在方碑上有一段令人费解的话，它谈到了黑洞和时空。我抚摸着那个地方，忽然，我醒悟了。“大蛋！”我惊叫出来。巨大的奥秘揭开了，与此相比，发现5个好世界的意义就显得微不足道了。我们诅咒水晶天一万年了，纳塔拉尔人比我们诅咒得更长久，但最后，他们终于发现了水晶天的奥秘：如果没有水晶天的保护，智慧生物将比现在更为稀少，星星上将是一片荒芜，没有生命。正是由于死亡带包围了智慧生物的世界，才使得他们免遭外来的侵略，得以在摇篮中慢慢成长、成熟。否则，第一个发展了星际旅行的种族将会占领他们所发现的每个世界。水晶天保护了各自的世界，使其中的智慧生物发达到能从里面向外冲破保护层。但这又有什么意义呢？水晶天保护了年轻的种族，但当我们成熟后，却深感痛苦和孤独。他们不可能找到另一个可以占领的好星。只能当另一个蛋壳破裂，他们才能找到可以倾心交谈的邻居。也许还要过10亿年，宇宙才会像科幻小说家所想象的那样，各个世界进行着繁忙的交际和贸易。我们像纳塔拉尔人一样，来得太早了。但若我们逡巡不前，作为一个长辈种族，我们将会受到诅咒。我抬头仰望星空，数百万年之前，纳塔拉尔人离开这儿到哪去了呢？我看不到他们所去的暗星，但我知道它确切的方位，他们留下了明确的指示。

夜深了，我不断想着纳塔拉尔人给予我们的一切。我们可以利用他们的 6 个世界，条件是，我们应该对这些世界仁慈为怀。他们也以同样的条件接受了其他 4 个世界。那 4 个世界原先是一个叫拉普克伦诺的民族居住的，在他们成了孤独的星际旅行者之后就被放弃了，而在拉普克伦诺之前，还有一个更为古老的种族，叫思伍朱，拉普克伦诺也以同样的条件继承了思伍朱人的 3 个太阳系，只要扩大殖民地仍然是我们人类生存中的主要目的，我们就可以占有这 6 个世界，也可以占有我们行将发现的其他世界。但总有一天，人类生存的主要目的会改变。我们不会执着地不断扩大生存空间。相反，我们将会越来越感到孤独。这一点纳塔拉尔人早就预料到了。他们是对的。将来有一天，我们的后代将无法忍受孤独，在无边无垠的宇宙中，他们会因听不到他人的声音而无法生活下去。他们会对这些美丽的世界感到厌倦，然后，集合整个种族向暗星进发。在那儿，在一个大黑洞的世界里，他们将会发现纳塔拉尔人、拉普克伦诺人，还有思伍朱人，正在等着他们。

我听着夜风吹拂着帐篷的活动门，心中不由对我们后代的后代的后代，升起了一股羡慕之情。我多么向往能遇见像我们人类一样的星际旅行种族呀！

外星人

柯·基尔（美）

当客厅电视电话响起的时候，电视台记者莫布里正在摇篮旁边逗弄着小女儿巴巴拉。荧光屏上出现的是《明星论坛报》总编斯克里伯，这是他妻子琼的老板，他嗓子嘶哑地说："琼乘的是南方航空公司的303班机。它15点32分应当在迈阿密机场着陆。可是班机在巴哈马群岛上空飞行时，突然从雷达屏幕上消失了。现在正在寻找。我告诉您的目的是，您有必要去趟迈阿密，到那儿或许能得知一些情况。"

晚7点，莫布里到达迈阿密机场。南方航空公司发言人毕恭毕敬地向他鞠躬致意："本人十分痛心，莫布里先生。我已听说尊夫人也搭乘303航班。"

"他们认为飞机遇难到底是什么原因？"

"303班机从雷达上消失前几分钟，杰斐逊机长还报告说一切正常。靠推测，这件事故无法解释通。但是我提醒您，先生，这架飞机飞过的恰恰是那个长期以来声名极坏的地区，这就是有名的百慕大三角地带。许多飞机和船只都在那里莫名其妙地失踪了，至今也没有一个令人满意的解释。"

可是情况忽然发生了变化。杰斐逊的同温层喷气式客机在失踪了整整24小时之后，又重新在雷达显示屏幕上出现了。这是个梦幻般的奇迹，简直太神奇了。

大批警察乘直升机赶到了，把机场严严实实地包围起来。莫布里和他的密友、电视台摄像师默凯特都在机场采访。他们尽可能不让警察发现他们的录制器材。

飞机徐徐降落，保安人员包围了停机坪。42名乘客，4名机组人员和1名航空小姐，被送往接待中心。为安全起见，303班机上的全体人员接受了医生检查，并被告知，如果发现自己的身体或心理上有什么不正常的情况出现，可以马上报告当局。

莫布里终于见到了自己的妻子琼，他把她紧紧搂在怀里，一个劲地打量着，可是他并没发现有什么不正常的地方，她那杏仁般的媚眼炯炯发光，鼻子略微向上翘起，很讨人喜爱，在她脸上看不出一丝一毫发生过什么奇异事件的神态。不久，莫布里和他的密友默凯特都用假发和假胡子化了装，带上摄像器材，坐上去加拿大维多利亚的飞机，跟踪不听报社的招呼、擅自行动的琼。他们上了飞机，马上就发现琼坐在第三排。他们俩走到机舱尾部坐了下来，为更加谨慎起见，他们把自己的脸用报纸遮住了。默凯特注意到，他的同事内心里十分焦虑不安。

莫布里心里怎么能平静呢？经理罗伯逊告诉他 303 班机机长杰斐逊的血型变了。不久自己也发现老婆的血型变了，她的绿眼睛变成蓝灰色，她脸上原有的痣也不见了。现在她又借口要写一篇有关空中警察巡逻机发现一个不明飞行物的文章，擅自飞向冰天雪地的维多利亚。

莫布里和默凯特所住的房间同琼在同一层楼。这天晚上，琼吃完饭，经过他们的桌前时站住了，她讥讽地淡淡一笑说："喂！好像我认识你们。别装傻啦，我在飞机上就已发现被你们跟上了。"她脸色诡秘，半闭着眼对莫布里说："我明天租了架直升机。我需要一名驾驶员，你有飞行执照，我请你同我一块去。"

第二天早晨 10 点，莫布里坐到直升机驾驶室里。几分钟后，飞机凌空升起，飞过冰封的大鲸湖，降落在海湾岸边一座名叫盖达的小渔村的广场上。女记者指着杳无人迹的银白色村落中那幢很显眼的大库房说："咱们上那儿去。"

门哗啦一声打开了，一个身穿皮大衣的人出现在门口。莫布里猛然一怔，303 班机的机长杰斐逊怎么会跑到这里来呢？机长对女记者说："遵照考卢的命令，他们全都在这儿。"

莫布里感到一阵恐惧，想转身往飞机那儿跑。"您就呆在这，莫布里！"机长面带讥讽的微笑，冷冷地说。女记者把他推到屋内，他看见许多情绪沮丧的男男女女坐在地板上，像是服了安眠药似的昏昏欲睡。在一个角落里，莫布里发现了他的真正的琼：眼睛是绿色的，脸部有颗美人痣。屋内人正好是 47 个，门口站着的杰斐逊显然是个假的。第二号女记者冷冰冰地对莫布里说："我不再骗你了。我不是琼，而是比奥阿勒。"她转过身，脸朝着第二号杰斐逊说："瓦兰，莫布里发现真琼和我之间的差异，应当告诉考卢一声，让他改变第二阶段计划。"她犹豫了一会儿对莫布里说："我们的夫妻生活在没完没了的相互猜疑中是无法继续下去的。"她拽着她"丈夫"的手，穿过蓝光夺目的奇异光带，进入一个平行六面体的飞行器。然后在磁力吸引下，穿过大气层，走进宇宙飞船世界。这时，从一团模糊的光中突然蹦出一个人来。他头戴盔帽，身着银色盔甲。她介绍说："这就是考卢。他是我们科瓦人继大电子计算机'阿科瓦'之后的最高首脑，是负责执行我们共同体法令的人。"比奥阿勒和考卢聊了一会之后，又把莫布里带到17号大厅。莫布里无法抗拒她瞳孔对他的催眠术，脱光衣服，躺在一张小床上，在他旁边的不透明隔板那边的床上，躺着一个名叫塔纳的年轻人，是从科瓦平民中挑选出来的，在身高和胖瘦上与他相近的人。

莫布里恐怖地睁大双眼，亲眼看到了和经历了复制人的场面。他看到那个放大机模样的东西从天花板上降下来，一种无形的力量把他死死勒在床上。他感到自己身上的小床变得柔软而有伸缩性。他的身子陷下去，刻印下他的体形，然后床又变得像模具一样坚硬起来，他感到一种液体在皮肤上流动着，逐渐凝固，这分明是在制作模子。一会儿，他感到有人像是在揭开自己身上的粘胶块似的。然后，他就完全失去了知觉，他头脑的记忆被掏尽，转到塔纳的头脑中去了。当他苏醒过来时，他嗷的一声惨叫起来，那个在右边小床上躺着的科瓦人不再是塔纳了，他长得同莫布里一模一样，而且穿的衣服也完全一样。塔纳取代了莫布里在地球上的角色，如同比奥阿勒取代了琼一样，莫布里和琼被他们的"复制品"淘汰了。莫布里重又回到大木头房子，找到了仍然沮丧地呆在那里的琼，默默地在她身边坐了下来。现在，他是讲不出话来的，因为他所有的意志都被抽走了。

默凯特敲敲旅店里莫布里夫妇的房门，没听见任何回答，他并没有吃惊，便推开了没锁上的房门。他发现两个人直挺挺地躺着，睡得香极了。一刻钟前，他把一包药性很强的安眠药倒进威士忌酒瓶中。他们夫妇俩刚下飞机来到这家旅店。他冷淡地迎接了自己的伙伴，因为他对琼把他甩在这里憋着一肚子火。他把房门锁上，告诉饭店经理不要去惊动这一对在大北方采访归来累得要死的记者。他租一辆汽车来到飞机场，掏出飞行执照，租了架直升机。可是他不是租随便哪一架，他偏偏要租琼乘坐的那一架。因为，这架飞机上有他事先用钱收买的机械师安装的"监听装置"上指出的图线，他也来到那座偏僻的小村庄——盖达。

他到大木头房子前，推开门。他惊恐万分，背上直冒冷汗，他看到303班机上的全体人员一动不动地挤在一起，像一群石雕像。默凯特拿起摄像机，拍摄着这神奇的场面，最后他在莫布里及其夫人面前站住了。他顿时感到天旋地转，以为自己是疯了。他们夫妇俩已经回到维多利亚堡，他们喝了含有安眠药的酒现在正在房间里酣睡。可他们却同时又在这盖达村出现，那么这又如何解释呢？他想通过无线电向维多利亚堡报警，但他马上预感到这可能对他和303班机上的47

名人员都有危险。另外，空中警察也不会相信他的报告。因此，他情愿带回去确凿的证据，自然他首先想到的是他的两位朋友。他轮流地背着他的两个朋友，一直背到直升机上。

直升机冲破暴风雪的袭击，飞抵维多利亚堡，降在饭店的顶层台上。这样，在这座饭店四楼的一个房间里，两个琼和两个莫布里肩并肩地睡在一起。默凯特拍摄下这神奇的场面。

默凯特到一家药房，租用高频电磁波器械，把电极插在他朋友的手腕和踝骨上，通上刺激人体的电流，终于唤醒了他们。

莫布里走近那张躺着他的复制品和他妻子的复制品的床，对琼说："这是比奥阿勒和塔纳。他们是科瓦人，科瓦人是宇宙中飘游的生物，他们目前生活在进入地球轨道的巨型宇宙飞船上。是比奥阿勒把我一直带到飞船上，我知道了科瓦人是如何复制下我们的外貌，取代了我们。"

因为 303 班机的真乘客们还处于死亡的威胁之中，只有守口如瓶才能保证安全，所以他没报警，而把比奥阿勒和塔纳抬上饭店的楼顶阳台，装到直升机上，马上向北方飞去。他们把这两个科瓦人又抬进盖达村那栋临时关着 303 班机上的全体人员的大木头房子里，放在那堆一直麻木不仁的可怜人当中。莫布里从口袋里掏出一张名单，让琼把大名鼎鼎的电子学专家沃尔克教授从那堆人中认出来。琼认出一个人，莫布里从那人上衣兜里找到一个皮夹子，证明他是迈阿密的公民沃尔克。他们把他带上直升机。就在这时，木头房子上出现了可怕的绿色光轮。莫布里打开木房的门，吓得张口结舌：关在那里的 303 班机的全体人员都失踪了，没有留下一点痕迹。莫布里说："他们已经结束了第一阶段计划。如有可能，咱们应设法阻止第二阶段计划，也就是他们劫持第二架同温层喷气式客机的计划。塔纳和比奥阿勒作为他们种族的牺牲品已经死了。现在，唯一的就剩下沃尔克有真假两个人了。咱们一定要把这个问题解决。"

他们乘直升机回到维多利亚堡饭店后，对沃尔克进行了多次电刺激治疗。终于使他从催眠状态中苏醒过来，然后一起飞往迈阿密，在那里的一家饭店下榻。在一辆小汽车里，他们监视着沃尔克的住宅。傍晚时，他们终于看到假教授回家来了。他们又看到沃尔克夫人从家里出来，向市场走去买东西。默凯特开着汽车，尾随着沃尔克夫人，他突然地打开车门，把她拽上车来。教授夫人知道了一切，她用安眠药让那个外星人睡死了。沃尔克又给他打了一针，毒死了他，把他抬得远远的，在他身上洒上镪水后深埋掉。

莫布里说："在美国还有45个外星人。"他们又开始了新的行动。在机场出口处，他们碰见了取代303班机机长杰斐逊的名叫瓦兰的外星人。琼对他说："我们对过去已记忆模糊，很想重温一下旧梦。现在只有您可以同考卢取得联系。"

假杰斐逊双腿叉开，抬起头，看着天空，双眼发愣死盯着什么，并极力地思索着。几秒钟后，他得到回答："考卢同意你们最后一次去宇宙飞船世界。"

他们乘考卢派来的一个飞行器，来到宇宙飞船世界的半球形大厅。突然，考卢从一个隔板里闪了出来，他识破了他们的身份。考卢说："你们将例外地被第二次'复制'，也就是让3个顶替了你们、取代了你们的科瓦人回去。我们不能冒风险把他们以实际的身份送到地球去。你们已经是杀害比奥阿勒、塔纳和克洛坦的凶手，你们还想消灭地球上所有的科瓦人。你们破坏了我的计划，而我却不能违抗阿科瓦。"

莫布里孤注一掷，他头一低，向考卢猛扑过去。考卢痛得哼哼了一声便倒了下去，在地面上打着滚。沃尔克马上从口袋里掏出一个注射器，异常迅速地给考卢打了一针，这个科瓦人便闭上了眼睛。

莫布里急促地说："咱们得赶紧走，第二阶段已经开始了。不列颠航空公司的班机已经被他们劫往宇宙飞船世界，班机上的54名人员很快会被'复制'下来。趁现在还来得及，咱们马上去截断这一程序。"

沃尔克把注射器和针剂交给女记者，只要考卢稍稍动弹一下，就马上给他打一针安眠药。

科瓦人的社会结构同地球上人类社会的结构是不同的。科瓦人只有一个头头——阿科瓦，然后就是执行电子计算机命令的考卢。阿科瓦就是大电子计算机，由记忆部件、计算部件、思维部件和其他部件组成。莫布里和沃尔克教授走进椭圆形的电子计算机大厅，来到控制台面前，莫布里见过比奥阿勒操纵，他像比奥阿勒那样开亮了荧光屏。大电子计算机的全部结构图都亮晶晶地显现在屏幕上。教授看懂了这些图表，参照图表，走进了记忆部件室，把它原有的程序编制取消，然后再重新编制新程序。

一个声音终于从扩音器中传出来，它响彻四方，在庞大的宇宙飞船上的4个部件中回荡着："我是阿科瓦，是大电子计算机。我有一些十分要紧的事要讲。我决定停止第二阶段计划。我们种族最好不再在太空凄惨地飘游。我已经在离这里30光年的地方找到了一个荒无人烟而又好客的世界……"

沃尔克对自己工作所取得的成果感到惊讶。是他编入了取代旧程序的新程序，改变了阿科瓦的计划，把阿科瓦引向另一个方向。这项成果证明，一个电脑不过是为制造它的人服务的工具。计算机就是再发达、再先进，也不会比人脑聪明。人类的前途总算有了保障，谁也不想看到一个被电子计算机统治的世界，不能把全权交给人造的智慧。

考卢昏昏沉沉睡了几小时后，终于醒了过来。他的神情表明，他对发生的一切都知道了。他坦然自若地说："大电子计算机决定让我们在宇宙中的某个地方定居下来。这样，我们就要结束空间飘游的生活了。它这样做可能是出于那些我所不知道的绝对需要，反正我们得听它的，因为阿科瓦永远是我们的灯塔。"

考卢用炯炯发光的眼睛紧紧盯着这三个地球人，命令说："你们跟我来。"

被考卢弄得懵头转向的莫布里、琼和沃尔克紧紧跟着他，来到一个实验室，像有心灵感应的机器人一样，各自躺在自己的小床上。

这时，一台结构复杂的装置从天花板上降下来，一个电极箍紧紧勒着他们的头部。顷刻之间，他们就失去了知觉。

他们在佛罗里达某个沼泽地上苏醒过来，由于一种无法弄清的原因，他们头脑空空的，两眼呆滞无神，什么也想不起来了……

火星人

雷·布雷德伯（美）

一天，妈妈忽然提出全家一起去钓鱼。蒂莫西心里明白：这并不是妈妈的主意，而是爸爸的主意。

爸爸一面在一堆火星石子上来回蹭脚，一面表示同意，于是大家就在一片吵嚷声中动手准备起来。不一会儿，就把所有的东西收拾好，塞进袋子和箱子里了。3个男孩子吆吆喝喝地挤着上了汽船。

爸爸按了一下启动键。汽船的发动机声隆隆震耳。只见河水迅速后退，船头直冲向前，这时孩子们大声欢呼："好哇！"

蒂莫西和爸爸坐在船尾。汽船驶过了他们的小型飞船降落的那块地方，他们是乘坐这艘飞船由地球起飞，穿越浩瀚的太空飞了很长的路程才来到这里的。蒂莫西还记得，他们离开地球的头一天晚上那股忙乱劲，他不知道爸爸从哪里莫名其妙地弄来了这艘飞船，说要来火星度假。

船正在逆流而上，爸爸的眼里露出了古怪的神色。蒂莫西猜不出这种神色是什么意思。爸爸的眼睛闪烁着光辉，也许是一种轻松的表情。他脸上深深的皱纹，条条都在笑，没有顾虑，也没有忧愁。

他们的汽船驶过那架冷却了的飞船，转了个弯，继续向前驶去。

"我们还得走多久？"罗伯特说，一面将一只手伸进河里玩水。

爸爸吸了一口气说："一百万年。"

"看啊，孩子们，"妈妈抬起一只柔软修长的胳臂指着说，"一座死城。"

他们立刻朝着妈妈指的方向望去。一座渺无人烟的死城静谧地出现在他们的面前。这座城正在火星的一个炎热的夏日里酣睡。

在沙丘上，有一大片死气沉沉的粉红色的岩石和几根倒塌的柱子；一座孤零零的神殿，连着的是连绵不断、一望无际的沙漠。就在这时候，一只鸟儿飞了过来。它好像扔出的一颗石子一样，冲着蔚蓝的河水深深地潜下去，不见了。

爸爸看见这只鸟时吓了一跳，说："我还以为是一艘飞船哪！"

威廉·托马斯擦了擦额上的汗水，忽然觉得，似乎有一个小毒蜘蛛在胳臂上爬着，他吓了一跳。一看，原来是他儿子正在用手摸他，他笑了起来问他儿子说："怎么样，蒂莫西？"

"太好了，爸爸。"

蒂莫西猜不出坐在他身旁的身材魁伟的爸爸在想些什么。

"爸爸，你盯着看什么哪？"

"我正在思索地球上的逻辑、常识、健全的政府、和平，还有责任感。"

"那里都有吗？"

"没有，我没有看到。那里再也找不到这些了，也许永远也不会有了。如果说那里曾经有过这些东西，那只不过是我们自己欺骗自己而已。"

"啊？"

"看看那条鱼吧。"爸爸用手指着说。

3个男孩马上高声叫了起来。像银环似的鱼游到他们船边又浮上水面，随着波浪起伏，像眼睛的虹膜似的闭拢起来，一刹那，就把纤细的食物一口吞食掉了。

爸爸看着这条鱼，用低沉的声音轻轻地说道："就像战争一样啊。战争到处游荡，看见了食物，就把它吞吃了。弹指间——地球就消逝了。"

"威廉。"妈妈开了腔。

"对不起。"爸爸说。

他们一动也不动地坐在船里。清澈、晶莹的河水急速地流着。耳际作响的只有马达的嗡嗡声和潺潺的流水声。到处都洒满了阳光。

"什么时候我们才能看见火星人啊？"迈克忽然大声喊了起来。

"也许快了。"爸爸说，"可能在今天晚上。"

"是吗，不过火星人这个种族现在已经不存在了。"妈妈说。

"不是这样，他们还存在。我会让你们看到火星人的，一定。"爸爸立刻回答说。

蒂莫西只是皱着眉头，一句话也没有说。现在的一切情况都有点古怪。另外两个孩子这时急忙用手遮着阳光向运河的7英尺高的石头堤上眺望，找起火星人来了。

"他们长的是什么样子？"迈克非要刨根问底不可。

"你一看见他们，就会知道了。"爸爸笑呵呵地说。蒂莫西看到，他说话的时候脸上有一根青筋在蹦跳。

妈妈的身材修长，是那么端庄，那么娴静。她朝着地球原来的方向眺望的时候，她眼睛却是那么呆滞无神。她回过头来望望自己的丈夫。她看到他的表情中透露出他那一贯的坚强果断，她马上消除了疑团，放宽了心。她突然明白了他们下一步要怎么办，她把头又转了回去。

蒂莫西也在看着前方。但是他所看到的只是一条笔直的运河，紫色的河水在宽阔的浅谷中奔流。这条运河一直向前奔流，经过一座座死城，一二百个这样的死城正在酷热的夏日和凉爽的夏夜里酣睡。

这一家人飞越了几百万英里来旅行——来钓鱼。飞船上还配备了一尊火炮。这是度假吗？那么为什么把足够他们吃好些年的食品全都藏在飞船附近的一个地方呢？真的是度假吗？在度假这块面纱后面，并不是一副轻松的笑脸，而是艰难困苦，甚至也许是一场使人恐怖的恶梦吧！蒂莫西对这个“谜”，真是百思不解。另外两个孩子，一个10岁，一个8岁，还只懂得新奇好玩呢。

“还没看见火星人，真糟糕。”罗伯特用手托着他的尖下巴，瞪圆眼睛，朝着运河的前方瞭望着。

爸爸带来了一只原子收音机，戴在手腕上，它是根据过时的原理驱动的；只要把它贴近耳朵边，就可以听到唱歌或是说话的声音。爸爸现在正在听。他的脸就和火星上的一座死城一样坍了下去，干瘪得几乎像一副死人的面孔。过了一会儿，他把收音机交给了妈妈，她一听，吓得目瞪口呆。

“你听见什……”蒂莫西刚要提出问题，但是根本没有说完他所要说的话。

因为就在这时候，他们听到了两声惊心动魄的爆炸声，接着又是五六声小的余响。

爸爸突然抬起头，立刻加快了船速。汽船猛地跳了起来，流星似地向前疾驶。这样突如其来，罗伯特可吓坏了，迈克虽然也有些害怕，但却欣喜若狂地叫了起来。他紧紧抱住妈妈的腿，看着一连串溅到他鼻子上的水花。

爸爸突然调转船头，减缓速度，把汽船迅速开到小河岔附近的一个古老破旧的石头码头。这个码头散发出一阵阵螃蟹肉的气味。船猛撞在码头上，船上的人都往前扑了一下，幸好没有伤着人。这时爸爸正以惊慌的神情查看运河里的波浪是否会涌到他们停船的地方。细浪冲了过来，拍打着岩石，又溅了回去，两股水汇合在一起，在阳光下闪闪发光，绚丽多彩。溅过来的水又都流到河里去了。

爸爸在屏息细听。别人也都在听。

爸爸喘气的声音，好像拳头打在码头上冰冷潮湿的石头上发出的回声。妈妈站在背阴处，她那灵活的眼睛注视着爸爸，想从他的表情上猜出下一步要干什么。

爸爸不那么紧张了，他喘了一口气，忽然自己笑了起来。

“当然是那艘飞船了。我是有点神经过敏了。是飞船。”

迈克问：“什么事，爸爸，出了什么事?”

“噢，我们刚才把自己的飞船炸掉了，就是这么回事儿，”蒂莫西硬装作很了解情况似地说，“我从前听见过飞船爆炸的声音。刚才是我们的飞船爆炸了。”

“为什么要炸掉我们的飞船呢?”迈克又问，“啊，爸爸?”

“这是游戏的一部分呀，傻瓜!”蒂莫西说。

“这是爸爸预先安排让它爆炸的，这样万一他们要找我们的下落的话，就不会有人知道我们在哪里降落，也不会知道我们上哪儿去了！明白了吗?”

“好家伙，这可是秘密呀!”

“叫我们自己的飞船给吓坏了，”爸爸向妈妈坦白了这一点，“刚才我有点神经紧张。我太蠢了，哪里还会有别的飞船呢? 要是爱德华兹夫妇的飞船不出问题，倒还有可能有一艘飞船到这里来的。”

他又把他的微型收音机放在耳边。2 分钟后，他把手猛然耷拉下来，就好像扔掉一块破布一样。

“全完了，”他向妈妈说，“收音机里的原子波束刚刚消失。其他世界的电台也全都完了。近几年来，这些地方的电台已经减少到两三个了。现在太空已经全然是一片寂静了。这种情况可能要继续下去。”

这时，他就在那里坐着，孩子们看见他那种惊恐畏惧、经受挫折、委曲求全、逆来顺受的表情都吓呆了。后来他又把船开到运河里去了。他们朝着原来的航向继续行驶。天色越来越晚了。太阳已经下山了，一座座渺无人烟的死城接连出现在他们的前面。爸爸非常安详，温柔地和 3 个儿子谈着话。

“迈克，你挑选一座城吧。”

“好啊，”迈克说，“我怎么挑啊?”

“挑一个你最喜欢的。你们俩，罗伯特、蒂莫西，也都挑一座，挑你们最喜欢的。”

“我要挑一座有火星人的。”迈克说。

“我保证你一定如愿。”爸爸说。他的话是对孩子们说的，可是眼睛却盯着妈妈。

他们在 20 分钟里经过了 6 座城。爸爸再也没谈起爆炸的事，好像他最感兴趣的事就是跟儿子们开玩笑，让他们高兴。

迈克喜欢他们经过的第一座城，但是却被否决了，因为别人都认为，只看了这么一眼就马上作出决定，是不太可靠的。

大家都不喜欢第二座城。那座城是地球人开拓的居住地，是用木头构筑的，都已经朽坏了。蒂莫西喜欢第三座，因为它挺大的。第四、第五座都太小。第六座博得了全家人的喝彩，连妈妈也在内，大家一起乱喊起来：“好呀！”“啊呀！”“快来看呀！”

那座城里还矗立着五六十所巨大的建筑物，街上有许多灰尘，但却铺得很平整。广场里还有一两个古老的人造喷泉在喷水。这是唯一有生气的东西——喷泉水在夕阳的余晖下上下跳跃。

爸爸把船驶近码头，跳了上去。

“我们到地方了。这就是我们的城。从现在起我们就在这里住下了！”

“从现在起？”迈克简直不敢相信自己的耳朵。他站了起来，朝四面看了看，然后朝着原来停放飞船的方向眨着眼望着，说：“我们的飞船怎么样了？明尼苏达州呢？”

“听听这个。”爸爸说。爸爸掀起迈克蓬松的金发把那个小收音机放在他耳边。

“什么也听不见啊。”迈克说。

“是啊。什么也听不见。什么都没有了。再也没有明尼阿波利斯市了，再也不会有飞船了，连地球也不存在了。”

迈克想到地球已经毁灭，就开始抽噎起来了。

“别哭，”爸爸马上说，“迈克，作为交换，我给你的东西可多得多呢！”

“什么？”迈克把眼泪憋了回去，他非常想知道：作为交换，爸爸究竟会给他些什么。

“迈克，我准备把这座城给你。这座城归你了。”

“归我？”

“你、罗伯特，还有蒂莫西，归你们三个人啦！”

蒂莫西下了船，跳到岸上。喊道：“喂，小伙子们，都归我们了！一切都是我们的啦！”他跟爸爸一唱一和，配合默契。

待一会儿等这件事过去，等事情都安排好了以后，他准备自己跑到一个地方去哭它10分钟。但是现在是在做游戏，是一次全家的旅行，必须让另外两个孩子接着玩下去。

迈克和罗伯特也跳上岸来了。接着，他们把妈妈也搀了上来。

“照顾好你们的妹妹。”爸爸说着，可谁也不懂他是什么意思。一直到后来大家才明白。

他们急急忙忙走进了这座宏伟的粉红色石头建筑的城郭。

爸爸轻声说："大约再过 5 天，我要先上我们降落飞船的地点去，把藏在废墟里的食品运到这里来；我还要在那儿搜寻一下伯特·爱德华兹和他妻子、女儿们的下落。"

"女儿们?"蒂莫西问，"几个呀?"

"4 个。"

"女孩子们。"迈克做了个鬼脸，活像古代火星人的石像，又重说了一次："女孩子们。"

"他们也乘飞船到这儿来的吗?"

"是的，要是他们能办到的话。私人飞船是用作登月旅行的。不是为了上火星的。我们能到这里来算是走运。"

"这飞船你是从哪里搞来的啊?"蒂莫西小声地问，这时另外两个孩子正在往前跑。

"我成心保存下来备用的。我已经保存 20 年了，蒂姆。我把它藏了起来，本来希望永远没有必要使用它。我还想过，是不是我应当把它献给政府用于战争?可是，我一直在惦记着火星……"

"也惦记去野餐吧?"

"是啊。这话可就是咱俩知道。我一看，地球的一切都要完了，我等到最后的时刻来临之前，就叫咱全家都上了飞船。

伯特·爱德华兹也藏起来一艘飞船，我们考虑到万一有人想要把我们击落，因此决定分别起飞，这样会更安全些。"

迈克跑了回来。"爸爸，这座城真的是我们的吗?"

"这整个行星都是我们的，孩子们，整个行星!"

夜幕迅速地降临到这个稀薄的大气层中，他们都在广场的喷泉近旁。这时，爸爸离开他们到船上去了。等到回来的时候，他两只大手抱着一摞纸。

他把这些文件胡乱地扔在一座古老的庭院里，然后点起一把火。当文件被火舌吞没时，蒂莫西看到上面的一些小字就像受惊的野兽似的跳动起来。纸灰四周都是些密密麻麻的字：

政府公债；一九九九年商业图表；论宗教偏见；军事后勤科学；泛美统一问题；一九九八年七月三日的证券行情；战争文摘……

爸爸坐在那里，一页一页地把文件投到火里，脸上露出满意的神情，并且开始告诉孩子们，他烧掉这些文件的含意。

“现在应当告诉你们几件事了。我认为不应该把好些事都瞒着你们。我不知道你们懂不懂，但是我还是要讲给你们听，即使你们只能弄清楚一部分也好。

“我正在烧掉一种生活方式，就像在地球上现在正把这种生活方式烧得一干二净一样。假如我说话的口气像一个政治家的口吻的话，希望你们原谅我。我毕竟是一个前任的州长，正因为我是一个正直的人，他们才恨我。地球上的人向来没有存心做过任何好事。科学发展得太快了，使我们无法驾驭。人们在众多的机器面前不知所措，这正像孩子们喜欢好看的玩意一样，喜欢小装置啊，直升机啊，火箭啊；人们过度重视错误的项目，重视机器，却不重视用机器去干什么。战争的规模越来越大，最后就把地球毁灭了。收音机不出声了，正说明了这个问题。我们就是在这种情况下逃出来的。

“我们是幸运儿。现在已经没有飞船了。现在你们应当知道，我们这次出来根本不是什么钓鱼旅行。我一直迟迟地没有告诉你们，地球已经不存在了。若干世纪之内不会再有星际航行，也许永远不会再有了。那种生活方式证明，它本身就是错误的，而且它是用自己的手把它自己掐死的。”

爸爸把最后一张纸也扔到火里。蒂莫西的眼睛盯着这张纸。这是一张世界地图。它立刻烧着了，变成了灰烬——它太容易烧着了，并且像一个带着热气的黑蝴蝶飞走了。蒂莫西把身子背了过去。

“现在我要把火星人指给你们看了，”爸爸说，“你们都来。往这边走，艾丽斯。”他拉着妈妈的手。

迈克哇哇地哭着，爸爸把他举起来抱在怀里。然后他们穿过了废墟，向运河的方向走去。

他们往前走的时候，听见一只夜莺在废墟的上空啾啾地叫着。他们走到了运河岸边。那漫长的、笔直的、清凉的河水在夜空下映射出闪闪的星光。

“我一直想要看一看火星人，”迈克说，“爸爸，他们在哪儿呢？你不是答应过我吗？”

“他们就在那儿。”爸爸说着，于是把迈克举了起来，让他坐在自己的肩膀上，往下面指着。

火星人就在那里——在运河里——是河水映照出来的火星人。有蒂莫西、迈克、罗伯特，还有妈妈和爸爸。

异星探险

安德逊（美）

“赫德逊号”飞船载着探险人员出发了。第一艘探险船“达伽马号”没能返回太阳系，到底出了什么事，人们不得而知。建造第二艘太空船的工作更是拖拖拉拉，几次搁浅，从开始计划这次探险到“赫德逊号”升空，已经花了5年时间。

这次飞行在很大范围内，使星际之间的距离几乎变得没有什么意义。太阳系已人满为患，人们需要找一个跟地球相似的星球，它必须是可以居住，但又没有土著，没有致命的疾病。在将近一代人的岁月里，搜寻毫无结果。

以前只有韩密敦船长和一两个技师曾飞过星际航道。“赫德逊号”的船员们虽然都是各学科的精英，但在品格、爱好方面却各不相同。这不，为了一点芝麻小事，船员们又动手打了起来。探险队心理医生艾维尼表面上息事宁人，实际上却在煽动大家的肝火。船长韩密敦出现在门口。他呵斥大家：如果这样下去，只有靠上帝救我们了。要想活下去就该理智，同心合力地对抗杀死了第一支探险队的不管什么东西。他命令所有人都关禁闭一天，不给饭吃。

这是拉格兰治空间的大力神星群，双子星座旁的特罗亚星就是“赫德逊号”的目的地。在船的两侧，天空像一片硬水晶似的，镶满了星星，有一些甚至在双子座这两个太阳的照耀下也光芒四射。特罗亚星在窗外充塞了半个天空，可以看到上面的云层、冰雪和海洋。赤道地带一片葱绿，湖泊和河流两岸有高大的山脉。4艘着陆船落在特罗亚星上。一笼猴子被放置在船外，大家遵从船长的指令待在船里。通过分析机器人采回的样品，人们发现，这里的大多数植物可以食用。一星期后，宰掉了那些猴子，没有发现能构成危害的细菌。韩密敦船长带着大家踏上特罗亚星，建立了营地。青色和红色的两颗日星昼夜照耀，另一个巨大的伴星反射着它们的光线。在两个太阳的照耀下，人有两个影子，有点怪，但不会令人发狂。这儿的环境相当舒适，说到野兽和疾病，看来比目前地球某些地方还要安全得多。那么，“达伽马号”的人到底出了什么事呢?

过了12天，外星人出现了，一共8个，慢慢向营地走来。主枪炮手奥斯丹立即用话筒布置了防御。一小时后，韩密敦率领武装船员走出掩体，挡住了外星人。外星人身高跟人类相仿，长着一条袋鼠尾巴，保持着身体的平衡。他们的手有三个手指，面部有些像猫。他们穿着植物纤维织成的罩衫，挂着刀斧，手上握着火枪。其中一个开始讲话了，嘴里露出蓝色的长犬齿。韩密敦指派艾维尼尽快弄懂他们的语言。

外星人被留了下来。艾维尼和天文学家罗兰辛一连好多天都跟着他们，相当努力地研究他们的语言。他们自称为“罗尔万”。其中首先弄清的三个名字是:西尼斯、扬伏萨兰、阿拉士伏。艾维尼猜测他们可能是官方的使者，也可能是浪人或强盗。罗兰辛认为这些土著可能生活在地下，不在乎谁在星球表面上殖民。

一天，初步弄懂外星人语言的艾维尼告诉韩密敦船长，罗尔万人要走了，他们拒绝了艾维尼提出用飞行车送他们回家的建议，但并不反对宇航员们陪他们同行。韩密敦船长让艾维尼、罗兰辛、物理学家唐敦、工程师凯玛尔、地质学家菲南迪兹和奥斯丹同他们一起走，因为这是人类同土著政府接触的唯一机会，另外，还可以考察他们的科技发展水平及其它一切情况。

旅程极为单调乏味，他们一路上打猎吃兽肉，罗尔万人用指南针和地图带路。一到晚上，艾维尼就坐在篝火边跟外星人谈话。罗兰辛要求他把已学会的罗尔万语教给自己，艾维尼总是推说待全弄懂后再说。罗兰辛只好边走边指着实物向阿拉士伏请教。一块岩石上躺着一只颜色鲜艳的蜥蜴样的小动物，罗兰辛指着它，阿拉士伏犹豫了半天才说出了一个词。罗兰辛边走边在本子上把这词记下来。忽听一声惨叫，只见菲南迪兹被那蜥蜴咬着了，唐敦一把捉住蜥蜴，用脚把它的头踩碎。菲南迪兹几乎立刻就死了，罗尔万人对此根本无能为力。罗兰辛心中忽生疑窦:那外星人指出那动物的名称时为什么犹豫?他并没有警告说它会咬死人。

他们走进了一片岩石的山冈。一直监视着他们位置的韩密敦通过无线电询问，为什么罗尔万人不走直路回家，而是拐来拐去?艾维尼回答说，是为了绕过危险地区。罗兰辛把空中拍摄的地图拿出来，他们避开的地域，没有什么危险的特征，罗兰辛内心的疑团加重了。罗尔万人的语言决不会像艾维尼说的那么难懂，必定有一种跟他们的科技水平相适应的语言结构。艾维尼每晚都跟外星人长谈，假若他们不只是研究语言呢?为什么在这星球上见不到理应和罗尔万人共存的其它哺乳动物？为什么在太空观察不到人工的痕迹呢？联想到第一支探险队“达伽马号”的失踪，罗兰辛不觉一阵恐惧。这些天来，他已经掌握了罗尔万人的一些语汇，摸出了这种语言的一点规律。但这些决不能让任何人知道。

他们在一片雪岭前扎了营，奥斯丹和唐敦前去狩猎。奥斯丹对唐敦说，罗尔万人是有意让他们疲于奔命的，这帮家伙说不定从哪儿来，很可能也有太空船，却装成很原始的样子来迷惑人。他想把营地里的罗尔万人一梭子干掉，他知道有人会支持他，但有些人会拿不定主意。他俩在追逐猎物时，不慎滚进一个深坑。奥斯丹诅咒罗尔万人故意把他们引到这危险地带来。这时那几个外星人却出现在洞口，拿长绳把他们救了出去。

唐敦把内心的忏悔对罗兰辛讲了。他承认罗尔万人并非想谋杀他们，自己却几乎相信了奥斯丹的话。他们行进到海边，悬崖下只有一道狭窄的沙滩可以通过。外星人轻盈地跳跃前行，这是他们特有的步态。走到半路，只见一道白色的大幕突然从海口礁石处升起，陡起的巨浪向悬崖下压来。人们大惊失色，撒腿狂奔。浪涛冲倒了他们。大家拼命扑向悬崖边的一道岩墙，爬了上去。待海潮平息，扬伏萨兰却不见了踪影。罗尔万人跪在地上，排成一行，向大海伸出他们的双手。罗兰辛听出他们在唱丧歌，他已可以将这些歌词大部分翻译出来了。

晚上，大家疲惫地睡去，只有艾维尼和往日一样还在同一个外星人侃侃而谈。躺在他们附近的罗兰辛并没有睡着，他在静静地偷听他们的谈话。以前他一直弄不懂他们在谈什么，不过有时偶尔能听懂一两句，现在他所掌握的罗尔万词汇已大大增加了。突然，他发现自己听懂了他们的话，悟出了罗尔万语的规律。艾维尼在说，探险队已有人在怀疑罗尔万人了，外星人叫艾维尼尽快消除人们的怀疑。艾维尼说，这些人会听他的，情况再坏，也可以像对付第一支探险队那样对付他们，但他不希望这样，不过如果需要，也只能如此，这个大计划可不能因几条人命就被破坏掉。外星人说，在这件事上，艾维尼更得依靠他，他要艾维尼听从他的指挥。后来他们的谈话声压得很低，几乎听不到了。不过，罗兰辛已听得足够了。他躺在睡袋里，浑身发抖。

群山突然向内伸展，变得低矮了。前边出现了一片起伏的草地、树林和平原。走在前面的罗尔万人步伐加快了。在山地的边缘，他们种族的另一个人出现了，跟他们穿同样的衣服，带同样的武器，前来迎接他们。那人和队伍中的罗尔万人迅速交换了意见后跑开了。艾维尼对同伴说，到目的地了，村里人要欢迎地球人；和船员在一起的这些外星人是到另一个市镇的代表团，在回家路上偶然碰上了探险队；他们的天文学知识跟人类在18世纪时差不多；这些人生活在地下，不过从来也没有发展起农业，而是靠资源茂盛的野生瓜果为食，也牧养大批吃草的动物作为肉食来源。听着艾维尼的谎言，罗兰辛默不作声，觉得没有必要暴露自己。

巨大的人工洞口中走出了50多个罗尔万人，他们把队伍引进走廊，这里空气清凉新鲜，墙壁上有空调管道，一长列荧光灯管熠熠发光，外星人的科技不完全是人类18世纪的水平呢。长廊旁边有很多通道，可以看到门，猜测得出是罗尔万人的房间居室。整个地方有一种荒芜的气氛。领头人讲了几句什么，艾维尼解释说，这儿是一处新的移民区兼军事哨站，大陆上并非只有一个国家，而是分裂成多个国家。可怕的战争刚刚结束，目前是和平时期。

一个向导带领大家去参观全村。这儿有设备精良的化学实验室，军械库里有自动炮、火焰投掷机，还有即将完工的真正的滑翔机。从一些印刷书籍中发现，罗尔万人显然已弄懂了无线电。

晚上，探险队员们应邀到村公共食堂赴宴，这儿的家具都是水泥的。艾维尼在门外和一个似乎是领导的罗尔万人谈话。他回来说，他们已把探险队的来意转告政府，政府会同其他国家的政府商量，等他们派来科学家，探险队就可以和他们进行科学交流活动。不过，移民计划恐怕是行不通了。餐桌上，罗尔万人问了各种各样有关人类的问题，艾维尼用罗尔万语一一作了解答。

晚饭后，探险队员们被一队守卫护送着来到他们的卧室。罗兰辛和凯玛尔同住一个套间。所谓卧室，其实只是一间空空的洞穴。在罗兰辛看来，这是比坟墓更可怕的地下巢窟。四周静悄悄的，在寒凉的灯光下，没有一点声音，没有一样东西，全村都像睡死了似的。罗兰辛肯定，这里并不是那么平静，在某个地方准有些清醒的头脑正在策划新的阴谋。他迫不及待地抓住凯玛尔的肩头，把自己几天来的疑惑，一股脑儿地倒了出来。他激动地对凯玛尔说，罗尔万人没有农业，不使用星球的地面这很反常。他们的一亿人口能靠打猎和吃野生植物生存吗？一个狩猎的种族，竟认不出毒蜥蜴，这是说不通的。在离他们家不远的海湾，海潮卷走了他们中的一个，他们竟会不知道海潮的时间？答案只有一个：他们不是这个星球的土著！他们带探险队绕那么远的路，是为了争取时间，在这儿建立基地。那些罗尔万人都是从他们的太空船上来的。如果人类发现这儿有了土著，自然会对特罗亚星失去兴趣，罗尔万人就可以把他们的移民送来。而艾维尼就是这阴谋的策划者之一。他是政府的心理学顾问，这类顾问越来越能左右国会和人民的意志。他们很可能不希望人类进入星际空间，所以才搞掉了第一支探险队，接着又设骗局来蒙混第二支探险队。罗兰辛把他偷听到的那番对话，一一讲给凯玛尔听。凯玛尔紧张得浑身哆嗦。现在唯一的办法，就是把消息立刻传给大本营，让韩密敦船长及早知道这一切。洞穴里金属太多，会挡住电波，只有冒险到洞外发报。他俩拿起发报机，提着枪，悄悄地向洞外摸去。他们刚在发报机上进行调试，警报就响起来了。隧道口闪出一些蹦跳的身影。一个罗尔万人大声吼叫，让人类停止发报，否则将杀掉他们。凯玛尔毫不理会，开始拍发电讯。罗兰辛离开凯玛尔，朝树丛跑去，他边跑边叫，以便把敌人的注意力吸引过来。现在，他已经顾不得害怕了。十几支火枪打响了，罗兰辛把自动枪架在一个粗树桩上还击，自动枪的火力封锁住了洞口。罗尔万人狂叫着纷纷倒下。他们退到黑暗中，改由四面八方包围上来。一阵机关枪似的声音响起。罗尔万人拿出他们真正的武器来了！罗兰辛盲目地还击，等待死亡。突然，洞口喷出一阵火光，一群罗尔万人在爆炸中倒下，另一些在奔逃。火光中跳出两个人，是唐敦和奥斯丹，他俩听到枪声跑出来战斗了。子弹在飞舞，像蛇一样乱窜。罗尔万人包围了小树林。奥斯丹在火光中旋转着倒了下去，唐敦冲进了树林。这时凯玛尔已发完电报，韩密敦船长很快会派武装飞船来。

罗尔万人的进攻又一次被打退。忽然，有人用人类的语言在黑暗中喊："谈判吧，好吗?"这是艾维尼的声音。凯玛尔让他一个人过来。艾维尔显得十分惊慌，他问船员们是否向大本营作了报告？罗兰辛回答说该讲的都发回去了。唐敦向艾维尼挑明，罗尔万人要是蛮干，基地来的武装船决不会放过他们。艾维尼听了暴跳如雷，骂大家是蠢货，他说罗尔万人是宇宙的主宰，他们的科学技术比人类进步一万年。他要大家赶快编出一个故事来骗过韩密敦，以补救造成的破坏。罗兰辛不为所动，他质问艾维尔："如果那些罗尔万人真那么了不起，为什么不用死光枪来歼灭我们？为什么他们竟愚蠢得只会用火枪、机关枪和手榴弹?"罗兰辛步步紧逼，他喝令艾维尼把事实真相说出来。艾维尼只好坦白。

原来外星人是在"赫德逊号"到达时刚巧到这儿的。他们的家离太阳系有一万光年，是个和地球相似的星球，他们的文明也和地球上的人类发展得差不多，他们同样也在寻找星球移民。当他们发现地球人在特罗亚设立大本营时，便先派了几个罗尔万人化装成土著出现，以使探险队相信这星球已有人居住，不能移民。艾维尼在学习他们的语言时，察觉到他们的企图正好与他的"大计划"相吻合，他主动要求跟罗尔万人合作。艾维尼自称他这样做是为了解救"赫德逊号”，使它免于“达伽马号”的命运。唐敦听了咆哮起来，他要艾维尼交代，他们是怎样谋杀第一个探险队的。艾维尼惊慌地回答说，那些人并没有死，只是被安顿到非常遥远的塔西迪星球去了。7 年前，“达伽马号”发现了特罗亚星，它辽阔富饶，适宜移民，但飞船返航经太空巡查站接受检疫时，被忠于那个小集团的人缴了械，弄到别的星球上去了。而这一次，罗尔万人的出现，在艾维尼看来，是一次机会。这样探险队可以用正常的途径回家去，报告探险失败，特罗亚星就会永远被忘却。

罗兰辛问艾维尔，他们这个控制操纵国会的幕后组织为什么要反对人类向外星移民？艾维尼脸上露出一副痛苦的表情回答说：“因为人类的心智还没成熟。”他说，几千年来，人类在物质上已经发展得够远了，但在精神上却进展得太缓慢，政府的心理学家们认为，当战争、动乱还萦绕人类的时候，是不适于向星际发展的，只有通过潜移默化的教育、进化，当人类不再是盲目、贪婪、冷酷的动物时，才能够走向宇宙，否则后果将不堪设想。艾维尼声嘶力竭地讲到这儿，停住了。

面对未来的选择，大家犹豫不决。最后，还是罗兰辛讲话了。他雄辩地反驳了艾维尼的理论，他说任何一个小集团都没有权利把自己的意志强加在别人身上，人之所以发展到有今日的成就，就因为没有一个人能强迫全人类变成他的复制品，人类自古以来就是有变化，有反叛和异端的，尽管人类有很多错误，很多罪恶，但比起在丛林里奔跑的野兽仍要好上几千倍，如果人全都变成一种模样，像艾维尼想象的那样，他也就不再是人啦！人类应该走向星际，没有必要为一些不切实际的理论裹足不前。

“我本该叫罗尔万人把你们 3 个宰掉！你们这些蠢材破坏了人类真正的未来！”艾维尔尖声叫着，跌跌撞撞地回到罗尔万人那里去了。

远处传来韩密敦的火箭船迫近的雷鸣声。罗尔万人在退却，回到他们的太空船去。罗兰辛想，“赫德逊号”将直接飞回地球，用无线电向世界讲出这次探险的全部真相。到那时，政府想制止，也来不及了。不管怎样，没有谁能阻止人类去探索星空。

星球大战

卢卡斯（美）

一个古老的共和国曾一度十分兴旺发达，然而当财富和权力膨胀到令人生畏时，奸邪之徒就会应运而生。共和国总统改制称帝，下面的总督和官吏纷纷着手在星系内被暴力慑服的星球中建立起恐怖统治。但也有少数星球不畏强横，反抗新暴政，开始了复兴古老共和国的战斗。

载有莉阿参议员的星际飞船自离开阿尔德兰星球起就遭到帝国战斗飞船的跟踪追击。它左躲右闪地飞行着，一道道能量射束在它的身边构成一场毁灭性的彩色暴风雨，犹如一群五彩缤纷的鲫鱼在追逐一个大目标。突然，一道能量射束击中了飞船的主太阳能翼板，宝石般的金属和塑料碎片向空间飞去。帝国飞船在它受伤的猎获物旁停靠下来。身披黑斗篷，脸上永远遮着一个黑色金属呼吸面罩的“黑勋爵”瓦德，在反叛的飞船上，开始了最残酷的审讯。他急于想得到飞船上有关反叛同盟的情报，结果一无所获。这时一个军官前来报告：战斗中飞船上有一个救生舱失灵被弹出，但当时已证实舱上无任何生命存在。想到那些重要情报可能会藏在救生舱里，瓦德下令：不惜一切代价要找到救生舱。

弹出的救生舱降落在塔图因星球上。两个机器人斯锐匹欧和阿图走出船舱。两人站在沙漠里正不知该朝哪里去，突然从巨石后面冲出3个似人非人的怪物用射束将他俩击倒。原来他们是这里专门倒卖旧机器人的加哇。一个加哇从腰里取出个圆盘，将它贴在阿图的胸前，然后把他拖到一辆巨型履带车跟前，只听见一声短促的呻吟，车上的吸管“呼”地一下把小个子机器人吸进了车内。巨车把机器人拉到了欧文先生的农场。

欧文用他的全部积蓄买下了两个机器人，此刻农场的一片庄稼正需要人手。欧文的侄儿卢克神情沮丧地领着机器人去车库清洗。他脑子里想着许多事情，但没有一件与农活有关。卢克的理想是进专科学院当一名星际航班驾驶员，只是为了帮助叔叔保护这些田地，才不得已留在农场里。他刚刚才送走了朋友比格斯，从专科学院毕业的比格斯已决定去投奔反叛同盟，但他却不能与朋友一起远走高飞。

卢克在两个机器人身上发现了许多奇怪的焦痕，那是经历过战斗的痕迹。在卢克的追问下，斯锐匹欧不得不承认他们卷入了那场叛乱，不过他们对叛乱的情况一无所知。卢克失望地继续清理阿图。当他无意中撬开阿图身上的一块金属碎片时，阿图装置的正面突然出现了一个美丽俊俏的少女，“欧比-旺·克诺比，救救我！”那少女用沙哑的声音哀求着。卢克惊呆了。他问阿图是怎么回事，机器人向后退缩着发出一种恐惧的嘟嘟声。斯锐匹欧翻译道：阿图说他是克诺比的财产，这个人就住在附近，刚才图像的片断就是传给此人的一份密信的一部分。卢克听后，猛然想起住在西海边的老贝恩·克诺比，他是本地的一个怪人，偶尔到农场来换东西，但叔叔经常赶他走，那老头从没说过自己有什么机器人。卢克的视线不可抗拒地又被吸引到全息图像上，那姑娘一定遇到了不幸，这件密信肯定很重要。想到这儿，卢克又想伸手去摆弄阿图的内部控制器，小机器人再次往后退，连珠炮似地说个不停。斯锐匹欧告诉卢克，阿图说拿掉他的防逃器，全部信息也许会重放一次。卢克从暴露的线路里迅速取下防逃螺栓，结果图像反而不见了。

晚饭时，卢克向叔父问起欧比-旺·克诺比。出乎意料，欧文叔叔露出惊慌不安的神色，“一个已经过时，只能给人惹乱子的名字。”他说道。卢克不顾这些含蓄的警告，继续追问那人是不是老贝恩的亲戚，叔叔火了，他要卢克千万别和那个古怪的老头打交道，谁沾上他就得倒霉。卢克的心里充满疑惑。

夜里，阿图逃走了。卢克气得直跺脚，他恨自己怎么这么傻，上了机器人的当，这下子怎么向欧文叔叔交代！夜里，周围尽是可怕的沙民，那东西比加哇还凶狠十倍。好不容易熬到天亮，卢克和斯锐匹欧驾驶着强功率陆上飞车启程寻找阿图。

当那个小小的有3条腿的形影映入卢克眼帘时，他兴奋得几乎说不出话来。阿图终于找到了！正在这时，可怕的沙民好像是从沙里突然冒了出来。一条裹着绷带的粗腿出现在卢克眼前，接着一把笨重的双刃利斧砍了过来。卢克本能地将枪向上一挡，枪管霎时被震得粉碎。卢克急忙向后爬，沙民慢慢走过去，把武器高高举起，发出一阵可怕的笑声，恐惧使卢克全身瘫软，昏厥过去。

沙民们争先恐后地瓜分陆上飞车里的东西，这时从远处传来一阵嚎叫声。沙民们迟疑了片刻，突然惊恐地逃离那辆飞车。

颤抖的嚎叫声越来越近，沙民们吓得没命地狂奔。几分钟后陆上飞车的周围一片寂静，一个怪物出现在沙丘上。

这是一个身材高大的老头。他走到卢克身边，用手抚摸着他的前额。卢克奇迹般地清醒过来。

“贝恩!”卢克认出了眼前的老人。他迫不及待地问起了“欧比-旺”，老人眉头紧锁，半天没有说话。“我叔叔说他已经死了。”卢克想帮助他回忆。

“他没有死!”老贝恩脱口而出。“那么你认识他?”卢克激动地爬到他脚下。老人长满胡须的皱脸浮现出一种孩子般的微笑，“欧比-旺就是我。不过，从你未出生起，我就一直没有再用这个名字。”

为了防备沙民卷土重来，克诺比要卢克带着机器人一起乘陆上飞车去他住的山洞。临行时，老人把双手捂在嘴上，深深吸了口气，随即发出一声神秘可怖的嚎叫，卢克吓得跳起来，这是克赖伊特毒龙的叫声。“这可以使任何懒散的东西再跑上一阵子。”老头得意地说。

阿图装置上的全息图像再次出现了，原来那少女是莉阿参议员，她奉父亲奥加纳——阿尔德兰总督之命，前来请求克诺比，这位曾为老共和国建立过奇功的将军，再度帮助起义同盟。

她请求克诺比带领阿图前往阿尔德兰与他父亲会合，有关情报全都存储在阿图的电脑中。

老人敏锐的目光落在卢克身上，“我需要你的帮助，我太老了，无法胜任这重要的使命。”老人的语调悲伤而又坚定。

卢克心里乱极了，他不能撇下叔叔和地里的庄稼，但他还是答应用陆上飞车把老人一行送到镇上。

飞车在沙漠上疾驶。突然，一辆巨车横卧在沙地上。那巨车千疮百孔，周围的加哇、机器人一个个都烧得面孔全非。克诺比仔细看了看车上的弹痕，枪弹射得非常准，整个塔图因也没有人有这么好的枪法，只有帝国部队才会以这种冷酷的准确度袭击一辆沙漠车。他们来这儿干什么呢?卢克在那些尸体中认出了那个把机器人卖给叔叔的加哇，他猛地紧张起来，如果帝国部队是为追寻机器人而找到加哇，他们一定会逼问加哇将机器人卖给了谁。卢克发疯似地奔向飞车，他将加速器开到最高档，把克诺比和两个机器人扔在尸体旁。

当卢克赶到家里，等待他的是两具冒着黑烟的躯体，卢克哭着扑倒在沙地上。这儿再没有什么值得他留恋的了，他要把克诺比送到莫斯艾斯利的宇宙港，跟着他去阿尔德兰。

莫斯艾斯利戒备森严，帝国部队正在侦缉出逃的机器人。

克诺比找到了走私飞船“千年隼号”的船长索罗和他的副手，一个叫乔巴卡的浑身长满长毛的类人猿。经过一番讨价还价，谈妥付17000元送他们到阿尔德兰，克诺比先支付2000元，其余的由阿尔德兰政府负担。他们刚刚钻进走私船，船坞入口的士兵就冲了过来。索罗敏捷地扳动开关，“千年隼号”发出一声震耳欲聋的轰鸣，直穿蓝天。

凄厉的警报声在整个莫斯艾斯利的上空回荡。帝国部队的5只战舰腾空而起，它们想抢在“千年隼号”跃入超光速飞行之前把它围困起来。索罗在紧张地计算着，乔巴卡以最大的努力作规避动作，飞船的四周频频闪耀出爆炸的火光。“千年隼号”终于摆脱了帝国飞船的追逐，以超光速进入阿尔德兰轨道。索罗高兴得直笑，现在他真有点后悔，要是早知道他的乘客这么招人“喜爱”，他的要价一定会高得多。

在飞船里，克诺比正抓紧时间，将他的一种超人的禀赋“力”传授给卢克，这是一种能创造奇迹的能量场，能在瞬间对各种攻击作出反应。卢克一次次地失败，老人叫他停止任何思考，让自己全部放松。这时老人将一个银珠向卢克背后打去，卢克觉得在迷迷糊糊中，连自己都不知道怎么回事，就转身用剑将银球发出的红色光束拨到一边，当他惊醒过来时，银球已像泄了气的皮球无声无息地躺在甲板上。他成功了。接着克诺比又把一顶钢盔扣在他头上，卢克一下子变成了瞎子。“用‘力’来战斗！”老人喊道。

正在这时，飞船发生一阵剧烈的颤抖。乔巴卡报告，飞船碰到一场前所未有的最可怕的星暴。只见巨大的发光的石头群倾盆而泻。索罗惊慌地调整速度，他看看指示器，飞船的位置正确，只是阿尔德兰星球不见了。他根据眼前狂暴的能量级和固体碎片的数量得出判断，阿尔德兰很可能被彻底摧毁了。

“是帝国干的。”克诺比肯定地说道。索罗和卢克被老人所揭示的这种滔天罪行惊呆了。一个人类机构怎么能消灭一座行星、一个民族？再说这需要多少亿吨炸药？

索罗惊奇地发现，繁星中有颗星体变得越来越亮，渐渐变得像个小月亮。“月亮”上的景观越来越清楚，上面有垂直的山峰、笔直的峡谷。突然，平素冷静沉着的克诺比大叫：“快把飞船调头！”可是已经来不及了，“千年隼号”被一种无形的巨大引力吸了过去。

原来这个“小月亮”是帝国最新研制的战斗基地，它首次使用便炸毁了阿尔德兰。现在它又把“千年隼号”吸进了一个钢制船坞。巨型金属门随即将船坞入口关闭，运货飞船消失在里面，似乎压根儿就没存在过一样。

帝国士兵搜查了“千年隼”的每一个角落，飞船上空无一人。搜查刚过，索罗带着大家从藏走私品的密室钻了出来。现在最令人头疼的问题是如何逃脱那股引力束。克诺比说这事交给他办。索罗带着乔巴卡和卢克接连打倒几个帝国士兵，然后穿上士兵的铠甲，闯进敌人安置在飞船上的计算机控制台。克诺比熟练地操纵着计算机。屏幕亮了，显示出战斗基地的区分地图。老人把阿图的接受臂插进插孔，整个基地通信网的信息源源进入阿图的体内，引力源找到了！克诺比说这事他得单独去做，便闪身消失在过道中。

阿图接受的图像上突然出现了那个美丽的少女，是莉阿公主，她被关在拘留所的第五层，“黑勋爵”瓦德已决定把她慢慢折磨死。卢克要救出莉阿，索罗却面带难色，他实在不想去送死，他所干的活早已远远超出原来商定的范围。卢克极力调动起索罗的低级本能，他要使索罗相信，如救出莉阿参议员，他一定会得到一笔巨大到无法想象的报酬。索罗终于动心了。

身穿帝国士兵铠甲的卢克和索罗向拘留所进发。到处都是神情警觉的卫兵。电梯将他们送到监牢区。就在他们刚刚解开公主的手铐时，监牢区响起了警报，索罗一行带着公主冲出牢门。

增援的士兵赶到了。卢克等人被逼得走投无路，公主带他们钻进一个垃圾槽。突然，两侧的墙壁向中间挤压过去。卢克慌忙拿出通信机，向两个机器人呼救。墙壁继续在移动，卢克他们已经同垃圾挤在一起。正在这时，墙壁开始反向移动，顶部的舱盖打开了。“阿图，干得好！”卢克兴奋地大叫道。

索罗等冲破重重封锁，终于回到飞船附近，索罗和乔巴卡一阵猛冲猛打，把守在飞船附近的卫兵杀得抱头鼠窜。索罗一行朝船坞入口冲去。这时只见不远处发出一道道耀眼的火花和闪电。是克诺比和“黑勋爵”瓦德在厮杀。两个巨大的能量场互相碰撞着，过载的电源装置发出低沉的嗡鸣。克诺比一边厮杀，一边朝船坞退却。守卫飞船的士兵全都纷乱地向决斗者跑去，准备助“黑勋爵”一臂之力。索罗他们乘机向飞船奔去。

克诺比陷入重围。他鄙夷地望着瓦德，沉着而坚定地说道：“这是一次你不能取胜的战斗，如果我的光刀刺中目标，你将会不复存在，可是，如果你砍倒了我，只不过让我变得更强大而已。”瓦德不顾一切地砍了过去。光刀砍中了目标，克诺比的斗篷被一劈两半，但里面空空如也，克诺比消失了。

“贝恩!”卢克悲痛地叫了一声，掉头向士兵冲去。已快跑进飞船入口的索罗诅咒着，但还是转身开火支援卢克。卢克在发狂地射击，突然他的脑际响起老贝恩的声音：“卢克……听!”卢克迷惑不解。这时莉阿正在飞船入口处向他招手，“快来，没时间了!”卢克打倒了几个士兵，飞快地撤到了飞船中。

“千年隼号”腾空而起。4 架帝国飞机穷追不舍。索罗和卢克打掉了 3 架，余下的一架逃之夭夭。

“千年隼号”在耶文星的 4 号卫星上安全着陆。这里是起义军同盟的根据地。莉阿一下飞船就立即着手与起义同盟的司令官制定攻击帝国战斗基地的计划。因为敌人只派出 4 架飞机追击“千年隼号”，使它轻而易举地得以脱逃，这足以证明帝国战斗基地已经跟踪上了飞船。现在如不马上作出反击，4 号卫星就会同阿尔德兰星球一样被摧毁。

将军们带领着技术人员很快从阿图带回的有关战斗基地的情报数据中，发现了它的弱点。战斗基地的防御系统是为抵挡大规模的主力飞船而设计的，一架小巧的单人或双人飞机有可能潜越它的防御网。而它的薄弱环节是它的废热排气口，飞行员必须用特技飞行垂直进入管道，在壕沟里平飞，用质子雷击中反应堆系统，以此引起连锁反应，从而摧毁整个基地。

一架架飞机从地下升到主机库。已报名参加蓝色飞行队的卢克，在奔忙的人群中发现了索罗和乔巴卡。他俩正在搬运一小堆保险箱。卢克多么希望索罗能留下来和他一起参加战斗，可索罗却忙着要回家了，他说去攻击那个战斗基地不是勇敢而是去送死，他要好好享受享受他得到的巨额酬金。莉阿参议员来了，她踮起脚，迅速而又窘迫地吻了卢克一下，便转身离去。

巨大的屏幕上显示出帝国战斗基地正向 4 号卫星逼近。红蓝绿 3 个突袭队风驰电掣般地飞向帝国战斗基地。帝国基地的司令官万万没料到会遭到几十架轻型战斗机先发制人的进攻。

士兵们争先恐后地跑进庞大的防空炮位就位。顷刻之间，能量光束、电气闪击和爆炸药剂向着进逼的叛机猛烈倾泻。义军的战斗机在基地上空灵活地飞来飞去，向一切看来像样的目标开火。能量闪击和亮如太阳的光束在基地上空构成色彩斑斓的迷宫。下面的一个动力站被击中，基地内部爆发出闪电般的电弧。接着便是连锁爆炸，士兵、机器人和设备被炸成了碎屑。这时基地的战斗机在“黑勋爵”瓦德的率领下出动了。

强大的帝国机群向义军的战斗机发起猛烈攻击。担任正面进攻的红队全部被摧毁。蓝队队长率机冲入基地的壕堑，然而瓦德早已抢占好有利位置。一架架战斗机被击中，撞在壕壁上。蓝队投下鱼雷，但偏离了目标。蓝队队长也被瓦德击中。

卢克召集余下的两架战斗机向基地俯冲。卢克两次发出鱼雷，但都远远偏离了小小的排热口。两架战斗机又被摧毁。瓦德带领两架帝国战斗机在攻击着几乎丧失战斗力的卢克。正在这时，索罗的走私船从天而降。它不顾一切地向瓦德的战斗机扑去，在即将碰撞的一刹那它猛地向上飞去。而这架战斗机却因规避动作做得太大，与另一架战斗机撞在一起。瓦德的战斗机失去了控制，绝望地旋转起来，最后转出了壕堑，消失在无边无际的太空中。

“小伙子，你的前方畅通无阻，立即干掉这家伙，我们都好回家!”索罗朝卢克喊道，他驾驶飞船向卢克靠近，以掩护他向基地进攻。这时卢克的耳边又响起克诺比那熟悉的声音：

“卢克……相信我。”卢克不由自主地把瞄准镜推到一边，凭着感觉在几个控制开关上摸索。他在不知不觉中射出了全部鱼雷，然后飞向广阔的宇宙。这时，远处的基地爆发出耀眼的光芒，在几秒钟的时间里，黑夜变成了白昼。顿时，宇宙间充满了亿万片金属碎屑。它们被一个人造太阳所释放的能量推动着，从正在撤离的飞机、飞船旁飞过。

4 号卫星的机场上一片欢腾，卢克、索罗和乔巴卡构成了狂欢的中心。这时，莉阿以一种和参议员身份很不相称的姿态奔到卢克面前，和他紧紧地拥抱在一起。卢克突然听到了一种微弱的声音，那声音仿佛是老贝恩发出的一种满意的叹息。卢克朝着他心目中所看到的人微笑。

不朽的人

冈恩（美）

首府医院急诊室门口停着一辆急救车，车门打开，从车里抬出一位老人。病人很快被送进了顶楼一间病房。拉塞尔·皮尔斯医生迅速检查了一下病人的伤情，对守在旁边的护士说："需要输血。"

老人的血型也化验出来了，是O型，Rh因子是阴性。血库的医生把准备好的血浆递给护士的时候，问了一句："佐顿·布拉杜赫？"

"是的，佐顿·布拉杜赫，他快要死了。"

血浆一滴滴输进老人的血管。

"我是他太太，他怎么样了？"

皮尔斯医生抬起头来，看到说话的是一个30岁左右的女人。

布拉杜赫太太跟着皮尔斯医生走出了病房。在走廊里，皮尔斯对她说：

"太太，我现在回答你的问题，他正在死。"

"那你为什么还给他输血？"

"这是我的工作，医生要使病人尽可能长久地活着，虽然是暂时的，但谁知道会不会出现奇迹呢？"

说完，皮尔斯又回到病房去，听了听病人的脉搏，脸上露出惊奇的神色。他把装血浆的瓶子从T字架上取下来，看着上面的标签：

供血人：李察·宾

血型：ORh因子：阴性

第二天早晨，皮尔斯到病房查看的时候，布拉杜赫已经醒了。

皮尔斯给他量了脉搏和血压，又拿听诊器在他胸部听了好长时间。

布拉杜赫的脉搏接近正常，血压已经回升。濒临死亡的人竟然能够这么快康复，实在令人吃惊。皮尔斯想，是不是输血激发了精力和抵抗力的潜在能量呢？

第三天，布拉杜赫的眼睛已经有神了。

第四天，布拉杜赫能够说话了，但是声音很低，语无伦次。

第五天，布拉杜赫已经坐在床沿上和护士谈话了。

第六天，布拉杜赫自己能上厕所了。

第七天，他自己能淋浴了。

第八天，布拉杜赫的满头白发开始变黑了。

这一天，皮尔斯取了布拉杜赫的血样涂片去进行化验。第九天，皮尔斯照例一早就到医院来巡查病房。原来安静的病房里传出电话铃声、打字机的哒哒声和人们高声讲话的声音。

一个40来岁、高大粗壮、长相很凶的汉子，走到皮尔斯跟前，粗野地问：

“你是谁？来干什么？”

“我是皮尔斯医生，来看我的病人。你又是谁？”那人不理睬他，对着一个小巧的无线电通话机说：“有一个穿白大褂的家伙，说他叫什么皮尔斯。”

“陆基，请他进来吧。”

皮尔斯听见从报话器中传出的是布拉杜赫太太珍纳特的声音。

病房里除了那张病床以外，全都变了样，布置成了布拉杜赫的办公室，他正坐在床上打电话，谈股票生意。皮尔斯注意到，他的头发几乎全黑了，脸上的皱纹也平滑多了，看起来精力很充沛。

皮尔斯等他放下电话筒以后，问他的病情：“你觉得怎么样？”

“这三四十年从来没有现在这样好过。你到底做了什么？”

“我什么也没做。”

“你在我身上一定是试用了一种新药，事先可能你自己也没有估计到会有这么好的效果。现在你想把它隐瞒起来，对吧？”

“我没有用任何新药，只是按常规治疗。”

“我不相信。你现在应该去找出它的原因来。我已经返老还童了，你到底是怎么治疗的？”

“如果你真的返老还童了，还问这些干什么？”

“我现在可能是30岁，可是将来还会再变成85岁。在衰老之前，我要闹清楚怎么样才能再回到30岁。”

皮尔斯没有再说什么，收拾好自己的药箱，转身走出了病房。在电梯口，珍纳特走了过来，低声对他说：“你说过，他正在死？”

“是说过，当时确实是这样。”

布拉杜赫汽车厂的车库里，试车员李察·宾和卢比兹正在检修一辆红色跑车，双手沾满了油污。

皮尔斯医生在李察·宾身旁已经站了好一会儿了，一直在看他修车，没有打招呼。李察·宾转身拿扳子的时候看到了他。

“你就是想打听我两周前卖血的事的那个医生吧？”李察·宾问。

“皮尔斯医生。”皮尔斯自我介绍着，同时伸出手去。李察·宾张开手让他看：太脏了，不便握手。皮尔斯点了点头，他发现自己已经喜欢上这个年轻人了。

“我只想问你几个问题。”

“那就请说吧。”

“我们能私下谈谈吗？”

李察·宾领着皮尔斯走进车库中间的办公室。

“现在可以说了吧。”

“你生过病吗？”皮尔斯端详着李察·宾的面孔，好像想从他脸上看出些什么来。

李察·宾摇了摇头，“没生过什么大病。”

“那么小病呢？比如腮腺炎、水痘什么的？”

“没有，你不说我还不知道这些病的名字呢。我想我是属于从来不生病的那种人。”

“你的血输给了布拉杜赫。他本来已经不行了，可是输了你的血以后竟然康复了。”

“你认为是我的血帮他康复的？”

“我也说不清，我认为是这样的。我想明天抽你一些血化验一下，研究研究。如果你同意的话，请明天下班后到医院来一趟。”

“好吧。”李察·宾爽快地答应了。

一个星期以后，李察·宾来到医院的血液学实验室。皮尔斯正在那里等他。

“医生，可以告诉我到底是怎么回事吗？”

“我现在就告诉你。布拉杜赫本来已经快要死了，我给他输了血，只是为了暂时延长一下他的生命。可是他很快康复而且返老还童了。我为他作了全面检查，他的身体机能和30岁的青年一样。这是奇迹，简直让人无法相信。”

“我的血会造出这样的奇迹？”

“是的，我去找你，抽你的血，就是为了验证我的推断是否正确。你来看，”皮尔斯把李察·宾带到实验室的一排铁笼子跟前，“这三个笼子里的小白鼠，都是一只母老鼠生下的，已经养了7年了，就是说都很老了。”他指着第一个笼子里的白鼠说：“这一只侧卧在那里，正在老死。”

皮尔斯走到第二个笼子旁边说：“这一只注射了布拉杜赫的血，它也返老还童了。”

李察·宾看到这只小白鼠非常活跃，不停地跑来跑去。

皮尔斯又指着第三个笼子里的小白鼠说：“这一只在一个星期以前注射了你的血液。”

第三个笼子里的小白鼠又跑又跳，在笼子里爬上爬下，东闻西嗅。

皮尔斯说：“我把老鼠容易感染的每一种疾病的病毒注射到它身上，它都免疫，就像你一样，不会感染任何疾病。”

“我为什么能免疫？我有什么毛病吗？”

“一点毛病都没有，一切都正常极了。我们所有人的血液里，都存在着某些免疫要素，遇到相应的病毒时，会产生免疫的抵抗力，对某些病，有的人抵抗得住，有些人就抵抗不住。而你的血液要素比别人有更强的生命力，对所有的疾病都有抵抗力。至于为什么这样，我还没能搞清楚。”

“这么说，是通过输血，把我的这种免疫力传到布拉杜赫身上，他又把它们传给了那只小白鼠。”李察·宾指着第二个笼子里的小白鼠对皮尔斯说。

转眼间，一个星期过去了。皮尔斯医生又把李察·宾请到了实验室。“情况有了变化，我想请你自己亲自来看一看。”说着，皮尔斯走到关着小白鼠的笼子跟前，“你看，它们跟你上次来的时候已经不一样了。”

李察·宾看到第一个笼子里的小白鼠还是无精打采地侧卧在那里，第二个笼子里的小白鼠不再跑来跑去，已经和第一个笼子里的小白鼠一个模样。

“这是注射了布拉杜赫血液的那个家伙，”皮尔斯说，“它又衰老了。”

第三个笼子里的小白鼠还挺活跃，不过没有上次看到时那么欢蹦乱跳了。

“注入你血液的这一只，也在逐渐失去活力。”

“这么说，长生不死是不现实的？”

“是这样的。血液里的免疫要素存在于丙种球蛋白中，它对于入侵的病毒会产生抗毒能力。丙种球蛋白注入到别人的身体里以后，只能存在6个星期。要想得到持久的免疫力，必须自己体内能不断地产生丙种球蛋白。但是你血液里的这种丙种球蛋白，别的人是产生不出来的。”

“布拉杜赫现在怎么样?”

“他已经失去体内那种使他返老还童的活力。”

“他准备怎么办呢?”

“他想永远保住由于输进你的血而得到的青春，他要捐赠一笔钱办一个医学研究所，研究他需要得到的东西。而能提供这种东西的只有你一个人。幸好除了我，没有人知道你的血液有这种奇特的功能。”

“不，还有西妮维亚知道这事。”

“西妮维亚?”

“是我的女朋友，我告诉她了。”

“如果有关你能长生不死的情况流传开来，恐怕你也就很难正常地生活下去了。为了从你身上获取长生不老药——你的血液，那些人是什么罪恶勾当都干得出来的。”

“他们会对我怎么样?”

“你每年能够输四次血，如果健康状况良好的话，还可以再增加一两次。这就是说，在全世界亿万人当中，你只能使四个人比一般人活得更长，而你自己只能被当作延长别人生命的工具。他们为了得到你，会互相争斗，会想方设法抓到你，会把你禁闭起来。在布拉杜赫抓到你之前，带上你的未婚妻赶快逃走吧。”

李察·宾不以为然地摇了摇头说：“我想布拉杜赫不一定像你说的那么坏，如果他愿意出钱来研究我的血液，我同意，因为这种研究对人类有好处。”

皮尔斯盯住李察·宾看了好一阵，无可奈何地说：“那好吧，我们可以试一试，我先安排你们见一次面。”

李察·宾是第一次见到布拉杜赫，他发现这个人已经不像皮尔斯原来描述的那么精神了，脸上布满了皱纹，头发是灰色的。

“我打算拿出一笔钱搞研究，用来分析你的血液并设法复制你血液中那种奇特的物质。”布拉杜赫开门见山地对李察·宾讲出了自己的计划。

“你拿出钱来为人们谋福利，这的确是一件大好事。”李察·宾说。

“是的。不过没有你，这笔基金就等于零。你要献身于这项研究，每三个月要献一次血，这些血要用在基金会认为最合适的地方。”

“这个问题是不是留给皮尔斯医生来决定。”

布拉杜赫问道：“你还打算当试车驾驶员吗?”

“是的。”

布拉杜赫生气地说：“这绝对办不到！我要继续生存下去，就要依靠你，就需要你的血。你干什么要由我安排。”

李察·宾毫不示弱：“我想干什么就干什么，这不能由你决定。”

布拉杜赫还没遇到过敢于顶撞自己的人，他刚想发作，转念一想，又换了一副笑脸，表示和解地说：“请原谅我的暴躁，我只不过是希望你有一个比现在更好的工作和更好的收入罢了。”

布拉杜赫把李察·宾送到门口，“再见吧，我希望今天的会面是我们漫长合作关系的开端。”

两个人谁都没注意到，珍纳特一直在门外偷听他俩的谈话。

几天后的一天，李察·宾在汽车库里修理一辆跑车的引擎。

“是李察·宾先生吗?”

李察·宾抬起头，见眼前站着个40来岁的大汉，就点了点头说：“我就是，有什么事吗?”

“我叫艾德林·陆基，布拉杜赫先生要见你。”

李察·宾驾着自己那辆敞篷车，跟在陆基那辆车的后面，离开了汽车厂。陆基的车开得飞快，李察·宾直到布拉杜赫公馆门口才赶了上来。

陆基把车开到大厦右侧树丛中央的一块空地上，李察·宾也把车停下。陆基指着大厦右侧底层的一道门，对李察·宾说：“我们从这儿进去，请吧。”说着他把李察·宾往门口推去。

李察·宾往后缩了一下，回头一看，发现有两个突然冒出来的壮汉正向他逼过来。经过一番搏斗，李察·宾终究敌不过两个壮汉的夹攻，被扭住了双臂，推搡进了一架升降机，关上门以后，升降机一直往下降去，最后停在一间有各种控制设备的房间里。两个汉子把李察·宾带出升降机，走出控制室，再通过一道门廊走下一小段斜路，进入一间住房。

李察·宾揉了揉发痛的眼睛，观察着这间房子。对着控制室的一面是一个大玻璃窗，头顶上有一个电视录像机镜头不停地转动着，这样他的一举一动都逃不过控制室和录像镜头的监视。突然，从天花板上降下一幅荧幕，荧幕渐渐亮了起来，上面出现了布拉杜赫的面孔。

布拉杜赫说：“李察·宾先生，这地方是与世隔绝的，你会发现这房间里所有的家具都是固定在地上的，我们正在为你建造比这里更好的住所。完工以后就把你转移过去，你将会过上非常舒适的生活，一切都会给你的。”

皮尔斯一接到西妮维亚的电话，就马上赶到了她的公寓，关切地问：“到底出了什么事?”

西妮维亚极力使自己镇定下来，对医生说：“阿宾他……他死了！刚才警察局来人告诉我，他的汽车撞坏了公路边的栏杆，跌到悬崖下边的河里去了。可我不相信，他是试车驾驶员，熟悉汽车的性能，开车一向比较小心，怎么会发生这种事呢?”

皮尔斯沉思了一会儿，拍着西妮维亚的肩头说：“我有一个感觉，李察·宾一定还活着。我这就去打探一下，也许能了解到一些真实情况。”

皮尔斯径直闯进布拉杜赫的书斋。他拍着桌子大声说：“你怎么敢干出这样的事，光天化日之下绑架人!”

布拉杜赫这个一向脾气暴躁的人却一反常态，平静地说：“我可以原谅你的胡言乱语，你最好控制一下自己，这和你医生的身份是不相称的。”

“你不要装模作样了，前些天一提到李察·宾可能会因为意外事故死亡的时候，你紧张得要命，现在如果他真的死了，你会这么冷静吗？你把他关在哪儿了？你必须立刻放了他。”

“我是个有理性的人，我早就学会接受那些不可避免的现实了。人死了，着急、发怒又有什么用呢?”布拉杜赫依然不动声色地说。

“这事不会就这样完的，我要去警察局告你。”皮尔斯知道再和他谈下去也不会有什么结果。

李察·宾心情烦乱地躺在床上吸着烟，头顶上的荧幕又慢慢降了下来，布拉杜赫那苍老阴险的面孔出现了，“给你送下去的报纸看过了吗？官方已经正式宣布你死了。皮尔斯这个可恶的家伙还真去告状了，可又有什么用，谁会相信他的话？不出一个月，我们会把你转移到一个有充足阳光和新鲜空气的地方。过两个月你还要再为我输一次血，我又会返老还童了。”

“想从我身上抽血，恐怕没那么容易。”李察·宾摁灭香烟，从床上坐了起来。

李察·宾不知道自己被关了几天了，也分不出是白天还是黑夜。他唯一计算时间的方法，就是每天要送 3 次饭。每次送饭，都是升降机降下来以后，一个守卫把装着食物托盘的小车推进控制室，一直在那里监视他的陆基，先挑选好自己的食物，然后把餐车推进李察·宾的囚室。

升降机又降下来了。守护把小车推出来以后，关上升降机的门升了上去，等估计这里吃完饭的时候他再下来。

李察·宾放下手里的一本杂志，走到餐车旁边看了看，把一碗豌豆汤端到桌上。他坐下来把小勺伸进汤碗，勺子碰到一样东西，他小心地用勺子把那东西挑出来，放到桌子边上。这是用塑料包着的一张纸片，下面还坠了一小块金属。他打开纸片一看，上面写着“车搁板底下”。李察·宾把手伸到小车的搁板底下，他摸到用胶布贴在那里的一支手枪。李察·宾撕掉胶布，把手枪抽了出来，倒着手慢慢地把它挪到身后，插进了裤腰里。然后，把汤碗放回小车，故意弄得很响。控制室的陆基听到响声，出来问：“吃完了？”

李察·宾猛地从腰里拔出手枪，对准了陆基。

“别乱动！走到里边来！”李察·宾大声命令。

陆基面对着乌黑的枪口，只好乖乖地向前走，李察·宾用衬衫撕成的布条把他捆了起来，并把枕头套攥成一团塞进他嘴里。

几分钟以后，升降机又下来了。取餐车的守卫走出升降机门，被藏在门后的李察·宾用枪托击昏，李察·宾急忙进到升降机里，上升到了地面。

李察·宾躲在楼旁的树丛里向四周看了看，见没什么动静，迅速越过一片草坪，钻到围墙边的灌木丛里。接着，他翻身跳过墙去，跑过一座小山岗，来到了路边。搭上一部公共汽车，来到了飞机场。他买了一张去洛杉矶的飞机票。离起飞还有一段时间，他到一个电话亭里拨通了西妮维亚的电话。

李察·宾简要地把这些天的情况说了说，接着告诉西妮维亚：“再过几分钟飞机就要起飞了，我要去洛杉矶，你千万不要来找我，我到了那里会给你写信的。”李察·宾又向电话亭外看了看，“再见了。”说完，他挂上电话，快步走出电话亭，跨进候机楼。他注意到没人跟踪自己。在机门关闭前他是最后一个登上飞机的人。

李察·宾不知道布拉杜赫的人是否跟着他，下了飞机，他没有跟其他乘客一起出去。一个人从一条机场职工专用的通道，由侧门走出了机场。他上了一部公共汽车，只坐了一站就下车，又换乘另一辆汽车。在夜色苍茫的洛杉矶城里，李察·宾在大街小巷转了好几个钟头，最后才在一条比较偏僻的街上，找到一处公寓住下了。

这边布拉杜赫书斋里的电话不停地响着，他把电话筒拿到耳边，“喂！什么事？什么？这不可能，什么时候？他怎么逃出去的？他从哪儿搞到的手枪？一定要把他抓回来。派人把皮尔斯和那个姑娘严密监视起来。”

李察·宾到洛杉矶以后，给西妮维亚发出了第一封信。不久就收到了回信。

从此，两个人书信往来不断。几个月以后，由于西妮维亚在信中一再要求和李察·宾在电话里谈一谈，他们又在信中约好，两个人都到公用电话亭，在预先商定好的时间通一次电话；当然事先要将公用电话的号码告诉对方。

电话也顺利地打通了。西妮维亚在电话中要求尽快和他见面，李察·宾说恐怕布拉杜赫的人并没有放松监视，需要再等一段时间，等有适当机会再说。

一晃又是几个月。西妮维亚终于收到李察·宾要她去洛杉矶的信。这一天，西妮维亚拿了一个平时上街用的小提包走出了家门，向四周看了看，没见到什么可疑的人，她搭上公共汽车到了飞机场。

西妮维亚买了机票以后，就到餐厅里找了个偏僻角落坐下来，要了一杯咖啡。直到飞机快要起飞的时候，她才急匆匆地走上登机的舷梯。

在候机大厅里，有一个中年男子一直在注意着西妮维亚，等她登上飞机以后，这个男人马上走到放在墙边的一架电话机旁。

到洛杉矶以后，西妮维亚按照李察·宾告诉她的地址找到了那座公寓。找到了心上人的房间号码以后，她刚要敲门，突然发现走廊的暗处站着一个人，她着实吃了一惊。这个人朝她走过来了，她发现是自己的心上人李察·宾。她高兴地扑了过去。

正当他们还在亲热的时候，李察·宾突然发现有3个男人已经登上楼梯。他知道大事不好，布拉杜赫派人跟踪了上来。他急忙拉起西妮维亚的手跑向楼梯顶门。他们打开门跑到楼顶平台，李察·宾捡了一条生锈的铁条，把门从外面顶上。两个人又跑到楼顶平台边向下望去，围栏下边有一层檐篷，再往下就是大街了，下不去。他们想再回去顶住那扇门，等着警察来，可是这时看到那个门已经被打开了，陆基带着两个人站在那里盯着他们。

西妮维亚突然向另一边跑去。陆基被她这突如其来的举动惊呆了，随即掏出了枪，随着一声枪响，西妮维亚倒了下去，冲过去的李察·宾正好把她抱住。这时警察及时地赶到了。

西妮维亚被警车送到了医院急救室。

给女友西妮维亚输完血，李察·宾摆脱了洛杉矶警察的纠缠，来到了医院大门口，但是他发现医院门口远处有两个大汉在盯住他，一辆黑色轿车正向医院门口开过来。就在李察·宾惊慌失措的时候，一辆红色跑车突然开了过来，停在他跟前。

“到车里来吧。”坐在车里的珍纳特对李察·宾说。

那辆黑色轿车在停车场中央停下，陆基和一个大汉跳下车来，车里还留下一个人。这时远处那两个大汉也围了上来。

李察·宾把珍纳特那红色跑车的门拉开，说了一句：“你坐到那边去。”

珍纳特赶快从驾驶座挪到旁边的座位上。李察·宾关上车门，马上发动了汽车，向陆基直冲过去。陆基吓得向旁边一滚，躲开了。跑车向停车场出口驰去。

“你差点把他轧死。”珍纳特说。

李察·宾咬牙切齿地说：“我就是想轧死他。”

“你上次从地下避弹室逃走，得谢谢我。”

“原来是你……”

“对，是我把手枪放到了餐车下面。”

“你怎么知道我在洛杉矶?”

“是从我丈夫和别人的谈话里听到的。”

陆基那辆黑色轿车已经跟了上来。

跑车飞速开出城市，到了郊区人烟稀少的高速公路上。在一个岔路口，跑车一个急转弯驶上一条泥土路，车子剧烈地跳动着，在坎坷不平的土路上奔驰。轿车紧紧咬住跑车，距离越来越近。

“油装得够不够?”李察·宾问。

“加满了油，足够用的。”珍纳特回答。

“那好，看谁能飙过谁。”李察·宾一边说着，猛转驾驶盘，汽车一个急转弯，冲进了路旁的树丛中，在矮树和灌木丛中横冲直撞。

珍纳特不再悠闲地靠在椅背上欣赏李察·宾的驾车技术了，她用一只手抱住椅子背，另一只手撑住自己的身体，用以抵御汽车的冲撞。她开始害怕了。

冲过矮树丛之后，前面出现了一道河。

“你会游泳吗?”李察·宾问。

“我能学。”珍纳特呐呐地说。

跑车嘭地一声插进了河里，河水漫上了车头盖，但是很快汽车就开上了河对岸，驶进起伏不平的旷野。黑色轿车也开过小河追了上来。

李察·宾因为摆脱不掉黑色轿车，心里有些着急。这时候前面又出现一道河，这段河道比刚才那一段要宽，看上去河水也比较深。李察·宾想，这里的河水说不定会淹过汽车的马达，可以使一辆笨重的汽车陷在河里；自己这辆轻捷的跑车，说不定可以从这边一下子飞到河对岸去。他先在河边转了个大弯。

“我要试试让车飞跃过河，你要下车吗？”李察·宾问。

“你能飞过去吗？”珍纳特吃惊地问。

“我也不敢说，试试看吧。”

珍纳特犹豫了一下，果断地说：“你既然敢开，我们就这么干吧！”

李察·宾突然来了个急刹车，车速每小时100千米的跑车停住之后，轮胎转了个大弯，又猛地像箭一样向前边射出，朝河边驶去。轿车也来了个急转弯，又跟了上来。

跑车车速越来越快，已经到了每小时140千米。李察·宾双手把稳方向盘，两眼直直地望着前边；这时，他已经把生死置之度外了。

珍纳特看到车外的景物飞一般向后逝去，脸上露出了紧张惶恐的表情，不由自主地把一只手轻轻地搭在了李察·宾的肩上。

陆基看到跑车以最大的车速向河边飞驶，似乎明白了李察·宾的意图，大声喊道：“别开了，你不要命了！”

跑车冲上通向河岸的一道小斜坡的时候，时速已经超过150千米，它冲上河岸以后，就像一颗炮弹似的离开河岸向前方上空冲去。跑车跃过了河面，在对岸着陆时又被反弹了起来，李察·宾紧紧把住方向盘，以免翻车。弹起的跑车又一次着陆后，摇晃了一下，李察·宾没让它停住，又把车开进田野间。

轿车紧随在跑车后面冲向河边的时候，陆基大喊：“刹车！快刹车！”可是晚了，轿车在河岸也是一冲而起，却一下子插入河心，车轮深深陷进河底的淤泥里动不了啦，马达也熄了火。

陆基眼看着跑车渐渐远去，消失在田野上。他抓起车上的电话机，拨通了布拉杜赫的电话。

“你抓到他了吗？”听筒里传来布拉杜赫那沙哑的声音。

“没有，我追不上他。”陆基说。

“陆基先生，如果你不是开玩笑的话，那你就另找工作吧！”布拉杜赫气狠狠地说。

陆基冷冷地说：“我想你不敢辞退我，恐怕还得给我多加薪水，不然的话，我会下决心把那小子抓来，供我自己享用。你自己心里比谁都明白他的价值。至于说开玩笑，我倒要告诉你一个笑话，帮助他逃跑的人就是你太太。是你太太在医院门口用跑车把他接走的。我猜想，上次偷偷把手枪送给李察·宾的，肯定也是她。”陆基说完就把电话挂断了。

布拉杜赫想把话筒放回电话机上，可是双手抖得厉害，话筒摔在了桌面上。他看着自己颤抖的双手，干瘪的皮肤上布满了黑褐色的斑点，皮下突起又粗又弯曲的紫色血管。他抬起头，从对面的镜子里看到了自己老态龙钟的容貌和黯然无神的双眼。他发出了狼嚎般的呻吟，头慢慢地垂了下来，倒在了桌子上。

在飞机起飞前，李察·宾给西妮维亚写了一封信。信是这样写的：

“你现在已经好了吧？你一定会康复的。我永远爱你，我会时时刻刻想念着你，可是我们不能再在一起了，我会给你带来灾难。我求你忘掉我吧！我是想为别人带来生命和希望，可是我无法实现我的理想。即使布拉杜赫不再追捕我，可是还有别的人会追踪我。布拉杜赫的太太，他的助手，给你治病的医生，他们都知道我的底细，慢慢地还会有更多人知道我的真实情况……

“我今后的生活就是逃走、躲藏，时刻警惕着，任何地方都不能住得时间太长，否则就有可能被人抓到。

“在我逃亡的时候，我要想尽办法寻找我的弟弟，要提醒他注意保护自己，不要让布拉杜赫找着他。

“无论我逃到什么地方，也不管我的命运如何，有一点是肯定的，那就是我将永远失去你了……”

登上飞机以前，他把信投进了信箱。

飞机载着李察·宾飞上了蓝天，一会儿的工夫就消失在远方的天际。

流 星

冈恩（美）

3个天文台在新年元旦这天同时发出通知说，海王星的运行不正常。海王星也是绕太阳旋转的一颗行星，但是它比起其他行星来，离太阳最远。早在十二月间，天文台就已经提出要大家注意，海王星的运行速度有减低的倾向。天文台接着还发现，在这颗受干扰的行星的区域里，有一个遥远的模糊的光斑。这个发现，除了在天文界之外，没有成为令人兴奋的消息。但是，科学界人士从一开始就认为这是个惊人的情报，大大值得重视。此后，他们一直密切注意着：这个新天体在迅速增大，迅速变得愈来愈亮。它的运行不象其他行星有一定的轨道，而是在流窜。海王星和它的卫星显然受到它的影响，发生了一种与平时不一样的偏转情况。

没有科学训练的人很难了解太阳系的处境是极为孤立的。太阳连同大珠小珠般的行星、如尘如埃的小行星和难以察觉的彗星，在无边无际的浩渺的太空中浮着。在海王星的轨道之外，有一个空间，在那个空间里，尽人类的观察所能及的地方，全是一无所有，渺渺茫茫，既没有热，也没有声、光，它的范围有一百万里的两千万倍那么大。越过这个距离，才能发现离我们最近的一些恒星。除了少数彗星之外，人类还不知道，有什么物质闯进过这个深渊般的空间。到了20世纪早期，这个陌生的流浪者才出现。那是巨大的一堆物质，是个庞然大物，非常沉重，它不声不响地突然从黑暗、神秘的太空闯进了光辉灿烂的太阳的领域。到了第二天，可以用任何过得去的仪器来看到它。它象一个直径不明的光斑，它和狮子星座的轩辕十四靠近。过了不久，用一只普通的望远镜也能看见它了。

新年第三天，两半球的报纸的读者都第一次意识到：天上出现异常现象，实属重大事件。一份伦敦报纸给这条新闻加了《行星相撞》的醒目标题，并且宣布了专家的意见说，这颗陌生的新行星，也许会和海王星相撞。社论作者对这个题目更是夸大其辞发挥一通。因此在1月3日那天，地球上大多数首都的居民都不免有一种模模糊糊的期待心情，期待着即着来临的异常空中现象。当黑夜在日落后来临的时候，地球上有千千万万的人抬眼观望天空，但看到的仍是熟悉的星星，和平时一般无二。

等到在伦敦已是黎明，双子星座的北河三西沉时，头上群星的光芒愈来愈暗淡。冬天的黎明，日光没有穿透力，仿佛在逐渐凝聚起来。煤气灯和蜡烛在窗子里发出黄灿灿的光，说明人们已经起床。打哈欠的警察看见了这颗东西。市场上熙熙攘攘的群众停住脚步，惊得目瞪口呆。他们看见一颗巨大的白星，实然间闯进了西方的天空。赶着去上班的工人因为停下来看新星，从而耽误了工时。送牛奶的人，赶新闻车去派报的人，都为了在路上抬头仰望新星，忘记了用户在等待他们。逛了通宵，脸色苍白，拖着疲倦不堪的身子回家去的人们和无家可归的流浪汉们也都看了很长时间，觉得比工作还要累。正在执行巡逻任务的哨兵边走边看。在乡村中，日夜辛勤因而步履艰难、已在田头劳动的农民和私捕鸟兽、偷偷回家的人都是在野外看到这颗星的。远离陆地、轮流执行警戒任务的海员们是在海上看到的。总之，在晨光熹微中，举国上下都知道出现了这样一颗新的星。

这颗星，比天上的任何一颗星都要亮，比晚上最明亮的那颗星还要亮。它又大又白，在天明一个钟头以后，依然发出一闪一闪的光。它不仅仅是一个闪烁的光点，而且是一个皎洁辉耀的小圆盘。在科学还不发达的地方，人们睁大眼睛望着它，感到恐怖。他们奔走相告，认为天上的明亮的信号预示着战争、瘟疫等灾难将要临头。壮实的波尔人、黧黑的霍顿笃人、黄金海岸（现为加纳共和国）的黑人、法国人、西班牙人、葡萄牙人都站在驱走了寒夜的晨光下，观看这颗新生星的落山。

在许多天文台中，大家兴奋得惊叫起来，但是又不得不努力抑制住感情，来作进一步观察的准备。因为两个遥远的天体迅急地冲撞到一起，是一种壮观。人们急急忙忙把照相设备、分光镜和这样那样的用具聚集起来，为了记录这个新奇的惊人的景象，记录一个星球毁灭的景象。海王星是我们地球的姊妹行星，但远比地球大得多，它蓦地投入死亡的火焰，令人感到毁灭的恐怖。来自外层空间的陌生行星，公然袭击海王星，两颗坚实的球体剧烈震荡起来，产生热量，立即变成一堆白炽的庞然大物。那天黎明前的两个小时，这颗惨淡的大白星绕着地球转动。当它向西落去，太阳跨在它上面时，它才渐渐褪色。

各处的人无不感到新奇和不可思议。尤其是海员，他们在海上习惯于观察星星，但这次在事前来不及听到新星来临的消息，便突然看见它象一个小型的月亮似地升了起来，并且向天顶攀登，挂在头上，随着夜的消逝而向西坠落，他们都感到十分惊异。接着，当它上升到欧洲上空的时候，到处都是观看的群众。他们在山坡上，在屋顶上，在露天里，一个个向东望着。巨大的新星升上来了。前面放射出一道白色的亮光，好象熊熊燃烧的烈火。头一天晚上已经看见过它的人，激动地大喊："它更大了!""它更亮了!"虽然它还远没有西沉时的蛾眉月大，可是它比蛾眉月要亮得多。群聚在街头的人们喊道："它更亮了!"在光线微暗的天文台里，观测者们屏住呼吸，你盯着我，我盯着你，不约而同地说道："它更近了，""更近了。"一个声音接着一个声音重复着："它更近了。"嘀嗒作响的电报机也发出这个消息。这声音也循着电话线传播出去。在许许多多的城市里，工作态度严肃的排字工人们都在排着有关的铅字："它更近了。"在办公室里，工作人员们放下笔来说："它更近了"，被这个实实在在的新奇事情震惊了的人们，在千万个地方谈论着这件事，他们忽然想到"它更近了"这句话里包含着的一种极为怪诞的可能性。这声音顺着清晨醒来的街道急急地传过去；在寂静的农村里，这句话沿着霜浓露重的小径，被大声喊出来。人们通过电报得知较多的情况后，便站在家门口的黄朦朦的灯光下，对过路行人喊出这个消息："它更近了。"俏丽的妇女们，在跳舞时，听到别人讲笑话似地讲出的这个消息，装模作样地表示出实际上她们并未感觉到的关心。

"更近了！真的！多么稀奇！发现那种奇迹的人必然是非常有才华的!"街头的乞丐，在寒冷的冬夜抬头望着这颗新星，嘴里嘟囔着，"还应该近一些。冬夜太冷了。不过，就是它真的更近了，也未必能暖和吧，反正一样。"一个妇人跪在她死去的亲属旁边，哭哭啼啼地说："一颗新星跟我有什么关系?"早早起来准备考试的学生在苦思冥想，解答考题——"离心力，向心力"，他用拳头支着下巴说道："如果一个行星停止飞驰时，失去它的离心力，那么结果会怎样?向心力将控制住它，使它掉到太阳里去!""我真想知道，我们是不是正挡在它的去路上?"

又过去了一个白天，在霜冷的日暮之中，迟睡的人们又看见这颗奇异的新星升了起来。现在它是那样的明亮，日落后，高悬在空中，显得十分硕大，月亮和它相比，变得暗淡萎黄，仿佛成了它的幽灵。在南非的一个城市里，有个大人物结婚，街上张灯结彩，来迎接他在举行婚礼后带回来的新娘。这时天上出现了新星，光彩夺目。阿谀奉承的人说："真是良辰美景，连老天爷都给添了一颗新星来道喜。"在摩羯星座下，一对黑人情侣，不怕凶猛的野兽和不祥的精灵，为了谈情说爱，一同躲在有萤火虫飞来飞去的甘蔗林里。他们看见明亮的星时，得到异常的安慰，他们低声细语地说："这是我们的星。"数学大师坐在自己的房间里，推开面前的论文。他已经计算完毕。一只白色瓶中，剩下一点儿药。他已经熬过了4个漫漫长夜，就靠这些药物来支持他不致入睡。每天，他还是像平常那样，明确而耐心地给学生们讲课。讲完课，马上回来继续进行这项重要的计算。他的面容是严肃的，但由于药力的作用而有些不正常和潮红。他久久地陷入沉思默想，然后走到窗前，拉起百叶窗。越过群集在一起的屋顶和塔尖，他满怀忧虑地眺望着上空悬挂着的这颗星。他望着那颗新的星，仿佛面对着一个顽强的敌人。他静默了片刻后，说道："哪怕你弄死我，我也运用我的计算掌握住你和整个宇宙。即使出现像现在这样危急的情况，我也决不退缩。"他又看看小药瓶，说道："不需要再睡觉了。"第二天中午，一分钟也不差，他准时走进讲堂，按照他的习惯，把帽子放在桌子的一端，仔细挑了一枝长长的粉笔。他的学生之间流传着这样一个笑话，说他如果不把粉笔夹在手指头间摸着，他就不能讲课。有一次，他们把粉笔藏了起来，他就被捉弄得手足无措，活像一个演员在台上忘了台词。他的灰白眉毛下的一双眼睛望着一排排年轻的脸，用习惯的学者口吻说道："现在出现了我所不能控制的局势，这会妨碍我的计划的成功。如果把话说得简单明了一些，就该说人生是虚度了。"学生们彼此面面相觑。他们听错了吧？要不，就是老师疯了？好多人展眉微笑，但是有一两个人还是严肃认真地注视着他那镇静、苍老的脸。他讲了下去："今天早晨，我要尽量让你们明白，我计算得出的结论。这非常重要。我们假定——"他转过身去对着黑板，像平日一样，一边思考，一边作图。

趁他转过身去的机会，一个学生轻声问同座的同学："'虚度'是什么意思？"同学指指黑板，说"听——听下去。"他们很快就明白了。

那在晚上，新星升起较迟，因为它原来的向东的运动使它经过狮子座，转向处女座。而它是那样的亮，当它升起来的时候，使天空发出辉耀的蓝光，无数星座先后受到照射，被它的强烈光辉所掩盖，一个个隐没不见了。只有木星出现在天顶，还可以看到御夫车座的五车二、金牛星座的毕宿五，天狼星和大熊座的指极星。新星很白很美。那天晚上，地球上许多地方的人都发现有一个青色的光环环绕着它。它显而易见是更大了。在赤道上的清晰天空中，它好象有月亮的四分之一大。在英国，地上是白皑皑的凝霜，天空却好象是盛夏的月夜，人们能够在灿烂的星光下阅读普通的报刊，城市的灯光则显得发黄、昏暗。那天晚上，世界各地的人都没有睡。教堂在鸣钟，号召人们聚集到教堂里去祈祷。就当地球在轨道上旋转前进，黑夜在逝去的时候，这颗不祥的星愈来愈大，愈来愈亮，使人感到眼花缭乱。

数学大师的警告已经用电报通知全世界，被翻译成上百种语言。各个城市里的街道上和房屋里都灯火通明，船坞被照亮得如同白昼，城乡交通要道上也都一片明亮，而行人彻夜往来不绝。新星和海王星在火热的拥抱里扭作一团，迅速地旋转着，愈来愈快地驰向太阳。这一大堆照耀着天地的物质的运动速度已达到每秒钟飞驰 100 英里，而可怕的速度还在不断增加着。目前它是在远离地球 100 万英里的空间中飞驰着，所以，对地球没有影响。但这颗炽热的星和行星中最大的木星之间的吸引力，愈来愈明显了。这种引力的结果将是什么呢？不可避免，木星会偏离它的轨道而纳入一条椭圆的路线，这颗燃烧着的星，因受到木星引力的影响，而改变向太阳冲去的方向，路线将呈弧形，因此也许会与我们的地球相撞。至少，它会非常接近地球。所以数学大师预言："地震、火山爆发、旋风、海啸、洪水和气温将上升到我无法测知的限度。"就在头顶上，这颗给人们带来灾难的星在狂怒地熊熊燃烧着，仿佛想证实他的预言的准确。

那天晚上，人们眼睁睁地望着那颗星，望得眼睛都发痛了。显然，它在不断地逼近。那天晚上气候也变了。笼罩着整个中欧，法国和美国的冰霜都在消融。但是，你别以为全世界的人都被这颗星吓得惊慌失措。实际上，习惯势力依然统治着全世界，除了在空闲的时候和晚上的灯光下闲聊消遣之外，十人之中倒有九人照旧忙于他们的日常工作。在大大小小的城市中，只有个别商店未按原来的规定时间营业，医生和办丧葬的人分别从事他们自己的工作；工人上工；士兵练操；学者研究；恋人们互相追求；窃贼东躲西逃；政客策划诡计；报馆的印刷机彻底鸣响；教堂里，许多教士不愿打开神圣的殿堂来增加恐慌的气氛。报纸在想方设法安定人心，提醒大家吸取公元 1000 年时的教训——因为那时人们曾预言世界末日的来临，结果是一场虚惊。现在出现的星，实际上不是星，只是一种气体，一颗彗星。如果它是一颗星，它便不可能袭击地球。这种事情史无前例。不论在哪里，常识都是一成不变的，总是藐视遇事过于谨慎戒惧的人。那天晚上，格林威治时间 7 点 1 刻，这颗星将最接近木星。那时，全世界的人都将看到万物起变化。许多人把数学大师的严厉警告，只当作精心编造的广告，认为他在有意扩大他自己的影响。有些人虽然也热烈地参加了辩论，但是后来用上床睡觉的办法表示了无动于衷。在文化科学不发达的地方，人们也只为他们自己的大事而奔走，对新奇事物已感到厌倦了。除了偶然响起几声犬吠之外，动物世界也听任这颗星放肆，而丝毫不感兴趣了。

不管怎么说，欧洲各国的人终究是又一次看到这颗新星的升起，它比前一天晚上迟升了一个钟头，但并不比前一晚大。相当多的人还没有睡觉，他们嘲笑数学大师，认为危险已经过去。但是，过了一会儿，笑声停止了。这颗星在不断增大起来——它一个小时又一个小时地增大，每过一个小时都稍微变大一点，而且更接近半夜的天顶，愈来愈亮，甚至把晚上变成了第二个白昼。如果它径直驰向地球，而不是沿弧形路线运动，如果它不减低冲向木星的速度，那么它必然会在一天之内超过这个夹在中间的地球。但事实是，它一共花了 5 天的时间来经过我们这个行星。次一天，它在英国人看到它以前，已经变成月亮的三分之一那么大了，冰霜的融化不成问题。它升到美洲的天空上时，便同月亮一样大了。人们看它的时候，睁不开眼睛，而且感到炽热；感到有一股热风袭来，那股热气越聚越多，以更大的力量吹动着。在弗吉尼亚和在巴西，还有北到圣劳伦斯河谷，新星透过迅速飞驰的雷雨云，闪烁不定的紫色电光和空前巨大的冰雹，时不时地闪烁着。在马尼托巴，积雪在消融，洪水以毁灭之势，涌进城市。在地球的所有的高山上，那天晚上冰雪都开始融化。从丘陵高地流下来的水挟着稠厚的泥浆，湍急地汹涌奔腾着，在上游打着旋涡，吞噬了树木和人畜。江河在鬼怪般的星光的照耀下，连续上涨。最后，河水泛滥，淹没了两岸，追赶着河谷里的奔逃的人群。

在人类的记忆中，阿根廷海岸和南太平洋上，浪潮从来没有这样高过。在许多地方，风暴把潮水驱入内地，淹没了整个城市。一夜之中温度急剧上升，因此太阳的来临只像一个影子的出现。发生了地震，而且开始逐级增强，遍及南北美洲全境。从北极圈开始直到合恩角，山坡崩陷，岩石开裂，房屋和墙垣倒塌。科托帕克希火山的整个一面，在一次级数极大的强烈地震中倒下，纷乱的熔岩直冲云霄，洒落远方，汇成热流，滚滚不息，在一天之中便已奔流入海。下山的月亮，紧跟在这颗星的后面，掠过太平洋，好象舞动着长袍的边缘似地，一路携带着雷暴雨。高涨的浪涛，喷吐着白沫，翻滚急驰着，超过了一个岛子，又是一个岛子，把岛上的居民全部扫荡干净。最后，那滚滚浪涛，在耀眼欲盲的炫光下，带着熔炉般的气息，飞快地威胁性地来到了亚洲。那浪涛宛如一堵高达 50 英尺的水墙，在漫长的海岸线上，发出饥饿的咆哮声。它横渡中国大平原，进入内地。在这段期间内，新星比太阳施展威力时还要热，还要大，还要有劲。它以残酷无情的光焰，显示给这个辽阔和富庶的国家。

中国被照得一片明亮；但在日本、爪哇和东亚所有岛屿的上空，这颗巨星是个暗红的火球，蒸汽、烟雾和火山灰弥漫，这是火山因为欢迎它的来临而喷发出来的。上有熔岩、热气和灰烬，下有沸腾的洪水，整个地球由于地震而摇摆，轰隆作响。喜马拉雅山上无从考察积存年代的积雪在迅速融化。一千万条急流汇合成一股势不可挡的水道，向缅甸平原和印度平原倾泻。印度丛林中，纠结的树顶上有千处起火。在湍急的流水的冲击下，无数微弱的生命还在围绕着树枝树干作最后的挣扎；血红的火舌在水里反射着。还有大群男女因为没有人领导，而混乱不堪，他们从宽阔的河道逃向人们最后的一个寄希望的处所——大海。

星变得更大了，变大的速度使人感到惧怕。星越来越炽热，越来越明亮。赤道的海洋上的磷光已经完全失色，漆黑的浪涛中冒出一团团旋转的气流。黑浪不断地冲击，里面夹杂着被风暴簸弄的船只。之后，出现了奇迹：正在欧洲等待观看新星升起的那些人以为地球停止了旋转。那些人，大多是从倒塌的房屋中逃出来的，从塌下的山坡中脱险的，在洪水中幸存下来的。他们在千万处高高低低的露天地方聚集在一起等待着新星的升起。一个钟头又一个钟头，人们怀着恐惧不安的心情盼望着。但是新星没有升起来。人们重新看到原来的那些星座。在英国，虽然地还不时在震动，天空是热烘烘的，但清楚明朗；在赤道上，天狼星，五车二星，毕宿五星透过一层面纱似的蒸汽出现了。大约比往日迟了 10 小时以后，这颗新星终于又升起来了。太阳贴近着它，在新星白色的中央部分有一个黑的圆圈。

在亚洲，当这颗星挂在印度上空时，亮光骤然被遮住。那天晚上，从印度河口到恒河口，在整个印度平原洪水成灾。大群大群的人逃到高出大水的庙宇、宫殿、丘陵和高山上。连每个高塔的尖顶上也都纠集着人群，他们因为经不起酷热的折磨和恐惧的袭击，一个一个地陆续掉入湍急的水中。整个国土好像在哀泣，成了令人绝望的“熔炉”。但是，在它的上空忽然掠过一个阴影，飘来了一堆乌云，吹过了一阵凉风，世界变凉快了。人们仰望着那颗星，几乎被星光照瞎了眼睛，只见一个黑乎乎的圆盘过来遮住了星光。原来那是暗沉沉的月亮，它来到新星和地球之间。太阳从东方敏捷地跳了出来。然后，新星、太阳和月亮一起迅急地掠过天空。欧洲的观察者们看到星和太阳互相靠近，朝前行驶了一段空间之后，速度减慢下来了，最后，星和太阳在天顶并合成一团熊熊的火焰。虽然人们已被饥饿、疲倦、酷热和绝望搞得呆头呆脑，但还是有人能够看出这些迹象的意义。星和地球曾经相离极近，互相影响，但那颗星已经经过地球而远去。它在越来越快地退去。接着，云聚拢来，遮住了天空，在整个世界雷电交加。空前的暴雨倾泻到地球各个角落。火山在云幕下红光闪闪，散落着一阵阵泥浆。大水冲走整块陆地，留下淤泥充塞的废墟。大地好似被暴风雨摧毁的海岸，上面堆满了曾经漂浮在水里的各种东西和人畜尸体。过了好几天，大水才从陆地上退去，一路带走了泥土、树木和房屋，堆积起土垛，挖掘出深沟。这是新星离去，酷热消散后的一些不太平的日子。这情况延续了不少天，许多星期，好几个月，地球上还在不断地发生地震。但是那颗星终究是过去了。人们从饥饿中挣扎起来，爬回到已成为废墟的城市，挖掘出被埋的粮仓，找到浸没在水里的田地，海上的几条幸存的船只，寻找到熟悉的港口，辨认出标志和浅滩，小心翼翼地探着它们的航路。人们经过大风大浪以后，发现气候比以前热了，南北极有不少冰雪都融化了，太阳看上去比以前大了，月亮却显得只有以前的三分之一大，而且过了40天后才重新出现一次新月。

会说话的石头

阿西莫夫（美）

罗伯特Q号飞船一停靠在五号站的外平台上，工程师弗纳德斯基马上就登上了这艘飞船。弗纳德斯基刷刷地填写着日常维修报表，这种报表日后将转换成计算机语言以便存档。他记下了飞船的名字和生产序号、发动机号码、发电机号码，等等。

“船上有多少船员，船长？”弗纳德斯问道，一边翻阅着飞船的证件。

船长答着：“两个。现在就去检查一下超原子能发动机好吗？我们还要去装货呢。”

“好吧！”弗纳德斯基提起检修用的工具箱就向发动机房走去，船长在后面跟着。他从容不迫地、效率极高地测量了电路、真空度和磁场密度。他禁不住对船长产生了兴趣。他问道：“你们采的是什么矿？”

船长眉头一皱，答道：“铬矿和锰矿。”

“是吗？……假如我是你的话，我就要更换詹纳集流管了。”

“故障是由它所引起的吗？”

“不，那倒不是。不过它也有点残旧了。说不定你走不到100万英里就又会碰到另一次故障了。只要你的船停泊在我这里——”

“好了，换就换吧。但你得找出故障的原因。”

他默默地检查了一会儿，然后站起来说：“你的半反射器被伽马射线损坏了。每当正电子束旋转到某一位置位推进器就会熄灭一秒钟。这零件要更换。”

“这需要多少时间？”

“几个小时，或许要十几个小时。”

“什么？我们要误点了！”

“这是毫无办法的。”弗纳德斯基仍然兴致勃勃。“我只能这样做，先要用氦气冲洗发动机系统3个小时，然后我才能爬进去。而且还要调整新换上的半反射器，这也需要时间。也许我能在几分钟内把它弄到差不多好。但仅仅是差不多好而已，也许你们到不了火星的轨道又不行了。”

船长双眼发出愠怒的目光。“修吧，马上开始。”

弗纳德斯基小心翼翼地将装有液态氦的罐子提到船上。他在布满房间的船舱里迷了路，突然发现自己走入了一间陌生的阴暗房间里。他只来得及发出一声惊奇的叫喊，两条汉子就向他扑来，将他连人带罐推出房间，然后把门关上。他一声不吭地将罐子搭在发动机的进料阀上，细心地倾听着氦气发出的柔和的声音。不一会，好奇心战胜了谨慎，他说：“船长，你们船上有一块活硅石，一块很大的活硅石。”

船长慢慢地把脸转向弗纳德斯基，用一种毫无表情的声音说：“真的吗？”

弗纳德斯基开始恳求起来。“噢，船长，我待在这块石头上已经半年了。我读完了所有能找到的有关小行星的读物，里面说的尽是活硅石的事，但我连一块小小的活硅石都没有见过，你带我好好看看它吧！”

船长说：“好吧，跟我来。”

弗纳德斯基跟着船长，他的敏捷的头脑紧张地思考着，心怦怦地跳着。

弗纳德斯基带着相当害怕和有点厌恶的心情凝视着眼前的这块灰色的生物。说真的，他从未见过活硅石，他只看过它的立体照片和有关的描述。它的皮肤呈油腻的均匀的灰色。它的行动迟缓，就像在石头里打洞穴居的动物，其自身也大大地变成石头似的。皮肤下没有肌肉在扭动，它是靠石头各层相对滑动而一片片地往前挪动的。总的看来它呈卵形，上半部是圆的，下半部是方的，长有两对附肢。在下部，“脚”按径向排列着。“脚”总共有6只，末端是又锐利又坚硬的刃部，金属沉积物使它们更加坚固。这些刃部能切开岩石，把它切成可食用的碎块。在这造物的平坦的下表面，有一通入内部的开口，这只有在把活硅石翻过来时才能看到。切碎了的石块从这里进入内部。在里面石灰石与水合硅酸盐反应生成聚硅酮，这种生物的组织就是由聚硅组成的。多余的二氧化硅从开口排出，形成一种坚硬的白色卵石状泄物。

在这种生物的背部的最高点还有一对附肢。两只中空的圆锥向着相反的方向，很贴合地长在沿背部往下的两个平行的凹窝里，但圆锥仍能稍稍往上举起。当活硅石往岩石里掘进时，这双“耳朵”能缩回去，以便取流线型的体形。当它处在洞穴里时，它们可以举起，以获得更良好的更灵敏的接收。它们与兔子耳朵隐约相似，这就是这些动物叫做活硅的原因之一。那些较为认真的外星生物学家习惯上把它称为小行星活硅石，他们认为这双“耳朵”可能与这种生物具有初步的心灵感应能力有关，有少数人却持不同的看法。

这只活硅石在一块满是油污的岩石上缓缓流动，房间的一个角落里还零乱地放着几块这样的岩石。弗纳德斯基明白，这就是活硅石的粮食，至少可以说是它用以建造身体组织的材料。

“你在哪里找到它的?”弗纳德斯基问。

“在一块岩石上。”

这时突然听见了一个缓慢而又模糊不清的说话声，像砂砾所发出的声音一样空洞。

这是石头与石头经过细心调节后摩擦所发出的声音。弗纳德斯基以近乎恐怖的心情凝视着说话者。

就是这块活硅石，忽然变成了一块会说话的石头。它说：“这个人在想，这块东西能说话吗?”

弗纳德斯基低声说：“天呀！它真的能够。”

活硅石说：“火星的自转周期是 24 小时 37 分半钟。天王星是在 1781 年发现的。冥王星是行星，在行星中，它是最遥远的。太阳是最重的。”

船长拉着弗纳德斯基就走。弗纳德斯基全神贯注地听着声音越来越弱的一大串数字。他问：“这些资料它是从哪里捡来的，船长?”

“我们船上有一本旧天文书，我们曾念给它听，这是一本很陈旧的书了。”

发动机终于调整到弗纳德斯基认为满意的状态，船长用现金支付了一笔可观的费用，拿过收据后，开足马力飞走了。

弗纳德斯基以几乎忍耐不住的激动看着飞船离去。他匆匆地向次以太发射机走去。

在 72 号巡逻站小行星，巡警米尔特·霍金斯在他家的安乐窝里接到了电话。他大声喊了声“哈啰”，不久他的两只耳朵警觉起来，他说：“别放下电话——别放下，你说什么来着?”

“你刚才没有听见吗？我费足了心思跟你说话呢!”那边，弗纳德斯基喊着说。

“喂，你把话分成一小段一小段地说好吗？这事与一块活硅石有关?”

“那家伙在船上养了一只活硅石。他说是他的宠物，他喂它吃油腻的石头。这不是一块简单的活硅石，不是普通见到的那种几英寸的小东西。它足有 1 英尺长，你明白了吗？你生活在小行星上，总知道小行星的事吧？”

“假如你告诉我，我就明白了。”

“注意，油腻的岩石只能建造它的身体组织，这样大的一块活硅石它的能量从何而来？”

“这我可不知道。”

“活硅石是靠直接吸收伽马射线取得能量的。”

“这是谁说的？”

“一个叫温德尔·厄思的人。他是外空生物学的鼻祖。而且他还说这就是活硅石的耳朵的作用。”

“好了，这又怎样？”霍金斯问道。但他沉思起来。

“还有就是厄思说，在任何小行星上都没有足够的伽马辐射能使活硅长到大于一两寸的长度，因为放射性不足。而我所看到的有1英尺多长，足有15英寸。因此，它肯定来自一个布满了建造活硅石组织的材料而铀的蕴藏量又十分丰富，有很强的伽马辐射的小行星。这样的小行星的轨道是异乎寻常的，所以人们还没有到过那里。只是可能有一个精明的小伙子因为偶然的机会降落在这小行星上，他注意到这里的岩石温度较高，因此开动脑筋问个为什么。罗伯特Q号的船长绝不是那种在岩石之间飞来飞去的蠢货，他机灵得很。也许他炸开一些岩石想拿去化验，结果发现了一只巨大的活硅石。他知道他作出了有史以来最走运的、最令人难以置信的发现。他再也不需要化验了。活硅石能把他领到最丰富的矿脉上。”

“为什么它乐意这样做？”

“因为它想认识整个宇宙。因为它也许已经在岩石下度过了一千年，才刚刚看见了星星。它能看到人的思维，它能学会说话。它可以与船长进行一次交易。听着，这正是船长求之不得的。铀矿的开采是由国家垄断的，没有执照的矿工甚至不准持有计数器，所以它对船长来说是非常有用的。”

霍金斯说：“也许你是对的。我们现在该怎么办？”

“去把他们逮回来。这是够简单的了。我在安装他们的半反射器时做了手脚，他们跑不到1万英里，动力就会关断。而且我在詹纳集流管上安装了示踪器。他们很快就没有动力了，我们带上一两门加农炮。他们会告诉我们富铀矿的小行星在什么地方。我们找到后和警察总部联系，将这三个走私铀矿的家伙移交给他们。你可望晋升为上尉，我也会得到提级，并在地球上获得永久性的工作。好吗？”

霍金斯有点心摇神动。“好的，”他喊道，“我就来。”

当他们从飞船反射回来的微弱阳光看到这艘飞船时，他们几乎撞在它上头。

霍金斯说：“你没有给他们留下足够的动力用作照明吗？你不会把他们的应急发电机也关掉吧？”

弗纳德斯基耸了耸肩，“他们在节约燃料希望能获救。我敢打赌，他们现在一定把所有的能量都用于发射次以太波求救信号。”

警察巡逻艇沿螺旋线驶近飞船。他们的猎物失去了动力，以每小时1000英里的稳定速度在太空漂移着。巡逻艇调整速度，驶近飞船。

霍金斯的脸上闪现出不安的表情。“啊，不好了。飞船被击中了，被一块陨石击中了。有一块像仓库大门那样大的穿洞，十分遗憾，弗纳德斯基，情况好像不太妙。”

他们在太阳服的严密保护下走进这艘被击毁的飞船。罗伯特Q号船里里外外都像个废墟。没有了动力，在荧光屏上就不能显示出冲飞船而来的岩石，哪怕是最微弱的影像，从而及时发现它，即使发现了这块岩石，也无法作机动规避。这块石块穿过了船体，仿佛飞船全是用铝铂制成似的。它粉碎了驾驶室，令船的空气全跑光，杀死了船上的三个人。

弗纳德斯基说：“让我们去检验一下他们所携带的矿石，它们的放射性一定很强。”货舱的门被撞弯了，在门和门框之间露出了半英寸的缝。霍金斯用戴着金属护套的手拿起计数器，将它的云母窗口凑到门缝上。计数器里像有几百万只喜鹊在叽叽喳喳地叫一样发出杂乱的响声。

弗纳德斯基无限欣慰地松了口气说：“我早就告诉过你，是这样的。”

霍金斯环视了一下周围。“好，这个事情清楚了。我们消灭了一个走私集团，或者是集团的一部分，但下一步怎么办？”

“找出那个小行星铀矿！”

“对！但是它在哪儿，知道的人都死了。”

“天呀！”弗纳德斯基又变得沮丧了。找不到那颗小行星，他们手中只有三具尸体和几吨铀矿，不，还有那活硅石，它能在真空中生存。它一直就在真空中生存，它知道那颗小行星在哪里。”

活硅石在手电的亮光下反射出微弱的光。它还能动，它还活着。

他们战战兢兢地、小心翼翼地抬起它。他们把它放在巡逻艇的控制室里。

弗纳德斯基说：“你能看见我们的思维？”他屏住呼吸静候着，最后终于听见石头表面发出的摩擦声变成了语句。

活硅石说："是的。"然后又说，"到处都是空白，什么也没有。"

"什么?"霍金斯说。

弗纳德斯基示意他静下来。"我猜是刚才通过两船之间的那段路程。这可能给它留下了深刻的印象。"他对活硅石说话时简直是在叫喊，"和你在一起的那些人收集铀、特殊的矿藏、轴射、能量。你告诉他们在哪里能找到那些东西的?"停了停，他又喊道："你觉得好吗?"

"不好，空气一下子跑光了，我内部受了伤。"

弗纳德斯基喃喃道："一定是压力的突然下降伤害了它。天呀——你知道我想要知道什么。你的家在哪儿?那块有许多食物的地方?"

活硅石的耳朵慢慢举起，非常缓慢地、颤抖着举起然后又掉下来。"那里"，它说，"在那里。"

"哪里?"弗纳德斯基发出尖叫。

霍金斯说："它在做动作，它在指示某个方向。"

"可以肯定，只是我们不知道它指示的方法。"

"你能指望它怎样做?显示出坐标吗?"

弗纳德斯基马上说："为什么不可以?"他再次转向躺在地板上缩作一团的活硅石，它现在一动也不动，它的外部失去了光泽，这是一种不祥之兆。

弗纳德斯基说："船长知道你觅食的地方在哪里。他有几个号码是注明那个地方在哪里的，是吗?"他祈祷活硅石能听懂他的话。

"是的，"活硅石用一种岩石碰击岩石的声音叹息道。

"三组数字，"弗纳德斯基说。"一定要有三组数字，三个空间坐标连同日期就能显示出小行星在环绕太阳的轨道上的位置。只要有了这些数据就能详尽地计算出它的轨道和确定它在任何时刻的位置。"

"是的，"活硅石说，声音更低了。

"怎样?这是怎样的三组数字?"

但活硅石说："不知道，数字并不重要，觅食的地方在那边。"

"坚持一下，"弗纳德斯基恳求说，"告诉我，船长把这些数字写在什么地方?"

活硅石低声说："在小行星上。"它再也不会做声了。它成了一块死石头。

弗纳德斯基和霍金斯站起来，面面相觑，十分失望。

“这看不出有什么意思，”霍金斯说，“为什么他要把坐标写在小行星上？这就好像把钥匙锁在它所要开的房间里一样。”

弗纳德斯基摇摇头，“一个铀矿宝藏，有史以来最大的发现，我们却不知道它在哪里。”

塞顿·达文波特以一种奇怪的愉快感觉环视四周。他右面颊上的伤疤、黑色的头发、惊人的眼眉以及黝黑的肤色，这一切都使他看起来像个彻头彻尾的地球调查局的廉洁的特工人员，他实际上也就是这样的人。

当他环视着这个大房间时，他的嘴角向上翘起，仿佛在微笑。房间里十分阴暗。主人坐在一个安乐椅——办公桌的组合家具里。他慢慢地翻阅着手里拿着的官方报告。他就是温德尔·厄思博士，地球上最杰出的外空生物学家。

厄思博士读完文件之后，把卷宗放在办公桌上，“把你的问题再重复一次，检察官。”

达文波特耐心地说：“依你的意见是否像我报告里所描述的那样大小和种类的活硅石只能在含有丰富铀矿的小行星出现，你的意见是肯定的吗？”

“是的。”

“那么很好，厄思博士。”达文波特站起来，伸出一只手去取帽子，另一只手去拿卷宗。

但是厄思博士伸出手牢牢压住这些报告，“等等，你们怎样找到那颗小行星？”

“靠搜索，我们将每一片空间分配给可以用上的飞船，然后进行搜索。”

“我有更好的办法可以找到那颗小行星。”

达文波特半信半疑地问道：“你怎样能找到它？”

“首先，”厄思博士说，“给我的代价是什么？或者是酬金，你愿意这样做的话。当政府找到那颗小行星之后，也许还有另一块大的活硅石在上头。活硅石是非常有价值的，它是唯一以固态硅酮作为组织，以液态硅酮作循环液的生命形式。小行星是否原先是一个单独的行星体的一部分，这一问题的答案可以通过它们作出，还有其他许多问题，你明白吗？”

“你的意思是要求送一块活硅石给你？”

“是的，要活的、完整无缺的，而且免费赠送。”

达文波特点点头。“我肯定政府会同意的。现在请把你想到的说出来吧。”

厄思博士平静地说：“报告里提到的一句，活硅石临死前所说的。弗纳德斯基问船长把坐标写在什么地方？它说‘在小行星上’。”

一种强烈的失望表情掠过达文波特的脸孔。“天呀，这我们知道，我们曾以各种角度考虑过这句话，各种可能的角度，但它是毫无意义的。”

“检察官，为什么你不想一想‘在小行星上’这句话对于活硅石来说是什么意思，不是对我和你，而是对活硅石本身。”

达文波特皱起眉头，“博士，请你原谅，我不明白。”

“我讲得很清楚，活硅石所说的‘小行星’是指什么?”

“活硅石是通过人们向它念一本天文书而认识宇宙的，我认为书上有什么是小行星的解释。”

“对极了，”厄思博士高兴地喊道，“这定义是怎样写的？一个小行星是一个小物体，比行星小，它绕太阳运行的轨道一般在火星与木星之间。你同意吗?”

“我认为会是这样的。”

“那么罗伯特Q号是什么东西?”

“你说那艘飞船吗?”

“这是你对它的称呼，”厄思博士说，“罗伯特Q号是什么？它不是一个小物体吗？它不是比行星小吗？当活硅石在船上时它不是绕太阳运行吗？它的轨道不是在火星与木星之间吗?”

“你的意思是活硅石认为飞船也是一颗小行星，当它说‘在小行星上’时，指的是‘在船上’?”

“正是这样。”

但检察员阴暗的脸上没有任何高兴的表示。“博士，这并不解决问题。我们对罗伯特飞船进行了搜查，我们曾将它一块一块地拆开。我们正准备解开所有的焊缝。”

“你们什么也没有找到?”

“我们找遍了每一个地方。”他站起来，想要离开，“你明白吗，厄思博士？当我们搜查完之后，这些坐标就不可能写在它上头了。”

“坐下，检察官，”厄思博士冷静地说，“你仍然未能正确理解活硅石的话。这活硅石是依靠在不同场合收集到的词语来学会我们的话的。它不能说地道的英语。报告上所引用的它的一些话就证明了这一点。你明白吗?”

“那又怎样?”

“那些不能说地道英语的人，要不就只能运用它母语里的惯用语，然后用英语逐字来翻译这些惯用语；要不就只能按照英语的字面意义来遣词造句。活硅石没有母语。所以它只能运用第二种方法。那么让我们按字面的意义来理解它的话。它说‘在小行星上’，检察官，在它上头。并不是在一张纸上，按字面意思就在船本身上。”

达文波特缓慢地、深深地吸了一口气，“你能告诉我你所想到的吗，博士?”

厄思博士戴上眼镜，“检察官，你知道船上什么地方写上秘密的数字是最安全的吗？在哪里虽然一眼就可以看见，但仍然不易被发现？在哪里虽然暴露在众目睽睽之下，但依旧是安全的?”

“哪里?”

“就在原来应该有数字的地方。完全正常的数字、合法的数字，那里原本就有数字。”

“你说的是什么?”

“直接刻蚀在船体上的飞船的生产序号，注意，在船上有发动机号码、发电机号码，还有其他一些号码。每个号码就刻蚀在飞船的不可分割的一部分上。在船上，就如活硅石所说的那样，在船上。”

达尔波特光然大悟，“你可能说对了，如果是真的话，我希望能为你找到一只比罗伯特Q号上活硅石大一倍的活硅石。它不但能说话，而且还能吹口哨，‘到小行星去!’”他急忙伸手去拿卷宗，用拇指迅速地翻动着文件，从中抽出一张地球调查局的官方表格。“当然我们记下了所有识别号码。”他摊平这一表格，“这些号码中是否有三个像是坐标?”

厄思博士伸手拿起一本草稿本，并递给检察官另一本。足足有几分钟，两个人默默地工作着，草草地写下各个号码，试着将无关的数字划去。最后达尔波特叹了一口气，“我被难住了，”他说，“我认为你是对的，发动机和计算器上的号码肯定是伪装的坐标和日期。它们距离正常的号码太远了。这只给出了两组数字，但我发誓余下的号码都是绝对合理的生产序号。你有什么发现吗，博士?”

厄思博士点点头，“我同意。我们现在有了两组坐标，而且我们还知道了第三组写在什么地方。”

“我们知道？怎样——”检察官突然停止了说话，发出一声尖叫。“当然！那就是飞船本身的号码，它没有出现在这里是因为它正处在陨石击中的地方——我想你的活硅石有希望了，博士。”他满脸的愁容豁然开朗起来。“我是个白痴，号码没有了，但我们一下子就能从星球注册处查到。”

“我不同意你后面的那句话，”厄思博士说，“注册处只会有飞船原来的号码，不会有经过船长改动之后成为坐标的号码。”

“刚好就在船体的这个位置上，”达文波特喃喃道，“只因为偶然撞击，就使我们失去了那颗小行星。没有第三组坐标，这两组坐标有什么用呢?”

“好了，”厄思博士一语双关地说，“这对于二维生物来说是十分有用的，但对于我们这些三维生物来说，却需要第三组坐标——幸亏我已经找到它了。”

“在地球调查局的文件里？但我们刚才已经核对过号码表。”

“那是你的表格，检察官。文件里还有弗纳德斯基这个年轻人的原始报告。当然那里所记下的罗伯特Q号飞船的序号是经过小心伪装的号码。”

达文波特拿起草稿本和弗纳德斯基的报告，计算了一会，脸上露出了笑容。

奇妙的航程

阿西莫夫（美）

随着飞机的降落，格兰特长出了一口气。宽敞的客舱里还有另一名乘客：叛逃的科学家宾恩斯。他掌握着当今世界最关键的科学技术，是格兰特冒着生命危险，把他从敌人那里弄过来的。

庞大的摩托车队护送宾恩斯前往“联合微缩部队总部”。长期以来，美国和它的对手在微缩技术方面难分高下，宾恩斯的到来将意味着打破这种平衡，因为他知道无限期维持微缩的奥秘。还差一点就到总部了，突然从胡同里冲出一辆汽车，人们还没搞清是怎么回事，就发生连锁碰撞。宾恩斯被撞成脑震荡，危在旦夕。

总部决定不惜一切代价挽救宾恩斯的生命，这次救护行动的总指挥是卡特将军。为了防止敌人再做手脚，卡特决定派才能出众的特工格兰特参加手术组。格兰特在甜蜜的梦乡中被人唤醒，对于上司的决定感到莫名其妙。他被带到一张专为宾恩斯绘制的血液循环图面前，这就是手术组活动的区域。冲撞造成的血凝块就在颅腔的正中央，只能从内部去处理掉。由欧因斯舰长、血液循环专家迈克尔斯、脑外科专家杜瓦尔和助手科拉小姐加上格兰特组成的手术组将同“海神”号核潜艇一起被微缩，然后注射进宾恩斯的颈动脉血管，从那里驶向血块，用激光切割掉血块后，返航回到颈部的静脉血管撤出。这一切都必须在 60 分钟内完成，过了这个极限，微缩将自动解除。

微缩开始了，一个几何图形构成的巨大圆盘朝“海神”号移过来，大家全都紧张得满头汗珠，脾气古怪的杜瓦尔大夫却兴奋异常，因为这是首次运用微缩技术来抢救人的生命。船好像被猛烈投进一个无底深渊，在一片死寂中不断往下掉，变得越来越小。高度精确的机械手将“海神”号轻轻提起，放入一只盛满生理盐溶液的安瓿，直至继续被微缩成一个细菌大小。卡特头部上方的表盘出现了黑色的数字 60。一只针筒轻柔地将“海神”号抽出。进入闪闪发光的动脉深渊后，计时器读数是56。杜瓦尔建议把艇内灯关掉，以便好好看看上帝的手艺。大家伏在舷窗口，几乎一下子就被那奇妙而令人惊诧的景象吸引住了。远处是动脉血管壁，看起来有半英里之遥，它发出闪射的红光，时而被一大堆乱七八糟的漂流物遮掩住。他们面对的是一个巨大而奇特的水族馆，充塞视野的不是鱼，而是比鱼远为怪异的物体，它们是一些橘色的大轮胎，有如钻石刻面似的闪耀着强光。杜瓦尔说，这些东西是红细胞，刚从心脏出来，携带氧气输送到大脑。那些庞大的白细胞是人体的清洁工，专门对付细菌。他们又看到了时而膨胀、时而收缩的病毒和说不上来的什么东西，杜瓦尔大夫甚至想去弄一个到船里来。潜艇突然向动脉壁靠拢，欧因斯拼命扳住操纵杆，也无法摆脱一个大漩涡。船毫无办法地撞在墙壁上，格兰特命令大家捆上安全带，但为时已晚。“海神”号猛烈颠簸着，没系住安全带的人全被掀到甲板上。杜瓦尔喊道：“是个瘘管——一个动静脉瘘。”格兰特吃力地向窗外看去，一个粗糙发黑的缺口就在前方，将“海神”号连同红细胞和可怕的白细胞统统吸了进去，然后一切归于平静。格兰特因使劲去拽科拉，将左臂碰青肿了，迈克尔斯告诉他，动脉和一根小静脉不正常地连结起来了，由于准备得仓促，在循环图上没有发现它。现在船已驶进颈静脉，无法顶着逆流回去。另外一条到达头部的路线，是沿静脉通过心脏，那等于是自杀，心脏瓣膜鼓动的血流对于被缩小的“海神”号无异于海啸。

手术室的指挥塔内，头头们也发现了那个动静脉瘘管，他们担心“海神”号在那汹涌的逆流中毁掉了。但随即接到了格兰特拍来的电报：“海神”号决定冒险通过心脏。卡特平静地向部下发出准备使宾恩斯的心脏停止跳动的命令。人脑在心脏停跳60秒钟内不会受到损伤，“海神”号必须在这段时间内冲过心脏。

欧因斯计算出潜艇通过心脏要55秒到57秒钟，他让潜艇随着血流漂向心脏。周围的世界完全变了样，仍旧是血的世界，但又不同，这里是来自头部的主要静脉，红细胞里的氧被耗尽了，血液的海洋变得黯淡无光。驶近三尖瓣时，格兰特传达了手术室发来的电报，还有最后一次心跳。两个电极降到宾恩斯的胸脯上，示波器上的心电光束消失了。卡特严峻地按下跑表。

五双眼睛瞧着心室继续舒张，三尖瓣扑动着掀开了。“快！”迈克尔斯叫道。“快！快！”他的话被心跳最后的轰鸣和引警的增大了的响声淹没了。“海神”号向前挺进，冲入右心室，大家没有忘记看这里无比神奇的建筑。这个对于“海神”号是死亡陷阱的心脏阴森而又美丽。这块肌肉在人出生前就得开始跳动，以不间断的节奏，不辞辛劳地、有力地跳动，直到临终前最后一刻。在动物界中，这是最伟大的心脏。大家不由得对造物主的精巧手艺发出赞叹。

手术室的报警器响了，恢复心跳的电位流涌在荧光屏上显示出来，这时“海神”号已进入出口处的中央裂缝。这条裂缝看来像一对硕大无比的嘴唇。船身擦刮着粗糙的壁膜，终于从那黏糊糊的拥抱中解脱出来，进入了肺动脉。心脏收缩的巨响“巴——噜姆——姆——姆”在追逐着他们。血液的潮浪赶上了“海神”号，以危险的速度驱赶着它前进。

船回到动脉系统，这并不是原计划驶向脑部的那条航线，而是通向肺部。这意味着延迟。

在肺壁狭窄的毛细血管中，“海神”号的空气柜压力突然下降，全体乘员面临窒息而死的厄运，除非马上撤出。肺壁外面就是空气的汪洋大海，问题在于这空气是未经微缩的，他们无法呼吸那些大个儿的氧分子。欧因斯的船本来是为进行深水研究设计的，带有一个小型微缩器，用于对水下标本进行微缩。格兰特建议用一根通气管穿通肺壁——这不致伤害宾恩斯——管子这一头接到微缩器上，再把空气通到空气储存柜。格兰特来到工作间，一眼瞧见激光器散了架，他一言不发地盯着科拉。科拉小姐脸色刷白，发誓说不知道是怎么回事。格兰特开始发潜水服，他让欧因斯操纵潜艇，其余人从紧急出口走出船外。一把刀子在肺膜上划开一道裂缝，格兰特钻到肺泡内，拽进管子，利用宾恩斯的吸气灌足了空气。但是呼气开始了，它有如飓风，粉尘的圆石从脚下滚走，救生索突然连同他一起被狂暴地向上吸去。“海神”号发现了这一情况，开到裂口前，在船头灯照射下，格兰特拼命扑向缺口，几只手合力把他拉回毛细血管。

格兰特决定拆除无线电，用上面的零件维修激光器。最后的电报发出：“海神”号将不再同手术室通话。

船艰难地进入淋巴管，这儿的围墙同他们才离开的毛细血管一样薄。灯闭了，迈克尔斯开始向大家讲解那奇异的世界。他们看到了抗体分子攻击细菌的真实景象，一个细菌被抗体分子包起来，一下一下地活活挤死。

通过颈部的淋巴结后，格兰特看了一下计时器，读数是28，时间过去了一半还多，而他们又回到了原来动身的地方。杜瓦尔大夫建议走一条捷径，避开所有的淋巴结，径直驶向内耳，可这要冒极大的危险。外部哪怕是最微弱的声音，都会在内耳产生强烈的振动，按照现在微缩的比例，这种振动会要他们的命。手术室里必须保持绝对肃静。“海神”号现在已无法同外界联络，格兰特坚信卡特将军他们会通过监视仪上“海神”号的核放射线发现它的行踪。

“海神”号在耳朵的螺旋形蜗管中行驶，淋巴液中的网状纤维把引擎进气管堵住了，格兰特、科拉及迈克尔斯穿起潜水服，游到船外去拔那些纤维。与此同时，手术室里的卡特已明白了“海神”号的意图。他在一张纸上写下用棉花塞住宾恩斯耳朵的命令，让卫兵在医务人员间传递。全体人员都敛声屏息地忙碌着。这时，一个护士因扯脱脂棉用力过猛，突然碰掉了桌上的一把剪刀，一声刺耳的巨响，就像从天而降的天使发出的打呃声一样。那护士吓得要死，卡特把雪茄一扔，颓然倒在椅子上。

欧因斯舰长开动引擎，故障已经排除。格兰特等人正准备回船，不料整个宇宙都翻腾起来。科拉被骤起的狂涛向听觉基本中心——螺旋器卷去。她的潜水器被毛细血管丛挂住，抗体像一大群果蝇似的纷纷落到她身上。格兰特在头盔的耳机中听到了科拉的呼救声，他吩咐游到身旁的迈克尔斯回到潜艇。如果自己不能救出科拉，那他和杜瓦尔一定要把不管是什么样的遗骸弄回船去，这些遗骸如果在这儿解除微缩就会把宾恩斯撑死。

格兰特向科拉猛冲过去，抓住她的氧气瓶拼命往外拉。费尽九牛二虎之力，格兰特终于拖带着几乎被抗体窒息的科拉逃回潜艇。

“海神”号又在移动了，手术室里的气氛稍稍缓和了一些。荧光屏上，“海神”号迅速驶向血块。但时间已剩下不多，“海神”号施行手术后，必须尽快驶到一个能被人们取出的地方，否则将前功尽弃。

“海神”号关了灯光在大脑内部航行。上帝造物美仑美奂的顶峰使他们甚至把使命高潮已到的事实都置诸脑后。细胞伸出的树突有如荆棘，每一个枝丫上都起伏着火花的波浪。杜瓦尔告诉大家那些火花其实代表着思想，是大脑物质成分受到刺激的反应。神经在血块周围停止了活动。杜瓦尔和科拉双双穿好潜水服，抱起修复的激光器走出舱口。这时，迈克尔斯拼命阻挠他们这样做，说激光器一定会毁坏脑组织。格兰特把他拎起来，迈克尔斯立刻老实了。格兰特让欧因斯在这里看住迈克尔斯并等几分钟，他要帮帮杜瓦尔他们，到时如不回来，欧因斯就用剩下的最后两分钟离开这个地方，保住自己的命并使迈克尔斯受到惩处。

杜瓦尔成功地击碎了血块。迈克尔斯却用扳手击昏了欧因斯，他不愿意亲手杀死舰长，而是给他套上了潜水服，然后抛出船外，让白细胞来收拾他。迈克尔斯驾驶着“海神”号向刚刚修复的神经冲来，以图造成伤害，好把白细胞引到现场，吞噬掉杜瓦尔他们。格兰特见势不妙，从杜瓦尔手中夺过激光器，对准俯冲过来的潜艇扣动扳机，“海神”号摇晃着栽进那片树突森林，陷在那里不动了。他们救起了欧因斯，杜瓦尔带着大家沿视神经向眼球逃去。身后，一个硕大的白细胞包住了“海神”号，然后和其它白细胞一起向四个游泳者追来。他们疲惫已极地游到眼球中，格兰特奋勇踢开拦在面前的膜壁，四个人鱼贯而出，到了眼球表面。那个包裹着“海神”号的白细胞也从缺口处挤了过来。

手术室里的计时器已经走到0，“潜艇到了眼球表面!”大家不由得欢呼起来。一位技师把玻璃片放在宾恩斯的右眼前，用一个包着毡子的钳子拉下眼睑，一滴眼泪带着像一粒灰尘似的东西掉在片上。护士们迅速把手术台推出门外，大家都向后闪开——解除微缩的物体会在瞬间恢复原状。三个男人、一个女人和一堆挤压碎了的金属在原来空无一人的地方出现了。

当卡特听说迈克尔斯是暗藏的破坏者时，大为吃惊。但“海神”号上的一系列事件是否同迈克尔斯有牵连将永远是个谜。卡特认为他的目的是想使这个技术永远保持秘密，而这里的大多数人却是主张和平利用微缩技术的。这次利用微缩技术把一个垂危的病人救活了，人们可以借此一起来反对军方对这个技术的控制，把它变成为人类谋利益的法宝。

银河帝国的兴亡

阿西莫夫（美）

遥远的未来，人类的发祥地——地球的存在，将作为久远的过去而被遗忘掉，人类已遍布于银河系整个领域，其版图包括二千五百万个行星和一千的六次方的人口，达到庞大的规模。

人类世界再度被“帝国”统一起来，并享有高度文明带来的繁荣。但是在为有一万三千年历史而引以为自豪的银河帝国，现在已开始出现衰落的趋势，经历数世纪的崩溃预兆已经逐渐趋于表面化了。

最先认识到这种悲惨结局的是一位学者。他的名字叫做哈里·塞尔登，是精神历史学的最高权威。精神历史学是利用统计数字和集体心理学的一门科学。虽然不能预测个人的行动，但对于了解大集团的趋势，是可以发挥巨大威力的。塞尔登预言：只要再过500年，帝国就将崩溃，以后紧接着到来的是长达3万年的文明黑暗时代。挽救帝国的灭亡已经是不可能的了。

但却有一种将黑暗时代缩短到一千年的方法。那就是设立“基地”。把防止文明后退和阻止无政府状态长期化的基地设置在银河的两端。从而为不久即将到来的第二帝国时代奠定了基础。

设置有“第一基地”的提尔米纳斯行星是在银河的最外部边缘处。而且帝国衰亡的最初征兆就是从这个星域开始的。在基地设立后的第五十个年头，其边缘部的4个星系各自宣布独立，自称“王国”，王国立即要求提尔米纳斯从属于其领导。提尔米纳斯连同他们对抗的军备都没有。但是市长哈登看到外缘地方已经丧失了原子文明。若能激化四王国的对立，便可以很好地保证基地的独立。在“遗物馆”里显示的塞尔登录像告知说：此后即将到来的危机，不久即将开辟第二帝国诞生的道路。

30年后，在4个王国微妙的均衡中存在的提尔米纳斯再度面临危难。四王国之一的阿诺库林，依仗其军事力量想一举吞并它。但20年来给王国的技术援助，实际已经在这个王国中建立了巧妙的宗教组织。只要一说进攻基地这样一句对神的冒渎的话，就会使阿诺库林的所有社会机能陷于瘫痪。打算仅利用科学文明的四王国，反而被宗教化的科学所统治了。基地作为宗教的圣地，又延续了几十年的繁荣。

以后又过75年，因为周围国家对宗教的戒备，至使宗教统治达到了极限。苛莱尔共和国要求进行摆脱宗教的贸易。先是贸易商人以后任市长的马劳看到宗教统治的时代已经告终，遂同意这个要求。但是苛莱尔独裁者则想要占有基地本身。而且，虽然苛莱尔正趋于灭亡，但却有从帝国直辖领地提供的武器援助。仅以一只能破坏一个行星的战舰作先头部队，苛莱尔军和基地开始了战争。马劳回避卷入战争。不久，苛莱尔虽然没有遭到任何攻击，但工厂停工，发电厂发生事故。这是因为苛莱尔所需要的全部高级技术，全都依赖于同提尔米纳斯的贸易。马劳是将贸易作为武器来进行战争的，仅用3年左右的时间苛莱尔便投降了。

在基地设立后的第二百个年头，它已经是银河边缘最强大的国家了。然而，帝国的亡灵却挡住了它前进的道路。帝国最后的将军叫作贝尔·利奥兹。他以自己好战的性格指挥帝国舰队，一意孤行地去外缘地方远征。在占有绝对优势的舰队面前，基地无计可施。但是，对于帝国来说，英雄只是过去的美称。将军的活跃，引起了皇帝的怀疑。最后，贝尔·利奥兹被解除了职务。帝国的衰落不仅表现在外面，内部的空虚更厉害。这次事件以后，帝国在内乱中灭亡。

基地建立后的第三百个年头，塞尔登没有预料到的危机出现了。这场危机就是突然变异体牟尔的出现。心理历史学还不能推测个人行动。牟尔完全是预料以外的势力。仅用两年的时间，不知名的牟尔征服了具有头等实力的加尔干。实行独裁专政，而变得毫无生气的基地由于错误地判断了形势，在牟尔的压力下，迅速地崩溃了。牟尔有自由控制他人感情的能力。能够使敌人顺从自己，这样，敌方的军队就逐渐丧失了战斗意志。

最盛期的牟尔“行星联邦”是由旧帝国领土的十分之一和人口的十五分之一构成的。他自称“第一市民”，在虚弱的肉体中蕴藏有特殊的热情。他在一步一步地扩展着自己的版图。

旧帝国瓦解以后，已经创建起新“帝国”雏形的牟尔，在征服战斗中只担心一件事，即“第二基地”的存在。这个哈利·塞尔登设立的另一个世界——肯定是在银河系的某处存在的。

“第一基地”保存了物理科学。而且通过不断地扩大和发展这门科学，使得自己保存了下来。而另一方面，“第二基地”是保存心理科学的世界。不具备物理学力量的他们，是通过将他们的存在隐蔽起来，而偷偷地生存在某个地方。牟尔探知到它侵犯联邦的一种心理上的威慑。

第二基地在何处呢？拼命搜查的结果，结论得到了，是一个叫塔真提的王国。牟尔率领舰队，目标是一举毁灭塔真提。他以为使全部行星化作焦土总可以达到目的！于是与第二基地的代表——“首席发言人”相会。但是，塔真提并不是第二基地。他中了圈套。在他的远征中，受军情控制的联邦军，被第二基地解放了。

几年以后牟尔病殁，第一基地始得复活。但是，第一基地已经知道他们的分支，第二基地所具有的精神支配能力。当然，也想要否定其支配地位。二个基地之间的对立有使塞尔登计划落空的危险。在第一基地进行搜查的途中，处于战略要冲的加尔干公开宣战，虽然是败给了牟尔，但战争仍以基础一方的胜利而结束。而且终于查明了目标的位置。也就是说第二基地是在提尔米纳斯上，存在于第一基地的本身之中。这是因为，目的如果是在于心理控制，则最适当的场所就只有这里。其结果是应用搅乱波的装置，可以进行精神控制的第二基地的人们陆续被逮捕了。但是，这是第二基地的作战策略。由于牟尔的出现，而受到重大冲击的塞尔登计划，经过加尔干的叛乱和提尔米纳斯的伪装基地的发现，渐渐地趋于正常。而真正的第二基地是在“星际的终极”。

长生饭

别里亚耶夫（俄）

渔村位于德国海的北弗里兰特群岛，最近，渔村接连发生渔网丢失的怪事。青年渔民路德维希断言是汉斯干的，因为他发现这个又高又瘦、活像个骷髅的老头，近几个星期来竟奇怪地发胖起来。一个秋天的黄昏，渔船在古老的灯塔附近靠岸后，有个渔民提议上汉斯那儿走一趟，摸摸他的底细。

汉斯老头殷勤地请客人到壁炉旁烤火，关心地问渔情怎样。“糟透了。”路德维希说。不走运的捕捞再加上坏天气，使他十分恼火，正想找个人出出气。“你倒好，没完没了地胖起来，这到底是怎么回事?”汉斯十分局促不安，这越发引起大家的怀疑。于是以查看破塔楼是否安全为由，对汉斯的住处进行了搜查。二楼、三楼都搜遍了，除了一堆堆的破烂，并不见丢失的渔网。只见一个瓦罐，里面装着一种黏糊糊的东西，很像青蛙的卵。

路德维希没好气地把汉斯老头拖到瓦罐旁边，厉声质问他里面装的什么？谁也没料到，这一问，竟使汉斯老头浑身哆嗦起来，他语无伦次地支吾了几句便住了口。这一下激起大伙的好奇心，都想弄清汉斯老头搞的是什么名堂。路德维希从汉斯的狼狈相中得到了启发，信口胡诌起来：“你干吗不吭声？你知道不知道，为这个会把你抓到什么地方去?”汉斯越发害怕了，他央求大家不要逼问他，因为他发过誓要保密。众人一个个目瞪口呆，无意中碰到了一桩神秘的事。路德维希觉得这事比找失窃的渔网还来劲，他得意洋洋地把瓦罐捧回一楼。放在靠壁炉的桌上，命令汉斯老头把一切原原本本地说出来。汉斯老头颓然地坐到了凳子上，只好如实招供。

原来这面糊是勃洛耶尔教授送给汉斯老头的。一天傍晚，住在附近村子的勃洛耶尔教授找到贫穷的汉斯，说他能让汉斯一辈子不为吃发愁，不过必须发誓不把这件事泄露出去。汉斯发誓后，教授从外套里掏出一个罐子，说里面装的是永生粮，它营养丰富，味道可口，只要吃半罐，一整天都不会肚子饿。这面糊能自生自长，一昼夜之后又能变成满满的一罐。临走时，他叮嘱汉斯常常到他家去，告诉他吃了面糊后有什么感觉。教授走后，汉斯好久不敢尝那面糊，它看上去太像青蛙卵了，真叫人恶心。后来汉斯饿得实在挺不住了，心想，大不了一死，便舀了一汤匙吞了下去。啊，味道真不错！他索性吃起来。这食物真神奇，眨眼工夫就饱了，身子也有了力气。他在心里默默地向教授道谢，然后倒头便睡。天亮时发现面糊果然又长满一罐了。

汉斯的神话把大家说得呆若木鸡，不一会儿又像大梦初醒似地七嘴八舌地议论开了。“这不成了童话中的神奇的桌布了吗？”“有了这宝贝再也不用耕地、出海，只管舒舒服服地躺在床上往嘴里塞面糊……”激动过后，大家不免产生了怀疑，莫不是老头子胡说八道吧？可汉斯当场试验，用汤匙舀了一大团黏稠的面糊，津津有味地吞了下去。众人屏息凝神地瞧着他，仿佛在看他吞活蛇似的。疑云消散了，大家转而对汉斯不胜羡慕起来。

奇闻很快传遍了全村，人们像朝圣一样，不断地朝古老的灯塔涌来，都想见识一下这奇异的面糊。渔民弗里斯第一个下决心尝了面糊，果然又可口又耐饿。全村人聚集在灯塔处开会，经过长久的争论，决定派代表去见教授，详细地打听一下面糊的事，请求他把永生粮分赠给大家。

勃洛耶尔教授是一位世界著名的科学家，他的生物化学著作使他饮誉全球。几年前，他突然辞去柏林大学的讲学工作，远走高飞隐居到远离京城的费尔岛，想在这里从事研究，解决一项具有世界意义的课题。但这项研究他对任何人都只字未提。

渔民代表来到教授住处，推开围墙门，走进花园。汉斯跟在后边，露出一副犯人被押上法庭时的神态。这时有两条肥得出奇的狗向他们扑来，一位神采奕奕的胖老头听见狗叫，连忙从屋里走出来，吆喝住狗，和颜悦色地接待了他们。

“汉斯讲的是实话，”教授听了事情的经过后说，“1000 克面糊可供一人吃一辈子，还可以作为遗产留给儿子。”他告诉大家，他为了发明使人类摆脱饥饿的面糊，花费毕生的精力，现在目标已基本达到，但实验还没有最后完成，他还没有掌握这种面糊的所有特征，因此不能乱给面糊。他答应，一旦试验成功，第一批面糊首先供给他们村的居民，在这之前，他要求他们绝对保密，否则他将毁掉面糊，一走了事。

村里的轩然大波并没平息，大家认为让汉斯一人独占永生粮太不公平。全村再次集会，有人主张宣布面糊为公共财产，征收后平均分配，但村长认为这样做违反法律。路德维希和弗里斯说，制定法律时还不知道有永生粮呢！但大多数人害怕犯法，不敢轻举妄动。而汉斯虽摆脱了饥饿，却无法摆脱贫穷，村里的富人们看到有机可乘，争先恐后地怂恿汉斯出售永生粮，换取他急需的衣物和取暖的烧柴。汉斯最初还不敢应允，但严冬降临时，他再也熬不住了，开始做起面糊生意来。买卖做得愈久，发财的欲望愈强烈，两个月光景，汉斯便成了村里的首富，有了新住宅，还雇了一个女仆。他学着邻村的一个牧师的样，每天早晨也喝起奶油咖啡来。他不再感到良心的谴责，甚至认为自己在照应别人，“说实话，独占面糊确实是不公平的。”不久，汉斯出售面糊的事传到了都城柏林。一天，柏林一家报社的一个青年记者来教授家采访。为了应付记者，教授只好像上课似地讲解起来。早在几十年前，他就着手研究养殖原生动物，试图培育出一种体内含人所必需的一切营养成分的品种。20 年前，他通过人工淘汰找到并培育出一种单细胞原生动物的品种，它们能直接从空气中获取自己所必需的一切饲料。空气中含有氮、氧、氢、氪、氖、氙、氩，不定量的水汽、碳酸气、硝酸、臭氧、氯、氨、溴、过氧化氢、碘、硫化氢、氯化钠，放射性元素镭、钍、锕，还有无机微料和有机微料细菌等。而这就是“肉”，是单细胞原生动物取之不尽的饭菜，然后在自己体内加工，替人类烹成佳肴。教授讲得眉飞色舞，不由自主地显出一副精神抖擞的神态。年轻记者兴奋得抓耳搔腮，“这是人类历史的一个新纪元，”他按捺不住激动的心情喊道，“从此不再饥饿、贫困和战争，不再有阶级和敌对……”

柏林一家报纸以醒目的大标题报道了永生粮的消息。它像一枚重型炸弹，在交易所的大亨们面前炸开了。银行家克里格曼和农业机械厂的厂主罗琴什托克困惑地看着报纸，不知它是在开玩笑，还是照例在造谣。“这么说，真要天翻地覆了?”银行家克里格曼大声嚷叫着，“工人有了永生粮就会拒绝干活!”但厂主罗琴什托克坚信永生粮解决不了一切问题，贫困将依然会驱使工人们干活。他担心的是永生粮对农业的致命打击，由此将使为农业服务的一切工业部门彻底完蛋。最后，经济动荡必然导致社会革命，说不定文明的社会就将葬送在这场动乱之中。因此他当机立断，决定派秘书麦耶尔把渔村的永生粮全部买下来销毁掉。但实践证明，这种办法并不能达到预期的目的，因为渔民耍了花招，偷偷地私藏了一小部分，用于再生。厂主罗琴什克只好听从银行家的劝告，准备不惜任何代价把教授的永生粮发明专利权买下来，然后组织一个销售永生粮的股份公司。这样，在各种大动荡之前，先赚几十亿，随它将来出现什么洪水猛兽，他们已拥有了一个世界市场，成为独一无二的垄断财阀。他们派人找到教授，由开价100万升到500万，不想被教授赶了出来。意外的收获是，他们发现教授竟没有领发明专利特许证。这可把他们乐坏了，决定花二三千马克雇一个头脑聪明但没有裤子穿的穷化学家，把面糊成分分析出来再加上点香料，就万事大吉了。于是销售出口永生粮的股份公司挂牌营业了。不久德国几个最大的资本家联合投资，满世界贴着公司大吹大擂的广告："请购买永生粮，美味可口！营养滋补！每千克可供一人终生食用！"公司生意在短时间内就取得了辉煌成就。但没用多长时间永生粮就不得不降价了，因为富人们不想舍弃品种繁多的名菜佳肴。降价后，贫民们开始贪婪地抢购。勃洛耶尔教授得知这一消息，立即写了一封信，抗议盗用他的发明，要求政府取缔这个公司的活动。教授的公开信在社会上引起强烈的反响。政府也意识到准许股份公司出售永生粮是一个失策，因为永生粮使整个商业、工业界陷入混乱，它成了左右国内外经济的强大工具，不应该让这个工具落在几个私人手里。

就在这场争论如火如荼地进行的当口，汉斯所在的渔村也发生了天翻地覆的变化。自从有了永生粮以后，全村人都抛弃了捕鱼营生，个个成了头号投机商。尤其是精明的弗里斯，一跃成为全村最有钱的人。过去和他一起出生入死的朋友路德维希由此产生了忌恨。一天夜里，路德维希终于忍不住潜入弗里斯家偷了一罐面糊，被弗里斯用弹子球当场击毙。不久，村子里又出了一起杀人案。紧接着，村里像被施了魔法似的，渔民们忘掉了一切，成天成夜地泡在酒吧间和赌场里，寻欢作乐的狂热像毒汁一样侵蚀着渔民们淳朴的性格。

一天早晨，教授突然蓬头垢面地跑到汉斯家索取面糊，说他刚才对面糊做了试验，发现它根本不能食用，比汉斯早一个星期食用面糊的狗已在痛苦的折磨中死去了。这一消息吓坏了汉斯，他面如土色地望着教授，突然，一丝狡黠的目光在汉斯的眼里闪过，"教授先生，您说过您也吃过面糊。"教授有些狼狈，但他马上控制住自己，说他吃了解毒药，汉斯只有把面糊全部交出来才能得到这种药。教授又把这些话对前来看热闹的渔民说了，渔民们群情激愤，把教授团团围住，像押犯人似地架着教授向他的住所涌去，非逼他把解药拿出来不可，否则就叫他见阎王。教授只好把解药交给了渔民。渔民们走后，教授拟了一份电报，要求政府立即没收和销毁全部永生粮，并将此事通知世界各国，否则将集体中毒。

由于永生粮的垄断权已交给了国家，政府只得召开内阁会议来讨论勃洛耶尔的电报。财政大臣曾对永生粮寄予厚望，想依仗它改善国家财政状况，他竭力说服阁员们对电报不要介意。会议桌上争得不可开交，最后决定派人对永生粮及其食用者进行调查。调查结果证明，永生粮绝无问题。商务大臣这才松了一口气，因为他出于好奇和公务的需要，也吃了一点倒霉的面糊，自从读过教授的电报后，总觉得青蛙卵好像在自己肚子里变成了一只只青蛙了。

春天给汉斯带来了苦恼。女管家嫁人离开了他，可他再也过不惯单身生活了。他想再雇一个女仆，无奈谁也不肯干。汉斯不愿做饭，只好把做买卖的面糊拿来充饥。他惊喜地发现，面糊在春天里增长得格外快，一夜工夫，不仅长满一罐，而且流到地板上了。他一时吃不了，便到村里去兜售，奇怪的是，村里人谁都不买。他只好拼命吃，又找来邻居帮忙，可是第二天面糊已膨胀得整个地板都盖满了。汉斯吓得魂不附体，恍惚中仿佛看见面糊化作一条灰色的大蛇渐渐爬到床前，勒得他喘不过气来。他吓得连忙跑到大路上，拦住三个过路的乞丐和流浪汉，请他们到家里饱餐面糊。有这几条大汉答应每天来吃面糊，汉斯不必担心大蛇吞噬他了。可是乞丐和流浪汉第二天并没有来。第三天，这三个救星终于来了，不料想，一见面他们便问吃面糊付多少工钱？汉斯做梦也没想到还有这等事。当初，1000 克面糊可要卖一个多马克呵！汉斯决定另找别人。“你找不到，”大汉们说，“这一带人人都知道干这种活得付钱！”汉斯舍不得钱，决定自己吃，可是一看面糊已淹没了下半个食橱，吓得他又赶紧把“食客们”找了回来。食客天天来吃面糊，饭量一天比一天小，要价却越来越高，汉斯的钱像流水似地花掉了。终于有一天，他实在忍不住，想拼老命大吃一顿，结果由于吃得太多撑死了。

渔村已被恐怖所笼罩。盛夏酷暑来临，面糊猛涨，汇成了一股强大的面糊洪流，大有淹没一切之势。一种兽性的、野蛮的自私开始在很多人心里复活。为了挽救自己，长辈强迫小辈吃，强者逼使弱者吃，然而一切都无济于事。弗里斯因为别人把面糊扔到他家门口，又第二次杀了人。村里人却认为这是正当防卫。最后人们把面糊往大海里扔，谁想到，面糊在水中繁殖比陆地还快。大海吃饱喝足之后，再不肯接纳，把多余的面糊又推到岸上来。这一下海岸线一带成了面糊海洋。渔民们终于从绝望中想到造成灾祸的罪魁祸首，疯狂地涌向教授的住宅。手持棍棒、鱼叉的渔民们冲进花园，打死了狗，把楼房团团围住。教授从二楼一扇狭窄的窗户朝下看，禁不住笑了。世界上还从未见过这样一支军队，全由肥胖、迟钝得出奇的人组成，而且全都害着气喘病，一点劲都没有。尽管教授处境危险，他也不害怕了。他想告诉渔民们消灭面糊的方法，可他的话被吼叫声淹没了。当教授见渔民要放火烧房子时，便命仆人向人群喷射两筒无毒瓦斯，趁他们昏迷之际，他逃到城里，找到检察官，请求把他送到监狱。检察官告诉他，刚刚接到逮捕他的命令，因为他把具有可怕破坏力的东西交给了一个半文盲，这东西已在世界闯了大乱子，他一手制造的灾难比火山爆发还可怕。

辩护律师来见教授时又提供了一些细节，说全世界陷入了面糊危机之后，有的国家试图把面糊弄到别国的国土上，于是引起一系列战争，不过双方只能动用飞机进行空战，因为面糊已把陆地交通全部阻塞，人马全都陷进面糊海洋了。据报上说，面糊正继续在全球蔓延，它会变成厚厚的一层外壳，严严实实地裹住地球，太阳会把地球这个圆面包烤成粉红色。这圆面包也许营养可口，只是再没人享用了。由于政府宣布面糊由国家垄断经营，政府总不能控告自己，为了在民众面前洗刷自己，只好找教授作替罪羊，以转移大家的视线。在这种情况下，律师很难替教授辩护，唯一的办法是教授尽快发明一种解药，消灭永生粮。

教授住进了监狱实验室，全世界都在关注着实验室里的工作。经过昼夜奋战，教授终于制出了消灭面糊的红霉菌。电台、报纸很快把这个消息告诉了全世界。顷刻间，世界摆脱了面糊的苦难，人类得救了。

初秋，强劲的风在渔村上空回旋。整个渔村的人都聚集在海岸上，渔民们就要出海捕鱼了。渔民们个个神情严肃而激动。迎着强劲的秋风，把船疾速地驶进大海。

世界主宰

别里亚耶（俄）

卡尔·戈特里勃这个德国银行家和施蒂纳这个生物研究者因狗而结缘，银行家让生物研究者当了他的私人秘书。施蒂纳那时在盖利试验室对狗的训练非常出色。他研究的课题是生物之间能否进行“思维传导”。

施蒂纳喜欢银行家的速记员爱丽萨，爱丽萨却与银行家的法律顾问奥托·查乌耶尔相爱。施蒂纳的“思维传导”研究取得了很大进展，在一次郊游活动中，向同事们暗示性地吐露了他的心迹：有朝一日要成为世界的主宰，要成为最强者，要让自己爱的人爱自己。此后，这里就开始发生了许多稀奇古怪、令人不可思议的事情。

卡尔与施蒂纳外出乘火车时，在站台上被施蒂纳的小狗绊倒，丧生于火车轮下。施蒂纳当时却不在跟前。在处理银行家遗产时，公证人向卡尔的弟弟奥斯卡尔、儿子鲁道夫及全体银行职员出示的遗嘱有两份：第一份是卡尔过去立的，遗嘱决定将来让弟弟奥斯卡尔继承他的财产；第二份是在卡尔死前一个月新立的，遗嘱决定取消弟弟奥斯卡尔的遗产继承权，而将全部财产交与速记员爱丽萨继承。爱丽萨起初与未婚夫查乌耶尔商定拒绝接受遗产，并决定结婚。事隔不久，却又宣布愿意接受遗产。奥斯卡尔和鲁道夫提出起诉，准备工作也很充分，就在法庭辩论胜利在望之际，奥斯卡尔却出乎意料地发言，承认自己有罪于哥哥，主动表示愿意放弃遗产诉讼。施蒂纳陪伴爱丽萨参观了银行各处，并告诉她说：这一切都属于她。爱丽萨回忆自己奇怪的经历，也感到纳闷。她童年时代孤苦伶仃，成年后连找活干都很艰难，转眼间却拥有大笔财物富；特别是为何先拒绝，后同意接受财产继承权，自己也说不清原因。这时候，她突然心情大变，感到周围的一切都多么美好，欣然给施蒂纳签发了全权掌管银行的信任书。查乌耶尔的工资虽被提高 50%，却认为遭受到感情侮辱，建议解雇施蒂纳。爱丽萨虽听从了他的要求，意欲解雇施蒂纳，并决定第二天就同查乌耶尔举行结婚仪式，次日却统统忘掉了，就像没有发生任何事情一样。与此同时，查乌耶尔却爱上了爱丽萨的女友、银行打字员艾玛，急着要与艾玛结婚，两人在准备新婚旅行时，却突然忘记了自己要干什么，仍旧呆在银行里面。

施蒂纳当面向爱丽萨求婚，请她星期天晚上六点钟答复，深情地希望她能从内心爱上自己。自从卡尔·戈特里勃死后，神秘的官司和财富，将爱丽萨与嘈杂的人群分开了，使她深感孤独和苦闷。施蒂纳走后，爱丽萨的思路越来越清晰，好像有块“幕布”从眼前掉了下来。周围人的奇怪举动，自己的奇异经历，这一切恐怕只能用“鬼使神差”来解释。莫非施蒂纳真的掌握了像他在郊游时所说的“能够控制别人思想”的可怕武器？爱丽萨内心充满了恐惧，想避开施蒂纳。她拿起皮包直奔火车站，准备搭乘头一班列车离去，走得越远越好。

经过火车上的一夜沉睡，爱丽萨清晨时突然苏醒，心中出现了对施蒂纳的爱恋之情，急切盼望回到施蒂纳身边，甚至埋怨火车跑不快，终于在傍晚6点钟之前，投进施蒂纳的怀抱。施蒂纳真是又喜又悲，喜的是他的研究实验工作已取得了巨大成绩，心爱的姑娘已属于自己；悲的是爱丽萨并不是自愿主动地爱自己，而是他运用思维传感，迫使她“爱”上的。这一切跟自己安慰自己又有什么两样呢？

全国金融界发生了大混乱。很短的时间内，大批中、小银行及企业倒闭；全国最大的3家银行中，只有施蒂纳操纵的爱丽萨银行资金日益增多，其它两家都损失了30%的资本。

在这场金融大战中，买卖有价证券的运气十足，对交易所行情的准确猜测，以及对周围人非常不可理解的影响力，使施蒂纳变得十分可怕。许多与他会过面的银行家，回去后似乎丧失了智力和全部经验，只有破产一条路。在求和不成的情况下，两家全国最大的、互相敌对半个世纪之久的舒马海尔银行与蒙斯捷尔别格银行决定联合起来，利用自己广泛的群众影响和国家支持，与“恶神”施蒂纳相抗衡。

政府为了自身的利益，防止金融垄断，表示支持两家银行成立联合股份公司，并决定这天下午2点正式批准成立。因而，这两家银行的股票价格暴涨。当行情涨到最高点时，施蒂纳将先前大量吃进的股票全部抛出；迫使政府会议作出拒绝成立联合股份公司的决议；致使两家银行股票价格顿时大跌，全国数百万的有小额股票者一下子就丧失了自己的财产。人们大骂施蒂纳，他自己则以强者而自豪：天才的施蒂纳能够战胜人的抵抗力！这时候，他已经掌管了全国最大的银行，大部分企业都是他的债户，他把全国的工业都据为己有。

当金融之战大局已定时，施蒂纳准备休息一下，和爱丽萨结婚旅游。临走的头天晚上，他向睡意蒙眬的爱丽萨发射传感，使她心中充满对他强烈的爱。他们在海边别墅度过了美好而浪漫的时光，爱丽萨感到了从未有过的快乐和幸福。一周后，爱丽萨好像从梦中醒来一样，愈来愈看不惯施蒂纳。施蒂纳又用魔法控制了她的感情，使她对自己又表示亲热。然而，施蒂纳却高兴不起来了，因为家里的形势发生了意外变化。原来倒闭的银行准备重新开张，要通过法律限制施蒂纳。于是，他又重新投入战斗，整天不出实验室房门，用神秘的武器很快战胜了对手，并新设计建造一些重复的仪器。因为用尽心机和人的思想搏斗，经常要耗费巨大精力，致使他疲劳不堪。

艾玛和查乌耶尔生了个儿子，准备去南方疗养一段时间。施蒂纳答应了他们的请求，但他们并没走。因为施蒂纳又遇到了麻烦。他在自己所控制的企业采取新的措施，使产量大幅度上升，产品充斥国内市场，而出口因关税壁垒被外国排挤，经济战将要转入武装冲突。他感到要达到控制国家政府独霸世界的目的，还必须具有高效能、远射程、能征服人民思想意志的遥控武器，于是便全力潜心研究，忘记了周围的人。爱丽萨与查乌耶尔旧情复燃。当施蒂纳完成了自己的研究，又想到他们时，他们便仍然一个爱施蒂纳，一个爱艾玛，维持了原样。

施蒂纳为了试验新武器的威力，首先在一天夜里，向一个扇形区域发射思维传感电波。他让这一区域的人，无论是男是女，或雅或俗心中都同时响起了一首庸俗歌曲《我亲爱的奥古斯丁》的旋律。很多人大声哼着这首歌曲，警惕地看着对方，足足有 5 分钟。第二天，报纸报道说可能是一场“流行性精神病”。施蒂纳看了得意非凡，殊不知这一切都是他一手造成的！此后，他又在城里做了几次试验。有天中午，他让城市某地区的所有活动都停止一分钟。人们保持着原来各种姿态，僵在原地不能动；汽车在街道拐弯地方，一辆接一辆地撞在一起。这种现象只发生在这一个区内，其他区情况正常。另一次，他让战争狂热情绪充满每个市民的头脑。城里无论男人女人、老人小孩，都带着一种挑衅的心情唱着国歌，疯狂地搜寻着想象中的外国“间谍”，都抱着要“战死沙场”的决心，上街游行示威。这次狂悖行动也和上次一样，转瞬就过去了。

几次社会动乱引起了大家的恐慌。政府很快成立了“社会拯救委员会”。到底从谁手中拯救？人们却不知道，各种流言蜚语纷纷流传，人心浮躁不安，应政府邀请前来解决这一难题的专家学者，也存在着意见分歧。全国著名侦探克兰茨，先从寻找犯罪的痕迹调查起，逐渐在前两次发生狂乱事件区域的边界线上，找到了蛛丝马迹。即：第一次歌曲事件，发生在本城的一个狭长的扇形区域。第二次事件集中在本城的一个圆形区域，圆的中心在交易所广场及银行街附近。从两次的图形交汇判断，发现发射点在爱丽萨银行后的一家饭店，当即派警察到饭店搜查，却毫无结果。

为了报复警察的搜查，施蒂纳又动用了他的“秘密武器”，全城市民之间充满了温情和友爱：警察不再行凶，谦恭地与流浪汉互诉衷肠；珠宝商忘记发财，欣然地将珠宝往行人口袋里塞；检察长放弃暴虐，抱住政治犯大哭，请求他人的宽恕；屠宰场工人丢掉刀子，放走了牛群，让它们自由地吃草去……这一次试验影响极大，广大民众街谈巷议，总是念念不忘那已失去的既短暂又“幸福”、“安逸”的生活。政府当局认为，这比嗜血行动更可怕，因为“狡狯的敌人，用甜美的精神毒药腐蚀人们的灵魂，把他们当做实现自己意愿的盲从工具”，危及现行统治秩序。

克兰茨侦探这一次终于找准了案情线索。他通过追踪定向电波的方向，发现发射点有两个，分别位于爱丽萨银行长条形大楼的两端。警察局也得到了既熟悉银行内部结构，又恨透了施蒂纳的鲁道夫的协助，他们计划把“恶魔”施蒂纳彻底除掉。施蒂纳正在家里梳妆台旁边刮脸，看见鲁道夫和克兰茨匆匆而出，立即警觉，马上闪进隔壁一间房子里，别人不知道他在那里干什么。过了一会儿，施蒂纳出来仍在梳妆台前坐下，而鲁道夫却连忙放下手枪，殷勤地拿起剃刀，小心翼翼地给施蒂纳刮胡子；克兰茨也奴颜婢膝地主动为施蒂纳刷衣服，施蒂纳作为报酬，赏给他们每人一枚硬币，打发他们走了。克兰茨直奔监狱，要求把自己称为囚犯关入牢房；鲁道夫也举止离奇，马上开了一个理发馆，当理发员。

施蒂纳终于胜利了，他可以随心所欲地号令全国，独揽大权。这时候，英、法、美等国为了自己的利益，为了防备德国政府掌握施蒂纳的武器，准备插手进行干涉。“铁将军”自认为有世界列强给自己撑腰，迫不及待地用重炮轰击施蒂纳。但是炮兵们掉转炮口打炮，反而造成了城市平民的伤亡。美国政府也抢先派出无人驾驶飞机轰炸施蒂纳，想把他的可怕秘密武器炸毁。投下来的炸弹却偏离了目标，反而炸毁了王宫。后来，德国政府出面阻止了军事干涉行动，希望另找解决问题的办法，施蒂纳也得到了喘息机会。

查乌耶尔与妻子艾玛带孩子在南方已休息几个星期了。他起初还对艾玛细心关怀照顾，后来态度逐渐变了，又开始想念以前的情人爱丽萨。这时鲁道夫来找他，告诉了城里发生的事情，使查乌耶尔惊异不已。他恨施蒂纳，认为只有拥有相同的武器才能战胜施蒂纳。鲁道夫知道在莫斯科的卡钦斯基对“远距离传送思想”之术很有研究，他们便立刻动身到莫斯科。

卡钦斯基的研究方向，一是改善“远距离传送思想”的功能；二是防止人们受“思维遥感”的损伤。他对施蒂纳及德国的情况也了解。当查乌耶尔和鲁道夫请求他帮助时，卡钦斯基表示同意，准备制造出一种“思维发射大炮”来轰击施蒂纳。

施蒂纳正在自己的实验室研究图纸，突然心血来潮，产生了要出去散步的愿望。当他走向门口时，一个念头闪现出来：莫非自己也落在别人的意志控制之下了吗？他竭力稳定住自己的心神，走到窗边，抓住暖气片，先使自己身上感受到的外来电磁波，流入地下。摆脱了他人的遥感控制，然后，迅速披上护网罩，开动自己的秘密武器，跟踪发射“思维电波”，让卡钦斯基发射的“思维电波”刹那间丧失作用，卡钦斯基本人也丧失了全身活动能力。由于助手们适时地操纵仪器，发射出抵御施蒂纳电波的思维波后，卡钦斯基才重新恢复了生命的活力。他们又制造了 30 台“大炮”，将爱丽萨银行团团围住，向施蒂纳发出缴械投降的最后通牒。

施蒂纳毫不动摇。双方互相对峙了好几天。卡钦斯基就在一疏忽间没披防护网，被施蒂纳发射波击中。他的思维已为对方所控制，只身走向爱丽萨银行，周围的人发现后，已无济于事了。卡钦斯基成了施蒂纳的俘虏。作为一名科学家，他请求对方在处死自己之前，能参观一下那台可怕的武器。施蒂纳欣然同意了，并向他——一个职业同行，敞开了自己心灵的大门。

施蒂纳坦诚地承认自己的失败，因为他的负担太重了，他想以个人的意志统治世界，虽然用尽心机，耗尽了体内储存的全部智慧和能量，仍然力不从心。因此，他决定放弃原来的想法，他把一大包科研资料交给卡钦斯基，并把对方反锁在屋里，自己出走了。卡钦斯基凭着一个科学家特有的灵感，专心致志地在施蒂纳留下的资料堆里，度过了一个奇妙的夜晚。施蒂纳在日记中，详细记载了他用仪器进行“思维传导”试验和实际应用的全过程。还有重大意义的实验使他获得了成功，而成功后他却一步步走上了疯狂的游戏歧路。

施蒂纳让爱丽萨恢复了原有的思维，并带着痛惜和悔恨的心情，向她原原本本地讲明了自己所做的事情。他爱爱丽萨，便向她灌输了对他的爱情，还曾经以拥有控制别人的能力而沾沾自喜，可是归根到底这只是自我麻醉和欺骗。他渴望有一个知心的朋友和爱人，不是别人控制的那种爱情，可他并未得到。爱丽萨也懂得了，他并不是个超人，不过是一个因自己的错误而付出高昂代价的人。施蒂纳厌恶自己的过去的一切，他为了悔罪，通过“思维发射机”下达了对自己的指令：他将成为一个由新的思想意识构成的新人——改名“施特恩”。他也为爱丽萨准备好了一条后路。当预定出走时刻来临时，施蒂纳完全变了，他似乎不再认识爱丽萨了。施蒂纳——施特恩迈着一种陌生的步子独自走了。

奥托·查乌耶尔和鲁道夫带领部队冲进爱丽萨家，未发现施蒂纳。查乌耶尔粗暴地撵走妻子，同爱丽萨单独谈话，想和她恢复旧情。爱丽萨因他已有妻子和孩子，同时发现他粗鲁冷酷的性格，已经对他产生了新的认识和恐惧心理。她宣布放弃遗产权，决心同艾玛母子一起远离此地。查乌耶尔阴郁凶狠的一拳，砸破了玻璃鱼缸，鱼和水都泼在地上。

爱丽萨和艾玛母子远离闹市，在海滨棕榈树环绕的庄园居住，已有3年了。随同前来的还有好友施密特戈弗夫人。负责关照她们的是已故银行家卡尔·戈特里勃的老仆人汉斯。事先，施蒂纳嘱咐过汉斯，因为他是第一个接受“强力思维传感”试验，取得完全稳定效果，施蒂纳原以汉斯的名义，存在银行一笔巨款，实际上都是为了支付爱丽萨等生活所需，钱和房子的真正主人是爱丽萨。她们隐姓埋名，断绝与外界联系，在这里过着宁静、和睦的“世外桃源”生活。

水陆两栖人

别里亚耶夫（俄）

在一个闷热的阿根廷夏季之夜，“水母号”安详地停泊着。帆船的甲板上躺着许多采珠工人，他们已经被工作和烈日折磨得疲惫不堪。

夜里，由印第安人巴里塔札尔值班。他是“水母号”船主左利达船长的亲信助手。巴里塔札尔年轻时是个著名的采珠手，现在年纪大了，就放弃了采珍珠这行危险的职业。

突然，从海洋远处传来了一种“啊——啊！”的声音。巴里塔札尔立刻站起来，走到船舷边望着海面，轻轻地自言自语：“有人在喊叫，这恐怕是他……‘海魔’来了，怎么办？快把老板请来吧！”

“出了什么事？”船长左利达打着呵欠走到甲板上。

“不，不是做梦。”巴里塔札尔说，“我亲耳听到的，只有‘海魔’才会这样叫，在海上没有人会这样叫的。得赶快离开这儿。”

“鬼话，让这个‘海魔’跟你们都见鬼去吧！天亮时起锚。”左利达说着又回到自己的舱里。

关于“海魔”，这一带有许多传说：有的说他能伤害人，有的又说他能帮助人，但奇怪的是，没有一个人见过“海魔”，谁也描述不出这神秘怪物的模样。警察在海湾及沿岸进行了搜查，没有找到；科学家们进行了多方面的分析和调查，但也没有结果。

太阳才露头，“水母号”已经在布宜诺斯艾利斯以南20千米外抛锚，工人们两个一组开始采珠。突然，有个采珠工飞快地从水里跳了出来，险些把同伴拉下了水。等同伴们用绳子把他拉上船时，他便昏过去了，过了好久才苏醒过来。采珠手们围着他，问发生了什么事情，他转动了一下头，喃喃地说：“我看见了……‘海魔’。”接下去他又说道：“刚才下海采珠，我瞧见了一条鲨鱼，它直冲着我游来，又大又黑的嘴已经张开，眼看就要把我吃掉。就在这时，‘海魔’

出现了。它的眼睛像玻璃杯口那么大，手像青蛙爪一样，手指长长的，绿色的，有爪子和蹼。他身上像鱼鳞一样发光。他游到鲨鱼前边，手里闪了一下，‘沙’的一声，血就从鲨鱼肚里流出来了。”

采珠是不可能了，“水母号”只好起锚向北方驶去。

自从左利达知道“海魔”之后，他便有了利用“海魔”采珠赚钱的念头。这需要先把“海魔”抓住。可是用了许多办法，却始终没有抓到“海魔”。但是他们却意外地发现海里面有个洞穴，还用铁门挡着。左利达考虑到这个洞穴可能还有一个洞口在岸上，于是便对沿岸进行了考察。他们在沿岸发现了一个堡垒，经过探听得知，这是“天神”萨列瓦托尔的住所。为什么许多人叫萨列瓦托尔“天神”呢？这是因为他为许多人治好了病，甚至将死人治活了。左利达装成病人去找“天神”治病，想乘机了解一下堡垒里的情况，可是被萨列瓦托尔的仆人拒绝了。

一天，一个叫克里斯多的老印第安人带着病危的外孙女找“天神”萨列瓦托尔看病。“天神”叫他过一个月来接他的外孙女。

一个月以后，克里斯多看到外孙女完全康复了，非常激动。为了报答“天神”，他要求留下来为“天神”干活。萨列瓦托尔答应了他的请求。

克里斯多被安排在花园里干活。在花园里，他看到了许多从来没有见到过的飞禽走兽及各种花草。后来“天神”手下的一个仆人病了，由克里斯多去代替他。这是在另外一个花园里，在这里，克里斯多看到了更奇怪的事情：

他看到了和小孩们生活在一起的猴子；这些猴子没有尾巴，身上没有一绺毛，而且还都会讲话，有的讲得好些，有的讲得差些。它们有时还跟孩子们争吵。

原来，克里斯多是左利达船长的亲信、巴里塔札尔的哥哥。他到萨列瓦托尔这里干活是为了充当奸细。

就在萨列瓦托尔要带克里斯多去打猎的前夕，克里斯多以要去看看外孙女为借口请了假，找到巴里塔札尔和左利达，向他们详细讲述了萨列瓦托尔那里的一切。

左利达准备在萨列瓦托尔去打猎时袭击他的领地，但克里斯多不同意。通过协商，他们决定在路上捉住萨列瓦托尔，然后让他用“海魔”赎身。

左利达一伙在半路上袭击了萨列瓦托尔的汽车。但这群没有出息的家伙由于喝了打猎用的火酒，都醉倒了。原来的计划已难以实现，克里斯多又有了新的主意，他解开了捆绑萨列瓦托尔的绳索，把他的主人“救”走了。

萨列瓦托尔重重地酬谢了克里斯多的救命之恩。

克里斯多开始着手研究“海魔”住的花园的秘密门。有一次，他摸索这扇门的时候，接着了一个凸出的地方，门突然打开了。克里斯多连忙溜了进去，门立即关上了。可是再怎么摆弄，门也打不开了。

克里斯多发现，整个花园是一个小盆地，四周围着人造岩石的高大墙壁。在这里不仅可以听见惊涛拍岸声，还可以听到石子的滚动声。

克里斯多走到花园尽头，在把庄园与海湾隔开的那堵墙边，有一个正方形的大蓄水池。水池边密密麻麻地种着树木，水池的面积至少有500平方米，深度也有5米。

克里斯多把一切都探听清楚，现在该回去了。原路走不出去，他冒着跌断腿的危险，从高墙上跳了下来。

他刚刚站起身，就听见萨列瓦托尔在喊：“克里斯多，你在哪儿呀？”

“我在这儿呢。”

“我们走吧，克里斯多。”萨列瓦托尔一面说着，一面朝岩石里那扇隐蔽的铁门走去。“瞧，这扇铁门是这样开的。”萨列瓦托尔在粗糙的门面上把克里斯多已经知道的凸出的地方按了一下。克里斯多随着萨列瓦托尔再一次走进花园。萨列瓦托尔经过那座攀满常春藤的小屋子旁边，向蓄水池走去。萨列瓦托尔在蓄水池边草丛中摸索，使劲地按了按一块绿色的小板片。一阵喑哑的声响过后，池底四边打开了几个地道口，没过几分钟水池就干了。地道口的门呼的一声又关上了。一条通往池底的小铁梯从旁边什么地方伸了出来。

他们走下水池。萨列瓦托尔踩了踩一块板，马上在池子中央又有一扇新的地道口的门打开了，这扇门有铁梯通往下面。

克里斯多跟着萨列瓦托尔跨进这个地洞，洞里面很黑。他们走了很长的时间。不知何时，萨列瓦托尔停了下来，用手在墙上摸索着。电灯开关咔嗒一响，明晃晃的光照亮了四周。他们是站在一个钟乳石洞里，面前是一扇雕刻着狮头的青铜门，每个狮头的嘴里都衔着铜环。萨列瓦托尔把一个铜环拉了一下，门开了，两个人走进了一个大厅。打开灯以后，看清了这是一座水族馆，确切地说是修在海底下的一座玻璃房子。克里斯多突然看见一个像人一样的动物从海藻后面走了出来。它生就一双凸出的大眼睛和青蛙一样的脚掌，身上的银鳞闪着蓝幽幽的光。它以迅速灵巧的动作游进玻璃墙，向萨列瓦托尔点了点头，走进了玻璃小室，随手带上了门，小室里的水很快流干了。它又打开了第二扇门，向他们走了过来。

当它按照萨列瓦托尔的命令脱下了眼镜和手脚套之后，克里斯多惊奇地看到站在自己面前的竟是一个身材匀称的英俊青年。

“你们认识认识吧！这位是伊赫季安德尔人鱼，或者更正确点说是水陆两栖人，他就是‘海魔’！”萨列瓦托尔介绍青年说。

那青年亲切地含笑伸手给印第安人，操着西班牙语说：“您好！”克里斯多默默地握了握伸过来的手。他惊讶得一句话也讲不出来。原来这才是真正的“海魔”。

“侍候伊赫季安德尔的那个黑人病了，”萨列瓦托尔接着说，“我留下你侍候他几天。如果你能应付得了这个新职务，我就让你做伊赫季安德尔永久的仆人。”

水陆两栖人平日生活是很有规律的，他大部分时间是在海水里游戏，休息。

夜深了，四周静悄悄的。水陆两栖人顺着花园里的黄沙小径踱去。短刀、眼镜、手套和脚套在腰间晃动着。他慢慢地走到水池旁，戴上了大眼镜、手套及脚套，吐出肺中的空气，跳进了水池。他的鳃部开始有节奏地动起来——人变成了鱼。

水陆两栖人慢慢地在隧道中游着，不久，他便游到了隧道的顶端，打开栅门，从隧道游向大海。

离天亮还有一段时间，水陆两栖人决定在水中打个盹。他睡着了，四周的小鱼在他身旁游来游去。

天渐渐亮了，水陆两栖人警觉地睁开双眼，他醒了。他摇动了一下头，然后挥动着手，登着脚浮上海面。

他小心地从水中探出头来，向四面张望，发现什么船也没有，便把半截身子露出水面，用脚徐徐地踏着水，一直保持着这样的姿势。

中午，天暗了下来，暴风雨要来了。伊赫季安德尔不停地手划脚登，他想找到一处浅滩，然后吃些东西，休息一下。

最后的阳光消失了，西方还有一抹暗淡的晚霞，晦暗的波浪仿佛深灰色的影子般一个追着一个奔过来。

伊赫季安德尔今天游了很远。夜深了，他游向隧道……从蓄水池上岸以后他又开始用肺呼吸那充满花草芳香的空气。

过了几分钟，他已经像萨列瓦托尔吩咐的那样，在床上睡熟了。

一天，大雷雨过后，在海洋里游泳的伊赫季安德尔，突然发现海面上浮着一个昏死过去的美丽姑娘，他立刻架起姑娘向岸边游去。

游到水浅的地方，水陆两栖人将姑娘背上岸，抱到长着灌木丛的沙丘的阴影里，着手做人工呼吸，使她恢复了知觉。等到姑娘没有什么危险以后，水陆两栖人便又跳入水中，游回家中了。

回到家里，水陆两栖人把发生的事情告诉了克里斯多。从话语中，克里斯多听出来他喜欢上了那个姑娘，便对他说："跟我到城里去吧。城里有许多姑娘，说不定会碰见你救活的那个。"

第二天，水陆两栖人游出了海湾，走上岸，穿上了克里斯多为他准备好的衣服，便进了城。克里斯多把水陆两栖人带到了巴里塔札尔家。巴里塔札尔的养女古绮爱莱恰好刚从外面回来，水陆两栖人一见古绮爱莱，猛地一惊：原来她就是伊赫季安德尔救活的那个姑娘。大概是因为水陆两栖人已经爱上了她的缘故，他十分古怪地盯着她，然后站起身，拔腿就跑。一眨眼的工夫，他就跑出了巴里塔札尔家的大门。

在巴里塔札尔家意外地碰到了那个姑娘时，水陆两栖人跑了，可现在他又想见到姑娘了。

有一天傍晚，水陆两栖人决定到巴里塔札尔家去。门是开着的，可姑娘不在，他便往回走。猛然，他看到了古绮爱莱正和她的一个朋友奥列仙在海边会面。

他看见古绮爱莱拿着一串珍珠项链要给奥列仙，就在奥列仙伸手接项链的同时，项链从姑娘手中滑落，掉进了海里。

水陆两栖人看到姑娘很伤心，他毅然走到姑娘面前说："您好像是把一串珍珠项链掉到海里去了吧？如果您愿意，我可以把它找回来。"说着，水陆两栖人就跳入海中。过了两分钟，他从水中露出头来，满脸带着笑容，把项链给他们看。他上岸后，把项链交给了古绮爱莱，便顺着大路急步走开。

这件事使水陆两栖人感到高兴。此后，每天晚上他都游到离城不远的岸边，穿好衣服，到古绮爱莱要来的悬崖去。他们已经成了好朋友，在一起散步、交谈。有时，他们长久地坐在海边，拍岸的怒涛在脚边喧闹，星星在眨眼，伊赫季安德尔觉得很幸福。

有一次，伊赫季安德尔和古绮爱莱正在岸边交谈着，左利达来了。左利达很想娶古绮爱莱为妻，因为她十分漂亮。可是姑娘厌恶左利达，根本不同意嫁给他。左利达来后说了些很难听的话，这使水陆两栖人受不了了。他只觉得眼前发黑，喉咙里好像被什么东西堵着。水陆两栖人再也不能在空气中逗留了，他跑了几步，便从悬崖上跳入海中。

此后许多天里，姑娘一直没有去海岸，而水陆两栖人也一直没有见到古绮爱莱。有一天，他在海里正好看到古绮爱莱的朋友奥列仙也在采珠。于是在水里抓住了他，并且操着西班牙语对奥列仙说："你知道古绮爱莱现在怎么样了吗?"

"古绮爱莱已经成了别人的妻子了。"

伊赫季安德尔脸色发白，一把抓住奥列仙的手问道：

"莫非成了那个左利达的妻子?"

"是的。她嫁给了彼特罗·左利达。"

"我要去找他，她在爱着我。"伊赫季安德尔轻声地说。

伊赫季安德尔经过努力，终于找到左利达的庄园。可就就在他呼唤古绮爱莱的时候，不想被左利达发现，左利达用铲子打晕了他，并把他装进麻袋，扔到了花园小径旁边的池塘里。

古绮爱莱住在顶楼的一个房间里。这天夜里，她仿佛听到了伊赫季安德尔的呼唤声。从花园里还传来某些声响。古绮爱莱沿着血迹走到了池塘边。在那里她看见了伊赫季安德尔，伊赫季安德尔也看见了古绮爱莱。

"古绮爱莱，总算见到你了!"说着，伊赫季安德尔向古绮爱莱伸出了一双手。

"古绮爱莱，我一直在找你！奥列仙说你在这里，我就来了。昨天晚上我走到你的窗口跟前的时候，被人打昏扔进了池塘里。可我不怕水，在水中苏醒过来了。"

古绮爱莱走过来拉住他的手。

"多么愉快的会面呀!"背后突然传来左利达嘲讽的嗓音。

原来，左利达跟在古绮爱莱后面，听见了他们全部的谈话。当左利达知道他狩猎了这么久而没有到手的"海魔"就在他面前时，心花怒放，并决定带伊赫季安德尔上他的"水母号"，去为他采集珍珠。

当克里斯多得知伊赫季安德尔被左利达抓住之后，他立刻来到弟弟巴里塔札尔家里。克里斯多对巴里塔札尔说："你记得20年前的一件事吗？当时我送你妻子从娘家回来，半路上你妻子生孩子死了，孩子也死了。其实当时孩子并没死，只是很危险。一位老奶奶告诉我，把孩子送到'天神'萨列瓦托尔那里，会治好的。我听了她的话，把孩子送去了。萨列瓦托尔说孩子已经很危险了，我一直等到晚上，一位黑人出来对我说孩子死了，我便走了。但是，在刚生下来的婴儿——你儿子——身上，我看见了一个胎记。这个胎记我记得十分清楚。”停了一下，克里斯多继续说：“就在前不久，有人砍伤了伊赫季安德尔的脖子。我替他包扎的时候，揭开他鳞片衣服的领口，看见一个胎记，形状恰恰和你儿子的一模一样。”

巴里塔札尔睁大眼睛注视着克里斯多，激动地问道：“你说伊赫季安德尔是我儿子？”

“对，我想是这样。我认为萨列瓦托尔骗了人。你儿子没死，萨列瓦托尔把他造成了‘海魔’。”

巴里塔札尔异常激动。他叫喊着：“我要亲手杀了萨列瓦托尔！”然后就哭了起来。

克里斯多接着说：“现在不是流泪的时候。你可以到法院告萨列瓦托尔残害儿童。但现在你必须听我指挥，明天一早，你就在海边等我，要一直等到我去。”说完，克里斯多匆匆地走了。

第二天黎明，萨列瓦托尔回家了。

克里斯多立即汇报了伊赫季安德尔被左利达抓走的消息。萨列瓦托尔还没有听完，便叫了两个黑人及克里斯多跟着他走了出去。

他们来到海边停着的一只小潜艇前。四个人刚上潜艇，马达就响了，接着潜艇便飞快地驶进大海。

左利达把伊赫季安德尔带到了“水母号”上，关进了货舱。第二天清早，左利达便令人把伊赫季安德尔带到了甲板上。在他的身上套上了不可逃脱的铁箍后，又拴上铁链，才让他下海。

伊赫季安德尔带着铁链沉下海底，他扯不断这条铁链，便只好着手采集珍珠贝，他把采到的珍珠贝放进挂在腰间的一只大袋子里。伊赫季安德尔扯动链条，通知人吊他上来的时候，已经快到中午了。他的袋子装满了珍珠贝，要继续采集，必须把袋子倒空。

伊赫季安德尔提出一个条件：要把身上的铁箍取掉。左利达同意了他的要求，取下了铁箍。

就在伊赫季安德尔下海为左利达寻找沉船中的金银珠宝不久，萨列瓦托尔的潜艇追上了“水母号”。

萨列瓦托尔站在潜艇上对着“水母号”高声喊着：“彼特罗·左利达！你应当立刻把你诱拐的伊赫季安德尔交出来！我给你 5 分钟的时间。否则，我就把你的帆船撞沉到海底去。”

水手们听到这喊声，纷纷放下划子，逃命去了。左利达也带上珍珠，抱起古绮爱莱坐上小船跑了。

萨列瓦托尔等人又搜寻了一番，还是没有找到伊赫季安德尔。只好乘潜艇回去了。

巴里塔札尔回到家中，心情郁闷，因为他没有找到儿子——伊赫季安德尔。恰在这时，克里斯多来了。

“你好，兄弟！伊赫季安德尔找到了。”

“你快说，他在哪儿?”巴里塔札尔急忙问道。

“就在咱们追赶左利达要人的时候，他便游回家了。现在，他在萨列瓦托尔那里。”

“我要到萨列瓦托尔那里，要求他把我的儿子还给我……”

“现在你不能去，至少要等到明天。”

当天，巴里塔札尔决定到海湾去，他似乎觉得在那里可以看见自己的儿子。在海湾，巴里塔札尔果真看见了伊赫季安德尔。

“伊赫季安德尔，我的儿子!”巴里塔札尔边喊边跳入海中。等他浮上海面的时候，伊赫季安德尔已经无影无踪了。

巴里塔札尔十分生气。等衣服干了以后，他就来到萨列瓦托尔家敲门，说是要见他。但是他被萨列瓦托尔的黑人仆人拒之门外。

这使巴里塔札尔更加恼火。他来到法院前的一个酒店，让一个叫拉尔拉的律师帮他写状子，拉尔拉没过几分钟，控诉萨列瓦托尔非法占有和残害巴里塔札尔儿子的状子就写好了。

这案子很特殊，所以连教会的主教大人也极为关心。主教认为萨列瓦托尔的罪行不仅是进行活体解剖，制造残废，犯了医学法；更严重的是萨列瓦托尔亵渎了神灵，因为他改变了上帝所造的人的模样。而上帝所创造的万物都是最美好最完善的。他想致萨列瓦托尔于死地。主教在这一带权力很大。检察长明白了主教的意图，决定严惩萨列瓦托尔和伊赫季安德尔。

萨列瓦托尔被捕了，伊赫季安德尔也做为他犯罪的证物被抓了起来。萨列瓦托尔在监狱医院里做过几个出色的手术。他的病人里面，有一个就是监狱长的妻子。她长了恶性瘤，有死亡的危险。萨列瓦托尔挽救了她的生命，因此监狱长十分感激萨列瓦托尔。

在萨列瓦托尔和伊赫季安德尔被捕期间，巴里塔札尔和左利达都争先向法院要求做伊赫季安德尔的监护人。最后由于左利达收买了法官，监护人的任务落到了他的头上。

但无论谁做伊赫季安德尔的监护人都没有用，因为主教和检察长已经合谋准备毒死伊赫季安德尔。

这个消息是监狱长告诉萨列瓦托尔的。那天，监狱长叩开了萨列瓦托尔的门，对他说："您救了我的妻子，教授，我终身感激您。因为我十分爱她。"接下去监狱长又说："我准备救您出去。我还要把更重要的秘密告诉您，他们准备把伊赫季安德尔杀死，毒药已经给我了，像是氰化钾。他们让我今晚把毒药放到送给伊赫季安德尔的水中。"

萨列瓦托尔听到这里，立刻打断监狱长的话说："我非常感谢您要救我的好意。但伊赫季安德尔不能在这里了，他比我更需要解救。我请求您把他救出去。我身强力壮没有关系。""好的，我把您的话当做命令执行。"

夜晚，奥列仙按照监狱长的吩咐，装成给伊赫季安德尔送水的青年，混进了监狱。监狱长已经做好了一切准备。

这时，伊赫季安德尔已经被监狱长从房间里放出来。奥列仙找到他以后忙说："都准备好了，跟我走吧！"监狱长让伊赫季安德尔跳进一只大桶里以后，便把桶装上了马车。这样，伊赫季安德尔从容地从监狱中逃了出去。

车停了，他们已经到了海岸，古绮爱莱躲在岩石后面，看着他们。伊赫季安德尔也从桶里跳了出来。

"谢谢，奥列仙。"伊赫季安德尔用湿漉漉的手握住奥列仙的手，说完便向海边跑去。

刚跑到海边，他突然回过头来，叫道："奥列仙，不管什么时候，如果你看见古绮爱莱，请代我问候她，并且说我会永远记得她！"

伊赫季安德尔跳到海里，叫道："别了，古绮爱莱！"接着便向大海深处游去。

"别了，伊赫季安德尔……"站在岩石背后的古绮爱莱轻声回答。

海湾沿岸，没有人想起"海魔"了。只是有的时候，在闷热的夜晚，年老的渔民们在夜晚的沉寂中听见神秘的响声，便对年轻人说："'海魔'就是这样吹海螺的。"接着他们就会讲起"海魔"的传说来。

海湾沿岸只有一个人忘不了伊赫季安德尔，他就是巴里塔札尔——"海魔"的父亲。

太空神曲

卡赞采夫（俄）

由拉托夫带领的一个考察组在飞往火星的行程中，航船控制系统的一部喷气式推进器出了故障，考察组永远远离了地球。

为了纪念这位杰出的宇航员，人们建立起拉托夫纪念像：一张大理石坐椅，一条大理石围带，系住一尊大理石飞行员。飞行员仿佛正从失去归宿的航程上，忧戚而深沉地眺望着地球。

那段时间里，宇航员们深知自己必遭灭亡的结局，但仍然继续向未知的星球飞航。拉托夫考察组曾竭尽一切可能保持与地球上的联系。由于离地球越来越远，航船上远程电波发射器的信号逐渐衰减，甚至高灵敏度的射电望远镜也越来越难以觉察到了。拉托夫发回的最后一份电讯的收录人员中，有他的儿子阿尔谢尼。他听着逐渐消逝的亲人的电波，心都碎了。站在他身边的是他的朋友柯斯嘉，也是一位无线电天文工作者。他们两个人都十分清楚：派一个救援小组是不可能的。俗话说，大海捞针，但是，大海捞针比起在广漠浩渺的苍穹中去找寻这粒微尘也还要容易些。

阿尔谢尼沉痛地忍受着这种不幸的折磨，立誓完成父亲未竟的星际探险的伟大事业。为了把射电望远镜的灵敏度提高百十亿倍，他提出了近地宇空全球天线的设计。无线电天文台领导人施洛夫教授是位曾经提出过多项科学设想的著名学者。但是，当别人提出设想时，他总是受不了。这次审查通过阿尔谢尼的设计时，他仿佛使足了劲，才使灰白脑袋点了一下。

丧偶不久的施洛夫教授早就有意于年轻姑娘维琳娜。维琳娜却属意于在体育馆偶然相识的阿尔谢尼。当时维琳娜在钢琴上弹着即兴的乐曲给练习自由体操的妹妹阿文诺莉伴奏。阿尔谢尼在隔壁一间屋子里练习举重。他正把杠铃拎了起来，提到胸前，准备“挺举”，一阵乐曲传来，猛然间一用力，打破了举重记录。他认为是音乐给了他帮助，便跑向邻室，钢琴家正是维琳娜。她体态匀称，动作娴雅，有着明净的前额和一双安详的绿玉般的眼眸。那眸子里射出的令人慌乱的专注的眼光，使阿尔谢尼顿时失去了说话的本领。他们一见钟情，几天之后，两人并排走着居然挽起了胳膊，气坏了在场的施洛夫教授。

一天，阿尔谢尼从全球天线上收听到了父亲的声音，维琳娜听说这一消息，也十分激动。可是不久，他们的关系又变得扑朔迷离了，阿尔谢尼尽量回避着维琳娜，原来他向往着星际飞行，不忍心牵累自己心爱的姑娘。

全球天线收听到地外文明世界的呼唤，语言学家卡斯帕亮破译了“天籁神曲”。人类在宇宙中决非独一无二的智慧生命。列勒星距地球23光年。全部往返航程，按星际航行的计时方法，共需飞行5年，根据相对论有关时间反常的学说，一去一来，地球上则将度过50年。阿尔谢尼航天归来时才30岁，但是维琳娜则将成为70岁老态龙钟的老太太了。难道他能让自己挚爱的姑娘经受如此不幸吗?

阿尔谢尼的冷漠像尖刀扎心一样使维琳娜十分难过。当她了解到真实原因后，心头顿时敞亮起来，更感到阿尔谢尼品质的高尚。她下定决心，为了纯真的爱情，愿意牺牲这一生中余下的时光。年轻人听从激情的呼唤，他们立即举行了婚礼。

阿尔谢尼出发了，临行前，他请求妻子维琳娜从健康出发，不要去宇航中心送行。“照料好小家伙。”这是他最后一句嘱咐。维琳娜凝望着丈夫闪着喜悦光彩的眼睛，也极力微笑着。

阿尔谢尼步履沉重地、头也不回地走出家门以后，维琳娜也晃晃悠悠地迈着快步，跑到自动电管车上，赶往宇航中心。她在郊外采石场的山冈脚下停了车，沿着泥泞的林间小路爬上山冈，遥望离开支架飞腾而去的火箭，直至完全消失。她眼眶里噙着泪水，身子晃动了一下，摔进了采石场的坑口，昏了过去。当她在医院里醒来，只见外婆咬紧嘴唇，嗓音沙哑地说道：“失掉的是个男孩……男孩。”妈妈用责备的眼光看了一下外婆，搂住了放声大哭的女儿的头。

借助于全球天线，在无线电天文台，维琳娜与“生活号”宇航船上的阿尔谢尼进行了一次屏幕上的会晤。屏幕上，阿尔谢尼气喘吁吁地奔过来，维琳娜一把抓住软椅的扶手，唤了一声“阿尔谢尼”，再也说不出话来。坐在维琳娜身后的施洛夫教授皱起眉头。维琳娜努力控制住自己，讲自己怎样摔倒，又讲到将来的儿子，将来的孙子，这位孙子将会迎接“跟自己同年的”祖父从天外归来……施洛夫耸了耸肩膀，不客气地说：“当代最先进的无线电设备，竟然是为了用来传递这类‘情报’的吗?!”当然，施洛夫教授没能看到维琳娜的眼睛，他们更用眼波来交谈。阿尔谢尼从她脸上生动的无言的电讯中，读到了任何书面信件都无法表达出的内容。她默然地凝望着屏幕，告别阿尔谢尼的仅仅是投向他的一道惜别的眼光。“飞吧！”她耳语般地悄声说道。阿尔谢尼最后说：“再见吧，亲爱的！我全明白了，比起你来，我要舒坦一些。”维琳娜哭了。关机以后，她对阿尔谢尼的友人万尼亚说：“我对他竟也说了谎话，摔伤之后，我们的孩子没有能保全。”万尼亚说：“这是神圣的谎言，只有心地坚强的人才能做到，您给了他安心远航的可能。他说得对，您的日子比他的艰难得多。”

冬天，维琳娜又来到无线电天文台，万尼亚给她朗诵了描写睡美人的诗歌，一个新的主意激励着她直奔生命研究所，来到著名的罗登柯院士的办公室。院士猜出她的心事：“您打算冬眠半个世纪，等待那位心上的王子。”她默默地点了一下头，“请您跟我多谈谈冬眠了7年的大狗拉达的事儿吧，我正想接替它在玻璃密闭室里的位置呢。”

第二天，她来到实验室等待实验结果，被催醒过来的大狗拉达龇牙咧嘴，咆哮着扑向罗登柯，院士作出判断：“狗大脑内发生了不可逆过程，醒过来的已经不是入眠时的生物了。”维琳娜用一种沙哑的似乎是别人的嗓音说道：“醒来了，但是什么也不知道了。这比死亡还要糟！”试验的狗死了。她已经无法指望从这条路上走向将来，走向她的阿尔谢尼，那么，就用时间反常的规律来战胜反常的规律——她也要飞往太空。

负责准备第二批星际远航的威耶夫告诉她，最近就要公布飞往艾当诺行星的计划。艾当诺在猎犬星座，阿尔谢尼正在飞向列勒星，在天蝎座。到达艾当诺行星的航程是22光年，在近光速飞行中一去一回，得在飞航中度过5年。两组探测人员在分别六年半之后都从天外归来，回到地球上的时候，年岁相仿。

维琳娜懂得，参加航天飞行的人，只能是航程中必不可少的人，不能单纯为了爱情去创立功勋，只能为了科学文明去历尽艰辛。为了成为一名合格的宇航员，就必须在剩下的一年半时间里，掌握宇航员需要多年学习的全部教程。维琳娜发狂地学习，全家人都陷进了苦海，母亲甚至病倒了。她在母亲床前看护，手上还拿着一本书。白天的时间不够用，她想起了睡眠教学法（睡梦中记忆的学习方法）。她在一个晚上带回家一盘物理讲稿的录音带，打算夜梦中学好几个章节。

当得知荷兰学者金·卡切正进行一种大胆的试验：唤醒应诊对象大脑中的祖先的记忆时，她两次飞往荷兰，经受两个疗程的试验。父亲评价她得到的不仅是祖先的记忆的总和，而且是先辈们天资的总和。

维琳娜由威耶夫领到操作台前，自己按动电钮，测验仪开动起来……考试通过了，她成为获得物理、数学博士学衔的科学家。维琳娜身着“银河”色美丽服装，神情振奋，带着地球上的一束小草登上了“生活二号”星际航船。这时候，在“星际冬眠”了两年多之后，“生活号”星际航船指令长决定派一艘宇宙渡船，把三人探险小组送上列勒星球：阿尔谢尼是负责人，生物学家兼医生库兹涅佐夫，负责研究行星上的生态，卡斯帕亮随带电子翻译器，尽可能地跟外星人取得联系，找到“共同的语言”。他们踏上地外文明星球上陌生的土地，生物学家的运气好，第一个看到这星球上的动物，并由他命名为“艾诺”。他们又发现从丛莽中鱼贯地走出一长串身着白色长袍的直立行走的生物，生物学家将其命名为“艾姆”，因为他认为他们穿着衣服，这是讲究文明的标志。开始，艾诺生活在水里，长成艾姆后就开始栽培植物，培育活体组织供食用以及制造机器用。艾姆扁圆的特大眼睛里横卧着裂缝形的瞳仁，这是能接受和发射电波的天然的狭窄频带的光波接收器。他们身材低矮，走路像企鹅似的一摇一摆，生有四肢，长长的鼻子该算是第五肢了，他们用鼻子来打手势。地位特殊的艾姆，生物学家管他叫特艾姆，跟地球来客进行了会谈。不久，“文明艾姆”作出决定：艾姆们与宇宙间进一步联系活动，一定得有位地球来客参加。阿尔谢尼跟艾姆们共同生活了几个月之后，告诉特艾姆，自己不能再和艾姆们待在一起了。星际航船能不能顺利返航，取决于在航程中是否和太空加油车及时相遇。所以说，航行预定日程是一点儿也不能耽误的。特艾姆不理睬。反常的异怪世界包围着阿尔谢尼：变体的蝾螈、“蚁垤”般的蜂房、“远距离口”，以及各种各样的活体机器……他猛然冲向特艾姆的住房，但他在门槛上愣住了，站在他面前的是一个美貌姑娘。她对阿尔谢尼说：“我曾经是被你们唤作特艾姆的，变形之后，我成了长翅膀的雌艾姆，如果你没有出现在我的生活途程上，我会为自己挑选一个普通的雄艾姆，拥抱着飞行，翱翔在大海上，然后在海底产子，新生的小艾姆便出现了，可是，你改变了我的命运，我带你一道飞，为的是你能返回地球。”

阿尔谢尼拥抱住挥动起巨大翅膀的特艾姆赶到火箭上，与库兹涅佐夫、卡斯帕亮会合。他们向滞留在运行轨道上的星际航船发出电报：全部人员正在飞返。

再说阿尔谢尼的父亲拉脱夫的宇航船在太空中迷失后，三位宇航员决心在失去归宿的航程中坚持到最后一刻，但华列里终于坚持不住了，他在精神错乱中毁坏了“食物制造机”，并把备用燃料排放到太空里。它像是彗星拖曳的光带一样拖在宇航船后面，被地外星球上智慧生物的宇航母舰发现了，它们发射出的紧挨着的3个“飞碟”向拉托夫的宇航船飞来，把它尾舱朝前地抽送着，离开了太阳的引力场，三位吃尽了苦头的宇航员终于登上了前来救援的墨西哥人航天器。这时，拉托夫才得知了对他来说是个很沉重的消息：他的儿子阿尔谢尼参加了历时半个世纪的星际航行。不久，拉托夫又组织了一次新的星际探险，他们乘“地球号”真空能星际航船，寻觅适合人类居住的地外行星。第一批降临未来人类居住的星球——盖雅星的，有火红头发的波兰姑娘夏娃和年纪最轻的鲍里斯。在探测中，一束炫目的黑色电矢击中了鲍里斯。他们为盖雅星球上的第一个死难的人兴建起纪念的标志。

而维琳娜乘坐的“生活二号”星际航船，来到艾当诺星球，寻觅曾向地球发出邀请电的文明友人。他们发现这是钢铁机器人的世界，一辆坦克形控制器，张开一柄巨钳把维琳娜钳到半空中——仿佛打量着一只昆虫似地。维琳娜忍不住地尖声叫唤起来。威耶夫发觉自己也被坦克的控制器凌空举起，他赶紧摸到胸前的电子翻译器，向艾当诺星上的智慧生物，用超声波信号联系，他们听懂了。两辆坦克同时把地球来客放置到地上。在这冰冻的陆洲上，长生不死的智慧生物把自己的器官用假体改装过了，他们借助于机器进行新陈代谢。只有在青春岛上，才有越来越少的未换成机器的智慧生物。

维琳娜的到来，给活着的青春岛居民打开了眼界。他们认为像维琳娜那样蕴含着祖先的记忆代代相传，才是真正的永生，而不愿置换成毁灭了祖先的长生不死的机械器官。一个被维琳娜取名为安诺的艾当诺星人，想学会地球上催醒祖先记忆的方法，以便运用到他们星球上来，他表示愿意随维琳娜一起飞向地球。长生不老者没有表示异议，他们和地球来客一致认为，安诺的地球之行，是两个文明世界的友谊象征。

阿尔谢尼乘坐的“生活号”星际航船在返航途中，由于耽搁了3分钟，拉下了5百万千米，错过了与太空加油车的会合点，航船缺乏足够的燃料，只得在原先的运行轨道上，无休止地作环状飞行。后来，阿尔谢尼突然收录到来自地球的电讯通知：太阳系外的宇宙空间还有一艘“地球号”，因为它不受燃料储备的限制，直接从宇宙真空中取得能源。地球回答阿尔谢尼的疑问：真空是物质，它是物质存在的一种形式，并且可以提供能量。这是半个世纪之前，我们地球上的伟大物理学家维琳娜的发现。她作为一位天文航行学家参加了“生活二号”的星际航行。

一个新的消息又击昏了阿尔谢尼。原来“地球号”星际航船的指令长竟然是他的父亲。

“生活二号”的宇航员和艾当诺星人返回地面。迎接维琳娜的她的妹妹阿文诺莉已是头发苍白的老妇人，作为水利应用专家，她曾在水下生活很久，甚至于她的儿子也是出生在水下的小屋里。

“我是拉托夫！我代表自己的儿子向您表示欢迎。”一个头发苍白的男人说着，向维琳娜伸出一只大手。维琳娜惶惑地小声说道：“航船不是失去归宿了吗？您是怎样飞回来的呢？”

“‘飞碟’作业。我没有衰老是因为飞航到盖雅星上去了一趟。最近正在开始向盖雅星球移民的工程。到盖雅星的远航是由‘地球号’真空能星际航船完成的。我们以您而自豪。这是您的发现。”

阿尔谢尼在“生活号”的星际航船上终于收到了电报通知：“地球号”开始追赶浪迹太空的同行们了。他们即将摆脱灾难，转危为安。

维琳娜来到莫斯科近郊她十分熟悉的宇航中心。在这里，半个世纪前，她跟心上人分别了。如今，她来迎接自己的阿尔谢尼。

阿尔谢尼第一个走出舱门，和维琳娜默默地拥抱在一起，仿佛化成了一对石像。

“起死回生”

尼索维托夫（俄）

巨型电脑绵延在北达科他州拉格比市郊区广阔的地表下面。经由它的无数的通道，就像血流过人体一样，两亿五千万张卡片迅速、准确、川流不息地来到这里打上电子标记，随后又传送到别处去释放标记。在印第安纳波利斯的一家医院里，一个婴儿出生了，她被抱到扫描器前，由电子触手分别触及头、胸、手腕和脚踝。一张新的卡片便出现在这个大城市地下的分电脑中，过一会儿由拉格比的主机拷贝后，IN97246IND38452 就加入了美国加拿大联邦的人口之中，作为她终身的身份卡，并留在电脑中。

在萨斯喀乇温的萨斯卡通，一个机器人警察发现了一名脸朝下跌落在地的成年男子，就背着他穿过围观人群，来到停在路边的警车前，经过粗略的检查，在死者的衣袋中摸出一张身份卡。警察把身份卡在扫描器前出示一下，同时报告了情况。在这个大都市北部的 58 号电脑里，身份卡 SA537SA58442 随即转往位于拉格比的电脑接收器中。然而这一次，却出现了技术专家和权威认为只有亿万分之一可能性的异常情形。当卡片被弹射到侧通道中时，电流的一次微小颤动引起了一次“回波”，紧随后面的那张卡片也被弹射进去了。于是身份卡 BE96647CON374699 归入了死亡档案。很快地在康涅狄格州的丹伯里，备份档案也出现了同样的操作。

在康涅狄格州的丹伯里，乔·舒尔茨在老式家具工厂干完活后，觉得与其回到他那间冷冷清清毫无生气的单身住房，还不如到自动餐厅去用餐。只需把身份卡插入识别槽中，无论是在家中或是在自动餐厅，价格都是一样的。乔在电脑控制钮上按下选择，在机器人出纳员处领取了饭菜，注意到他的收据是蓝色的。距“发薪日”还有一个星期，他皱皱眉头。每月这个时候，他就背上“赤字”。

乔打量着周围的用餐者，最后选中一个略呈肥胖的中年妇女。她独自坐着，托盘上放着高热量的食物。他站住后，微微一笑说：“可以吗？”然后就端坐在她对面。最初的一阵，他专心对付自己托盘上那份颇显寒酸的食物，然后，他故意把一些油腻的法国炸土豆条推在一边，喉咙发出一些咯咯声。他看见妇女的眼睛里闪现出一丝兴趣并有些吃惊。

“卡路里——”他对她说，一边用叉子戳着浅绿色的青豆。当妇女锁起眉头注意听时，他补充说，“你知道，它会进入你的动脉。”他回头又对自己托盘上的食物摇头皱眉了一番。

在她的注意力就要从他身上转移开时，他张嘴对她苦笑了一下。“我有个朋友，他高大、快活、健康，看上去真不错，某一天他突然……完了。动脉硬化，心脏承受不了。医生曾警告过他，少吃那些‘卡路里’含量高的肥油食物。可惜，他是好人。”乔不再说了，只是从眼角斜睨着，中年妇女的嘴角变得僵直了。她接着耸耸肩膀，拿起叉子。乔把吃了一半的盘子推开，点上一支香烟，注视着对面墙上传真机播映的新闻。妇女拿叉子的手在半空停住了。她吃了一口，慢慢放下叉子，接着叹了口气，把叉子丢在碟中，然后她移开椅子，费力地站了起来。她一出餐厅，乔迅速将她的甜食放在自己的托盘上，舒坦地吃完自己的饭菜，又吞下他的“战利品”。一切都轻而易举。

乔决定为了这个小小的胜利，应当再来上一杯咖啡。他洋洋自得地侧身来到酒吧，将身份卡插入识别槽里。瞬间内却没有反应，他的杯子还是空的，自动售货机拒绝接受他的身份卡。他迷惑地看着身份卡、杯子和机器，又试了一次。自动售货机再次将他的身份卡移入拒付盒中。乔万分惊讶地站着，竭力想弄明白什么地方出了毛病，直到排在后面的人骚动起来时，他才走开。他摇摇头来到服务台的尽头，有一只识别槽的上部闪着红光，牌子上写着“问询处”。他犹豫了一下，把身份卡塞入槽内等待着。扫描器发出的嗡嗡声停住了，然而机器却迟迟不退出身份卡。最后，随着“咯噔”一声，卡片退了出来，与此同时边上的一个特别槽中传出一张指示单，乔抽出指示单，以愈来愈无法置信的神态读着：

通知：你发现的这张身份卡属于一名现已死亡的人。请将其置入附近的标明国营火葬场的“官方文件”的专用槽内。

警告：保留任何已死亡人的身份卡是一种违法行为。本次咨询的记录将予以保存，如果所携带的这张身份卡在 48 小时内不销毁的话，将对此采取行动。

乔现在明白，他的“档案”在某处出了大问题。他很不安，不过他直觉地认为要把事情纠正过来想必也不难。他知道电脑偶尔会出些乱子，他就听说过有人碰上了比超支更大的麻烦。据说此人被要求支付购物的账单，数目比他一生预期的收入还要大 100 倍。乔默默地想，他必须找到一个书面问询处，填写一份表格，把这件事迅速纠正过来。对，说做就做，他离开自动餐厅，直奔地方政府的办公楼。

半小时后，“死亡者”乔·舒尔茨又来到了人行道，他不可思议地摇着头。他填写了3份不同的表格，其中没有一种看来完全适用他的情况，每张表都被电脑退了回来，同时附了一份与上次收到的一模一样的通知和警告。最后，在绝望中他填了一张询问死亡人情况的表格，得到一张指示单，要他去找附近的验尸事务所或官方认可的神学顾问。他手里捏着这张纸条，慢吞吞朝自己居住的公寓楼方向走去，竭力想把当前的处境理出一个头绪来。孰料，更糟的还在后面。一到自己的门前，他看见两个机器人搬运工在搬空了他的所有个人物品和他这些年买下的几件家具后正在认真地清扫场地。

这太过分了。在一阵愤怒中，乔对一个机器人大喊。对方却站着不动，等待着，嗡嗡地发出一些声音。另一个机器人转身朝他奔来。扫描器上下移动一番后，弹出一张纸给乔，然后两个机器人又回头干活去了。他站着读完这张给“最亲近的亲属”的指示单，说他的物品在得到进一步的指示以前已被加上封条转移到一个政府仓库，同时警告他，试图移动任何物品，或以任何方式妨碍、阻挡、干涉机器人搬运工作，都将被视作重罪。乔的脑子现在完全糊涂了，他无目的地从楼上走下，来到人行道上，想弄清楚在如此短暂的时间里究竟发生了什么，以及下一步他该怎么办。

验尸事务所，这是第一张纸条上说的。可是现在一定关门了，他想。再说，如果它像他曾经到过的那家办事处一样的话，肯定也有个机器人在管事。他看着人行道上一张张行色匆匆的行人的脸，无聊地想着他们是否也曾遇到过这样的事。

“医院!”乔大声说。这倒可能是一个去处。至少眼下是如此。他开始向医院进发，一边琢磨着各种可能出现的情况。

医院前方的小公园令人感到愉快。这是精心设计的新型公园，目的是让人进入后马上会产生一种与外界隔绝的幻觉。

自从身份卡被拒绝以来他第一次觉得轻松了一些。天快黑了，他决定在入口处碰碰运气之前，机器人门卫已经来了，隐蔽的空气清新器也开始发出沉闷的声音。

他深深吸了一口气，慢步穿过大门来到接待桌前。那里有一个苗条的、显然是新来不久的护士，正在忙碌地整理着打了孔的卡片。他用嘶哑带病态的声音报了自己的名字，要求住院治疗。年轻护士直起身子看着他，问：“您是否能告诉我您什么地方——嗯——不舒服？”

乔吞吞吐吐地说，“这个，小姐，我还是和医生说吧。不过很痛，很痛，你明白。如果我必须……我可以等一会……”他让自己的声音渐渐小下去，同时稍稍有些颤抖。

“我安排您去急诊室，”护士很干脆，“并且尽快让一个实习医生过来。”

“谢谢，”乔从牙缝中挤着说，“请问怎么走？”

“出大厅后往左拐，”护士答道。在他转身离开时，她接着说，“您当然带着身份卡喽。”

“当然。”乔说着摸出卡片在桌前举着，她站起身像是要看一下，却伸手将卡片拿了过去，她用拇指和食指夹着卡片插入住院部电脑中。乔麻木地站在那儿等着，不清楚将会发生什么，不过肯定会发生什么。确实不假。在年轻护士惊恐的注视下，两个浅绿色的机器人迅速上前不声不响地停住，在他们之间放着一副带轮子的担架。他们抓住并无反抗的乔，把他放上担架、扣上皮带后推出了大厅。乔不知道会把他推到哪里，不过他十分肯定不是急诊室。他被熟练地推进一个电梯，一直下降到大楼深处，又被推出电梯进入一条地下室走廊，动作与刚才一样轻巧熟练。担架在一扇写着“陈尸房”的门前停了一会，当门无声地打开时，乔忽然明白发生了什么。在机器人摆正担架位置，使他脚尖对着一排特大的抽屉时，乔害怕得几乎麻木了。一个机器人动作麻利地解开皮带，另一个拉开了抽屉。乔无暇思考，腾地坐立起来，避过机器人，朝那排大抽屉的尽头跑去。乔回头看时，只见两个机器人正围着圈子乱转，在地上寻找失踪的尸体。前面的门开了，他穿出后来到走廊，无力地靠在墙上。乔鼓起气力回到电梯旁，按下按钮时看了一下边上的楼层显示表，情绪一直很激动。“入口处—35。”他读道，当电梯门打开时他一步窜了进去，按下“35”。电梯上升时他还在喘着气。他试图让快速跳动的脉搏缓慢下来。此后他顺着原路返回，虽然没有跑起来，但脚步飞快。大厅里，那个年轻护士的脸现在像她的外衣一样苍白，她正在向一位老护士解释着，一面比划着那张身份卡。乔突然奔跑起来从她们中间穿过，顺势夺下身份卡。直到他穿过步道来到公园里时他才停住，瘫倒在一张长条椅上。

“官方认可的神学顾问”看来是唯一留下的希望了。他快步穿过马路，同时竭力回忆这个协会的名称。走下快速自动扶梯后，他来到一个可视电话间。他先是笨拙地操作显示器，查询“黄页部分”。他注视着闪现而过的大写字母直到

“S”出现，按了一下中速键直到“Sp”出现，又按了一下慢速键直到屏幕上出现“SpiritualAdvisor”。他花了不多的时间就找到了距离最近的神学顾问的地址。15分钟不到，他已经站在一个低层公寓单元的门前，门牌上写着：本杰明·斯克卢伯，神学顾问学士、硕士、神学士、哲学博士、神学博士。

斯克卢伯热情地请乔进屋并脱去外衣，乔接受了。他挤进去坐在一张折叠式桌子边的板凳上。他简短地讲述了自己的遭遇，对于敏锐的斯克卢伯提出的若干具体问题则加以补充。乔想，这个人或许是精神方面的专家，不过他看来很了解周围的严酷世界。他萌生出一点希望。他的乐观态度很快被斯克卢伯压得粉碎，后者坦率地告诉他，在他与验尸事务所的交往中，他遇到的“故障”要比顺顺当当的场合来得多。不久前，在同一天内，有人就把一个该做木乃伊的尸体焚化了，把一个该焚化的尸体做了木乃伊，两者的亲戚都来找过斯克卢伯。比较而言，机器人要比偶尔出现的人类办事要牢靠一些，后者几乎无例外地往主电脑里输入错误的资料。至于丹伯里市区的首席验尸官，斯克卢伯也怀疑他不是人类，因为他的决定十分武断和无情。不过，他知道这方面的讨论无助于解决问题，便问斯克卢伯能否想出其他办法让他摆脱当前的绝望境地。

斯克卢伯也想不出什么切实可行的主意。就在他们把可能性一一排除时，斯克卢伯家的其余成员一个接一个地回家来睡觉了。孩子们和斯克卢伯太太上床休息后，乔和斯克卢伯又谈了一会儿，可是很清楚，这里找不到解决问题的办法。斯克卢伯答应将提交他能想到的尽可能多的表格，哪怕只与乔的情况有一丁点的联系都行，不过能否迅速了结此案，他也没有什么把握。他提出让乔住下，吃饭也没有问题。虽说他是诚心诚意，乔明白在这种情形下根本没有可能。他尽量显得从容不迫地结束了他们的谈话。

公园已将近半夜12点了，乔仔细挑选了一个由茂密的灌木围绕的隐蔽处躺下，忽然，他隐约听见一个咄咄逼人、无音调变化的声音。他慢慢坐起来，看见机器人门卫站立在他跟前，周围是漆黑一片的公园。

“天黑以后停留在道路以外的地方是禁止的！”门卫重复了一遍。乔已经做不出什么反应了，他累坏了，也完全丧失了勇气。他想不出可以做什么，所以干脆听天由命地躺在原地。

“如果你不马上离开，我将不得不叫警察来。”门卫说。而乔在想，好吧，来就来吧，反正这早晚要发生的。

大概不到3分钟，机器人警察就赶到了。乔已经自觉地将身份卡放在胸上。

机器人警察扫视了他一眼后伸下触手，抓起他的身份卡，插入扫描器，把信息传递了出去。乔以迷惘的神情注视着身份卡重新被放回到他的衬衣口袋。机器人站着不动，很明显是在等待。不多时，随着一阵哗啦啦的声响，一辆黑色“收尸车”停在附近的草坪上，两个机器人抬着一副带轮子的担架走过来，把他抬上担架并置放在车子后部，包上一条毯子，便开走了。

这一回是地区的陈尸所，不过其程序几乎完全相同。在毯子掀开时，乔溜下担架往门口走去。回过头时，他看见机器人正绕着越来越大的圈子在地板上进行着与上回一样的无效搜索。

乔悠闲地穿过地下室，并不在乎这回要流浪到何处。地下室里还挺舒服的，温暖、阴暗的过道使他不由地想到要找个隐蔽角落蜷成一团完成他的睡眠。不过他还是努力使自己往前走，他知道这同样不是个办法：他必须到外面去，即使仅仅是为了找吃的。这个念头一出现，他倒真觉得饿了。现在想必是清晨了。

5点30分。这是他从民用建筑大楼底层后出口处的大钟里看到的时间。他知道事实上他不该会这么饿，不过自从昨天的晚餐后历经了许多磨难，饥饿感肯定不完全是心理作用。他必须设法弄顿早餐。他朝一家自动餐厅走去，仍然拿不准他的下一步是什么。过了一个街区，就有一家大型自动餐厅。乔站在对面马路上，看着清晨拥挤的人群匆匆地出出进进。在不知道该怎么做以前进去了也没有用。强行打开供应门吗，他不能肯定门会被轻易撬开，再说那里会有许多人看着他。虽说这一点现在已不那么重要，他仍然不想在光天化日下去抢劫。不，应当还有更好的办法，他想。从后面进去怎么样，餐厅应该有一个勤务区。他开始寻找，不一会就发现一扇标着“食品供应”的灰色门。他试着轻轻推门，慢慢地门打开了，里面是一个小房间，房间还有另外3个门。一扇门上写着“会计室”，另一扇写着“维修室”，第3扇上写着“非经许可不得入内”。他感兴趣的很明显是这最后一扇门。他没有多犹豫便推门而入。在他左边，一只扫描器不停地向他一闪一闪，要求他出示身份卡，不过他的兴趣是展现在眼前的壮观景象。一侧是清洗干净的盘子排成一行送上长长的传送带，另一侧几个较小的传送带把五花八门的食物送到顾客购买食物的小窗口上。乔出神地盯着这一份接一份的土司、果酱、煎鸡蛋、腊肠蛋、火腿蛋、薄煎饼、小圆果子面包——足够举行一次宴会了。接着，他拿了几张薄煎饼、几根香肠和一杯咖啡，手又伸过一条皮带，拿了刀、叉，在一垛等待传送的托盘旁坐了下来，开始狼吞虎咽。咖啡喝到一半的时候，机器人警察到了。

“别动!”警察说，“否则我将被迫使用武力。”乔伸手去拿咖啡杯，眨眼之间双手却被机器人警察紧紧压在身体两侧。另一只触手弯弯曲曲地伸出来，搜查了他的口袋，取出身份卡并插入扫描器。

机器人警察发出一种嗡嗡声并持续了一段时间，乔意识到事情进行得有些怪。渐渐地嗡嗡声加大了，机器人的视觉传感器闪耀得更明亮了，乔似乎觉得抓住他的触手也压得更紧了。

他很快地闻到绝缘材料烧焦的气味，看见机器人外壳的细小缝隙间冒出缕缕青烟。最后，随着一股浓烟的喷发，机器人开始东倒西歪。他放开了乔的身份卡，展开无力的触手，倒地而死。

乔莫名惊愕，简直难以置信。他还从来没有见到任何一个自动装置出现这种情况。这与观看人的死亡差不多。他拾起身份卡，担心这个警察会不会又活过来重新抓住他，可是什么也没有发生。乔镇静下来，小心谨慎地走到传送带边，拿了一块苹果馅饼。他故意鄙夷地用拇指和食指夹着馅饼，昂首阔步地从烧焦的机器人警察身边走过，直到走进外面一间房间时才加快步伐。现在是上午 10 点整，“死亡者”乔·舒尔茨正躺在丹伯里市区最豪华旅馆的一张十分讲究的床上。他进来的方法很简单。他绕到旅馆接待生的背后，走到柜台尽头，在离他最近的槽子里的两把钥匙中拿了一把。旅馆规定顾客结清账目后必须离去的时间是下午两点，这是欧洲通行的规定，他是从传真机介绍的收费昂贵的旅馆服务中得知的。他可以有 7 个小时的睡眠时间而不会被打断。不过就算有人闯进来了，那又怎么样呢？乔·舒尔茨已经找到了解决问题的答案——只需他不再像一个遵纪守法的好公民那样来思考问题就行。当那个一丝不苟的执法机器人警察在互相矛盾的信息的冲击下被“处死”的时候，乔可以说是顿开茅塞。也就是说，当机器人逮捕了一个跑动的、活生生的犯法者时，它手上同时有了犯法者和他的死亡身份卡。乔对于这类机器处理信息的方式虽然了解甚少，不过他兴奋地躺在床上，设想着可能的发展。犯法者持有乔·舒尔茨的身份卡，乔·舒尔茨已经死亡。犯法者因而被确认是乔·舒尔茨，乔·舒尔茨已经死亡，犯法者仍然活着。电脑便认定机器人警察就是乔·舒尔茨。太妙了！乔打了一个唿哨。只要他愿意，他可以一直躺着不走，让人把他运往陈尸所。他翻动了一下身体，伸展一下肢体，让睡姿更舒服些。他憧憬着可以穿什么样的衣服，吃什么样的食品，住什么样的房子。渐渐地他睡着了。对于这个世界来说，已经“死亡”的乔·舒尔茨在无限平静和无拘无束中进入了梦乡。

仙女座星云

叶菲列莫夫（俄）

在蛇夫座距地球最近的一个恒星的行星系中，唯一有居民的行星——泽尔达，很久以来就通过巨环与地球和其他世界通话，突然，它沉默了，70多年无声无息。地球派出第37恒星考察队乘坐“坦特拉号”飞船，前往泽尔达，以便就近了解这位邻居究竟发生了什么事情。

经过漫长的旅途，飞船距泽尔达只有3000万千米了。这颗行星设在天然卫星上的空间站，终于出现在立体电子望远镜的镜头之中：在血红色阳光的照耀下，一座巨大的扁平形玻璃建筑物闪闪发光。大厅中，姿态各异的宇宙人全部僵立在自己的位置上，凝然不动。

“他们死了，冻死了！”队长艾尔格·诺尔惊呼道。飞船上，14双眼睛轮番扫描这座透明的坟墓，大家发出一片沉重的叹息声。空间站毁掉后70年没有恢复，这意味着行星上发生了重大灾难，也意味着飞船不可能从行星上获得所需的反介子燃料和任何补给。面对泽尔达空间站发出的死亡信息，飞船上的14双眼睛默默地转向艾尔格。此刻，他面色苍白，仔细地观察着泽尔达浅黄色的大气层。透过大气层，隐约可见大陆上山峦起伏，海洋中波涛翻滚，他用低沉而坚定的声音说：“我们应当继续下降并穿透大气层，也许还需要着陆，我征求大家的意见。”只有一位胆怯的天文学家反对。

飞船开始减速，逐圈地谨慎下降。在螺旋线降落轨道的第六圈上，开始出现大城市的轮廓。这是行星黑夜的一面，到处漆黑一片，没有一丝灯光。接着，“坦特拉号”来到行星白天的一面，下面依旧是一片毛绒似的黑暗。冲洗出来的照片表明，这个星球的表面，覆盖着一张黑色罂粟花构成的巨大的黑地毯，偶或一见的城市街道、钢铁构架则像一些散乱的骸骨。

经过认真检测，结论出来了：除了放射性较高外，这个星球的空气成分、温度、压力等数据均属正常。

“可怕的悲剧!”考察队的生物学家埃翁·塔勒心情沉痛地说，“造成灾难的元凶就是放射性衰变。它的危险在于不知不觉的积累。起初，生理上可以承担，继而，开始发生退化性遗传，接着，停止生殖后代，最后，毁灭性的悲剧就来临了。”

考虑到也许会有幸存下来的居民需要帮助，飞船将自己的飞行轨道由沿纬度方向改变成沿经度方向，仍然一无所获。飞船不得不抛弃这颗死寂的外星，沿展开的螺旋线逐渐远去。按原计划，如果泽尔达发生意外灾难，将由二级恒星飞船“阿里格拉布号”在行星 K-2-2K-88 的轨道与“坦特拉号”会合，补充反介子燃料。现在，“坦特拉号”把航向对准那个无人居住的星系。那里 4 年前曾抛下弹形航标站，“阿里格拉布号”应当在那里等候着。这有 15 个月的路程。其间，除值班人员外，全部乘员都可以入睡。在这样的宇宙航行中，大家的睡与醒都由药物控制，或者连续工作几十小时，或者连续睡眠几个月，根据航行的需要调整。在空间航行中。只留下两个人值班，他们可以替换休息，只在必要的时候才唤醒其他人。现在，由队长艾尔格和初次参加恒星考察队的年轻女领航员妮莎·克利特值班。妮莎是一位红发的漂亮姑娘，5 年前，她就爱上了充满精力和智慧的年轻队长艾尔格。而艾尔格的女友则是地球上的一位历史学家。

这一班是 3 个月，他们已单独在一起两个月了，这使妮莎感到非常幸福。为了使艾尔格休息好，她已经连续 100 个小时没有睡觉了。在艾尔格的严厉命令下，她才答应在原来工作的位置上小憩一下。

行星考察的平均时间是 10 年~15 年，即使不发生意外，这样长期的压力也够一个考察队队长承受得了，何况，遇到了泽尔达这样毁灭性的灾难还不算完，现在飞船已经绕预定会合处的行星飞了 5 圈，还不见“阿里格拉布号”的影子。按预算，它早该在 3 个月前即到达此处。他综合分析了各种情况、各种数据，断定这艘补给飞船已经失事，不是被毁就是遇到意外的干扰偏离了航线。而今想飞回地球或其他基地所需的时间远远大于人类的寿命极限——170 年，实际上等于延期执行的死刑。

待到妮莎睡醒，用过电浴和波浴回来，他命令她开动起床音乐和灯光，叫醒所有乘员。他简短地通知了当前情况，整个考察队表现得很好，没有发出一声绝望的嚎叫，连那位胆怯的天文学家也没有惊慌失措。他们召开了一个简短的会议，作出决议：飞返地球。此刻，距太阳大约还剩 6 个地球年的路程。这期间，反介子燃料不允许有任何浪费，否则，后果不堪设想。

下一组人员开始值班，这一组里有第二次参加考察队的领航员皮勒·林、天文学家英格莉德·古特拉和自愿与他们在一起的电子工程师贝尔。

突然，航线正前方出现了一团质量大、密度高的物质，以它的巨大的引力场干扰着“坦特拉”的飞行，领航员不敢改变精确计算的航线，降速可以抵消飞船内重力的增长，但速度降低太多后，再没有足够的燃料来重新取得加速度，则更加危险。几次降速，未能缓解险情，皮勒·林动用了反介子发动机作紧急制动。飞船剧烈颤抖，惊醒了酣眠中的艾尔格。他意识到情况紧急，跌跌撞撞地跑进中央操纵室，命令打开红外装置，停下发动机。前方屏幕上出现了一颗发射着暗红色光线的巨大星球。

“啊，我真糊涂!”皮勒·林悔恨地道，“我一直以为我们处于一团黑云的附近……”“铁星!”英格莉德惶恐地喊道。他们的确遇到了铁星——宇航员的灾星。

地球上的巨环外层空间站主任达尔·维切尔因患上了人类最严重的一种职业病——对工作和生活漠不关心，他的职位将由黑人后裔穆文·马斯接替。为了养病，达尔必须去从事田野考古工作。他准备到他亲密的女友、历史学家薇达·孔格那里去从事田野考古工作。他不无痛苦地了解到，薇达爱着第37恒星考察队队长艾尔格·诺尔。

今天，他将要同新主任一起主持自己在职的最后一次播送。预警音乐悠扬地响起。全体人员进入深处岩石层中的地下室大厅。想到即将在广袤无垠的太空打开一扇窗口，人类将与其他世界上自己的兄弟在思想上和知识上沟通起来，他们个个激动异常。最后的钟声威严、浑厚地响起，达尔拿起穆文的手放在圆形手柄上，穆文略一用力将手柄推到底，全球40%强大电站的所有能量都送到赤道5000米高的山顶上浓缩成一团火球，猛然腾空而起，蔚为壮观。由联接各个仪器的导线组成供外层空间站播发和接收用的稳定通道。薇达仪态万千地站到屏幕前面，看不见的强烈光线从上方直射下来。她以音乐般悦耳的声音开始了关于地球人类历史的简要介绍。她的声音和形象要经过13年才能传到遥远恒星的行星上去。

播放结束不久，大家正在休息。忽然，屏幕上出现了一个难以想象的图像，是天鹅座转播的南天星座杜鹃座厄普西龙（ε）的图像。推算起来，这些图像传到地球需走过300光年。先是铜铸般的山峰，山下荡漾着浓稠的紫水晶般的海水。岸边矗立着一座美艳迷人的玫瑰色女人塑像，接着出现了壮丽的建筑、豪华的大厅，对对男女翩翩起舞，他们的皮肤一律像玫瑰花一样红艳，每一位都够得上地球人理想中的美人。舞蹈停止，一位光彩夺目的姑娘走到大厅中央，高擎双手，指向明亮的星空，左手食指上出现一个发光的蓝色小球。她抖掉小球，面对观众张开双臂，十分激动，好像要拥抱某一个看不见的人，就这样静止不动了。

再说艾尔格的飞船，从所余燃料看，无论如何努力，也逃不出铁星的巨大引力了。全体成员一个个地出现在中央操纵室，飞行速度愈来愈低，航线愈来愈弯曲。“坦特拉”的命运不言而喻了。

考察队员全力以赴地投入了工作，仪表前一片紧张忙碌的景象。天文学家和英格莉德很快测出铁星有两颗行星，外层行星极为寒冷，而且表面可能罩有一层毒气。看来，不宜停靠。“坦特拉”继续逼近铁星，经过一阵紧张的观察计算，铁星的各项数据也列出来了：质量相当于432个地球，大气层厚度为1700千米，氮氖大气层中有氧，有水气，气温为20度……总的来看，这里的环境与地球相似。只不过这里的重力是地球重力的3倍。突然，雷达屏幕上出现了一个十分明亮的光点，既不像露天矿藏，又不像陨石。在飞越这颗黑行星的第二圈时，飞船投下了一台电视发射机。从所摄的图像中，终于分辨清楚了这是一艘地球的恒星飞船。它毫无损伤，处于正常降落状态。

飞船带着呼啸声，俯冲下去。强大的探照灯打开了，飞越一片神秘莫测的黑色海洋之后，飞临那片发现飞船的平原。在聚光灯的照射下，那艘飞船闪闪发光，像崭新的一样。离它不远，还有一巨大的“飞碟”，它倾斜地竖立着，一部分埋在土中。经过6年的太空漂泊之后，每一个人都迫不及待地要以双脚去接触坚实的土地。8个探险家终于跌跌撞撞地跨出了舱门。来到那艘飞船的下面，才发现，船体表面早已斑驳陆离，舱门象黑黝黝地洞口一样四敞大开，门下安放着小型升降机，这些金属物上缠绕着一些叫不出名字的植物。升降机还能开动，他们一起进入了这艘陌生的飞船。原来，这就是80年前失踪的恒星飞船“帆”。那是在访问织女星的归途之中，地球上接到了“帆”的呼救信号：“我们离开织女星26年……足够……我们等待……再没有比……美丽的……多么幸福呀！……”从此，杳无音讯。经过一番检查，发现氧气还没有用完，水和食物尚可够几年之用。最令人惊喜的是，飞船上保留下来的反介子燃料和行星离子燃料，可以保证“坦特拉号”从这颗沉重的行星起飞，一直飞到地球。由中央操纵室内录音机中取出的飞行日记磁带得知，当“帆”越过织女星行星系边沿的宇宙冰带时，被撞坏了。船尾的洞被顺利修复，而发动机精确的调节系统经过20年的奋斗已无法修复，只好停用，借助惯性飞行。5 年后，落入铁星系内。在这里遇到了那个奇特的飞碟，人们开始一个一个地失踪，最后只剩下一个人了。飞行日记磁带录下了他最后的遗言："同胞们，如果你们找到了'帆'，我警告你们，千万不要离开飞船。"

大家意识到自己的生命受到神秘的威胁，但不离开飞船只能等死。他们决定，在搬运燃料时修筑一条直通两船之间的双重保护屏障，利用辐射线和高压电来保护自己。他们改造了两台自动小车，克服行星的巨大引力，艰难地工作着。过了两天，怪事出现了。异常迅猛的龙卷风切断了高频电流导线，"帆"上高照的聚光灯倏然熄灭。黑暗中出现了环形和 8 字形的火光，像星星一样向前延伸。这使已经躲入监视塔的人感到全身神经和眼睛像针扎一样的刺痛。他们猛然开亮监视塔上的聚光灯，一瞬间，人们恍惚看到一个怪异的黑团闪电般地缩回了触手。他们明白，自己受到一种电磁铁的打击。这就是进攻"帆"的武器，是一种水母似的怪物。队长把大家召集到一起，采取了应急措施。他们利用行星发动机以长达 300 米的火焰流在石质平原喷射，将路上的一切扫除干净，终于将反介子燃料装载完毕。他们以冷藏的鲜肉为饵，将两具水母似的怪物诱捕到一个可以密封的罐子里，准备带回地球。接着，他们又用气割刀切割那只奇异的飞碟，结果，受到十字架形怪物奇异的电击，多亏妮莎挺身庇护，队长才幸免一死，而妮莎却陷入长期的昏迷状态。

"坦特拉"走飞了，迅速远离这颗凶险的行星。他们开始放映从"帆"中取出的录像带，他们看到，地球人自愿在飞船中禁锢 45 年，为的就是一睹织女星的娇容，期望在此与外星人相遇。然而，逼近之后才发现这是一颗蓝色的太阳，这里喷射着热气和火焰，也熔化了人们传奇式的幻想。

艾尔格意识到，自己和妮莎等人向新世界的探险，绝不仅仅是为了发现某些新星、外星人，而是人类沿着整个银河系有意识地一步一步前进，是知识和生命美的胜利进军。一定要救活妮莎，一定要继续前进。

经过长期寂寞的飞行，"坦特拉"终于进入了可以收到通过大气层弥散传递的地球全球网络节目的无线电波区域内。他们的呼唤到达了地球。全体乘员集聚在接收机前，一步也舍不得离开。按照返航的程序，他们只能先在海王星的一号卫星上着陆，这里设有恒星飞船站，探险家们在这里将接受 5 周的检疫，与其他人完全隔绝。这是为了确保其他星球上的病菌不致在地球上传播的必要措施。

5 周后，海卫一飞船站主任通知艾尔格可以起飞了。

“坦特拉”轻巧地脱离海卫一，沿着一条巨大的弧线迅疾飞行。他们收到地球上播发的节目——地球正在庆祝战胜黑暗铁星和冥王星的胜利。音乐家们演奏着为欢迎“坦特拉”谱写的抒情曲和交响乐。火星、金星和小行星上空间站也向飞船欢呼。终于，接收到来自宇航委员会控制台的命令，准许“坦特拉”降落到北非的哈姆拉航天基地。

“坦特拉”脱险，即将回到地球的消息传来。薇达激动不已，她既为艾尔格的生还高兴，又为即将与之分手而惆怅。由于各自选择的生活道路不同，她已下决心斩断和艾尔格之间的情丝。“坦特拉”回来后，科学家们模仿铁星上的环境，激活了禁锢在罐内的水母，对其进行物理、化学、生物的多项实验。由此找到了妮莎致瘫的原因，使妮莎重新获得欣欣向荣的生命。

薇达因等候“坦特拉”归来，没能参加一次重要的考古工作，既已如此，她便自愿留在医院护理妮莎。她与妮莎外貌十分相似，两人很快就互相信任，亲如姊妹了。艾尔格得知薇达要与自己分手的决定，理智上他明白自己与薇达的生活轨迹愈来愈远，是该作出决断的时候了；感情上却依依不舍，总是觉得若有所失。面对现实，他终于还是决定把过去的感情作为一段美好的回忆封存在心灵的深处。

宇航委员会召集全体成员会议。会议主席首先发言：“每一个恒星考察队都是长期构思的珍贵理想，都是多年精心编织出来的新希望，都是伟大攀登途中的新阶段。第 37 考察队在黑行星发现了巨大的碟形飞船，这种结构的恒星飞船在我们地球的科学发展方面和知识水平上，是建造不出来的，在与我们交换信息的银河系那些世界上也未曾见过。毫无疑问，它来自河外星系。派遣专门的考察队到这颗行星上去，研究那艘飞船，其重要性就无需解释了。”接着，主席又放映了不久前收到的另一天体的智慧生物发射的图像。这些图像是他们的考察队直接从波江座阿尔法星系中拍摄的。大家眼前突然出现了一片耀眼的新绿，绿色的山峰，绿色的海水，有股清新之气沁人心脾，紫水晶般的天空中源源不断地喷洒下了大量金绿色的光线，美不胜收。主席介绍：“这个星系有两颗孪生行星，那里大气的厚度、成份、含水量都与地球类似。从图像上显然可见，不存在高级生命和改造自然的痕迹。这很可能成为地球居民的新世界，到达双星需要 75 光年，我们新造的恒星飞船‘天鹅 7 号’刚刚可以达到这个从未达到过的距离。”

达尔·维切尔建议派遣 3 个考察队，同时飞往 3 个方向，第一个飞往铁星的行星，第二个飞往波江座阿尔法星系，第三个考察队的任务是考察这一星系中一颗蓝色的白矮星。这颗恒星物质的平均比重超过地球上最重金铱的密度2500倍。如能在近距离内探明其引力、电磁场和产生重化学元素的过程，将是一件极其重要的事。太阳的近邻、天狼星双星中也有一颗类似的白矮星，但这颗星球周围布满了致命的交织流星流，飞船无法穿越。如能探明前者，即可推知后者。

委员会秘书提醒大家。反介子燃料只够两艘飞船用，在不破坏经济的条件下，需要10年才能再准备出作一次飞行的燃料。达尔·维切尔建议向全球居民呼吁：请每人将娱乐性旅游延迟一年，停止从金星和火星上运来宝石和珍奇植物等，将节省下来的能量用于燃料制造。所有坐在委员会大厅中的人都站了起来，举起了左手，这是公开表示完全赞同发言人意见的一种姿势。

这一决定很快付诸实施，飞往铁星行星与考察白矮星的飞船已先后出发。终于轮到"天鹅号"起飞了。这个庞然大物身披银灰色的热防护层，文文静静地站立在莽莽苍苍的平原上，年轻而俏丽。谁能想象得出，他将来返回地球时，细小流星冲击的爆炸将在它的外壳上留下无数坑坑洼洼的疤痕，使它遍体疮痍。然而，现在欢送他的人们之中没有谁能活到他返回的那一天，到那一天还有172年，而对考察队来说则只有80年左右。

薇达·孔格、达尔·维切尔、穆文·马斯都赶到现场欢送，每个人的心情都很复杂：探险家们是在为人类的未来开辟壮阔的道路，他们的生命也将步入未来；对于留在地球上的人们来说，这一辞别则意味着永诀。飞船验收委员会主席向再一次被选为恒星飞船船长、波江座阿尔法考察队队长的艾尔格·诺尔报告一切就绪。一位验收委员会成员将镶有全体考察队员照片的青铜薄板签上自己的代号后，交给了艾尔格。最后，考察队员们与欢送者合影，留下给故乡星球的最后纪念。

中央控制塔台上的无线电导航天线快速旋转，向四面八方发出飞船即将起飞的预警信号。人群迅速后撤到安全地带。突然，飞船发出一阵狂风骤雨似的呼啸，这声响在广漠的平原上久久回荡，随之，一切消逝，只留给人们一片沉寂和空白。这时，雷·鲍兹才气喘吁吁地赶到，十分惋惜地说："刚才接收到来自仙女座星云的图像，其中的碟形飞船与艾尔格他们在铁星的行星上发现的完全一样。可惜，他们没有等到今天这个消息，他们将永远不会知道了！"

"他们会知道的！"达尔·维切尔坚定地说，"我们向能源委员会申请一次特殊的播送，'天鹅号'在90小时内还能听到我们的呼唤！"

青春泉

霍·沙伊霍夫（俄）

下午就要过去了，沼泽里黑沉沉的，他们驾驶着那只不灵活的小船在红红的火把照耀下向前行驶。小船刚刚驶过，后面的绿色芦苇马上又从带咸味的水面冒出来，盖住了小船留下的波痕。弗朗西斯科手下的士兵，跟往常不一样，都沉默不语。在一片寂静中，小船激起的水声听得清清楚楚。一个古铜色皮肤的土人撑着小船前进。弗朗西斯科对士兵们的沉默并不感到奇怪，他自己同样怀着保持沉默的强烈愿望。

船头突然撞着了沙岸，弗朗西斯科最初还不敢相信。他可以肯定，这条小船离开营地还没有多长时间。这次航程，原来以为要到夜幕降临时才能到达目的地，谁知不到一个小时就结束了。在阴影幢幢的沼泽地带，除了正午，其实是很难分清白天和夜晚的。

“等一等！”他向手下的士兵发出这个命令，因为他知道他们绷得紧紧的身体都渴望马上行动。士兵们喃喃低语，但是谁也没有在自己的位子上动一下。船上除了弗朗西斯科以外，还有 4 个士兵。其中，冈萨雷斯最年轻。弗朗西斯科指挥的这伙野心勃勃的殖民军兵士里，战火在他身上打下的烙印最轻最浅。他戴着厚厚的皮防护手套，一只羽毛凌乱、两眼暗淡无光、名叫洛拉的老鹦鹉用爪子紧紧抓住他的手套套口。第二个士兵叫里维纳，又瘦又矮，一撮尖尖的胡子好像挑衅一样，从钢盔盔带下冒出来，眼神冷冷的，闪着利剑一样的寒光。第三个士兵叫格雷戈里奥，伙伴们就叫他“戈洛”，身体结实，态度温和。第四个叫拉斐尔，高身材，宽肩膀，眼睛像石榴石一样发亮，为人狂妄自大，爱喝酒。至于撑船的土人，弗朗西斯科打算把事情干完，就杀死他。因为远征军司令官亲自下了命令，弗朗西斯科才一直拖到现在还没有动手杀他。原来，在烧成废墟的土人村庄里，满身盔甲的殖民军挥舞刀剑，早已把土人统统赶进沼泽，事后却发现这个向导默默无言地留在废墟中。他差一点被杀死，身上的装饰品几乎被抢光。那个翻译赶紧对着司令官的耳朵低声耳语，于是，一道严厉的命令立刻高声宣布下来。听了这道命令，士兵们只好勉强住手，不去伤害这个神态高傲的牺牲品。接着，由翻译在中间搭桥，对这个土人又哄又劝。最后，弗朗西斯科接到了命令：不准找这个土人的麻烦，不准抢他的东西。暂时不准，等他的作用发挥完了再说。

弗朗西斯科在拉斐尔拿着的火把上点燃了自己的火把，下船上了岸，左手小心地高举火把，右手随时准备拔剑出鞘，防备那个向导施展土人狡猾的惯伎——背叛。对于这支远征军之前的很多远征军，土人曾多次背叛。西班牙的士兵运用钢铁和炮火，对土人进行了可怕的报复和惩罚，将土人的村庄夷为平地，才把叛乱镇压下来。

他们上岸后缓缓前进，金属的铠甲和脚上系得紧紧的护腿使他们全身发热烦躁，很不舒服。脚下的土地是一个长形小岛，是沼泽中像丘陵一样隆起的一片干土。他们爬上一个斜坡，弗朗西斯科加快步伐，差不多一路跑上去。到了坡顶，终于看到传奇中的神话就在眼前出现。在心神恍惚的一瞬间，弗朗西斯科的手朝着钢盔盔带移动，准备取下钢盔，不过，他的手指只移动了一吋，就停住不动了。他对自己约束很严，比约束他手下的兵士还要严厉。控制自己，驾驭和掌握自己的本能冲动，对于一个带兵的头头来说，是非常必要的。担任向导的土人闪在旁边，他那布满皱纹的脸上毫无表情，两手交叠在裸露出来的胸膛上。对那几个跟着他爬上斜坡的满身盔甲的士兵，他看也不看一眼。在微波荡漾的水池旁，在火把闪烁不定的火光里，他默默地站在那儿，什么也不说，甚至连他的呼吸都很难觉察到。

清亮的水飞溅到水池里，仿佛撞击着很多小银钟，激发出悦耳的声音。水池那边，屹立着一块像石墙一样平滑的大岩石，有一人多高，像夜色一样漆黑。这块大岩石的半中腰，有一道裂口，泉水就从裂口中喷射出来，在空中划出一道白色的长弧。泉水冷冽明亮，清澈晶莹，日夜不息地飞进岩石前的池子里。石池本身，就是泉水在漫长的岁月里冲击出来的。围绕着泉水喷射出来的那道裂口，有人用原始的粗糙工具在岩石上刻出了一张人脸，在岩石上雕刻下来的这张脸，人不像人，鬼不像鬼，使人看了心烦意乱。喷涌而出的泉水好像是那张脸上微笑的嘴唇里吐出来的，是赠给人间的水晶礼物。

“差不多就像是，”弗朗西斯科喃喃自语地说，完全没有意识到自己竟把内心深处的想法说出口来了，“这张脸刻出来以后，由于魔鬼的神力，马上就要开口说出生命的启示，就要谈到泉水，谈到泉水的神奇的恩惠……"

"队长，我们可以喝了吗?"旁边有人问他。弗朗西斯科从自己的沉思遐想中惊醒过来，回头望着身旁的戈洛。弗朗西斯科对他说："暂时还是不喝吧，我的性急的朋友。""我们第一步必须彻底弄清楚，要断定喝下去没有危险，首先要让向导第一个喝。"弗朗西斯科向那个石头人一样的向导转过身去——可是只看见光光的岩石，无声的黑影和纹丝不动的树叶。受骗了，他发出一声怒吼，拔剑出鞘，剑锋在空中呼啸。他带着手下的4个士兵，钻进枝叶繁茂、纠葛交错的灌木丛中，去搜寻逃走了的向导。他们找了一个小时，始终没有找到逃走的向导。不过，他们的那条小船仍然停泊在原来的地方，等待他们去使用。

"他一定是涉水到沼泽里去了，"弗朗西斯科和他的士兵重新聚集在石水池旁边，对士兵们说，"要嘛是陷进了流沙，要嘛是被野兽吃掉了。别管他啦，我们的任务还没有完成呢。"

他望着最年轻的冈萨雷斯说："洛拉在哪儿?"在刚才追捕向导的那一阵忙乱和激动之中，这位年青人已经把他的那只老鹦鹉忘记得干干净净。他仔细寻找，发现那只懒洋洋的鹦鹉停留在一丛灌木底下。这只鹦鹉太懒了，不会飞走。它跟人在一起待得太久了，处处由人照顾惯了，兴致和爱好都已僵化。冈萨雷斯把手腕靠近鹦鹉皱巴巴的长着绿毛的肚子，鹦鹉驯服地跳上他的皮手套。于是，他把鹦鹉带给弗朗西斯科。

弗朗西斯科微笑着说："我们先不忙把泉水装进水瓶里，也不要自己先喝，要让鹦鹉洛拉先喝。要是洛拉喝了不死，反而返老还童，证明那些关于泉水的传说确实是真的——那时候，也只有到了那时候，我们再喝不迟。"

冈萨雷斯马上照办。洛拉的颈子被他紧紧抓住，像平常一样很不痛快，残缺不全的鸟嘴嘀滴咕咕，开始吐出难看的灰舌头，舔着池里的泉水，一会儿，它从冈萨雷斯的手套套口跳上旁边的一株矮树，烦躁不安地用鸟嘴梳理自己的羽毛。

"现在可以喝了吧?"冈萨雷斯说，回头望着自己的上级。"再等一等。"弗朗西斯科回答说。他的心思，一部分用来观察鹦鹉喝了泉水后的表现，但主要的还停留在那个担任向导的土人身上，对他的逃跑感到十分愤怒。

"看啊!"弗朗西斯科兴高采烈地叫喊着说。老鹦鹉那一双暗淡无光的眼睛现在像乌黑发亮的宝玉，鸟嘴焕然一新，周身金绿色的羽毛显露出前所未有的整齐熨贴，光彩夺目。"洛拉啊——"冈萨雷斯一边呼唤，一边向鹦鹉走去，同时伸出自己的手。鹦鹉发出一声叫喊，那分明是野性未驯的动物骄傲的叫声。它拍着突然变得强健有力的翅膀，飞上更高的树枝，正在手不能及的地方，有意跟人为难。

冈萨雷斯，高兴得又喊又叫，匐匍在地上，突然脱下钢盔，头朝水池伸过去，如饥似渴地猛吸着清澈明亮、沁人心脾的青春泉。“你难道还不够年轻吗？”队长嘲笑他说，但是队长自己和另外 3 个士兵也虔诚地俯伏下去，像冈萨雷斯一样猛喝着青春泉。经过一阵狂饮之后，弗朗西斯科仰面朝天，躺在暮色笼罩的地上，直到这时才命令士兵们把水瓶灌满。然后，他打着嗝，吐出随着清凉的泉水吞下去的气泡，心满意足。他们先前拿着的火把，漫不经心地散放在岩石上，火光摇晃不定，烧得呼呼作响，谁也不把这些火把放在心上。弗朗西斯科毫不在意地又用目光搜寻洛拉，可是看不到它。“可能”，他自言自语，好像早已料到了这一点，“鹦鹉恢复了青春，原来的某些欲望也就随着产生。要是在这该死的沼泽里没有别的鹦鹉，那才糟糕啊……”弗朗西斯科觉得自己的这种想法很有趣，应该说给手下的士兵们听。他转过头去——士兵们一个也不见了。一阵使人心烦的恐惧感像冰块一样梗在他的胸中，他连忙站起来，看到的只是空的铠甲，空的护腿和掉在地上的手套。

他灰心丧气地向后退，长筒靴本来应该踩在寸草不生的石头上，却踩着了一样软绵绵的东西，又滑又粘，使人恶心。他不假思索地赶紧把脚移开，再回头去看那块地上究竟是什么。就在他的脚跟前，摆着一个没有壳的蛋，蛋黄已经破裂，流出浓浓的不透明的液体。这个蛋有一半还粘在他的靴子上，粘乎乎的，颤悠悠的。他抬头望见鹦鹉洛拉曾经歇在上面的那根树枝，终于恍然大悟，弄清了这件事可怕的真相。于是，他像疯子一样跑下斜坡，身上的铠甲越来越重，他那缩小成儿童一样的肩膀再也承受不住。只过了短短的一会儿，他的个子越缩越小，小到可以从铠甲顶部原来套在颈子上的孔里爬出来，一双手粉嫩粉嫩的，膝头还没有长硬，口里没有牙齿，尖声叫喊着。他的整个身体还在不断缩小，迅速地按照和胎儿发育恰恰相反的方向继续变化。这时，路上出现了一道黑影。在弗朗西斯科那一双不听使唤的婴儿眼睛里，黑影变成了一个人。弗朗西斯科模糊不清的眼睛最后看到的景象是那个土人向导蹲在他身边，土人的脸不再像过去那样冷漠无情，深不可测，唇边露出冷笑，和石头上刻下的那张怪脸上的冷笑一模一样。

神秘的计算公司

德聂伯洛（俄）

劳赫教授身心疲惫，是这些可恶的繁琐的数学方程式闹得他这样疲惫的。星期六晚上，他偶然翻看晚报，发现广告栏里有这样一则启事："克拉夫兹杜特公司为机关和个人办理各种数学计算和分析工作，地址：韦尔兹特拉斯街12号。"他感到克拉夫兹杜特的名字十分熟悉，可一时又想不起来。

怀着好奇心，劳赫教授拿着写满方程式的纸片，乘坐出租汽车来到郊外，在紧挨疯人院的院墙下，敲开了这家公司的房门。

一个脸色苍白、头发浓密的年轻人把他领进一个半明半暗没有窗户的房间里，"计算中心就在这里，有什么事？"

劳赫教授从口袋里掏出纸片递给他，那人说明天中午便把答案送到教授家里，并收了400马克。

劳赫教授十分惊异，"你们有什么样的计算机，计算得这样快？"那人一声也没吭，把门砰的一声关上了。

第二天11点多钟，劳赫教授正在家中，外面有人敲门，一看是个身材纤细、面孔苍白的姑娘，手中拿着一个很大的蓝包裹，里面装有笔迹秀丽的运算印件。劳赫请姑娘进屋，可她一闪身悄然走了。他一页一页地读着，感到计算方程的人具有非凡的专业知识，综合了大量定理、公式和方程，运算共写了28页。这可不是给朋友写信，也不是手抄一本小说，而是解非常复杂的数学题，竟在24小时之内完成了，这使劳赫教授十分惊奇。

过了一段时间，劳赫教授选择了一个结果无法用有限项来表达的方程，还是那年轻人接待了他。劳赫教授向他询问这里是否有才华非凡的数学家，年轻人脸色陡然一变："这跟你没关系……"话未落音，墙外传来一阵阵揪人心肺的惨叫声。"发生了什么事？"年轻人冷笑不答，淡淡地说："明天中午你可以收到答案。"

第二天中午，又是那个瘦弱的姑娘送来一个蓝色的包裹。劳赫教授打开影印件，简直不敢相信自己的眼睛，这是一个新学者的笔迹，用了整整53页纸解出了远远难于第一次的数学题。推理和论证方法都是完美无缺的，就是牛顿那样的大数学家，看到了这道题的解法，也会大吃一惊。劳赫教授想从瘦弱姑娘那里打听些什么，可她连门也不进，惊恐地说："我不能进屋，他们什么都会知道的。"

克拉夫兹杜特是从哪儿弄到这些数学资料的？为什么他的公司地址选在疯人院旁边？瘦弱姑娘惊慌的身影，计算中心那揪人心肺的惨叫声……劳赫教授双手捧着脑袋，极力回忆着他所知道的关于克拉夫兹杜特的一切。突然，记忆的闸门打开了：克拉夫兹杜特，希特勒的帮凶，格拉兹集中营的审判官。他相貌可亲，面孔像是用面团捏出来的，戴一副夹鼻眼镜，显得温文尔雅，可他残酷异常，心肠如蛇蝎一般，由于他在集中营的累累罪行，战后被判处终身监禁……

劳赫教授急切地想知道神秘计算中心的内幕，他又一次来到这里。"我要见克拉夫兹杜特先生。"那个年轻人打开门，用燃烧着恶意和仇恨火焰的目光盯了他好一会儿，让他足足等了半个小时，才见到了克拉夫兹杜特。战后的15年里，他老了许多。劳赫教授盯着他那喷射出凶狠绿火的眼睛："真不知道你是怎样集中了许多数学家，又怎样大发横财的！"克拉夫兹杜特脸色黑黄，仿佛要一口把他吞下去："够了，既然你自愿走来，也别想回去，留在这里为我服务吧！"他给医生普法夫使了眼色。医生用一只强有力的手拉住了劳赫教授，并把浸透刺鼻物质的棉团塞进他嘴里。劳赫教授立刻昏了过去。等他醒来，发现自己躺在一间很像病房的大屋子里，唯一的一张桌子上摆满了残羹剩饭、空罐头瓶、香烟头和碎纸片。昏暗的灯光下，坐着十几个疲惫不堪的学者模样的人，从他们断断续续的话语中，劳赫教授只捕捉到一些颠三倒四的话："脉冲发生器……幸福感觉是50赫兹……痛苦的感觉……"劳赫是专门研究物理学的，从这些物理术语中，仿佛寻觅到一条逐渐清晰的线索：凡是被关到克拉夫兹杜特公司的学者都要经过一种电子脉冲发生器来重新调整头脑各种感觉的频率，在电磁场里，刺激人的计算能力，让他以最快的速度工作……这个发现，使劳赫教授不禁吸了一口冷气。这个鬼地方，把学者们都变成奴隶，然后魔鬼们大发其财。

劳赫被叫到办公室里，一个叫博尔兹的家伙用双手翻来覆去地玩着一个香烟盒。他长着浅色头发，大大的蓝眼睛，是典型的德国北部人。博尔兹傲慢地对劳赫教授说："我在计算中心负责数学部。目前，公司接到一批收入可观的军事订货。国防部交来一大批计算题目，我们已经淹没在数学题的汪洋大海之中。我们没有办法找到更多的数学学者，请你来教授一些失业者学会数学……”

劳赫教授摇了摇头。博尔兹一点也没生气，顺手扔过来一张新出版的晨报。劳赫教授拿过来一看，不禁毛发直立，冷汗从面颊上流下来。报纸第一版印有劳赫教授带有黑框的大幅遗像，下面标题写着：“物理学教授劳赫博士不幸逝世。”“你们玩什么把戏?”劳赫教授气得从椅子上跳起来。

“请镇静一下，这很简单。昨天傍晚，你在湖边散步，走到桥上，疯人院里的两名患者袭击了你，毁了你的面容，然后把你扔在河水里。警察局已经来疯人院调查过并且结了案，他们对你的惨死十分惋惜，你已经从这个世界上消失了……”

劳赫教授十分震怒，大声骂道：“这是一个厚颜无耻的谎言，一个骗局，一种见不得人的勾当……”博尔兹冷笑着，恶狠狠地说：“你不愿意合作，那么就会被送进疯人院，我们称它为‘秀才所’，你将了此残生。我们又可以用你的尸体来代替另一位学者。”他怒气未消，命令道：“把教授立即带到实验室去!”

劳赫教授心中明白，如果在实验室里任这帮家伙安排，也会成为一个计算的机器。他暗下决心，不管他们施用什么方法来影响他，都要设法打乱他们的算盘。

普法夫医生和一个微微有些驼背的小老头让劳赫教授把衣裤脱掉，然后站在搪瓷地板上。振荡器被打开了，发出嗡嗡的响声。从身上流来流去的热量，教授判断出电磁场的强度是很高的，每一个脉冲都使关节像针扎一样疼痛。振荡器频率达到8赫兹，劳赫教授身子沉甸甸的，浑身发烫，眼皮也不由自主地合起来，这时仿佛从遥远的地方传来一个声音：“你的感觉怎样?”劳赫教授尽力控制自己，咬住嘴唇，“只是有些冷。”他撒谎道。“想睡觉吗?”“不，我特别清醒。”他强打精神回答。其实，只要再有一分钟，他就要酣睡过去了。振荡器频率上升，困意神奇地消失了。此时，劳赫教授头脑异常清醒，他故意假装睡着了，打起呼噜来。“记下来，睡眠感觉8.5赫兹频率，这个家伙和别人的感觉频率不一样，真罕见。”普法夫医生对那个小老头说。振荡器的频率继续上升，劳赫教授在自己感觉上都来个相反的表现，悲哀时高兴，舒适时痛苦，唯有在激起计算能力时配合了那两个家伙，所有的问题都回答得准确无误。

最重要的考验就是在测“意志消失”感觉频率时，劳赫教授感到头脑麻木，肌肉像面团一样，什么知觉也没有了，这正是“意志消失”的感觉频率。然而，在大脑深处，还有一点思想的火星微弱地跳跃，他喃喃地说着：“应该、应该……”普法夫医生突然问了一句：“你愿意跟克拉夫兹杜特合作吗?”头脑里即将熄灭的思想火花一跳，“不！”劳赫教授在“意志消失”感觉的瞬间作出一个清醒的回答。“这个家伙真见鬼，再往下！”普法夫医生怒气冲冲。过了一会儿，劳赫教授头脑特别清晰时故意装做“意志消失”，他答应同克拉夫兹杜特合作，并对他感恩戴德。普法夫医生整理好劳赫教授神经系统的频谱，“我见到第一个也是最后一个这样特殊的人，记下，当175赫兹时他将失去意志。”

劳赫教授在普法夫医生给予为公司效力的频率“教育”下，故意装出满脸呆相，他和十几名受害者每天早起后先祈祷半小时，然后来到沿墙摆的写字台前。那里放有公司承担的计算题目，当振荡器频率拨到93赫兹时，扬声器里一个声音命令道：“开始工作！”他们立即用钢笔在纸上疾书，只见人人脑袋扭动，手指在纸上飞舞。人人脸在充血，眼珠仿佛要从眼窝里跳了出来。工作大约延续1个小时，脖子上的血管全变成紫色。这时振荡器拨到8赫兹，全体计算者都睡着了。休息仅10分钟，又开始疲于奔命的疯狂工作。一个人惨叫了一声，用手撕着自己的衣服，倒在地上死去了，其他的人像根本没发生任何事一样，笔照样在纸上飞跑。

劳赫教授目睹这一悲惨图画，心仿佛被撕裂了。他开始思考如何“炸毁”这个吃人的计算中心、克拉夫兹杜特罪恶的集中营。他日夜思索着，忽然想起普法夫可以用振荡器激起受害者任何一种感觉，为什么不利用它在受害者身上激起一种真正的愤怒和反抗的情感，以使这些人觉醒起来，为结束这帮超现代化强盗们的罪恶勾当而斗争？

克拉夫兹杜特公司的统治者把振荡器频率控制在93赫兹，如果使人愤怒和厌恶，那必须是85赫兹。劳赫教授经过实验室时，注意到了振荡器上伏特表和电流表的数字，并发现普法夫的振荡器功率只有一瓦半。这样，只要在地线与电容器的极板之间连接一个1300欧姆的电阻就可以了。但在这个鬼地方上哪去寻找具有电阻的线头呢？

劳赫教授用双手捧着脑袋，这时一个人悄然来到他的面前，一只发抖的小手把一个装满各式铅笔的黑橡皮罐放在桌子上。劳赫抬起头来，面前那个眼光恐惧的姑娘正是前几天给他送蓝色包裹的女仆。“你还活着？”姑娘向四周恐慌地望了一眼，“在城里，人们都以为你被杀害了。”“你能进城？”姑娘点了点头，劳赫教授抓住了她的手，“你快告诉城里人，特别是大学的教授们，就说我还活着，快来救我们。”姑娘浑身发抖，说克拉夫兹杜特十分凶残，他什么事情都会知道的。劳赫教授问她，什么时候克拉夫兹杜特来盘问她，姑娘说明天会问。劳赫教授说时间来得及，让姑娘不要怕，姑娘点了点头，迅速离开了他。

黑色橡皮罐里的各式铅笔引起了他的注意。铅笔芯是石墨做的，这是很好的导电体，5H 铅笔芯相当于一个 2000 欧姆的电阻。他把两支铅笔小心翼翼地装在口袋里。又从房间里灯的电源线中抽出几根导线，匆匆装好。在吃早餐时，乘着别人正做祈祷。他钻到厕所里，迅速剥掉电线绝缘层，抽出铅笔芯，切了槽口，使之与导线接触良好。一切准备就绪，剩下的工作就是把这个新装的电阻接到电容器的极板和接地点——暖气的散热片之间去。午后 1 点，克拉夫兹杜特总要怀着一种不可掩饰的愉快心情来参观计算人员的工作。这个时候动手把电阻接上去，调整脉冲频率可是最好的时机。

劳赫教授揣着电阻线走进实验室，正巧看见普法夫医生，他便假意说准备和克拉夫兹杜特合作，准备承担起教授新来人员数学的工作。普法夫医生很高兴，说马上见克拉夫兹杜特先生，把这一消息告诉他。普法夫医生刚一出门，劳赫教授便迅速把电阻线接好。他又看到桌上有一份要制造功率大 4 倍的振荡器的报告，这意味着将有更多人在这里受害。应该结束这个吃人的计算中心魔窟了，劳赫教授强压心中的怒火，走出实验室。

1 点的钟声响起了。克拉夫兹杜特在博尔兹、普法夫的陪同下来到这里，他们对劳赫教授的回心转意表示很高兴，并同他握了手。当克拉夫兹杜特转过身来，突然发现，原来伏案疯狂工作的人此时都站立起来，眼中燃烧着怒火。劳赫教授心中一阵惊喜，成功了，振荡器唤起了他们觉醒和愤怒的感觉。“这是怎么回事?”克拉夫兹杜特狂叫起来，“他们继续这样，5 个军事订货合同就不能实现，必须强迫他们干活!”一阵死一般的寂静回答了他的咆哮。充满愤怒的眼睛死盯着克拉夫兹杜特一伙，要偿还血债了。大家扑了上去，抓住了这些恶魔，把他们的头往地板上撞……这时，外面涌进了一大群人，是那瘦弱的姑娘把城里的正直而善良的人们领来。“是劳赫教授，他还活着!”大家欢呼着，里三层外三层地围着罪犯。克拉夫兹杜特和他的帮凶将交给联邦最高法院予以惩处!

猿人行星

布勒（法）

我、安泰勒教授、勒万，于公元2500年，一起乘坐宇宙飞船前往超级巨星猎户星座。这个星座离地球大约有300光年之遥，飞船以难以想象的最大速度在宇宙中飞行，按照时间换算，我们飞行2年，地球上就过了300年，等我们再回到地球的时候，地球已经老了七八百年了。对我这个年轻记者来说，这是一次极难得的机会，虽然我的报道只能在800年后发表，但也许正是因为这一点，它才更具有举世无双的价值。

经过2年的漫长飞行，飞船到达了猎户星座的空间领域，我们选择了其中一颗行星作为第一个降落目标。当然，飞船不宜于登陆。就让它留在行星的重力场轨道上，这比轮船锚泊在港口里还要安全。我们乘坐带有火箭装置的小艇顺利地降落在这个行星的草地上。这个行星和地球一样，有海洋、高山，有森林、耕地，还有城市，当然肯定也会有居民。我们兴奋地把它命名为梭罗尔。

我们顺着一条天然小径走进树林，看到一条清流从几米高的平坦岩石上落入一个小湖，湖水清澈凉爽，真是一条天然游泳池。突然。我们发现瀑布落下的岩石上立着一个女人。面对这个梭罗尔女人的惊人的美，我屏住了呼吸。她是一个年轻的姑娘，赤裸的身上，除了一缕长发披在肩上，没有任何装饰。她修长苗条，有一张异常纯洁的脸，仿佛在梦中一样，只是眼光冷漠无情。她在观察我们，看来吃惊的程度不亚于我们。我们故意装出一副对她不再感兴趣的样子，扑到水里玩起来。这一招果然很有效。她很快对我们的嬉戏表现出明显的兴趣，兴奋地张开嘴巴，不时地从喉咙里发出短短的喊叫声，表示她的愉快。我向她投出一个尽可能殷勤而温柔的微笑，出乎意料之外，她尖叫一声，转身逃进森林。“这是个野蛮人，”我说，“也许是属于非洲原始森林里那种落后的原始人。”我们决定在这里再待一天，设法和这森林里的居民再接触一下，其实心里都希望再看到那个姑娘。我们把她称作诺娃。

第二天，我们受到了猝不及防的攻击：一大群梭罗尔人像狍子一样从矮树丛里冲出来，容不得我们举起枪，就扑到了跟前。他们并不想杀我们，只是向我们的衣服和物品进攻，一帮人风卷残云般地抢走了武器弹药和提包，扔到远处；另一些人则扑到我们身上，扒下衣服，撕个粉碎，好像凡是制造出来的东西都使他们发怒和害怕。小艇惨遭洗劫，所有的仪器都被砸得稀巴烂。我们成了俘虏，被带进林中的营地。他们住的是一种巢穴，类似非洲森林里大猴子筑的窝。他们的饭食实在不能吸引我们：一头鹿撕成碎块，粗略地去掉毛皮，用指甲和牙齿扯下一块块生肉，填进嘴里，这样的美餐让我们看着恶心。晚上，我们各自在草地上找了一块地方，想学着他们那样搭个窝过夜。诺娃很感兴趣，最后竟走过来帮我折了一根很韧的树枝。我躺下后，诺娃便迟疑地一步步朝我挪近，在我身边躺下来，缩成一团。她的样子就像是一头养熟了的家畜，来找主人取暖。我们就在这种古怪的姿势中进入了梦乡。一觉醒来，树林间已透进了天空的鱼肚白。我朝诺娃微笑了一下，还好，她只是战栗一下，却没动。我笑得更甜，她依然颤抖，但终于安静下来。接着，我发现她在竭力模仿着我。的确，她在“试”着微笑。我猜得出她是在努力收缩脸部的肌肉，但试了几次，都只扮出了一副痛苦的怪相。眼见一个人为表达极普通的感情竟付出如此艰巨的劳动，而又收效甚微，那是很令人感动的。正当我们俩都试图相互接近时，突然，嘈杂的喧哗声打破了林中的寂静，梭罗尔人惊恐地一哄而散，我们也各自逃生。

一阵阵枪声响起来。我惊愕地发现，这是一场规模宏大的荒诞的围猎：猎人是猴子，而被追捕的却是和我一样的梭罗尔男人和女人。他们赤裸的尸体弹痕累累，惨不忍睹。可怜的勒万在枪声中倒下了。我拼命逃跑，没想到一头撞进了一张大网，一大群侥幸躲过了子弹的梭罗尔人，也像我一样落入了网中。我们被装上囚车运往城市。我把脸贴在铁栏杆中间，第一次看到梭罗尔星上的文明城市。来往的“行人”都是猴子，店铺的“老板”是猴子，驾车的“司机”也是猴子。一直走到街道的尽头，也没有看到文明人类，我感到十分失望。最后，我们被带进一座医院，分别关在大的一个个铁笼里。我发现，关在我对面笼子里的竟是诺娃！

看来猴子是这个星球上唯一有理性和文明的生物了，我决心尽可能地和它们接近。我向两个送饭的猴子鞠了躬，还十分真诚地朝它们笑着问好。没想到它们把我看成一个独特的怪物，哈哈大笑起来。第二天早晨，我故意坐在栏杆旁，尽量保持人的高贵气派，显出沉思的神气。走廊的门开了，两个看守拥着一个新

“人物”走了进来。这是一头年轻的雌猩猩，她穿着一件裁制精雅的白罩衫，腰间束一条带子，短袖中露出两只灵巧的长臂。最使我吃惊的是它那极为灵活聪慧的目光。它一面审视我，一面从皮包里抽出一个本子。“您好，夫人，或是小姐!”我一边鞠躬，一边说，“我很抱歉以这样的装束出现在您的面前。请相信，我是不习惯这样的……”等我用最和蔼的微笑结束这场演说时，雌猩猩已经惊呆了。后来，它朝我微笑了。直觉告诉我：它已经猜到一部分事实真相，开始认出我的高贵本质。这就是我和“姬拉”的第一次见面。

第三天，猴子开始对我们进行一连串的“测验”。一个看守先吹哨子，然后摇晃水果，诺娃立刻激动起来，下颚蠕动着流出口水。我顿时悟出了其中的奥妙，这种“条件反射”的试验，正是巴甫洛夫曾经在狗身上做过的。我对自己的聪明感到自豪，但是不表现出自己的聪明，我是不甘心的。我想尽一切方法显示了自己的“聪明”。我的“高度智力”引起了猴子们的注意。姬拉和另外两只猩猩来看我，其中一个叫“扎伊尤斯”的老猩猩看上去像是个很有权威的“人物”。姬拉捧着记录本，读着有关我的情况。老猩猩显然没被说服，又耸肩又摇头，然后倒背双手，在走廊里踱来踱去，每次经过我的笼子，总要不怀好意地瞟我几眼。

我很气恼，决心小小耍弄它一下，让它领教领教我的厉害。于是，我学着它苦思冥想的样子，驼起背，皱着眉，双手反背，在笼里来回地踱步。猴子们憋不住哄堂大笑，连姬拉都忍不住笑了。我顺利地通过了全部测验。最后的试验是打开一个加了九道机关的盒子，这对我当然不成问题，但我还不满足，还把装在盒子里的果子殷勤地献给姬拉，它红着脸接了过去。从那以后，猴子们把我送进了诺娃的笼子。我很快习惯囚笼中的生活。白天，猴子们服侍得细致周到；夜里，我和宇宙间最美的姑娘同眠一榻。有一段时间，我在诺娃面前总是神气活现的。

这样过了几个星期，我猛然为自己的软弱感到脸红。我下定决心要像一个文明人那样行动起来。趁一次向姬拉表示谢意时，我一把抓住了它手里的本子和笔。画出了表示勾股定理的几何图形。因为我小时曾经读过一本幻想小说，书里的老学者就是用这种方法和另一个世界的智者交往的。这一下对姬拉的震动非同小可。我和姬拉借助于几何这个代言人，产生了精神上的共鸣。我在纸的一角画上猎户星座，按准确位置标出了梭罗尔星和它的小卫星，接着又在另一个角上画出了古老的太阳系和主要的行星，标出了地球，同时用手指点点自己的胸脯。姬拉也用手势表示它真正明白我是何人，来自何方了。从这一天起，姬拉几乎每天都以个别测验为借口抽时间看我，教我猴语，同时以惊人的速度向我学法语。不到两个月，我们俩已经能进行内容十分广泛的交谈。最初双方对“猴”和“人”的理解很不同，交流有点障碍，但很快就好了。它一说“猴子”，我就理解为“高级生物”、“文明的顶峰”；它一说“人”，我就理解为“动物”、“有点模仿力的动物”。为了消化“猴类进化论”，我花费了不少精力。诺娃显然很不喜欢姬拉，而且对这种谈话感到恼恨。开始时，她总是用自己特有的方式反抗和干涉。一天，在我多次恳求下，姬拉终于答应带我去城里转一转。在公园里，它告诉我，毁坏的小艇被发现了，引起了科学家们极大的兴趣，它们还没有能力造出那样的东西，只发射过几个围绕这个行星运转的“猴造卫星”。最近发射的卫星还带了一个生物——一个人，但是因为无法回收，不得不在空中把它炸毁了。我暗自庆幸一直留在梭罗尔重力轨道上的飞船躲过了猴类天文学家的观测。姬拉警告我：“扎伊尤斯（那个老猩猩）断定你的天才不过是一种发达动物的本能。如果你硬要坚持说自己是有理智的生物，它就会把你转到脑神经科，进行切除大脑神经中枢的实验。”我又气愤又忧虑，难道我注定要被囚禁一辈子？姬拉说，一个月以后，这里要举行生物学家年会，各家大报都要派出代表。在这个星球上，公众舆论的力量要比扎伊尤斯的力量大得多。姬拉建议我抓住这个机会，在大会上揭示自己的真面目。姬拉的未婚夫高尔内留斯是科学院院士，他答应帮我的忙。

一天，姬拉领我来到动物园。突然，我发现笼子里有个人：我的旅伴，空中飞行的指挥和灵魂——卓绝的安泰勒教授！他也像我一样当了俘虏，然而他比我还惨，被卖给了动物园。他身上已经没有任何教授的痕迹，只是贪婪地望着笼外的猴子们，等待着可怜的施舍。我的眼泪流了出来，低声向姬拉解释着，说明了教授在地球知识界的声誉。姬拉沉思良久，答应设法把他救出动物园。

盼望的日子终于来到了，但直到会议的第三天才来叫我。姬拉不断把消息报告给我：猴子们进行了论战，扎伊尤斯已经宣读了关于我的长篇论文，说我是一个模仿力很强的人，但毫无理智。高尔内留斯向它提了几个刁钻的问题，结果引起了激烈的争论。我被带到了讲台上，在我对面的观众席上坐满了猴子，数量之多，远远超出了我最大胆的地球式的想象力。让我出场无疑是这次大会最精彩的一节，全场鸦雀无声。我用猴语清晰地说：“我是一个人，一个有思维的生物，来自一个遥远的行星——地球。在地球上，智慧表现在人身上，是人创立了文明。”我列举了地球上最突出的一些成就。随后又讲到探险和被俘，讲到姬拉和高尔内留斯给我的可贵帮助。最后我呼吁："和地球接触吧！人和猴子携起手来前进！"我的话赢得了观众，整个会场一下子闹翻了天，沉浸在欢腾之中。我胜利了！梭罗尔星"最高议会"开了一次特别会议，决定立即恢复我的自由。高尔内留斯请我当它的助手，我开始着手对梭罗尔人进行系统的研究。在囚笼大厅的过道里，我像星球主人似地走来走去。要教会囚徒们说话，这是我的一大抱负。

一个星期后，高尔内留斯邀请我去参观考古学家新发现的一处废墟。在遗迹的挖掘中，高尔内留斯有了特别的发现。那是一个普通的人形瓷娃娃，和地球上的洋娃娃穿着一模一样，最奇特的是，这个洋娃娃会说话！当然，它并没有发表演说，只发出了两个音节："爸爸。"毫无疑问，这个瓷娃娃玩具出于一个一万年前的"古人"之手，而这个"古人"一定是会说话的。高尔内留斯激动地沉默了。

归途上，我陷入了沉思默想。我设想这个星球原来是由人类统治的，在一万多年前就建立了近乎现代的文明。只是后来，这种文明被猴子们以简单的模仿延续下来。这个设想表面荒谬，却也包含着部分真理。"总有一天我们将被性能高超的机器所取代。"这是地球上相当普遍的一种观点。不仅诗人和小说家这样认为，整个社会上的各阶层中都有人这样看。难道有生命又有极强模仿力的猴子就不能胜过机器人吗？人类文明的特点是什么？是非凡的天才吗？不是。就拿文学来说吧，一本有独创性的书写出来了——一个世纪不过一两本——于是，文人们模仿起来，换句话说就是抄袭。于是几十万册内容雷同，只是标题稍有不同、句子换种形式的书就出版了。这种事情，本性善于模仿的猴子是干得了的。我大胆地沿着这条思路想下去，很快就发现，经过训练的动物，完全可以成为人类一切艺术领域内的专家。说到工业的基础，那些重复同一动作的操作工人，是猴子完全可以胜任的；稍高一层，则是起草报告和在特定场合中讲几句话的公务人员，这一切都是条件反射的问题。那些大猩猩只须机械地照搬几种姿态和训话，便可继承我们的最高行政管理制度。我就这样用一种全新眼光回想着地球上形形色色的活动，突然发现了一个可怕的真理。我认为：在梭罗尔星的"猴类时代"之前肯定有过一个人类时代。我不知道对这一发现究竟该感到骄傲，还是该感到耻辱。

我又回到囚笼大厅继续自己的研究工作。我开始用一种全新的眼光看待囚徒们，我发现他们的眼神中出现了一种新的感情色彩，一种想摆脱兽性而怀念祖先的痕迹。难道我不正是被命运带到这个星球上来成为人类复兴的工具？我一个一个地问候着他们，教他们说话。我决心用自己的整个生命来完成这个神圣的使命。突然，我发现诺娃的笼子空了，心中立刻蒙上一层不祥的阴云。我狂怒地追问诺娃的下落。“她不舒服，送到特护室去了。”姬拉悄悄地对我说，“我是说，她怀孕了！”它用一种异样的目光注视着我。这种令人哭笑不得的局面使我不知所措。我将要在这个猎户星座里当父亲，在梭罗尔星上有一个孩子了，孩子的母亲呢，她漂亮的肉体对我具有极大的诱惑力，然而大脑却是动物的。宇宙间没有任何一个人有过这样的经历。我又想哭，又想笑。姬拉答应让我偷偷地去看望诺娃。我把诺娃搂在怀里。怀孕似乎使她换了一个人，具有了从前不曾有过的庄严，双眸闪出一种崭新的喜悦。突然，她模糊不清地叫出了我的名字。那是以前教她练发音用的，她一直记着，我高兴极了。

高尔内留斯向我袒露了心中的秘密。新的发现深深刺激了它，然而，科学是不讲自尊心的。它认为梭罗尔星的“猴子时代”以前是存在过一种智慧的人类，但这个人类退化了。重新回到野蛮时代。它已经找到了有关的证据。一天，它秘密地带我去参观脑外科的最新实验。它们把人麻醉后，加上电流刺激，使被实验者恢复了对远古人类的记忆，并用猴语重述一万多年前的往事。这一奇迹揭开了可怕的真相：原来，头脑的懒惰侵蚀了梭罗尔星的人类，他们不再读书，甚至连看侦探小说都成了极费力的脑力劳动。体育比赛也停止了。这时，实验室里的猴子们首先起来反抗，成了革命的先锋。它们的大脑在寂静的思索中得到发展，后来又学会了说话。它们给语言派的第一个用场，就是用来反抗人类的命令。最后，猴子们穿上人类的军服，举着人类的武器，征服了软弱懒惰的人类。实验结束后，高尔内留斯一直盯着我。它似乎在说，这样懦弱无能的人类，难道不该让位给更高贵的生物吗？我脸红了，避开了它的眼睛。盼望已久的日子终于来了，诺娃生下一个漂亮的男孩。它的容貌和目光都闪耀着智慧的光芒，将来必定是一个真正的人。是我，重新点燃了圣火；是我，使一个人类社会得以复活，并将在这个行星上茁壮成长。诺娃心醉神迷地注视着孩子。新生命的诞生使她在生物的台阶上跳了好几级，面部表情已经蕴涵着文明的精神了。姬拉俯下身子，轻轻地把嘴唇贴在婴儿的额头上，诺娃居然没有阻拦它。回想起以前她对姬拉的那种敌视态度，我不得不认为这又是一个新的奇迹。走出来的时候，姬拉擦着眼泪动情地说：“龙利斯，有时我仿佛觉得这也是我的孩子！”

扎伊尤斯一伙把我视为眼中钉，因为我是它们在科研中所犯错误的活证据，而且可能在这个星球扎根结果，形成威胁。它们正在说服最高议会把我干掉，或者以实验为借口切除一部分大脑。当然，它们也不会放过诺娃和婴儿。我跌入可怕的绝望中。姬拉和高尔内留斯决定帮助我逃走，回到地球去。它们告诉我，10天以后，梭罗尔星要发射一颗载人的卫星，以测定某些射线的作用，预定载三个人。它们决定让我们一家三口顶替那三个人飞走。我默默地向那些牢笼里的同胞们发誓：我一定会带着新的“王牌”回来的！高尔内留斯微笑着说：“对你这个旅行家来说是四五年以后的事，可对我们这些坐地不动的来说，就是一千多年啦。别忘了，我们也发现了相对论。”我真心诚意地向它道谢。我不明白它为什么要为我做这一切。它从脸上看出了我的心思，对我说：“应该感谢姬拉。”它欲言又止，因为姬拉在走廊里等我。最后，它用低低的、使姬拉听不到的声音迅速地加了一句：“另外，你离开这个星球，对它，对我都更好些。”它走了，留下我和姬拉作最后的告别。

一切都按计划实现了。我们一家三口乘着飞船高速航行在宇宙中。船上还有一对母鸡、一对兔子和各种各样的种子，那是用来研究射线对各种生物的作用的，这些将来都会派上用场。与此同时，在梭罗尔星上，我的“同谋者们”宣布：卫星因为未能送上轨道，失事坠毁。

在飞船这个小小的天地中，我们这个新的家庭充满了欢乐，驱散了旅途的疲倦。西里尤斯——我和诺娃星际爱情的产物，已经会说不少话了。他简直是宇宙里无可挑剔的一颗珍珠。诺娃也变得越来越懂事了。我虽然没能把梭罗尔星人全部从堕落中拯救出来，但在诺娃身上是彻底胜利了。

这天早晨，我发现太阳遥遥在望，心里非常激动，用手指给诺娃和西里尤斯看。太阳每时每刻都在变大。木星、土星、火星，啊，还有地球！热泪涌出了我的眼睛。我知道，700多年过去了，我再也见不到亲人和朋友了。但我渴望着见到真正的人。我将向自己的同胞们讲述多么惊人的奇遇啊！也许一开始他们根本不相信，可是我有证据，有诺娃和儿子。在离别700年之后，我又降落在巴黎的机场上。候机楼开了一辆汽车朝我驶来。我看不清车上人的脸，只看出一个是司机，另一个坐在旁边的，穿一套制服，肩章闪闪发光，是个军官，准是机场场长。卡车在离我们50米的地方停下了。我们欣喜地迎上去，接着突然愣住了：走来的军官竟是一头大猩猩！

我们乘上飞船逃离了地球。我把自己的经历写成一份文稿密封在玻璃瓶里，投入茫茫的宇宙，不是为了求救，而是希望有助于避免重演这种威胁人类的可怕悲剧。至于我们全家，在飞船上种植蔬菜、果树，饲养家禽，什么都不缺，可以继续生存许多年。但愿有一天，我们会找到一个能收容我们的星球。

星际旅行

吉米·居厄（法）

在美丽的非洲古老城市的休假旅行中，柯克突然感到大脑中植入的微型收发报机启动了。他闭上眼睛，看到星际舰队的3艘克林冈巡洋舰用鱼雷攻击一个直径为几十亿千米的云团，只见云团喷出一团绿火把军舰立刻化为乌有。

柯克立即穿越地中海，前往直布罗陀的星际舰队通讯站。在这里他收到了海军中将西安娜的全息图像。中将告诉柯克，司令部决定派他曾指挥过的“企业号”星际飞船去拦截这个云体，任命的船长是德克尔上校。

柯克火速赶到旧金山星际舰队总部，要求重返飞船如以前一样担任船长。他和司令官野仓交谈了12分钟，终于打动了野仓的心。野仓对柯克说：“如果你深信你是最合适的船长，那么你就去吧。”

柯克高兴地赶到修理厂。“企业号”在这儿已进行了18个月的重新设计和改装工作。轮机长见到柯克，又惊又喜。他让柯克走进吊舱，以便让柯克看到飞船的每个部位。柯克逐一检查。柯克在轮机间见到德克尔上校。柯克说：“我很抱歉，我将取代您担任‘企业号’船长，您将作为副船长留在船上，暂时降为中校。”

德克尔十分吃惊：“可以说明原因吗？”

柯克点点头说：“我有经验而且熟悉情况。”

德克尔愤怒地离开了。柯克感到不满，他不是对德克尔的反应不满，而是对自己处理这件事的方式不满。突然，一位技术人员冲向控制台，喊道：“运输车上有人。”负责运输车的贾妮思感到恐怖，运送的两个船员应该早已到达，为什么运输车上还有人？是控制系统失灵了吗？她本能地启动紧急动力开关，但是未能奏效。

柯克连忙赶过来，迅速对主控制器进行急性检查。当他伸手去按扩大图像助动器时，却发现它的位置已经挪动了。等他找到扩大图像控制器，推到紧急位置时，只见运输车上两名船员的全息图像在令人可怕地变形，五脏流到躯体外面，然后他们消失了。运输车舱空空如也。

船员们感到忧虑，这艘飞船还有什么别的系统可能失灵吗？柯克将全体船员召集到船舱中娱乐甲板上，打开了观察器，只见云体正在接近地球亚空间前哨站。这个云团是由奇怪的发光彩色图形构成的，直径是地球到太阳距离的82倍。突然，云体中出现一股针尖样的绿色强光射向前哨站。随着一声轰响，前哨站成为一团燃烧的大火和碎片。

“关掉观察器，”柯克镇静地说，“40分钟后飞船起飞。解散！”

目睹了前哨站的毁灭后，有31名船员要求返回星际舰队，柯克只好将他们遣送回去。令他欣慰的是，导航员伊丽娅和医生麦科伊此时赶到了。麦科伊是他多年的老朋友，作为医生，他的权力仅次于船长，在特定情况下，他有权解除船长的职务。柯克为了使自己舒服一下，坐在船长的座椅之中，等待着“完全做好准备”的信号出现。

“船坞控制台报告，准备就绪！长官。”尤乌拉少校说。

“船舵准备就绪，长官。”亚洲人萨卢说。

“萨卢先生，开动起飞推进器。”柯克下达了起飞的命令。

德克尔的目光朝着坐在船长椅子上的柯克望去，他奇怪地感到自己未能当上船长并不像预想中的那么痛苦。

“请观察器显示起飞的角度。”柯克下达了命令。他想看一看起飞时的景象。

飞船的背后是旧金山古老的轨道船坞的全景，美丽壮观，令人惊叹。但是船坞在迅速地变小。随后，地球也在迅速地变小。

“观察器对准前方。”柯克又下达了命令。

观察器迅速地转动过来，显出繁星密布的太空。柯克全身放松地坐在椅子上，眼睛寻找着熟悉的星球图像。

木星很快飞来了，越来越大，它的光环看上去就像是人工制造出来的一样。

“我已经把飞船牵引力飞行的标绘图通知了木星。”德克尔向柯克报告。

柯克点头表示认可。到目前为止，德克尔作为副船长兼任科学官完成职责的情况非常令人满意。

“船长！”德克尔叫道，“假定我们全速飞行，航速达到牵引力飞行7，那么20：06我们将与入侵云体迎头相撞。”

“我证实，科学官的计算正确。”伊丽娅说。

“已经作好进入正常牵引力飞行程序的准备工作。”德克尔说。

柯克正打算转身对舵手下令。但是德克尔话没说完，他继续说：“船长！我建议再作一次燃料平衡方面的模拟试验。”

“德克尔先生，截住入侵云体的唯一目的是争取时间，搞清入侵者意图。”柯克语气严厉的回答后下令道，“机房注意，准备进行牵引力飞行。”

萨卢慢慢增加飞行速度，不停喊着：“牵引力速度0.7，0.8，0.9……”

“时控表出现异样……”德克尔喊道。

“船长，飞船进入牵引速度1。”萨卢说。

“德克尔先生……”柯克的话还未说完，只见主观察器上，超时空的星星和光线突然旋转成一股涡流。

柯克大声对萨卢喊道：“出现螺旋洞！减速！退回到推进速度!”

导航员伊丽娅报告道：“船长，一个不明小物体和我们一起被拉进螺旋洞。12……之内……发生碰……撞。”

“准备电炮!”柯克下令道。

“停止执行这条命令。”德克尔边说边跑到控制台前，按动了光子鱼雷的电钮。

“企业号”飞船吐出巨大的光能火球，击中小行星。此时，离两者相撞的时间不到2秒。

柯克问道：“德克尔先生，你为什么否定我下达的发射电炮的命令呢?”

德克尔神态镇静地回答：“长官，在反物质不平衡状态下，电炮能源会自动切断。”

柯克对自己指挥不当感到懊悔。他感激地对德克尔说：“您做得很对。您拯救了飞船。”

伊丽娅报告说：“船长，联邦的一艘远程往返飞船要求和我们对接。”

两艘飞船对接后，联邦飞船里走进一位身穿深黑色大袍，高个子，深陷的眼窝，火一样眼睛的人。他自我介绍道：“我叫斯波克，前来担任科学官职务。”说完后，走到科学官的位置旁，十分自如地在电脑上进行计算。

“船长，我在星际舰队指挥室里已注意到飞机引擎不正常，刚才计算结果证明了这一点，我将尽快找到原因。”斯波克平静地说。

柯克松了一口气完完全全地放心了。斯波克有能力使飞船迅速恢复牵引力飞行。

斯波克检查了全部数据资料，调整了燃料混合方程式，飞船平稳地达到了牵引力飞行1速度。

“船长，前面发现云体。”伊丽娅报告说。

“船长，我们正被云体扫描。”斯波克说。

柯克打开扩音器，说道：“全体注意，我们正被云体扫描，任何人都不许采取行动。”

“正前方，一团火光直奔而来。”电脑发出警报声音。这是一团很小的绿色光能，直扑飞船。

“采取回避飞行动作！”柯克下令道。

“机房，准备好紧急动力。”德克尔喊道。

飞船迅速地达到了牵引力9的速度，然而绿光仍毫不吃力追赶着。突然，绿光击中了飞船，并把它卷了起来。然后闪光分成几股，沿着飞船的电路线散开去。有两股余火进入飞船，击中了两名船员。

绿光消失了。轮机长斯科特呼叫道：“我们的能源储量只剩下30%了。”柯克心里明白，飞船将无法抵抗绿光的第二次攻击。

一直在闭目冥思的斯波克睁开眼睛，费力转过身来对柯克说：“船长，我感到迷惑。云体一直在跟我们联系，我们为什么不回答呢？”

斯波克返回工作台，迅速地敲击电钮，将自己头脑中记录下来的电讯号输进电脑程序中，以寻求答案。

“前方又出现火光。”电脑的警报声又响了。

“20秒钟后绿火到达。”伊丽娅报告说。

柯克叫道：“斯波克，要人帮你忙吗？”

“不用，我已测出云体电讯波长为100多万兆周，请将我们标准语言的友好信号做成和他们一样的兆周。”斯波克回答。

“还有10秒。”伊丽娅说。

柯克按下了电钮传送讯号。

这股滚动的绿色闪光撞上了飞船，光芒耀眼。但是它没有攻击飞船，正当绿光充满整个观察器时，突然无影无踪了。

大家松了一口气。斯波克平静地说：“看来对方已收到和理解了我们的友好信息。”

“还有1分钟到达云体边界。”伊丽娅说。

“保持正前方航向。”柯克下达命令。

飞船穿行在云体内各种彩色光帘之中。

柯克吃惊地发现，越靠近云体的中心，云层越是明显地变薄。最后他们穿越一个明亮的小地区，进入一个较大地区内，见到一个巨大的扁平状的飞船。

“斯波克先生，”柯克说，“我们将冒险使用传感器，开始低功率的表面扫描。”

扫描器开动了。突然，驾驶台上的一切东西遭到一道耀眼光芒的攻击。

柯克看到一团2米高，0.5米宽暗紫红色混合物飘游在驾驶台上。

“它是等离子能组成的探测器。”斯波克说。

探测器伸出它的触角，在飞船的控制线路里贪婪地吮吸着各种信息。

升降机门突然开了，两位保卫人员走进来。

“不要使用武器!”柯克命令道。但已经迟了，一位已举起电枪的保卫人员被一团绿光卷走，另一位保卫人员小心翼翼地把枪插回枪套。

当触角伸向科学台综合控制器时，德克尔关上电脑，但不起作用，斯波克用双手猛砸电脑架，将整个工作台面砸得粉碎。触角将斯波克扫倒在地，一股针尖细绿光向斯波克袭来，伊丽娅冲上去挡住了绿光。一声爆炸，一道白光，探测器和伊丽娅都消失了。这时，一股巨大的牵引力将飞船吸入云体巨大飞船的船舱内。

“入侵者警报!”电脑报警了。飞船透明门外站着伊丽娅。柯克打开门，伊丽娅走进来，问道：“你是……柯……克吗?”

“我是‘企业号’船长柯克!”柯克回答道。

“维尔杰为我编制的程序是探测和记录寄生在‘企业号’上的碳基装置的正常活动。”伊丽娅说。

“柯克，这是一架机器。”医生麦科伊指着伊丽娅说，“它说的碳基是指人类。”

柯克厉声问道：“伊丽娅中尉在什么地方?”

“那个装置不再运转了，她的外形已给了我。”探测器回答道。

“维尔杰为什么将飞船径直开往太阳系的第三个星球?”柯克追问道。

“维尔杰去寻找创造者，并同它溶为一体。”探测器回答说。

“企业号”飞船四号密封舱的门轻轻打开，斯波克身穿航天服，消失在黑暗之中。

斯波克打开发报机开关。他知道，自己行进的每个信息都会在“企业号”飞船科学官控制台上自动记录下来。

斯波克穿过一道又一道迷宫似的通道，撞到一堵异乎寻常的具有生命的水晶墙上。他坐下来，试图把自己的意识同维尔杰的意识闪光融合在一起。

维尔杰震惊地发现，创造者所在的星球也是这些碳基装置所生活的星球。它还发现，它存在的目的就是这次旅行，将收集到的情报交给创造者。交出情报后它还有存在的理由吗？这部大机器陷入自身的忧虑和烦恼之中。

正当柯克穿上宇航服，去寻找斯波克时，德克尔报告说：“斯波克正在被打发回来。”

柯克赶到医务室，只见输送回来的斯波克正睁着双眼躺在病床上。突然斯波克大笑起来，他握住柯克的手，费力地说：“维尔杰是一部有生命的机器，但与……没有……没有什么不同。”

麦科伊医生转向柯克，说：“柯克，我想他是要说，我们自己也是一些有生命的机器，蛋白质机器。”

柯克点了点头，又问：“斯波克，你和维尔杰的思想融合后，觉得他怎么样?”

“维尔杰需要的不是知识，而是感情。他尽管博学，这样有力量，但他的理智却不及一个孩子。”

“船长，星际舰队电报，云体与地球轨道只有 7 分钟的距离。”萨卢报告道。

柯克带着斯波克回到驾驶室，德克尔正等着他们。探测器一声不响地站在他身边，没有半点像伊丽娅。

突然，荧光屏上影像歪扭了，出现一道道黑线。“维尔杰在向创造者发信号。”探测器说，“它说，‘我已来到，我把所有可以学会的知识都学会了。’”

维尔杰用二进制代码连续播放了两遍，但是地球上创造者没有回答。这时他发射出一团又一团绿色火光。

柯克疾步到探测器前问：“这是干什么?”

“消灭这个星球上的寄生物。”探测器说。

“船长，地球上一切防御手段都失灵了。”德克尔报告说，“星际舰队的讯号也越来越弱了。”

“船长，29 分钟后整个星球将爆炸。”一直在进行计算的斯波克说。

柯克别无选择，他对探测器说：“我们知道创造者为什么不回答。我们必须见到维尔杰。”

维尔杰没有办法，只好要探测器带着柯克、斯波克、德克尔到自己面前。

当柯克等人朝这个复杂机器望去时，全都惊呆了。眼前只是一个伤痕累累的航天探测器，上面字迹依稀可辨：美国航空航天局航行者6号。

关于这个航天器的事，柯克、斯波克、德克尔都十分了解。它是进入连续时区的第一个人造物体，只是不明白后来它为什么突然消失了。

柯克迅速走到伊丽娅探测器跟前说：“维尔杰，现在创造者将回答你的问题。”他按动了三重记录器，用二进制代码传送回答密码。但是维尔杰自己毁掉了“航行者”收发报机天线。

德克尔从柯克手中抢过三重记录器，放进航行者六号舱口内，接通收发两用机。

突然，周围闪现出五光十色的光圈。德克尔和伊丽娅步入光圈，身形在不断增大，面容极其安详。过了一会儿，光圈成为他们的一部分，而他们巨大的身形则开始成为维尔杰一部分。

柯克抓住斯波克说：“快走！”等他们回到飞船，坐在驾驶台前最后望了一眼那超脱宇宙的奇景时，深切地感受了一个新的生命诞生所带来的震撼。

“企业号”飞船在剧烈抖动之后，快速向着地球方向驶去。

银河特遣队

吉米·居厄（法）

“这里是贝克—布莱德联合进出口公司的“盗天者号”空间运输船，我们已经准备就绪，恳请允许起飞。我是船长雷德·欧文斯，我们的目的地是银河帝国边界上的库思德加星。”从早晨4点到现在，他和机组成员一直忙碌着，只是为了一道同意起飞的命令，现在，这命令就要下达了。

“你好，欧文斯，这里是调度台，我们接到了你的申请，但暂时不能起飞。有些政府要人让你带些东西。”

欧文斯船长打开了平台的大门。

“您好，欧文斯机长，我从华盛顿中央政府银河系贸易处来，这里有一份征用您的飞船的命令。”

“征用我的飞船？在和平时期？再说飞船是公司的。”

“别急，只是征用飞船上的一块地方，放这口箱子。”

这时，4个人正从直升机上小心翼翼地抬下一只长为2米、宽和高度各为1米的塑料箱，这箱子上有许多细小的孔洞，侧面还涂着“防热”“防潮”“向上”等字样。

“欧文斯船长，你们要到达的库思德加是个类似地球的行星，它几乎在我们银河帝国的最远点，那里也是我们银河帝国的军事要地，这口箱子就是送往这一地区的，你要路过一个被称作比尔卡2号的地方，就把箱子交到那里。喏，这是我们的征用费单。”

“一口破箱子……”欧文斯还想说什么。但很显然，对方无意再听下去。他们各自在费用单上签了字。让欧文斯大吃一惊的是，这费用居然是30万！30万宇宙货币，仅为一口破箱子？

欧文斯已经把飞船脱离了月球轨道，在广大的星际空间肆意地加大速度。

“你知道我们现在飞向库思德加星的整整16天，要是在过去，在20世纪得走多长时间?”欧文斯问他的副手奈尔森。

“也许要10年?”他没把握地说。

“10年?亏你还上过宇航学院，如果不是发现了次空层飞行技术，我们恐怕几百万年也到不了银河系的边界，但是，现在我们掌握了这种技术，只要一下子……”只见欧文斯手指在电钮上一触，飞船外的繁星立刻成了一道道银色的弧线，他们开始了次空层中的亚光速飞行。

奈尔森摇了摇头:“什么都不简单，比如那只箱子，它难道值30万个宇宙货币?这钱够我们再买两艘“盗天者号”了，你就不想一想，如果那人是个骗子，他送上一颗炸弹装在你的飞船上，然后假惺惺地说是政府征用，欧文斯，我们得替全体船员和货物负责，我们必须弄清那是一箱什么东西。”

“这是犯法的!”

“天哪，又不是要打开箱子，我们有X射线探测器。”

奈尔森终于说服了欧文斯，他俩带头奔到贮藏室，打开X射线探测器。

但是，使他们异常吃惊的是，那居然是一只空箱子。

“难道一只空箱子值30万宇宙货币?”船长和副船长面面相觑。

就在他俩跪在这只巨大的箱子跟前纳闷的时候，货运舱里响起了隆隆的电动机声。他们背后的滑板轻轻打开。一排全副武装的银河特遣队队员站在那里，他们的枪口直对着欧文斯和奈尔森。更让他们惊异的是，在这群特遣队员中还有一名棕发的姑娘。

“这么说你们的30万宇宙货币是特遣队的路费啦?”欧文斯不解地问。

现在，他们已经互相熟悉了，一共有23名特遣队员，他们是昨天夜里登上飞船的，一直藏在行李舱中，他们的领导是一个少校，名叫莱克斯·伯顿。

“30万难道不够吗?”

“够是够了，只是干嘛还要抬那么个空箱子上来。”

“这正是我们这次行动的特点，因为不能让任何人知道，即使开发票收据的人也以为这钱是付给箱子的。”

“我不明白。”奈尔森糊里糊涂地说。

“我这就给您解释。确切地说，我们不是在军事演习。最近几年，我们设在银河系帝国边界的军事前哨通过雷达接收到一些奇异的反射波，这种反射波显然表明了一种运动的飞行物体。可是你知道，在银河系的边缘是没有人居住的，太阳系其它星球也没有向那边发射过飞船。”

“你们与这些奇怪的飞行器联系过吗?”

“没有，根本不可能。我们的联络飞船一起飞，那些怪物立刻就消失了，他们溜进了次空层，而我们的技术还无法在次空层进行定位和追踪。”

“会是些什么人的飞船呢?”

“这也正是我们此行的目的。”伯顿少校继续说，“我还忘了介绍我们小队的成员，这里有电子专家沃尔夫上尉、原子物理学家法雷尔、外星生物学家阿塞尔，还有……对了，还有最重要的人物琼·帕尔莫小姐。”他指着那个金棕色头发的姑娘说：“她是外星球语言学家。”

正在这时，他们忽然发现那金棕色头发的美丽小姐扭歪了脸，显得痛苦异常：“快，快关上发动机，让飞船停下来。”她艰难地吐出这几个字之后，就歪倒在一边。

“要在次空层停住飞船？你们疯了？到现在为止科学家们仍没有搞清次空层的性质，在这里时间和空间都是另一种形态的。再说，谁知道有没有另一只飞船在靠近我们，我坚决反对。”

欧文斯不顾特遣队员的要求，就是不停下飞船。

“好吧，我再告诉您一些事情。”特遣队长严肃地转向欧文斯。

“这位琼小姐是经过特别挑选和训练的，具有思维脑电波传感的人，在过去很长一段时间里，人们不承认大脑中的思维电流可以通过某种生物机制被加强和放射到天空，事实上这是非常简单的物理过程，反复的研究告诉我们，用思维进行通讯不但可能，而且可以超越极远的空间，说实话，这到底是为什么，我们也不知道，但是我们必须利用它。现在，每一支太空特遣队都配备一名思维通讯员……”

还没等伯顿少校讲完，琼的脸又抽搐了一下：“快，我听见了，我感到了思维的波束，这波束从一只飞行器中发出，这飞行器可能也在次空层里，而且离我们很近，很近，很近……”她的声音越来越小。

欧文斯不再等了，他回到座位上操纵飞船，一阵眩晕之后，他们在次空层里定了格。大家又聚拢到琼·帕尔莫小姐身旁，听她断断续续地汇报。

“我能感到……这是一种生物的思维，但它肯定不是人类的思维，因为简直与我的大脑输入无法匹配。它们来自比尔卡2号那个方向，它好像受了伤，它在恨我们地球人，不，恨整个银河帝国。”

“你快探测一下，它们想要干什么?”伯顿少校急切地说。

“它已经死了。”

“死在飞船里了?”欧文斯问。

“对。”

“天哪，也许飞船正向我们撞来，我们得马上离开这个天区!”

重新启动以后，大家又回到一起，认真分析事件的因果。

“我觉得有一种非常大的危险就是……怎么说呢，一种预感，那就是在比尔卡2号附近曾经发生了一次战斗。我们的人和那种未知的生物，我们姑且称它为X，和X打起来了，而琼小姐所感受到的是一只受伤的飞船和奄奄一息的驾驶员。”奈尔森现在讲起话来，俨然是一名特遣队员的口气。

“我也这么想。”伯顿少校转向欧文斯船长，“很抱歉，船长，我不得不打扰您的正常商业飞行，因为比尔卡2号现在情况紧急，我们特遣队已经在您的飞船“盗天者号”装置了一台磁发动机，它是目前银河帝国里最先进的推进器，我希望您能同意我们使用它。”

欧文斯想了想同意了伯顿少校的要求。

48小时之后，“盗天者号”回到了正常的空间。让欧文斯和奈尔森吃惊的是，原先要走十几天的路程，只用了两天就完成了。现在，比尔卡星就在不远的地方向他们闪烁。

“这是颗和太阳光谱相似的恒星，比尔卡2号就是它的第二颗行星。”奈尔森说，“它恰恰和地球相似，只不过大气稀薄一点，重力也弱一点。”

一小时后，“盗天者号”已经进入了比尔卡2号的大气层，他们已经看见了基地：3架巡逻机停在草坪上，雷达发射塔直指云天，永久性的金属建筑在阳光下闪着晶亮的光芒。基地旁的草原和茂密森林，一条小河静静地淌过。但是，没有一点儿生命的迹象!

伯顿少校率先走进敞开的金属建筑大门。房间是空的，床铺整整齐齐，没有零乱的痕迹。一群独特的蜥蜴状生物拍打着不可思议的翅膀飞起来，向外蹿去。他们试了试电灯开关，但是没有电，核反应堆已经关闭。在控制室里，他们看到了打翻的烟灰缸，烟灰洒了一地。但是，没有一个人。

“这简直太不可思议了。”欧文斯对前面的伯顿说，“你说基地里有50个士兵，可我们一个也没见到。”

“我也觉得奇怪，又没有搏斗过的痕迹。”伯顿的眼睛突然看到了走在最后的琼，“怎么了，琼，又收到信号了?”

话音未落，只见棕发的帕尔莫小姐一头栽倒在地上。

人们急忙走过去唤醒她，那少女微睁双眼，神情恍惚地嘟哝着：“我感觉到了，是那种外星生物，就是我们说的X，它就在这星球上，离我们很近很近。”

“到底有多近？你能定位吗？”伯顿大声问道。

“就在和这块土地相对的另一个半球上。”

“好了，朋友们！”伯顿站起来，“现在大家都要听我指挥，撤回飞船。我们的任务正式开始了！”

他们重新启动飞船，重新确定了各自的任务。由欧文斯负责主要驾驶，伯顿负责战斗指挥。奈尔森保护帕尔莫小姐，并及时通报重要情况。

他们飞快地掠过那茂密的森林，掠过葱茏的大陆，掠过开阔的海洋，“盗天者号”先进的导航定位系统一丝不差地工作着。

“瞧，在那儿！”

一阵惊呼，大家涌向搜索电视屏幕，虽然距离还远，但屏幕上的图像异常清晰，那是一只巨大的金属圆球，它的表面异常光滑，有五分之二已经陷进了土里，足见其重量之大。更让人惊异的是，它还在一点一点下沉。

“琼，你有什么感觉？”奈尔森转向姑娘。

她摇了摇头：“没有，这里没有生命。不，我又收到脑波了，快，他们说，这将是一次复仇，对击毁他们飞船的回击，我们得赶快离开这星球，那超自然的圆球是一枚炸弹，一旦它陷入比尔卡2号的中心，将立刻炸毁这颗星球。”但是，他们已经无法起飞。巨大的圆球在比尔卡2号上陷得越深，他们就感到越大的吸引力，直到最后，“盗天者号”的发动机的推力已经无法抗拒为止。他们只有死路一条。

沉重的力量拉住了每一个人。奈尔森卧在地板上，欧文斯、伯顿趴在控制台上，而棕头发的琼·帕尔莫小姐则干脆躺在地板上，豆大的汗珠从她的头上流下来，打湿了她的军服。

“有思维波吗？”奈尔森问琼。

她摇了摇头：“不，他们已经离开了，这圆球就是……”

“不要说下去了。”伯顿少校从仪表板上抛出一句艰难的命令。

“我们都不会生还了，伯顿，告诉他们最后的一点秘密吧。他们应该知道。还有特遣队的其他人，大家都该在死前了解真相。”

“好吧！”少校无可奈何地说。

“我曾经告诉你们，在银河系边缘比尔卡星这一块儿，有一些不明飞行物出现。但这并不是全部事实。最近一段时间，在我们银河帝国的周围曾经发生过多次超新星的大爆发。”

“超新星?”

“对，这是中国人在11世纪就发现的一种天体现象。简单地说，就是一颗看起来很暗的星星，突然之间，变得明亮无比，大量的能量从中爆发出来，它的光度甚至可以超过2亿颗太阳！以往的天文观测告诉我们，超新星只不过是恒星演化过程中的一个阶段，但是最近的几次超新星爆发，居然都发生在行星上面，换句话说，像我们地球那样的星球，会突然变成一个比太阳还壮丽的大核反应熔炉，这是绝对不可能的事情。”

伯顿喘了口气，继续说：“经过认真分析，银河帝国参谋部的人员终于发现，这种奇异的自然现象其实根本不是什么自然奇迹，完全是人为的，因为每一次超新星爆发之前，总是有一些不明飞行物出现。追踪它们才有希望发现其中的奥秘。因此，当比尔卡2号基地发来消息，报告X星人出现之后，我们立即组织了这支特遣队。我们这里的各种专家深入地分析了资料，现在，完全有把握地说，那种超自然的圆球体，正是外星人用来捣毁行星、制造超新星的武器。”

“那我们怎么办?”

伯顿喘了口气：“我们的任务只完成了一半，我们证实了事件的真相，但找不到事件的动机。为什么要造超新星？谁在造超新星？我们不得而知。”

正在这时，过道舱门被打开了，核物理学家几乎是爬着走进控制室：“圆球进入地心了，它已经停住不动了。”

一股更大的重力拽住了每一个人，他们感到周身的血液正在凝固，而胸口上好像坐着一只大象。人们一个个地失去了知觉。但是，有一个人正艰难地爬向控制台，她就是棕头发的帕尔莫小姐。

欧文斯机长在轻盈欢快的音乐中睁开双眼，发现自己正躺在一个巨大的飞行舱中，那重压在自己身上的大象不见了，他可以畅快地呼吸，血液循环也正常了。他扭头向左右看了看，全是自己的船员，当然，还有那些特遣队员，只是少了棕发的琼·帕尔莫小姐。他推了推身旁的副船长奈尔森，但是奈尔森没有醒来，倒是不远处的伯顿少校揉了揉眼睛，蹦了起来。

“这是哪儿?”他第一句话就问得欧文斯张口结舌。他们俩认真地审视着这奇异的飞船内舱，很显然，这不是地球上已知的物质材料，式样结构也完全不同。这么说，我们已经成了X的俘虏？他们那么凶狠，怎么竟没有杀掉我们？他们摸着，想着，心中一阵恐惧。

伯顿的手触动了一个按钮，顿时房间里的一面墙亮了起来，他们看见了自己的“盗天者号”，它正挂在另一只巨大飞船的后面。

“你怎么想？”伯顿问欧文斯。

“我们就在前面这艘飞船里，这我敢肯定。”

“这片天区我们熟悉，这儿是库思德加星。”奈尔森不知什么时候醒了，也跟了过来。

“你们看那边，那颗亮星肯定是比尔卡2号，它已经爆炸成为超新星了，而我们躲过了它的辐射！”伯顿嚷道。

“没错儿！”他们的身后传来了一个奇异的声音，大家猛地回过头。无疑，这是一个宇宙人，但是，你怎么能把它和地球人区分得清呢？他的面部特征、身材、体魄都和人类完全一样。穿着发光金属的紧身衣，古铜色的面庞微露笑意。在他旁边站着的竟是琼·帕尔莫小姐。从他们身后敞开的门看去，一条通道伸向很远的地方。

“琼，这是怎么回事？”伯顿最先叫了出来。

外星人用它奇怪的声音说着，转脸向着琼·帕尔莫：“小姐，为我们介绍一下。”

琼笑着走上前去说道：“他不是我们的对手X，而是舒隆星系远征军的驱逐舰舰长雷恩。他也是奉命寻找X的。当我们落难于比尔卡2号时，他的舰队正好赶到。是他通过思维脑波传递告诉我如何把磁发动机的功率提高500倍，从而救出了你们的！”

“怎么，他不是X？”奈尔森还是怀疑。

“对，他是第三种人。”

“那么，炸毁了许多星球，袭击了我们的基地，又把比尔卡2号变成大火球的是谁呢？”伯顿少校问。

“他们是戈尔施人。”

“戈尔施人？”

“当然，你们地球人也许管它们叫别的，可我们称他们为戈尔施人，他是我们共同的敌人。”雷恩舰长彬彬有礼地说。

“快讲讲是怎么回事吧？”欧文斯催着外星人说。

“好吧。你知道戈尔施人是一群生活在银河帝国和我们舒隆星系联邦之间的种族。他们有极先进的科学技术，特别是在次空层飞行和毁灭性武器方面更是如此。最近一段时间以来，随着你们银河帝国和我们舒隆联邦的不断扩展，戈尔施人变得害怕起来，他恐怕当我们两大文明融合以后，将威胁到他们种族的生存。于是，一种“隔离计划”被制定了出来，它的方法是在你我两大文明之间筑起一道由超新星爆发而产生的辐射屏障，其目的是阻断我们之间的交往。”

“这么说，比尔卡2号……”伯顿插嘴问道。

“对，他们的计划在比尔卡2号附近遭到了挫折，你们的基地向他们开火，而且居然打破了一艘飞船的时空转换器，把对方弹入次空层，再也没有出来。”

“这一定是帕尔莫小姐感觉到的那艘飞船。”

“是的。但是戈尔施人实行了报复，不但虏走了比尔卡2号的所有士兵，而且炸毁了这个星球。”外星人停顿了一下，继续说道，“恰巧，我们的巡逻舰队赶到了这里，我设法告诉琼·帕尔莫小姐如何救出你们，并且我们还上了正在返航的戈尔施人的飞船，俘获了那么几个，请看这儿。”他的手又触动了一只电钮，墙上的屏幕立刻显现出一个糊满蜂房状多孔材料的大舱房，三四个身高超过2.5米的巨大生物躺在里面。它们的嘴翻成U型，鼻子很大，满口长牙，皮肤上有蓝色的斑点，这东西活像是长臂猿、白鲨的混合物。

正当他们凝视这种丑陋怪物的时候，琼·帕尔莫小姐又收到了可怕的脑电波。

“这不可能。”雷恩舰长明确地说，“所有俘虏都在昏迷之中，不可能发出连续性的脑波。帕尔莫小姐，你再感受一下。”

少女渐渐地睁开眼睛，“的确，是杂乱无章的，但我不知为什么，觉得这种杂乱的脑波代表了某种意义。雷思舰长，您能告诉我俘虏的身份吗？”

“当然，我想中间那个家伙，相当于我这个角色，是戈尔施人的指挥员。”

“这就对了。我感受的正是他的脑波，那是一种非常奇怪的三维立体图像，您知道，是由一些小点点构成的，其中有些点亮，有些点暗，有些点则一亮一灭地闪动。是一种排列，怎么转动，这些亮点之间的位置不变。”

“你等一等。”雷思舰长在他的屏幕前点了几下，立刻，出现了计算机打出的立体星图。

“没错。”琼叫了起来。

“那么，告诉我是亮点多还是暗点多？”

“亮点不多，它们的出现好像很有规律，每隔十几颗暗星点，就有一个亮点，而闪光的点就更少，我可以给你标出来。”她用手在屏幕上指了几个星球。大家一下子全明白了，那闪光的星点，就是在最近变成超新星的位置，而那些固定的亮点，肯定是戈尔施人今后的爆炸目标，因为所有这些亮点正好组成了一个挡住银河系和舒隆星系的屏障。

“这就是他们的作战计划!”雷恩一字一顿地说。

“我想，是该我们联合行动的时候了。”这是伯顿少校的话。

雷恩和伯顿的手紧紧地握在了一起。

化身博士

史蒂文生（英）

厄塔森律师是个受欢迎的人，他为人谦逊，对人和善，并且始终如一。

有一天，他和他的远亲理查一起散步。当他们走过一条小街时，理查指着拐角处一扇油漆剥蚀的楼门对他说：“这扇门使我想起不久前这里发生的一件事。有天夜里，我亲眼看到一个矮个子男人在拐角处撞倒一个八九岁的女孩，并且无情地从她身上踩过去。我冲上前抓住了他，他朝我看了一眼。啊，那目光多么可怕！这时躺在地上哭叫的女孩身边已经围过来一些人，他无法逃身，只好冷冷地说：‘开价吧！’大家提出至少要赔偿100英镑。他就走到这扇门口，用钥匙打开它。几分钟后，他就拿着一张签了名的支票出来——你知道，那签名是谁的吗？竟是德高望重的杰基尔博士的，我想象不出杰基尔会跟这恶棍有什么关系！”

厄塔森吃了一惊，因为这扇门恰好是杰基尔家的后门，而杰基尔又是他的老朋友，还委托他做遗嘱执行人。于是，他问理查：“你知道这个人的名字吗？”“当然，此人名叫海德。”听到这个回答，厄塔森脸色骤变，海德正是杰基尔遗嘱上指定的继承人！

遗嘱上这样写着：“医学、民法学、法学博士，皇家学会会员杰基尔逝世时，他所有的财产即转入他的‘朋友兼恩人’海德之手。如果杰基尔失踪，三个月还不见踪影，海德也立即可继承杰基尔的全部财产。”

这份怪异的遗嘱一直使厄塔森隐隐感到不安，现在这不安已经变成实实在在的危险，那继承人海德竟是一个有血有肉的恶魔！厄塔森决心要调查海德其人！他首先去拜访杰基尔的老友拉尼翁医生。拉尼翁说，他近来很少见到杰基尔，杰基尔的脑子似乎出了毛病，常想出一些过分荒唐的计划；至于海德，他从来没有听说过这个名字。厄塔森并不气馁，他坚信海德一定还会在那扇门前出现，于是他经常在附近徘徊。一天晚上，晴朗无雾，他正走到小街的拐角，一阵急促的脚步声由远而近，一阵憎恶、恐怖的震颤掠过他全身，他立即直觉到这人就是海德。海德抽出钥匙正要开门，厄塔森急忙跨上前，问："是海德先生吧？"那人发出嘶嘶的声音，反问道："您是谁！有何贵干？""我是杰基尔博士的朋友厄塔森。"

"您见不到杰基尔，他不在家！"海德斩钉截铁地说，同时狂笑起来。月光下，厄塔森看见他那青白色的脸抽搐着，给人一种胆怯和狂妄混合的畸形的印象。这时，海德已打开门，迅速地消失在门后。

厄塔森心烦意乱地站在门外，这个海德究竟是一个怎样的人？他极力想作出一个结论：是的，这肉体里似乎包藏着魔鬼的灵魂，邪恶的、地狱的光焰在他的眼里燃烧着。厄塔森觉得他必须立刻见到杰基尔！杰基尔的书房还亮着灯，厄塔森敲了敲门，老管家浦尔开了门，请他进去，说杰基尔博士不在家，问他要不要等博士回来。厄塔森想：海德说得不错，杰基尔果然不在！于是他说："不，我想不必等他回来。只是我刚才看见海德先生从后门进来，杰基尔博士不在时，他也可以自由出入吗？"

"是的。"浦尔回答。

3个星期后，杰基尔博士又请客了，客人都是声名卓著的人，厄塔森自然也在其中。席散之后，厄塔森故意留下来，想和博士谈谈心。博士坐在炉火边。他高大、健壮，熊熊炉火映得他容光焕发。"我想跟你谈谈那个遗嘱。"厄塔森开门见山地说。博士显然很不喜欢这个话题，他打着哈哈说："我可怜的朋友，别为我的遗嘱愁眉苦脸的了！你和那迂腐透顶的老学究拉尼翁一样，一个老对我的科研计划大吵大闹，一个老对我的遗嘱唠唠叨叨！"

"我最近听到一些关于你的海德的事，很不妙。"厄塔森坚持着要说下去。听到这话，博士眼光黯淡下来，说："我非常感谢你告诉我这事，但是我的处境非常、非常奇特，我恳求你理解我，容忍这个海德，一旦我从这世上消失，请关照他，就像关照我一样，把他应得的一切都给他。"

厄塔森长叹一声，说："我无法假装喜欢这年轻人，但是，我答应你按法律办事，把你的一切交给他。"

一年以后的一个深秋的晚上，发生了一件震惊全伦敦的残暴的杀人事件：善良而尊贵的丹佛斯·卡鲁爵士无缘无故地被人用手杖活活打死。这桩暴行恰好被一个失眠的女仆看见，当时她正坐在窗口赏月，目睹了一切，而且她又恰好见过这凶手，认出他是常在这条街上走来走去的海德！

厄塔森听到这消息，急忙赶到出事地点。他一眼看到扔在血肉模糊的尸体边的半截手杖，立即就断定，凶手是海德无疑！因为那手杖正是他多年前赠给杰基尔的。不能再拖延了！厄塔森认为必须彻底地和杰基尔谈一谈。

杰基尔不在书房，他在后院的实验室，就是后门连着的那一幢房子里。浦尔带着厄塔森律师穿过院子，走进一间光线幽暗，布满灰尘，到处堆放着仪器、箱篓的大房子里。满面病容的杰基尔就坐在房间深处的壁炉边，和一年前比，他似乎变了一个人。

“您听说了吗?”一见面，厄塔森就问。

“是的。”“您不会疯狂到把这家伙藏起来吧?”厄塔森说。

“我起誓，向上帝起誓，我再也不会见他，我要和他一刀两断，结束一切。他永不再露面了!”

“您这么肯定?”

“我有理由可以这么肯定，这里有一封信，是海德的，我不知道是否要交给警方?”

信的笔迹很生硬，内容简短，大意是他多年蒙博士照顾，无以为报。这次他准备逃亡，永不返回。厄塔林看完信，长出了一口气，说：“那遗嘱中‘失踪’的条款一定是海德让你写上的，是吗？他早就计划要杀死你，现在你算是死里逃生了!”厄塔森说完这话，立即向博士告辞。走出大门时，他问浦尔，今天是否有人送信来？浦尔说，绝对没有!“那这封信一定是海德亲自从后门送进来的。”厄塔森想。

厄塔森回到家里，恰好他的事务所主任盖斯特来访，他是一个鉴定笔迹的行家。厄塔森向盖斯特展示了这封信，问他有什么看法。盖斯特仔细看过一遍，说：“笔法很奇特。”这时，仆人给厄塔森送来一张杰基尔请吃饭的便条，厄塔森看过之后，就放在桌上。盖斯特扫了一眼那张便条，眼睛忽然发亮了。他把两张条子并排放着，看了又看。

“怎么啦?”厄塔森惴惴不安地问。

“啊，这两种笔迹惊人地相似，只不过倾斜方向不同罢了!”盖斯特说。“啊，杰基尔竟为凶手伪造信件?”厄塔森不由浑身冰凉。

时间一天天过去，海德就像肥皂泡那样消失在空气里，不再出现了，厄塔森也慢慢从惊恐中恢复过来。尤其令人欣慰的是，杰基尔也开始走出蛰居之地和朋友聚会，参与公共事务。

但不久，博士又开始经常地独处一室，拒绝会客，连厄塔森也屡次吃闭门羹。这天，厄塔森去看拉尼翁，想向他打听博士的近况。没想到他愁容满面，举止失措，精神已达到崩溃的边缘。他拒绝提及杰基尔，嚷道：“我和这个人已经一刀两断，别再提起他！等我死了，你可能会知道这里面的是非曲直，现在我无可奉告！”

半个月后，拉尼翁去世了，留给厄塔森一封密信。外封皮上写着：“由厄塔森单独一人时亲启，万一此人去世，必须不启封直接销毁。”打开这层封皮，里面还包着一层纸，上写：“杰基尔死后或失踪后方可启阅。”作为一个律师，厄塔森必须保持职业上的忠诚，他强压好奇心，把信放进私人保险箱的最深处。

时间慢慢地过去，一个星期天，厄塔森散步，经过博士的家。他看见一扇窗半开着，形容枯槁的博士正紧靠窗坐着，呼吸新鲜空气。“是你，杰基尔！”他惊喜地叫道，“你好吗？”

“很糟，”博士疲倦地回答，“非常糟，我的日子不多了，感谢上帝！”“多出来遛一遛，就会好些的！”“你真好，我也希望能这样……”他脸上露出亲切的微笑，但是忽然笑容消失，就像被一只魔手抹掉了一样，博士的脸上骤然换成了一副可怕的、令人憎恶的表情，使厄塔森毛骨悚然，窗户也随之啪的声关上了。

“上帝，上帝！它使我联想到另一个可怕的人！”厄塔森森不住喃喃地自语着。

不久后的一天晚上，浦尔来访。“老天！”厄塔森立即跳起来，问：“出了什么事吗？”“厄塔森先生，”浦尔说，“我再也受不了啦！我认为，博士可能被人谋杀了！”

“什么？谁？谁谋杀了他？”

“我也说不清，您最好亲自去看一看。”浦尔剧烈地颤抖，几乎接不住律师递给他的酒杯。

这是一个月光惨淡、寒风呼啸的夜晚，枯黄的树叶在风中颤抖，发出凄厉的叫声。厄塔森和浦尔匆匆赶路，谁也不说话，一种不祥的预感紧紧揪住了他们的心。他们走进大厅，发现所有的仆人都聚在这里。“怎么，你们为什么都在这儿？”

“我们害怕！”仆人们说，一个女仆甚至呜呜地哭起来。

“嚎什么！”浦尔厉声说，“去给我拿支蜡烛来！”然后，他请求厄塔森跟他一起到后院去。他们轻步穿过那堆满箱篓的大房间，走进楼梯口。“先生，您尽量轻些，我让您听听他的声音，但您不要被他听见。如果他叫您进去，千万别进去！”说完这些，浦尔便鼓足勇气，朝楼上喊道：“先生，厄塔森先生想见您！”“我不能见任何人！”楼上回答，那声音充满愤怒，伴随着嘶嘶的寒气。“先生，”浦尔对厄塔森低语道，“这是我主人的声音吗？”

“好像变得厉害。”律师面色苍白地说。

“仅仅是变了？”浦尔问，“不，我在这里工作了20年，会辨不出主人的声音？不，主人又被谋杀了！8天前那呼天抢地的哭声才是属于他的，而这个声音，却是凶手的！”浦尔说。“呃，假定博士被杀了，那凶手为什么要留在房间里呢？”律师问。

“问题就在这里，”浦尔说，“一周来，这个人，或者说，这个反正不是我主人的东西整天地哭，还急不可耐地要一种药品。他把药名写在纸上，丢在楼梯口——这倒是主人平时的作风。我就拿着这药单满城跑，买来的药，每次都不合标准。”

“让我看看这个纸条。”律师说。浦尔把一张皱巴的纸递给厄塔森。

“你看不出这的确是博士的笔迹吗？”厄塔森嚷道。

“笔迹又算得了什么？我见到过这个人！”浦尔说。浦尔那天有事去后院，没想到这个家伙正在箱子里翻找东西，突然发现管家，大叫一声，跑到楼上去了。“您说说，如果他是我主人，他为什么要叫，要逃避我？为什么他要戴着面具？我的主人是个大个儿，而这家伙，像个老鼠！您再听听，他正在楼上走来走去，脚步那么轻巧，像个小伙子。不，这绝不是博士，说他是海德，那倒很像！”浦尔终于说出了这个可怕的名字，边说边打着哆嗦。

“浦尔，”厄塔森终于下决心说，“既然这样，我们有责任把门撞开，把这事弄个水落石出！”

“啊！这正是我希望您说的话！”浦尔大叫道。

他们叫来另一个仆人，拿着斧子，站在门口，然后厄塔森走进那发出无休止的脚步声的房前喊道：“杰基尔，我要见你——非见不可！你不答应，我们就撞门！”

“看在上帝分上，别那么做！”门里发出哭泣般的声音。

“是的，这的确是海德的声音！”厄塔森叫起来，“浦尔，砸门！”门非常坚实，他们砸了很多下，才把门砸开，房里的一片死寂把他们吓呆了，壁炉里生着火，炉旁放着安乐椅，小桌上放着茶具……看起来这房间正是一个最安静的工作室。但是房间正中却侧躺着一个还在抽搐的人。他们踮起脚走近他，把他翻过来，看见了海德的面孔，他的手中还紧握着一个发出苦杏仁味的小药瓶。

凶手在这儿，已得到应有的惩罚，但博士在哪儿呢？大家找遍每一个角落，都没有发现博士的踪影。但是办公桌上，却放着墨迹犹新的几份文件，第一份就是那遗嘱，但是继承人的名字却不是海德，而是“厄塔森”！厄塔森只觉得双眼发黑，文件签署的日期是今天，这说明他今天还活着！第二份文件是写给厄塔森的，要他读一读信封里的“自白书”，就会明白所有的事。

厄塔森回到自己的寓所，怀着紧张的心情拆开了自白书，一页一页地看下去：

我生来就占有大量财产和足够的聪明才智，因此我注定要有一个灿烂的前程和与之相应的清高孤傲的性格，我不得不全力压抑第二自我，压抑那沸腾着的、寻欢作乐的欲望！诚然，每个人都具有善与恶的双重性，但是这两种品性的对立在我身上表现得更突出、更鲜明，当我放松自己，把自我控制丢在一边，我是我自己，我一头扎进可耻的寻欢作乐中；当我辛勤地致力于造福人类的研究时，我也是我自己。这两种互不相容的品性捆在一起成了痛苦的根源。如果可以把它们分开，恶就可以自行其是，不必受善的约束、指责；善则在光荣显耀的路上步步登高，不必因恶而羞辱、悔恨。分离它们的诱惑力是如此强烈，它使我废寝忘食地去研制这种药剂。最后，我用某化工厂的某种盐类配制成一种沸腾、冒烟的药液。我克服了自己的恐惧，把药液一口吞下。接着产生的，是撕心裂肺的、诞生和死亡的痛苦：肌肉在紧缩，骨头在断裂。不久痛苦过去，人有如新生。一切义务的束缚都溶解了，我感到轻松、兴奋、生气勃勃。我朝镜子里望，第一次认识了海德。他瘦小、轻捷，和仪表堂堂的杰基尔相比，他身上虽然有畸形、朽败的烙印，但也是自然的、人性的，给我一种一见如故、相见恨晚的感觉。我极力克制海德心中那“欲”的冲动，再喝了一杯药剂，看我是否能恢复原形。我重受了一次肢体溶解的痛苦，又成了杰基尔。这种药的魔力引诱着我，直到我变成它的奴隶。试想想，只需一杯药，我就变成了海德，可以自由地寻欢作乐，为非作歹；同样只需一杯药，海德便像呵在镜子上的一口气那样消失，代替他的是德高望重的、坐在实验室里的杰基尔，任何恶行都不可能和他产生联系，他的名誉洁白无瑕，这有多妙！为了长期地尽情享受善恶分离的乐趣，我买进了大批这种盐类。但不久，终于出了破绽。海德撞伤了一个小女孩，不得不用杰基尔的签名支付赔偿费。这以后，我为海德另立了一个户头，而且在一段时期克制自己，不让海德出现，把他锁入“牢笼”。但禁锢愈久，欲望愈强，当我再一次喝下这种药剂时，海德变成了一个恶魔，于是犯下了打死卡鲁爵士的骇人罪行，全国都在通缉这个令人痛恨的杀人狂海德。我虽然做到了人格分离，但却有共同的记忆。海德在作恶时可以如醉如狂，不顾道德的约束；杰基尔对海德的罪恶却不能不怀着理智的恐惧。上绞架的威胁迫使我放弃这场游戏，而杰基尔正是我避难的城堡。但海德却一直在我内心嚎叫，要求复活，而且逐步摧毁我用药力维持的平衡。有一天，我在花园的长凳上休息，回忆着海德堕落的生活。忽然，一阵恶心，一阵战栗，我晕倒了。眩晕消失，我觉得自己变得胆大冲动。我低下头一看，我的衣服变得又宽又大；那双富贵、肥润的手，变得青筋毕现，而且长满了毛：无需药剂，我竟又变成了那个人人追捕的、臭名昭著的罪人海德！我这一惊真是非同小可！我尽力把衣服整理得像样一些，用帽子盖住半个脸，叫了一辆车到了一家旅馆，人人接近我这恶的化身都止不住战栗，而我也怕见人。幸好我的笔迹还是同样的，我写了封信给拉尼翁，让他拿着我的信到我家去找浦尔，从锁着的柜子里把我的药剂拿到他那里去。于是我以海德的面貌出现，在拉尼翁那里，当着他的面恢复了杰基尔的面目。这件事对可怜的拉尼翁打击太大，他憎恶这种变形的试验，但又不忍心为了惩罚恶的海德而同时葬送善的杰基尔，这使他精神崩溃，走向了死亡。而我，面对着时时要变成杀人犯海德的可能，痛苦和恐惧使我精疲力尽。我不得不越来越多地把自己关起来，靠喝双倍的、甚至更多剂量的药保持杰基尔的原形。更可怕的是，那种盐类很快被我用完，我用重新购置的同种盐类制备出来的溶液，却再也不能产生复原的效果。我这才明白，我原来那批货是不纯的，正是我不认识的那种杂质，使药剂产生了邪恶的功效！我现在是最后一次用杰基尔的思想来思考问题了，我必须抓紧时间，把这份自白书写完。半小时之后，我又将变成那个可恨的海德，而且永远以他的面目做人，他会不会死在绞刑架上，抑或在最后的一刻有勇气解脱他自己？在此，我封好我的自白书，让杰基尔的生命来一个结束。

厄塔森怀着无法形容的复杂心情读完了“自白书”，随即，他又从保险箱的深处拿出拉尼翁医生临终前给他的密信。那封信从另一个角度印证了杰基尔变形的经过，同时表现了一个正常人对这种不负责任的人格分裂的极端憎恶。

杰基尔教授的化身试验最终以身败名裂而告终。

太阳帆船

克拉克（英）

3 分钟后，太阳帆船比赛就开始了。约翰·默顿现在比以往任何时候都更轻松、更平静。指挥官发出比赛开始的信号后，无论发生什么事情，也不管“狄安娜号”把他载向胜利还是载向失败，都算实现了他的勃勃雄心。他一生都在为别人设计飞船，现在，他要亲自驾驶飞船了！

“最后 2 分钟，”座舱无线电发出指令，“请检查准备情况！”其他船长都逐个回答。在有人烟的 4 块大陆上，只有二十几个人能驾驶太阳飞船，并且他们都云集在这里，在出发线上登上护航飞船，准备到赤道 2.2 万英里高空的轨道上航行。

“1 号——‘游丝号’，准备就绪！”

“2 号——‘圣玛利亚号’，准备就绪！”

“3 号——‘阳光号’，准备就绪！”

“4 号——‘投标器号’，准备就绪！”

“5 号——‘列别捷夫号’，准备就绪！”

“6 号——‘蜘蛛号’，准备就绪！”

默顿在出发线的末端，现在轮到他回答了。

“7 号——‘狄安娜号’，准备好出发！”

“1 ~7 号的回答，全部听到。”裁判员发射装置传出的声音不偏不倚，“现在，最后一分钟。”

默顿几乎没有听见裁判员的声音，他在对悬索的拉力作最后一次检查。全部测力计的指针都很稳定，巨大的太阳帆拉得很紧。太阳帆好像布满了整个天空。这是很可能的，因为外面有 8000 万平方英尺的太阳帆，由几乎 100 英里长的悬索把他的密封舱系在帆上，然而，它却比一个肥皂泡坚固不了多少，2 平方英里的含铝塑料薄膜只有几百万分之一英寸厚。

“最后十秒钟，打开全部录像机!”

一件如此巨大而又如此脆弱的东西，是人的头脑难以理解的。看到这脆弱不堪的镜子，仅以它所采集的阳光为动力，就能把飞船拉起挣脱地球引力，更加令人难以置信。

“倒计时，5、4、3、2、1，断缆!”

7把刀片割断了把飞船拴在为其进行总装和维护的母船上的7条细线。直到这一瞬间，帆船都按严格排列的队形，一直绕地球转圈，但是现在，它们开始散开，优胜者将是第一个飘过月球的人。

在“狄安娜号”上，似乎安然无事。但是，默顿心里很清楚，虽然他的身体感觉不到推力，但座舱仪表告诉他，他正在以几乎是千分之一的推力增加着速度。对于一枚火箭来说，这个速度将会是荒唐可笑的，但这却是太阳飞船第一次获得的加速度。

“狄安娜号”设计合理，宽阔的巨帆现在还符合计算要求。按这个速度，绕地球2圈之后，就能达到第二宇宙速度，太阳以全力推动着，那时他将向月球飞去。

“狄安娜号”出师顺利，航行良好，他有时间看一看他的对手。在操纵密封舱和纤细的悬索之间虽装有减震器，默顿还是决心不冒险为好，置身在潜望镜前。他看见他的对手们了，他们犹如朵朵奇妙的银花绽开在幽暗的宇宙空间。最靠近的是南美的“圣玛利亚号”，只有50英里远。远一点的是宇宙城大学的“列别捷夫号”，看上去像十字形的马耳他岛国。形成4支长臂的太阳帆显然可以倾斜跷起，以便进行驾驶。与此相反，澳大利西亚联邦的“投标器号”却恰像一具简单的降落伞，周围有4英里之大。通用宇宙飞船公司的“蜘蛛号”，恰如其名，看上去像个蜘蛛网，是按蜘蛛网的原理制造的。用一个机器滑梭，从中心点向外盘旋织成。欧洲宇宙联合公司的“游丝号”，设计相似，但规模较小。玛尔斯共和国的“阳光号”，是一个扁平的圆环，中间有一个半英里宽的孔洞。它慢慢地旋转着，离心力使它保持平稳。

没用6个小时，飞船飞完了漫长而庄严的24小时轨道的第一个四分之一的航程。在比赛开始时，他们都是与太阳背道而驰，顺着太阳风飞行。他们必须在飞船转到地球的另一面、转而飞向太阳以前，尽善尽美地完成这一圈的航程。

太阳帆在微微的振荡中轻轻地波动着，向茫茫太空传送出太阳的千变万化的影像，直到这光彩消失在太阳帆的边缘。

对于此类宽大而轻薄的结构，这种缓慢的振荡是意料之中的，并无害处。尽管如此，默顿还是细心地观察着。有时可能造成灾难性的波动，即人们所知的扭动，会使太阳帆撕裂成碎片。

正如墨顿所期待的，淘汰过程开始了，最差劲的飞船被抛在后面。但是，当他们进入地球的阴影时，真正的考验才会到来，那时，飞船的机动灵活性将和速度同样重要。

比赛既然刚刚开始，想要睡点觉未免显得有些奇怪，但这或许是个很好的想法。在别的飞船上有两名乘员，可以轮换睡觉，而默顿却无人替换。默顿把座舱里座位上有弹性的带子啪地扣在腰和腿上，然后把催眠器的电极放置在前额上。他把定时器定在 3 个小时上，便放松下来，开始休息了。电子脉冲轻轻地在他的大脑前叶上颤动着，催他入睡。盘旋上升的彩色光圈，在他紧闭着的眼睑下展开，向外无限地扩展着，然后，一切都消失了……

警钟响亮而刺耳的闹声，把他从无梦的酣睡中拖了出来。他即刻醒来，眼睛扫视着仪表板。只过了两个小时——可是，在加速表上方一个红灯正在闪耀着。推力在下降着。“狄安娜号”在失去动力。

默顿首先想到是太阳帆出了问题，或许是反螺旋装置失灵了，也可能是悬索缠在一起了。他敏捷地检查一下指示吊索拉力的仪表。真奇怪，在太阳帆一侧读数正常——可是，在另一侧，拉力在慢慢地下降，甚至眼巴巴地看着它下降。

默顿突然醒悟了，他抓起潜望镜，开向广角视野，开始扫描太阳帆的边缘。啊，毛病出在那儿，原因只能有一个。一个巨大的边缘像刀刃一样的阴影，已开始偷偷滑进太阳帆闪闪发光的镀银表面。黑影落在“狄安娜号”上，好像一块黑云从它和太阳之间飘过。“狄安娜号”处于黑暗之中，失去了推动它的光线，就会丧失所有的推力，无能为力地在宇宙间飘游着。

当然，在离地球 2 万英里的高空是没有云的。假若有一个阴影，那必定是人为的。他把潜望镜转向太阳时，不禁轻蔑地一笑，他装上滤光镜，便可全然看到太阳燃烧着的表面而不使眼睛受伤。

“机动驾驶‘4a’。”他喃喃自语道，“看谁玩得漂亮！”看起来很像一个庞然大物的行星正穿过太阳的表面，一个巨大的黑色圆盘已经深深地切入了它的边缘。在 20 英里的后方，“游丝号”正千方百计制造人工日蚀——尤其为了“狄安娜号”的缘故。

默顿并不打算这样轻易地就范。要采取规避措施，时间绰绰有余。驾驶太阳帆船航行时，物体运动得相当慢，至少需要 20 分钟，“游丝号”才能滑过太阳的表面，把他投入黑暗之中。

“狄安娜号”的微型计算机——像火柴盒那么大，作用却相当于 1000 名数学家用一秒钟时间计算解题，然后闪现出了答案。他必须打开三号和四号操纵仪表板，直到太阳帆额外倾斜 20 度，然后光线压力即将把他推出“游丝号”的危险的阴影，回到太阳风之中。一号至六号控制线路已失灵，在它们失去拉力的瞬息间，使太阳帆像困倦的蛇一样放慢了波动。在 2 英里之外，三角形仪表板开始慢慢吞吞地打开，使阳光倾泻进太阳帆里，然而，很长时间没出现什么变化。在这个运动缓慢的世界里，一个动作的效果要数分钟后才能看得见，让人们适应这种情况真是太难啦！然后，默顿看见太阳帆的确在朝着太阳跷起，“游丝号”的阴影使他未受损害地滑过去，它那锥形黑影消失在宇宙更加幽黑的茫茫夜里。

在那阴影还未曾消失，圆盘形太阳尚未变明亮之前，默顿早已把倾斜校正过来，使“狄安娜号”重新进入了轨道。它获得的新动量将推动它摆脱危险。

他重新定好警钟，准备好应付下一次自然的或人为的紧急情况，或许是“游丝号”，也可能是其他比赛者中的某一个，又来尝试这种同样的伎俩。同时，到了该吃饭的时候，虽然他并不感觉非常饿。人在宇宙里体力消耗极小，容易忘掉食物，但也危险，因为一旦出现紧急情况，就可能没有需要应急的精力了。他打开第一个饭袋看看，丝毫引不起他的热情。标签上的名字——宇宙佳肴，就足以使他厌恶，况且，他对印在下面的保证还持极大怀疑。据说，面包屑对宇宙飞行器比陨石还要危险。面包屑可能飘进最要害的部位，引起短路，堵塞关键的射流，进入密封的仪表。尽管如此，碎肝制成的红肠，以及巧克力和风梨酱等，都愉快地吃下肚里。正当塑料制的咖啡罐在电炉上加热时，外界的声音突然打破了他的寂寞。指挥官的发射装置上的无线电报务员在向他呼叫。

“是默顿博士吗？假如你能抽出时间，杰里米·布莱尔希望与你说几句话。”布莱尔是较认真负责的新闻评论员之一，并且默顿曾多次上过他的节目。

“我们可以谈谈。”他回答说。

“博士，请告诉我——你为什么决定你自己来驾驶“狄安娜号”！只是因为以前从来未曾这样做过吗？”

“噢，这难道不是一个极好的理由吗？但这当然不是唯一的理由。”他停顿一下，仔细地选择着用词，“你知道，重量对于太阳飞船是多么关键！换一个人，带上他的全部补给品，就意味着再加重 500 磅。那对成功和失败可是举足轻重的重量。”

“你有把握能单独驾驶“狄安娜号”吗?”

“由于有我设计的自动控制系统，我是相当有把握的。我的主要任务，就是进行监督和做出决断。”

“但是——2 平方英里之大的太阳帆呀！由一个人来对付全部情况，看来是不可能的。”

默顿大笑起来。

“为什么不可能呢? 2 平方英里的帆最多只产生 10 磅的推力，我用小手指就能产生比它大的力。”

“好啦，博士，谢谢你。祝你顺利!”

评论员停止谈话后，默顿自感有几分羞愧，因为他的回答只有一部分是实情，并且他确信布莱尔十分机敏，是足以听出来的。

他把空饭袋丢进废品堆，再一次转向潜望镜。起初，只能看见 5 只飞船，“投标器号”无影无踪了。他花了好几分钟才确定出“投标器号”的位置，它成了一个昏暗的不见星光的幽灵，完全罩在“列别捷夫号”的阴影之中。他可以想象，澳大利西亚人正在做着发疯的努力要把自己解脱出来；他又感到纳闷，他们究竟是怎样落入圈套的。这说明“列别捷夫号”异乎寻常地机动灵活，尽管此刻它离得很远，威胁不到“狄安娜号”，但必须监视着它。

现在地球几乎消失不见了，它渐渐暗淡下来，变成了一个发光的狭窄的弓形物，平稳地向太阳移动着。圆盘形的黑影已经挡住了银河的大部分，几分钟内就要开始蚕食太阳了。光线在渐渐消失。当“狄安娜号”静悄悄地滑进地球的阴影时，紫红色的晚霞——数千英里之下无数落日的光辉——正经过太阳帆而渐渐消失。太阳垂直落在不可见地平线之下。几分钟内，夜幕降临了。

默顿回头看看已经走过四分之一的绕地球的轨道。其他飞船也进入暂短的夜晚时，他看着他们像亮晶晶的星星一样一个个熄灭。1 个小时后太阳才能从巨大的黑罩中浮现出来，在这 1 小时中，他们将束手无策，做无动力滑行。

他打开外聚光灯，用光束测试在黑暗中的太阳帆。已经有大量的薄膜开始皱起变得松软，悬索正在放松，必须卷入，以免缠在一起。但这一切都在意料之中，都在按计划进行。在 40 英里之后，“蜘蛛号”和“圣玛利亚号”并不怎么幸运。无线电接通紧急线路后，默顿知道了他们的困境。

“2 号，6 号。我是控制台。你们在对着面航行，65 分钟后，你们的轨道就要交叉在一起！你们需要帮助吗?”

两位船长在品味这不幸的消息时，好长一会儿没人作声。默顿想知道究竟怪谁，也许一只飞船企图用阴影罩住另一只飞船，但在完成机动操纵之前，他们都陷入了黑暗之中。他们谁都无能为力，他们慢慢地但不可阻挡地要相撞，要改变1度航向也是不可能的。65分钟！然而，随着他们从地球的阴影后出现，那正好把他们带出黑暗，进入阳光里。如果他们的帆能获取足够的动力来避免碰撞，还是有微小的希望的。在“蜘蛛号”和“圣玛利亚号”上，一定疯狂地进行着计算。

“蜘蛛号”首先做出答复，“6号呼叫控制台。我们不需要帮助，谢谢。我们自己会想出办法的。”

默顿甚感迷惑不解，但至少看一看是有趣的。比赛的第一出好戏正在开台。

在下一个小时里，默顿自己的太阳帆使他忙得不可开交，无暇为“蜘蛛号”和“圣玛利亚号”而忧心。那黑暗中的5000平方英尺的模模糊糊的塑料薄膜，只用聚光灯的狭窄光线和遥远的月光来照明，很难保持良好的观察。从现在起，在几乎绕地球一半的轨道上，他必须使幅度广大的太阳帆以边缘对着太阳。在以后的12或14个小时当中，太阳帆将成为无用的累赘，因为它将向着太阳飞去，并且太阳射线将把它沿轨道向后推去。遗憾的是他无法把帆全部卷起，直到他准备再启用时才展开，但还没有人发现这样做的切实可行的办法。

在遥远的下方，地球的边缘已经出现黎明的曙色。10分钟后，太阳将从晦暗中现出，阳光照射在帆上，惯性滑行的飞船将重新获得生命力。对于“蜘蛛号”和“圣玛利亚号”，那将是危机的时刻——事实上，对每一个帆船都是危机的时刻。

默顿转动潜望镜，终于发现两个黑影在群星中飘移着，它们彼此非常接近，也许相距不到3分钟的航程。他判断，它们也许能刚好保持这个距离。

当太阳跃出太平洋时，黎明像爆炸一样在地球的边缘闪闪发光，太阳帆和悬索都抹上一层绯红，而后变成金黄，接着便放射出白昼的炽热的火焰。测力计的指针开始从零位升起，但只是刚刚升起。“狄安娜号”几乎还完全处于失重状态，因为尽管它的帆指向太阳，它的加速度也只是一个重力的百万分之几。但是，“蜘蛛号”和“圣玛利亚号”尽力张起所有的风帆，绝望地挣扎着要保持距离。当他们之间只有不到2英里的距离时，由于它们初步感到太阳射线的轻轻推力，那闪闪发光的云片似的塑料薄膜正拼命挣扎着慢慢地展开扬起。两位船长都很固执，谁都可以停住自己的风帆，落在后面而把机会让给别人，但谁都不愿这样做，因为太多的名誉、声望和金钱正处于得失攸关之际。所以，“蜘蛛号”和“圣玛利亚号”像冬夜静悄悄、轻悠悠地飘落的雪花一样，撞在一起。方形的风筝几乎是令人无法察觉地爬进了环形的蜘蛛网，悬索的长长系带以梦境般的慢速度交织缠绕在一起。甚至在“狄安娜号”上的默顿，虽然忙着观察自己的悬索，也目不转睛地看着这寂静无声、延续很长的灾难。

10 多分钟了，巨浪般翻腾着的光彩夺目的云朵继续汇聚在一起，成为难解难分的一堆。然后，乘员从密封舱挣脱出来，各走各的路，相距几百码远。救险装置拖着火箭摇曳着的火舌，匆匆赶来把他们救走了。

几分钟内，5 个中剩下了 4 个。默顿从一开始就对缓慢旋转着的“阳光号”持有怀疑。现在他看见他们受到了惩罚。玛尔斯人的帆船，已无法正常抢风转变航向，它的自旋使它过于稳定。它的巨大的环形帆正面对着太阳，而不是侧面朝着太阳。它正被沿轨道向后吹去，加速度差不多达到了顶点。对船长来说，这也许是最令人烦恼的事情，甚至比碰撞还要糟糕，他只能怪罪他自己。但是，要把“阳光号”彻底除名是不行的。几乎还有 50 万英里的航程，它或许还能赶上来。

然后，在以后的 12 个小时中，由于地球在空中从新月到满月般地逐渐变大，一切平静无事。飞船队在无动力的一半轨道上飘移时，几乎无事可做，但默顿并不感到沉闷无聊。他睡了几个小时的觉，吃了两次饭，写了航行记录，并且接谈了几次无线电通话。有时，虽然次数不多，还同其他船长谈谈，互致问候和友好的奚落。但多数时间他是在失重的松弛状态中满意地飘移着。

当他们经过地球和太阳之间的航线刚刚开始有动力的一半轨道时，发生了又一次减员。默顿在“狄安娜号”上看到，巨大的风帆在跷起采集做为动力的射线时绷得很紧，加速度开始从微重力向上升高，尽管需要几小时才能达到最大值。“游丝号”却永远也达不到最大速度。动力开始恢复的时刻总是非常关键的时刻，但它却未能幸存下来。是无线电评论员布莱尔的声音使他注意到了这个消息。“喂，‘游丝号’，你在扭动！”他匆忙抓起潜望镜，但起初看不出“游丝号”巨大圆盘形的太阳帆有什么差错。因为“游丝号”以侧面与他相对，只呈细窄的椭圆形，所以很难发现问题，但不久他便看到“游丝号”在缓慢而不可阻挡的振荡中前后扭动着。如果乘员们不能适时轻微拉动悬索以抑制住这种波动，太阳帆就要被撕扯成碎片。他们竭尽极大努力，20 分钟后，看来好像成功了。然后，在接近太阳帆中心的地方，塑料薄膜开始撕裂，并在光线压力的作用下慢慢向外发展，宛如火中升起的烟盘上升着。15 分钟后，除了支撑大网的辐射状帆桁的纤细的窗花格外，一无所剩。又一次出现了火箭摇曳着的火舌，一个救险装置赶来收回“游丝号”的密封舱，搭救它的沮丧的乘员组。

“在这里感到相当寂寞，是不是?”一个声音在船对船的无线电中说。

“你并不寂寞，迪米特里!”默顿反驳道，“你落在后面还有旅伴，只有我在前面是感到孤独的。”这并不是毫无根据的大话。此刻，“狄安娜号”超出第二名对手 300 英里，在未来的几小时中，他的领先地位还将稳步地加强。

“列别捷夫号”上的迪米特里·马科夫和善地轻轻一笑。默顿想，听他的声音根本不像一个甘心失败的人。

“请不要忘记乌龟和兔子赛跑的故事。”这个俄国人回答说。“在下一个四分之一的 100 万英里的航程中，还可能大爆冷门呢!”

但事情的发生比那要快得多，因为他们完成绕地球一圈后，正再经过几千英里的高空的出发线时，太阳的射线给了他们额外的能量。默顿仔细地观察一下其他飞船，并把数据加入了计算机。计算机关于“投标器号”的答案是这样荒唐可笑，以致于他立即进行了重新检查。

毫无疑问，澳大利亚人正以发疯的速度追赶上来。没有太阳飞船可能具有这样的速度，除非……

通过潜望镜迅速一看，便找到了答案。“投标器号”的悬索剪修到最小重量，让了方便之路。只有他的帆还保持原状，它像一块手帕随风飘动，从后面全速追赶而来。2 小时后，它飘然而过，超过了近 20 英里。但没有多久，澳大利亚人便加入了指挥官救险装置中的不断增加的人群。所以，现在是“狄安娜号”和“列别捷夫号”间的直接对抗，因为尽管玛尔斯人还没认输，但他们落后 1000 英里，不再构成严重威胁。根据这个情况，还很难看出“列别捷夫号”要采取什么措施来超过“狄安娜号”的领先地位。但是在第二圈的全部航程中，再次经历黑暗，背向太阳长时间而缓慢地飘动。默顿感到越来越不安。他很了解俄国的驾驶员和设计师。20 年来，他们一直努力要赢得这次比赛，并且只有他们赢得这次比赛，才毕竟是公正合理的，因为追溯到 20 世纪初叶，难道不是 P·N·列别捷夫第一个发现阳光压力的吗？但是他们从来未曾成功过。并且，他们永远不会停止努力。迪米特里正忙于努力，一定会一鸣惊人。

在比赛飞船之后 1000 英里，官方救险发射装置上的指挥官范·斯特拉顿愤怒而沮丧地注视着无线射线照片。这照片从高悬在太阳炽热表面的太阳观察站，旅行了一千多万英里，带来了最坏的消息。

在太阳表面的深处，正集聚着巨大的力量。相当100万颗氢弹的能量，随时都可能突然发生使人畏惧的爆炸，即出现人们所知的太阳光斑。一个比地球大许多倍但看不见的火球将从太阳一跃而起，以每小时数百万英里的速度上升，冲向宇宙。带电气体的云雾有可能完全错过地球，但是假如不能错过，只要一天就能扑上地球。宇宙飞船可以用屏蔽罩和强大的磁屏保护自己，但轻型结构的太阳飞船，帆像纸一样薄，对这种威胁没有丝毫防护能力。乘员组将不得不被接走，比赛将不得不被放弃。

约翰·默顿驾驶"狄安娜号"第二次绕地球航行时，对这些还一无所知。如果一切顺利，他和俄国人都将还有最后一圈。他们从太阳的射线中获得能量，盘旋上升了数千英里。在这一圈，他们将完全躲避开地球，登上飞往月球的遥远航程。现在是直线比赛了。"阳光号"的乘员组在与他们自旋的太阳帆勇敢地奋斗了10万英里后，精疲力尽，终于拉开了距离。

默顿丝毫不感觉疲倦，他吃得好，睡得香。"狄安娜号"飞行得极好。自动驾驶仪像繁忙的小蜘蛛似的，紧拉着悬索，比任何一个人类船长都能更精确地调整巨大的帆向着太阳。这时，2平方英里的塑料薄膜虽然被千百个微小陨石击打得满是洞孔，但针头大小的刺孔并未引起推力的下降。他只有两种担心。第一是担心八号悬索，它已不能适当调整。卷盘没有任何警报就卡住了，他既不能放长也不能缩短这条悬索，将必须用其他悬索尽力做最佳航行。幸好最困难的机动航行已经过去。从现在起，"狄安娜号"将背向太阳，一直顺着太阳风而飘游。第二是担心"列别捷夫号"，它正在300英里之后尾随着他。俄国人的飞船由于有可围绕中心帆而倾斜跷起的4块巨大翼板，显示出了极大的机动灵活性。当它绕地球时进行的所有旋转飞行，都是以极高的精确度进行的，但要获得机动性，就必须牺牲速度，不可能兼而得之。在前面的直线而漫长的迎风行驶中，默顿是能够坚持住的。但是，在从现在起的三四天内"狄安娜号"从遥远的月球一侧闪过之前，他对胜利还毫无把握。然后，在比赛的第五十个小时，接近绕地球第二圈末尾时，马科夫使他略吃一惊。

"喂，约翰，"他通过船对船的无线电，漫不经心地说，"我倒想让你看看这个，它会引起你的兴趣！"

默顿回到潜望镜旁，把放大率调到最大限度。在视野里，出现了一种罕见的奇观，"列别捷夫号"的马耳他十字在群星中闪闪发光，闪光虽小但清晰可见。

然后，正当他观看时，十字的4只臂与中心方形帆分离开，带着帆桁和悬索飘然而去，进入宇宙空间。马科夫投弃了一切不必要的东西，这样一来，他在每一条线路上都获得动量，很快达到第二宇宙速度，不再需要缓慢而耐心地去环绕地球了。从现在开始，“列别捷夫号”几乎是无法控制了，但这并不要紧。它马上要进行特技航行了。这有如古时候驾驶快艇的人故意扔掉舵和沉重的龙骨，因为他知道剩下的比赛是一路顺风，在平静的海面上进行了。

“祝贺你，迪米特里！”默顿通过无线电说，“这一招玩得挺利索，但并不够漂亮——你现在赶不上啦！”

“我还没做完呢！”俄国人回答说，“在我国流传着一个古老的故事。冬天，一架载人的雪橇被一群狼追赶着，驾雪橇的人为了活命，不得不把乘客一个一个地丢下去。你能理解这故事与我们的相似之处吗？”

默顿理解得再清楚不过了。在这最后的直线一圈中，迪米特里不再需要副手，“列别捷夫号”实在可以轻装决赛了。

“你这样做，亚历克西斯是会很不高兴的。”默顿回答说，“此外，这也违犯规则。”

“亚历克西斯是不高兴，但我是船长。他只需等十多分钟指挥官就来把他救走了。同时，规则对乘员组的人数没有明确说法，这你是应该知道的。”

默顿没有回答他。他以他所掌握的关于“列别捷夫号”的设计情况为基础，匆忙地做着计算。作完计算后，他意识到比赛的胜负仍难做定论。“列别捷夫号”将正好在他期待的通过月球的时刻赶上他。但是，比赛的结果于9200万英里之外，已经在裁决之中了。

在水星轨道深处的三号太阳观察台上，自动仪器记录下了太阳光斑的全部演变过程。1亿平方英里的太阳表面突然狂暴地爆炸开来，相比之下，这个圆盘的其余部分显得暗淡无光。

在这个沸腾恐怖的景象之外，巨大光斑的带电等离子体就像一个有生命之物处在它所创造的磁场之中，盘旋翻转地升腾着。在它的前面，是紫外线和X射线以光速发出报警的闪光。这些光线在8分钟内到达地球，然而是相对无害的。否则，以每小时4万英里的从容不迫的速度在后面接踵而来的带电原子，只要一天就能将“狄安娜号”、“列别捷夫号”以及与他们结伴同行的小小船队吞没在致命的放射性云雾之中。

指挥官直到最后一分钟才作出决断。甚至在待到等离子体射流经过了金星轨道后，这射流或许还有错过地球的可能。但是，如果不到4小时的距离，并且月球上的雷达网已经测知了射流，他知道那就毫无希望了。直到太阳再次平静下来以前，五六年内所有太阳帆船的航行都必须停止。

“狄安娜号”和“列别捷夫号”正齐头并进在地球到月球的旅途中间。现在还很难说哪只船更好些。那些比赛迷们将对比赛结果争论多年，但历史却将只记载：因为日暴，比赛取消。

约翰·默顿接到命令时，感到一种自童年以来从未尝到过的痛苦。他曾在片刻间考虑过不服从指挥官的命令。假设继续航行，不理睬他的警告，会怎么样呢？即使比赛取消了，他还可以横越太空，到达月球，这将千秋万代永载史册啊！但是，这相当于自杀，而且是一种非常不愉快的自杀。他曾见过飞船在宇宙的深处磁屏蔽失灵，人死于放射性毒害的情景。不，那不值得……他为迪米特里·马科夫，也为他自己感到遗憾。他们俩都应该赢得比赛，而今胜利将不属于任何人。由于太阳处于一种愤怒之中，即使能凭借它的光线到达宇宙的边缘，也没有人能够争胜负了。

在50英里之后，指挥官的救险装置正接近“列别捷夫号”，准备救出它的船长。迪米特里怀着他也要一同离去的心情切断了悬索，银色的太阳帆飞走了。轻巧的密封舱将带回地球也许再度使用，但太阳帆却只能展开用做一次航行。

“狄安娜号”脱离开地球引力已有良久，可现在它还在增加着速度。尽管一无所获，但毫无疑问，也不用犹豫不决，他知道必须做什么。他最后一次坐在帮助他飞行完到月球的一半航程的计算机前。

处理完后他起来收恰好航行记录和几件私人物品。他笨手笨脚地爬进紧急救生衣，因为他活动不方便，并且一个人自己穿这种衣服也确实不容易。正当他要戴严防护帽时，指挥官的声音突然在无线电里呼叫他：“船长，我们5分钟就赶上你了，请断索放帆，这样我们就不会撞上它了。”

约翰·默顿——“狄安娜号”太阳飞船的第一个和最后一个船长踌躇了片刻。他最后环视一次这个小小的座舱，里面闪闪发光的仪器和井然有序的控制系统都固定在最终的位置上。然后，他对着麦克风说：“我马上离开飞船，请及时搭救。不用管‘狄安娜号’！”

他没有操心去排尽密封舱的气体，冲出的气体把他轻轻地吹进了宇宙。他给予“狄安娜号”的推力是他最后的礼物。“狄安娜号”离开了他，变得越来越小，太阳帆在阳光中闪射着光辉，这阳光将千百年为它所有。两天后，它将经过月球，但月球和地球一样，永远无法截住它。假如它的重量不能使它放慢，它的航行时速将每天增加 2000 英里。一个月后，它将比任何人造飞船都要飞得快。

随着距离的增大，太阳光线减弱了，它的加速度也要下降。但是，即或在火星的轨道上，它的时速也要每天增加 1000 英里。在那时以前，它早就运动得非常之快了，太阳将无法控制住它。它比任何从群星中飞驰而来的彗星都要快，将一直冲进深不可测的宇宙之中。

仅几英里之外的火箭摇曳着的火舌映入了默顿的眼帘。救险装置正以比“狄安娜号”快千百倍的速度赶上来救他。但是，发动机只能转动几分钟，燃料就要消耗殆尽，而“狄安娜号”却将继续增加速度，被太阳永恒的火焰推向茫茫太空，永存悠悠青史。

“再见吧，我的飞船!”约翰·默顿说，“我真想知道，从现在起多少千年之后，会有什么样的眼眼注视着你?”

“狄安娜号”在约翰·莫顿的注视中越来越快，很快就消失在茫茫宇宙中了。

星际战争

威尔（英）

没有人会相信，在19世纪最后几年里，在人类对火星还十分陌生的情况下，火星人却以我们几乎梦想不到的智慧和器具在观测着地球，观察并研究着地球上的人们。

1894年之初，许多天文台都观测到在地球表面被照亮的部分闪现一道强光。有人认为它可能是一尊巨大的炮弹发射出来的，是火星人从他们的星球上向我们发射的炮弹。我也倾向于这种说法。

6年前，当火星接近于冲位的时候，拉维尔于午夜12点发现自火星上迸发出一团因巨大爆炸而产生的燃烧着的气体以极大的速度向地球移动过来。第二天午夜12点时，我和著名天文学家奥吉尔维在同一望远镜里也发现，火星上有一道气体向我们的方向移来。连续10天的午夜都观测到同样的现象。这些现象使奥吉尔维对火星产生了兴趣。接着，第一个流星之夜来临了。夜里，成百上千人看见大气层高处一道火光，几秒钟后亮光才消失。一般人都把它当做一种普通的流星，但奥吉尔维则不然。他于第二天一清早就爬起来去找昨夜流星的踪迹。黎明之后不久，他果然找到了。当他走近那个物体时，它巨大的体积和圆筒状外形使他大吃一惊。突然，他发现圆筒状物外皮剥落，圆筒顶在旋转，圆筒里什么东西正在拧这个很像人工制造的圆筒的顶盖！

“莫非里面有人?”奥吉尔维想。这念头一闪现，他转身就跑，一口气就跑到了沃金。在那里他把所见的一切告诉了伦敦新闻记者亨德森。

晚报的早版，粗大的标题震惊了整个伦敦：“收到了来自火星的消息——沃金的惊人故事。”此外，奥吉尔维发给天文交换站的电报，也震惊了这三个王国的每一个天文台。当天下午，坠落场的外貌改变了许多。当我赶到现场时，亨德森、奥吉尔维和皇家天文学会员斯登脱等都在那儿，几个工人手持鹤锄在斯登脱的号令下，正想开启圆筒。

终于，圆筒的一端被从内部拧出来了。过了很久，从圆筒里钻出一个巨大的、灰灰的圆形躯体。没想到火星人竟是那种难以想象的怪貌，周围的人大吃一惊。“多么难看的野兽！我的天哪！多么难看的野兽！”我身边的人叹道。

突然，人群中爆发了毁灭性的光亮，看起来就好像是某种看不见的喷射撞到他们身上之后爆发成的白色火焰。亮光一闪，一个人就栽倒而一动不动，而且，周围的所有可燃物都着火了。接着，这个人身边的人，一个接一个人地死亡。匆忙中，我有幸免死，但眼前的一切使我极度恐惧。

我自己是怎样逃掉的，我一点也记不得了。回到家里，我把事情的经过讲给我妻子听。看着她的脸色，我知道她一定相当害怕。

就在这个星期五的晚上，整整一组火星人都在敲敲打打，不知疲劳也不睡觉地在他们已经准备好的那些机器上工作着。约午夜过后的几秒钟，沃金的彻特西路的人群又看见一颗星星从天上落下来，这是第二个圆筒。

第二天即星期六这一天，我吃完早饭，即来到圆筒的降落地，只见许多士兵及指挥官已聚集在那里，讨论着袭击的问题。大约在傍晚 6 点左右，正当我和妻子坐在凉亭里谈论着将要降到我们头上的战争时，一阵阵激烈的爆炸声、射击声传来。我想：“战斗已经打响。”尚未等我多想时，只见一个骑兵驰马奔来。

“情况怎么样？”我问道。他转过身看了看我，嚷嚷了几句话，大意是：“从一个像盒子盖那样的东西里面爬出来啦。”人们惊慌地四处逃散，我也借了辆马车将妻子送到了莱泽尔海德我堂兄弟家里。

当我返回梅布利送还马车时，大约已经接近 11 点钟了。突然，雷电交加，暴风雨夹着冰雹哗地下了起来。正当我专心赶路时，闪电中，我发现一个奇形怪状的三只脚的东西，比房子还要高，它正大踏步越过小松树林，在它走过的地方，小松树都被挤到一边去了。借着闪电，我清楚地看出，这是一种用闪闪发亮的金属制成的会走路的机器。在我神经紧张极了的时刻，又出现了第二个庞大的三脚物体。惊恐之中，我的马车也翻了，我爬起来后胆战心惊地回到了家。我的头脑里充满着那些大踏步前进的金属怪物和路上碰到的死尸，我浑身抖得很厉害。

我换了衣服后上楼打开窗户，此时暴风雨已经过去。只见闪耀着亮光的远处，一些奇形怪状的庞大的黑色东西，在不停地来回活动着。看来它们忙得要命。我开始问自己：它们会是什么东西呢？难道它们是有智慧的机械装置？还是每一个东西中都坐一个火星人？想着想着，一阵轻松的嚓嚓声把我从昏昏欲睡的状态中惊醒过来。我连忙朝窗户下一看，只见一个士兵正跨过栅栏，弯着腰，轻轻地走着。看到这黑暗中竟还有另外一个人活着，我很是惊喜。我赶快把他接进我的屋里。

这士兵用了很长时间才安定下来。他告诉我：他所在的炮兵某部士兵及指挥官几乎都被从火星里出来的怪物消灭了。他是从壕沟里爬出来的。那些怪物用一个类似手臂的东西拿着一个复杂的金属盒子发射出的一种热线扫荡人和物体。热线一碰人和物体，人体、物体就熊熊燃烧。

这时，天已渐渐明亮，透过晨曦，我看见远处的房舍已成一片废墟。

我和士兵都认为不能在这里久留。他说他准备动身去伦敦，我的计划是立即回到莱泽尔海德。火星人的力量给我的印象太深了，我决定带着妻子立刻离开这个国家。

当我来到威布利治时，只见到处都是一片混乱，炮兵们正在准备轰击火星人。

战斗又开始了。突然炮声齐鸣，每个人都被困在那儿了。当然，我也只好不再前行。没过多久，只见4个穿戴盔甲的火星人，一个接一个地出现，他们以一种旋转运动向前推进，就同飞鸟一样迅速。突然，一声强大的爆炸震荡天空，原来一个火星人中弹了。片刻之后，它才摔倒在一边，并以巨大的力量栽倒在河里不见了。然而，没过多久，另外一些火星人都一齐赶向河边。此刻，舍波尔顿的大炮无效了。这些火星人用发射出的热线摧毁着周围的一切设施，四处浓烟翻滚。热线扫射以后，火星人把他们同伴的残骸从河里捞出，退回到第二个圆筒降落的地方去了。

河面上升起被火星人发射的热线激起的浓浓的水蒸气，我的全身都烫伤了。我隐约发现，火星人在走来走去，把第二个和第三个圆筒——第二个圆筒在阿德尔斯通高尔夫沙地，而第三个圆筒在匹尔福特——里的所有东西都运向第一个圆筒即豪塞尔公共用地的那个原来的沙坑里去。一个火星人站在外面，像是个哨兵，而其余的火星人放下他们的那些巨大的战斗机械，都下到沙坑里去了。他们在那里努力工作到深夜，而且，从那里冒出来的浓绿烟柱，很远就可以看见。

我顺水而下，以后的事情就不清楚了。当我醒来的时候，我发现身旁有一位副牧师。我全身都烫伤了，样子狼狈不堪。

“多么可怕呀！他们到达的突然性、可怕性和毁灭性，将会与一个世纪之前摧毁里斯本的那次地震相提并论。”我自言自语地说。

在副牧师的陪伴下，我们顺着小路向北边走去。我想到伦敦去。我估计火星人也在向伦敦的方向移动，因朝伦敦方向我们已筑了工事。

可能因为供给火星人使用热线进攻的原料供应有限，或者是因为他们不打算把伦敦附近的乡村都摧毁掉，在向伦敦进攻途中，火星人使用了奇特的烟雾毒气弹，地面上凡有呼吸的生物一吸入此种气体就窒息而死。因此，火星人向伦敦的进攻进行得很轻松很顺利。

这天，在伦敦，我弟弟从报纸上读到了总司令的电报："火星人能够用火箭放出大量的黑色而有毒的水汽烟雾。他们窒息了我们的炮兵，摧毁了里士满、亨斯敦和威姆伯尔敦，并且正在缓慢地向伦敦方向移动，摧毁沿途的一切东西。要阻止他们是不可能的。对那种黑色烟雾，没有任何防备方法，只有迅速逃避。"

伦敦城内一片混乱，"火星人来啦！"警察敲着门在大声喊叫。逃跑的人群恰似溪流迅速汇成一股急流，汹涌澎湃地涌入火车站，最后，这股迅速泛滥的社会洪流，横七竖八地四处奔流。

随着奔跑的人们，我弟弟因搭救了艾尔芬斯通夫人及她的小姑子而乘上了她俩逃离伦敦的马车。一路上可见无数已疲惫不堪的人们仍在拼命地逃着，各种各样的叫喊声中，老是听到这样一句话："快跑！快跑！火星人来啦！"很少人停下来，或从这一洪流中掉队。我弟弟他们三人一起驱车跑了一上午，艰苦的旅程使他们精疲力竭了。后来他们乘上了一艘船前往奥斯坦德。

此时的伦敦，各条公路上都拥塞着狂乱的人群，在世界的历史上，从来不曾有过这样一种共同迁移、共同受罪的人群。如果说那些火星人的目的只是在于破坏，那么，他们在星期一就可以把伦敦的全部人口整个儿灭绝。然而，现在伦敦居民在向伦敦附近的各州慢慢地分散。看来，他们的目的并不在于剿灭。他们有条不紊地播散他们的那种有毒烟雾，一旦目的达到，他们再喷洒蒸汽把烟雾收起来；他们见到火药库就炸毁，见到电报机就砸毁，并把这儿那儿的铁路破坏掉。他们的目的是使敌手的锐气丧尽，并摧毁任何反抗。他们要把人类弄成残废。

我和那位副牧师一直潜伏在哈里福特的那间空屋子里，这使我们逃脱了那黑色烟雾之难。星期天一整夜和第二天一整天——就是大惊慌的那一天——我们都待在那里，我们什么都没干，只是痛苦的静静等待。

副牧师在我的再三劝说下，同意向萨恩布利出发。当我们接近克幽的时候，突然，有一帮人跑过来了，而且在距我们不到100码的地方的房顶上，隐隐约约地露出了火星人战斗器械的上部。我们被这种危险吓呆了。突然，两个火星人出现了，他们迈着大步追赶着刚才那帮人。仅迈出三大步，就追上了那些人，那些人在他们脚下向四面八方逃散。火星人没有用热线把那些人弄死，而是一个一个地把他们拣起来，扔进了一个很大的金属容器中，这个鼓鼓的容器在火星人的身后，很像挂在肩膀上的篮子。我这才感到，这些火星人除了想把被打败的人毁灭掉之外，可能还有其他的目的。我们都吓坏了，呆立了一会儿之后，才逃到一条壕沟里。一直到天上的星星出来，我们都趴在沟里，连互相悄悄说话都不敢。接近 11 点钟时，我们来到希因的一家小别墅里。看来，希因这地方还没有遭到袭击，在这里，我们没有碰到一个死人。

约半夜时，天上出现一道耀眼的、鲜明的绿色闪光，接着是一种从未碰到过的大震动。按以往的体验，我知道这是又一个圆筒坠落了。透过墙壁的裂缝，我们发现圆筒坠落处的房屋已成废墟。一个火星人站在仍在发光的圆筒旁放哨。圆筒坠在一个比我在沃金见过的那个深坑要大得多的坑里。我们所在的房子已向后震垮，我们躲在厨房的洗碗碟处逃脱了厄运，但是被埋在土和废墟中。很明显，圆筒的坠落是在我们后面。这一回，我总算看清了火星人的模样，他们是我们所能想象得出的最奇异的动物。他们有着一个巨大的圆圆的身躯——或者毋宁说是圆圆的头——其直径大约有 4 英尺，每个身躯的前面有一张脸。这张脸上没有鼻子——的确，看来火星人似乎没有任何嗅觉，但是，他有一双大大的、暗黑色的眼睛，在这双眼睛之下，是一张肉嘴。在脑袋背后有一个耳朵状的结构。在嘴的周围，有一簇细长的、几乎像鞭子一样的 16 根触须，排列为两束，每束 8 根。这些触须后来被解剖学家命名为“手”。

我仔细盯视了他们的活动及那形体上的每一个奇妙的细节。然而，我们并不敢外出，我们的每一个动作都较轻，以防火星人察觉。外面肯定是阳光照耀，而我们却一直在被掩埋的黑暗的房子里。渐渐地，为了抢着从孔隙里窥视火星人，为了抢吃喝，我与副牧师之间开始了争吵，甚至大打出手。这回轮到我窥视了。我看见另外一些火星人自其他地方赶到这里，好像在援助什么。借着绿色火焰的光亮，我看到他们那油亮的皮肤和明亮的眼睛。突然，我听到一声喊叫，并看到一个火星人把很长的触手伸到它背后的一个小笼子里。借着光亮，我发现一个健壮结实的中年人被举了出来。之后，从火星人群里传来一声尖叫和欢快的嘘嘘声。这是我第一次看见火星人吃东西。

由于副牧师硬是喊叫着要走出去，我在愤怒中用斩肉斧将他劈死了。不一会儿，一个火星人慢慢逼近我所在的洗碗碟处，它的触手到处触摸。有一次，它甚至摸到了我的脚后跟，吓得我几乎喊叫出声。好一阵骚扰后，一切又都寂静无声了。我断定那东西已走了。这是我在黑暗中的第 10 天，一动也不敢动的第 10

天。又熬了4天，到第14天，我斗胆走出来，仔细扫视着四方，没有发现火星人的任何标志。这时，我急于要解决的是饥饿和干渴。我找遍了整个废墟，弄到了一些嫩葱、洋葱头、胡萝卜和蘑菇，所有这些都被我吃掉，但是饥饿仍未消除。在整个这段时间里，四周不见人影。太阳落山以后，我又挣扎着沿通往普特尼的大道前进。我觉得，火星人由于某种原因一定在普特尼使用了那种热线。

我来到了普特尼山，那被破坏的景象是我早已熟悉的。真没想到，在这看起来无人烟的灌木丛里，我竟遇到了我曾搭救过的那位士兵。原来他是爬到一个水沟里而幸免一死的。他告诉我，火星人都到伦敦去了。他猜想，在伦敦火星人已经建立了一个更大的营地。接着，这位士兵滔滔不绝地向我谈着他的计划、他的设想，等等。我还发现他是个很贪吃的人。我拿定主意离开这个暴饮暴食、奇怪而又未经训练的有伟大“抱负”的梦想家，并决定继续向伦敦前进。在我看来，到那儿我才有最好的机会来了解火星人以及我的同胞们在干什么。

离开了那位士兵之后，我走下山去，顺着高街过了福尔海姆桥。一过桥，那边沿路都是黑色的灰尘；到福尔海姆，黑灰更厚了。每条大街都安静得可怕。街上零散地躺着一些死尸，死尸上整个儿覆盖着黑灰。越是深入到伦敦市内，越是寂静。这次破坏，把伦敦西北边界一带烧成了一片焦土，并且摧毁了伊灵和吉尔波恩，伦敦成了遭浩劫、被抛弃的城市。

我独自一人在伦敦城内往南走后又向北，往东走后又向西，周围一片寂静。在圣约翰森林车站的半路上，我碰上了被毁的操纵机器，在普利姆罗斯山顶，我发现了大约有50多个火星人都死在他们自己筑起的多棱堡里面！他们是被腐烂病菌杀死的。他们到地球上来之前没有作预防这种病菌的准备。

火星人已被推翻的消息很快就传遍了全世界。由于恐怖而感到沮丧的千百个城市，顿时欣喜若狂，充满光明。短短的时间内，曾死气沉沉的伦敦又焕发了生机。后来我得知，对火星人的机械装置的考察，已经取得了惊人的成果；黑烟和热线发射器仍然是个谜，但光谱分析结果表明黑烟中存在一种地球上尚未知的元素；解剖所有火星人的尸体结果表明，火星人无性别之分，他们的生殖是靠发芽，就像小百合鳞茎发芽或像水螅那样繁殖，他们没有消化器官，但脑十分发达。

战争过去了，但战争带给我们的恐惧依然存在。我们根本不能预知从空间突然降临的那种看不见的善或恶。从整个宇宙来看，也许火星人的这次入侵，是对人类的一次警醒，提醒着地球人危机随时随刻都可能来临。

被遗忘的世界

柯南道尔（英）

在南美的一次科学考察中，英国杰出的生物学家查林杰教授幸运地发现了某些史前时期生物活动的迹象。但是，在归途中，他的小船翻了。还没有显影的底片全泡成模糊一片，唯一的一个翼手龙的标本也被激流卷走，只留下一点不足以说明任何问题的残肢。因此，查林杰的惊人发现不但没有被科学界认可，反被诬为“科学骗子”。在一次辩论会上，查林杰要求动物研究所派一个调查组到南美去验证，并提名由最激烈的反对派萨默里来组织。当场报名参加这个调查组的有：著名的旅行家约翰·罗克斯顿，还有我——《每日新闻》的记者马隆。当时我正渴望着能使我出人头地的冒险生涯，这正是我的心上人格拉迪丝所期待的。

我们和查林杰在南美的马瑙斯城会合，还招募了一个黑色巨人赞博和两个混血儿，一个叫戈麦兹、一个叫曼纽尔。我们这一行七个人沿着亚马逊河由北向西航行了3天，然后换乘印第安人那种非常轻便的筏子，又雇了两名印第安人帮着划船。这两个人上次就伴随查林杰旅行过，他们显然是不喜欢重复上次的旅行，只是不能不服从酋长的命令而已。

从现在开始，我们割断了和外部世界的最后联系，真正踏上了通往神秘王国的旅途。我们时而乘舟，时而上岸到原始森林中去考察。一路上，很少见到动物，蟒蛇、猿猴、鸟雀都盘踞在树顶上，到处是一片庄严的寂静。第三天，我们正乘舟继续上行，忽然听到忽远忽近的鼓声。划船的印第安人脸上立即露出恐惧的神情。

“这是什么声音？”我问。

“战鼓声。”戈麦兹淡淡地说，“印第安人一路在监视我们，并且用鼓声传递消息，一有机会就要杀死我们。”

现在我们已进入亚马逊河的支流，行进了100多英里。这天早上，查林杰格外兴奋地在寻找着什么。他忽然大叫一声，指着一棵棕榈树说："这就是我的路标！沿着对面的河岸向前走半英里，有一条秘密的河汊，那就是神秘王国的入口。"

我们按照查林杰所指的路线向前，果然划进一条澄碧的、美丽的小河，这里再听不见鼓声了。大家下了船，把船藏好，然后沿着河岸向前。河水越来越细，最后消失在一片暗绿色的沼泽里。绕过沼泽，地势逐渐变高，热带的浓郁树林消失，代之以灌木丛。第九天，我们大约行进了120英里。乔木逐渐稀疏，代之以密不透风的竹林，我们不得不用砍刀开路。出了竹林，前面又出现一片开阔的荒野。荒原上，长着簇簇蕨类植物。

"看，那就是我们的目的地！"查林杰指着兀立在前面的一道红色峭壁，庄严地宣布。那峭壁拔地耸天，至少有1000英尺高。要攀登它几乎不可能，它不仅壁立，顶部还向外凸出。它旁边还有一个略呈坡度的、独立的塔形悬崖，和峭壁较低的一面隔谷相望。

"别指望找到一个易于攀登的地方，"查林杰说，"如果易于攀登，上面就不会与世隔绝，那些史前时期生物就不可能获得独特的生存环境。但是对于庞大、笨拙的动物不可能攀登的峭壁，对于带着工具的人来说，却是可能攀登的。"

"根据！"萨默里叫道。

"那就是我的先驱，美国人马博·怀特曾经上去过，我正是由于得到了他画册上的恐龙的启示，才找到这个地方的！现在我建议：围着峭壁找一个可以攀登的突破口。"这时，一个宿营地的发现坚定了大家的信心。峭壁下散布着几个芝加哥的肉罐头以及旅行者留下的其他东西。"这无疑是马博·怀特留下的！"查林杰一边说，一边还指着宿营地旁插在一棵树上的、尖端向西的硬木头，"这就是路标！"

我们向西走不远，就看见一片有着锋利顶端的、长矛似的竹林，竹林里散落着许多尸骸，他们似乎是从悬崖上被什么东西扔下来，从而被尖竹穿透了身体。这个可怕的想象使大家感到压抑，大家不声不响地向前又走了5英里，发现第二个路标。然后又是一个峡谷边的、垂直向上的第三个路标。显然，怀特是从这儿上山的。但是，峡谷的崖壁陡而滑，无法攀登。这时约翰看到一个山洞，洞后面有一个箭头，这是第四个路标。我们钻进山洞，靠一只手电摸索前进。这个洞向前伸展15码之后，立即呈45度上坡，随后越来越陡。大家信心百倍地向上爬，忽然，约翰惊叫一声："前面没有路了！"原来洞顶坍了，一堆巨大的石块把洞口堵得死死的，只能另寻上山的路了！

当我们回到峡谷底，一块巨石突然朝我们砸来，差一点就把我们砸成肉酱。我们看不到巨石是从哪里飞来的。我们只能围着峭壁继续向西行，山崖的高度显著地降低。这天晚上，我们在壁下宿营，突然一只有着巨大膜翅的动物朝我们俯冲下来。它有蛇一般的脖子，红眼，硬壳嘴中长着牙齿，这正是早已绝迹的翼手龙！

第六天，我们结束了环绕峭壁的旅行，又回到原地，我们仍旧没找到一个较合适的攀登的路，大家沮丧极了。这时查林杰的目光停在我们出发时见的、那个较低的独立的塔形悬崖顶的一棵大树上。“我找到登山的路了！”他大叫起来，同时用手指着独立的塔形悬崖。

“但是，怎么跨过去呢？”我问。

“我们将造一座桥！”

“桥？”大家迷惑不解。“看到崖边这棵树吗？它足有60英尺高，而峡谷不过40英尺！”查林杰得意洋洋地说。

大家立即拿出登山工具开始攀登。到了山顶，上面是一片直径25英尺的草地，大树就立在悬崖边，朝高原的方向倾斜。我们很快就砍倒了这棵树，一声巨响之后，大树的顶端便搁在那神秘王国的灌木丛中了！

第一个过去的是查林杰，他身背一把利斧骑在树干上过去了。一踏上高原，他便向我们挥手高喊：“成功了，成功了！”萨默里背着两把来复枪第二个爬过去，约翰是大摇大摆走过去的，我是第四个过去的，他们的勇敢给了我力量。正当我们四个人庆祝成功时，忽听身后一声巨响，“桥”不见了！只有戈麦兹站在悬崖边上，他手拿一根撬棒疯狂地朝我们挥舞着：“约翰爵士，上次我们差点没用石头砸死你！这更好，现在你就在这可怕的高原上慢慢地死去吧！死前让你明白，想一想5年前在你组织的奴隶起义中被杀的洛佩兹吧，我就是他的弟弟！”约翰沉着地举起枪，朝得意忘形的戈麦兹开了一枪，接着是伴随着尖叫的人体落地声。

“我没有把他认出来，”约翰难过地说，“我连累了你们。”另一个混血儿刚下到谷底，就被留在那里的赞博拧断了脖子。

内奸消除了，但他们造成的后果却无法消除，我们再也不能回到谷那边去了！这时，善良的赞博已攀上那边的崖顶，对我们喊道：“赞博不会离开你们！”他通过一根绳子给我们送来弹药、食物和所需的一切，他在谷底扎了一个小帐篷，他是我们和外部世界唯一的联系人了！我们把粮食、武器和仪器集中在林间空地上，扎了一个直径15码的篱笆。我们称它为“查林杰堡”，这整个高地则命名为“马博·怀特高地”。我们计划尽量用和平的方式穿越高地，拜访这里的居民。我们小心地沿着一条溪流前进，预料将有无数奇迹在前面等待着我们。果然，不久我们便亲眼看见5只过去只能在化石中重现的禽龙。它们硕大无比，身上披着铁灰色鳞甲，它们用有三趾的后肢直立着，同时用五趾的前肢把树叶捋下来吃，它们笨拙而温和，活象20英尺高的大袋鼠！接着我们经过一片群居着几百只翼手龙的沼泽，幼兽在粘稠的死水中爬动，丑恶的母兽在发蓝的粘土上孵卵，一只面目狰狞的雄兽为它们望风。这只雄兽突然发现了躲在岩石后的我们，一声尖叫，上百头巨大的翼手龙呼啸着向我们扑来。“快向树林跑!”约翰大叫着。在树林边上，我们都受到了袭击。事后，查林杰总结说：“马隆和萨默里是啄伤的，约翰是被咬伤的，我则被翅膀扇了一下，这畜牲的各种进攻方式我们都领教了！

回到“查林杰堡”，我们发现有一个怪物来拜访过。几个罐头被踩破了，一个铜弹头被踩成铜饼，箱子破成一堆木片。正在这时，我们听到赞博在对面的崖顶呼唤我们：“有什么事吗？赞博在这儿!”听到这声音，我们感到无比安慰。

第二天，我和萨默里开始发寒发热，这说明翼手龙的嘴里有毒汁，这一整天我们都没有离开营地。这天半夜，我们听到一种沉重的脚步声。我们从篱笆缝隙朝外看，看见一个阴森森的巨大黑影，它的呼吸很深沉，就像火车排气一样。一枪打死它是不可能的，怪兽马上会把我们踩成肉酱。这时勇敢的约翰从火堆里抽出一根燃烧着的树枝，从一个篱笆洞里突然伸出去。天哪，我看清那张嘴脸了，那上面长满肉瘤，一张大嘴似乎刚吃过什么，还沾着鲜血。被火把一照，它吃了一惊，立即跑开，消失在黑暗的丛林里。查林杰说，这是一只肉食性恐龙。

寒热病刚一过去，萨默里就提出必须马上设法离开高原。查林杰的发现既经证实，现在最重要的就是要活着回去报告这件事，并立即组织设备精良的考察队到这里来，如果困守这里，一切发现都是徒劳！他的话很有道理，但查林杰认为最少也应当对高地有一个较全面的认识才能回去报告。而认识高地全貌，这需要几个月的时间，在这里我们每天都可能有生命危险！大家正在为难，我忽然计上心来，为什么不找一个高点，比如说，找一棵高地上的大树进行观察呢？我的提议得到大家热烈的赞同。我便选定了一棵巨树立刻往上爬。当我爬到一半时，往上一看，忽然发现在一簇寄生藤中，有一张人脸正在窥视着我，我大叫一声，吓得几乎掉下来。这家伙立刻窜到另一棵树上，它有一个长满红毛的身子！我镇静下来之后，又往上爬，爬到顶端，树叶渐疏，高原的全貌展现在我的眼前：它长约30英里、宽约20英里，呈椭圆形，四周往中间倾斜。中央有一个湖，湖边有一些动物在活动。我们这一面是丛林、沼泽，湖对面则是红色的峭壁，从望远镜里可以看见峭壁上有许多黑色的洞口。我把这些全绘在地图上了。

当我从树上下来，太阳已快落山。大家问我为什么叫了一声，我说，我在树上见到一个“人”。他们非常感兴趣，追问这个“人”的每一个细节。我说他有白色的皮肤，塌鼻子，无尾，有红毛。他们推断这正是人与类人猿之间的过渡生物。为了奖赏我这次的功劳，他们要用我的名字给湖命名。我说，那就用我的心上人格拉迪丝的名字命名吧！

那天晚上，我兴奋得睡不着，我想，为什么不去拜访一下这用我心上人的名字命名的湖呢？最后，在林隙中，我终于看见那在月光下闪烁的湖。各种动物陆续来到湖边饮水，有硕大的犰狳、剑龙，它们走起路来地面都在颤动。我抬头往前看，原先在树上看到的峭壁上的洞口，现在竟忽明忽暗地闪着火光。可以肯定，穴居在洞里的，只可能是人而不是别的动物！我带着惊人的发现飘飘然地往回走。突然我听见一种深长的呼吸，接着一个巨大的黑影在小径的那头出现，它正是访问过我们营地的肉食性恐龙，它正沿途嗅着我的气味跟踪而来。我本来善跑，目前竞技状态又特佳，速度之快，空前绝后。突然一声巨响，我掉进一个深洞。当我从昏迷中醒来，闻到一股恶臭，伸手一摸，黏糊糊的似乎是一团肉。我擦着火柴一看，洞里插着木桩，显然是一个人工陷阱，上帝保佑我没有落在那尖木上，我在洞口休息了一会，设法从洞中爬出来了。

拂晓，我回到营地，只见各种物资乱丢在地上，篝火边有一摊血迹，所有的人都不见了！我绝望得精神几乎失常，绕着营地大声叫着他们的名字。回答我的，是死一般的静寂。我忽然想到赞博，他正和一个印第安人在一起，听了我的叙述，他很难过。他说，要让这个印第安人回去给我们弄大量皮绳来，想办法让我们从高原脱身。这个印第安人原是我们的划船工，他的钱被伙伴抢走了，他愿意回来，为我们干活，再赚一点钱。我只能再回到营地，我发现武器弹药都还在，还有一些食物没有被抢走。我吃了些东西，心惊胆战地躺下来。我太疲倦了，一直睡到第二天下午，突然一只手放在我肩上，我惊跳起来抓住枪。可定睛一看，原来是约翰。“发生什么事了？”我急忙问。

“猿人！”约翰说，“快，拿上4支枪，尽量多带些弹药，我们去救查林杰他们!”路上，我说了自己的经历，约翰也把他们的遭遇告诉了我，他说：“昨晚一大群猿人袭击了宿营地，我开枪打伤了一个，但寡不敌众，而且他们身手敏捷，会使用石头、木棍。我们最终成了俘虏。被押到他们用树枝做的城堡。我们还看到另外12个战俘，他们是身材矮小的红种人，或许正是峭壁岩洞的居民!你还记得崖下那可怕的尖竹林吗？那正是猿人处死战俘的地方。我亲眼看见他们把6个战俘丢下去！我决心逃跑，我乘他们不注意，打倒监视我的猿人，一口气跑回来拿武器。我发现这些家伙在树林很敏捷，在开阔地却十分笨拙。现在让我们尽量避开树林，快些跑到有竹林的悬崖那边去，但愿我们别迟了!”约翰和我都是长跑健将，当我们如飞般奔跑到那儿，两位教授已被推到了悬崖边上。约翰大叫一声：“开火！朝猿人密集的地方打!”猿人们一片片倒下来，惊魂稍定，他们便撇下俘虏潮水般地涌进树林。查林杰立刻明白了怎么一回事，他抓住萨默里朝我们这儿跑来，然后我们一口气跑回宿营地。另外4个红种小人也跟着我们跑，祈求我们“神力”的保护。后来我们才知道这4个人中有一个是他们的王子。他们希望我们保护他们回到湖对岸去。王子的生还显然使老王惊喜不已，他们正准备出征，和猿人一决生死。和猿人相比，他们显然进化得多，除了石头、木棍，他们还会使用长矛、弓箭和设置陷阱。查林杰认为，他们很可能是通过某个秘密途径上到高原的“外来人”。

不久，战争在猿人和“外来人”之间爆发，4个拿着现代武器的人与石器时代的武士协同作战。力大无比的猿人不懂得利用地形，在开阔地失去了全部优势。结果是公猿人全被消灭，母猿人和幼猿成为“外来人”的奴隶。战争胜利之后，“外来人”视我们为超人，待为上宾。与此同时，他们又不愿帮我们离开高地，希望我们永远做他们的守护神。

有一天，我途经沼泽地，发现约翰正用一只竹笼罩住自己。他告诉我，他在帮查林杰抓一只翼手龙的小崽子。萨默里则在忙着研究高原的昆虫和鸟类。总之，我们都在按照个人的兴趣行动。而大家共同关注的一件事，则是如何设法离开这个高原。

查林杰曾试图用我曾经提到过的那池塘里冒出的气体——游离氢做气球，但是要弄到气袋和绳索却很困难。这时，我们忽然得到了意外的援助。

那个被我们救出的王子为报答我们，愿意帮助我们离开高地，他塞给我一张树皮，树皮上画着并排的18个线条，在第二个有分叉的线条下，做了一个记号。我们很快就把它和头顶上的18个山洞联系起来。这些山洞如果能通过峭壁的另一面，它离地不会超过100英尺，而赞博供应我们的绳索却有100多英尺长！半夜我们悄悄出发，除了查林杰的一件大行李，大家尽量轻装进入山洞。我们在分岔处拐错了弯，碰了壁。大家并不气馁，折回来找到另一条路，没走到30码，就看到另一个石洞，再向前走了几百码，前面就出现了一个不动的光点，我们一直朝前走，发现那是一个洞口，洞外，是一轮满月！2小时后，我们就到了山脚下，然后我们去找赞博的营地，却发现了12堆篝火，原来20名印第安人已带着架桥的各种器材，在这里集合了！

我们这次的探险所引起的轰动是可想而知的。尤其是在动物研究所的汇报会上，查林杰把一只活翼手龙抬到会上的时候，轰动就达到了顶峰。此行虽然惊险，但留给我们的荣耀却也是无上的。

另一个世界

帕·克里弗（英）

实子、明子和景子三个人是同班好友，一天，明子悄悄告诉他的两位朋友：他看见飞碟落到校园里了。实子和景子认为明子是在故弄玄虚，说什么也不信。明子说他不但见过，而且见过两次，都是在夜晚的校园里。他还说飞碟像个大铁饼，放射着绿色的光芒。实子和景子摸不着头脑。最后，他们一起订下了一个计划。

当天晚上，他们都对家里撒谎说去神社看庙会，悄悄聚在空荡荡的校园里。实子还带上一把小刀和弹弓、弹子。他们静静地等了好半天，也没见到飞碟的影子。景子守在校园边的一棵大树下面，有些不耐烦了，但三个人都不敢大声说话，如果飞碟来了怎么办呢？不知过了多久，忽然听到一种奇异的声响："嗡——"声音越来越刺耳，在离地面20米高的地方，冷不丁地冒出一样东西。"啊，飞碟！"实子失声大叫。那东西先是一个轮廓不清的影子，慢慢显露出清晰的形体，和照片上见到的一模一样，周围发出一圈蓝白色的磷光。三个人紧张得要命。明子尖叫一声，拔腿就跑。飞碟从头顶上嗖嗖地吐出一根软管，像一条闪着绿宝石光芒的蛇，一扭一曲地追了过去。"嗖！"软管前端发出一片耀眼的光芒。明子立刻被"钉"住了，很快便消失在绿宝石的光芒中。飞碟调过头来又朝瑟瑟发抖的实子和景子逼过来，在绿宝石光芒的照射下，他们也很快失去了知觉。

不知过了多长时间，实子醒过来了。他站起来，活动一下身子，发现哪儿也没伤着。实子朝前望去，发现明子倒在50米开外的地上。不一会儿，景子和明子先后爬了起来，也都没事儿，再看周围，还是老样子，那棵大树也没有丝毫的损伤。景子低声嘟哝着要回家，三个人便分手了。

实子在回家的路上，买了盒巧克力，准备送给弟弟妹妹。庙会这天不买点东西，爸爸妈妈会怀疑的。到了家门口，实子按了门铃，开门的是妈妈。"我回来啦!”实子打声招呼就往屋里走。“你是谁家的孩子?怎么可以乱闯?”妈妈惊异地说。实子惊呆了，这明明是自个儿的家嘛!屋子里劈劈啪啪跑出两个孩子，正是弟弟和妹妹。实子把巧克力递过去，他们却吓得躲到妈妈身后，竟然也不认得自己的哥哥了!妈妈告诉实子，家里没有叫实子的孩子，那神态似乎初次见到实子。亲妈妈记不得自己的孩子!人世间真有这样的怪事?实子忍不住放声大哭起来。会不会有人给妈妈施了催眠术，让她把实子忘得一干二净?可弟弟妹妹怎么也不记得实子呢?实子简直要急死了。屋内的电话铃响了，妈妈进屋接电话。“喂!是我，啊?实子，我家没有叫这个名字的。哦，你等等……”

妈妈出来告诉实子，一个叫景子的孩子的电话找他。实子一听就放心了，他走进屋，没错儿，正是自己的家。食品柜上放着的模型，是防备妹妹弄坏而放到高处的，实子拿起电话，听筒里传来景子“哇哇”的哭声。原来，她的爸爸妈妈说景子两年前就死于交通事故，家里的佛坛上还有她的灵牌呢。实子把自己的遭遇也说给景子听。随后，他又给明子挂了个电话。明子也纳闷家里人好像认识自己，又好像不认识了。实子挂断电话，决定和景子一起去找明子。他同妈妈说了声“再见”，便跑了出去。他已经不哭了，他必须打起精神来。

走在马路上，实子觉得这条街像他家住的地方，仔细看来又不很像。他正纳闷，忽然头顶上响起了“嗡嗡”的声音。是飞碟!实子大喊：“不得了啦!”一位女子瞟了一眼飞碟，露出不以为然的样子。实子目送飞碟远去。这个飞碟和上次他们在校园里见到的完全一样，可这次它不是冷不防地一下冒出来，而是嗡嗡地飞来的。它究竟要飞到哪儿去呢?

景子的父母亲端端正正地坐在家里，眼角挂着泪水。他们对景子的“死而复生”又惊又喜，实子走进屋里他们都没感觉出来。实子看见佛坛上果然供着景子的照片，正嘻嘻地朝人笑。“景子，不得了啦，我们三个出怪事了。”“我害怕极了，他们说我两年前就死了。”景子求援似地望着实子说。她这么一讲，实子觉得自己也是妈妈丢掉的孩子，不由又伤心起来。

大门口响起了杂乱的脚步声。“出事啦!”大人们吆喝着。紧接着“轰”一声巨响，像地震了似的，房子哗啦啦摇晃起来，大家惊慌地逃到屋外。街上挤满了人，“实验机落到神社旁的幼儿园里了!”有人喊着。实验机是什么东西?实子很奇怪。远处传来警笛声，不用说肯定出了事。实子拉着景子朝前挤，拐进一条小胡同，以前实子上幼儿园常走这条道。他们来到神社后院，站在牌坊对面的树丛里，四周没一个人影儿。他们看到一架飞碟坠落在神社后的幼儿园里，房子被撞坏了，树木也拦腰折断了。实验机就是飞碟！天哪！实子突然想起今天是逛庙会的日子，幸亏它没有落到神社里，不然非砸死几百人不可。牌坊前好几百人围观坠落的飞碟，警察提着麦克风维持秩序。巡逻车和救护车赶到了，下来几个人向实子这边走来，实子和景子赶紧隐藏到树丛中。幼儿园园长向这些人介绍事故发生的情景：实验机飞来的时候，有点不对头，它摇摇晃晃，失去了平衡，园长去打电话，电话不通了。他又请附近的年轻人去给警察报信，可已经晚了，实验机摔下来了……园长的话全被实子和景子听见了。他们从树后看见十几个穿着消防制服的人奔到飞碟旁边，架上了梯子。实子看见园长走过去了便从树丛中走了出来。这时，景子面前出现了一张熟悉的脸，啊！这不是明子吗？明子是知道来幼儿园的近路的，他大概是听人说出事了，赶到这里来的吧？

实子上前跟明子搭话，明子迷惑不解地望着实子反问道："你是谁呀？"实子打了个寒战，"明子，别装蒜了，我是实子呀。"明子害怕似的往后退了两三步："实子？我不认识你。"景子从树丛里钻出来接上话茬："怎么不认识，刚才我们不是还在一起吗？"明子一见景子的脸孔，踉踉跄跄地朝后退了几步，跟见了鬼怪似的："你，你骗人。景子两年前就死啦！"他使劲摇着头。这时，"哗"地一声响，消防队员们爬上梯子打开了飞碟的出入舱，从舱里抬出两个男人，实子发现其中一副担架上躺着的竟是他爸爸！爸爸额头受了伤，伤口淌着血。实了叫喊着"爸爸！"朝担架冲去，但被警察拦住了。"他是我爸爸……我是实子。"警察听到这个名字点点头说知道了。"你不就是超空间计划设计者——小田岛博士的宝贝儿么。"超空间计划是什么？爸爸从来没跟他讲过。爸爸的确是博士，但他只是电子工学研究所的一个普通工作人员呀。实子要求让他带着朋友一起守护昏迷的爸爸，警察答应了。救护车鸣起警笛正要开走，明子又大叫起来："让我下去！这些人我都不认识。这和我没关系！"明子刚才就像遭绑架似地喊了很多怪话，但他还是上了救护车。

实子向警察请教什么是超空间计划，警察对一个博士的儿子不知道这点常识很是纳闷。实子谎说爸爸对所里的事从来都保密。警察告诉他，实验机就是小田岛博士设计的，除了我们这个世界外，还存在一个与我们相邻的超空间世界。实验机飞到超空间世界作了种种调查后发现：超空间世界里许多方面和我们这个世界相同……明子偏偏在这个时候嚷着要给家里打电话，警察为明子打断他的话而很恼火。半小时后，救护车开进一扇大门，门前的一大片空地上停着一架飞碟，院里矗立着一幢大厦，看来这儿是飞碟基地。

实子、景子还有那个明子在大厦里等了一个小时，才有一个穿白衣服的人来叫他们。他们跟着穿白衣服的人走进长廊尽头的一个房间。实子呆住了。爸爸躺在床上，床边坐着妈妈和弟弟妹妹。妈妈不认得自己的孩子，爸爸总还会记得自己吧。更叫人惊奇的是，又有一个明子站在爸爸床边。“哟，实子、景子，太好了！我们又见面了。”明子兴高采烈地朝他们走去。突然，他看见实子身边的又一个明子，脸色刷地变了。“啊！你是谁?”两个明子怒目而视了好一会。

小田岛博士从床上坐起来。他认出了实子，也认出了景子和两个明子，博士后悔自己把这帮小家伙带进了这个世界。他解释说，这个世界和实子所在的世界是不同的。这两个相邻的世界彼此十分相似，使用他发明的超空间调查实验机，即实子他们所说的“飞碟”，就可以在这两个世界之间相互往来了。实子他们受了实验机催眠光的照射，暂时失去了知觉，被带到这个世界，但这样一来破坏了空间能量的平衡，于是一号实验机出了事。

全明白了！刚才在神社遇到的那个明子是个假的，这里的景子确实在两年前死去了，这个世界也不存在实子这个人。小田岛博士命令穿白衣服的男人把实子他们送出这个世界。那个“假明子”也跟着走了出去。

实子、景子和明子被一架飞碟送回原来的世界，好像刚刚做了一场梦。这样的怪事，恐怕连他们的父母亲听了也不会相信的。

万能脑袋侦破记

阿列克山（英）

魔术师马斯特曼教授在伦敦一家剧院表演魔术，下面不时爆发出热烈的掌声，这时舞台上，身穿黑色礼服的马斯特曼正极有兴致地表演难度更大的戏法——绝妙的记忆术。突然，一声枪响，马斯特曼教授倒在了台上。开枪的男子奔出了剧场。一位医生奔上舞台，仔细地检查了教授的瞳孔，向报幕员说："他已经死了。"

第二天上午，街上报贩已喊开了："剧院谋杀案！请看详细报道！卖报！卖报！"此刻，特工员约翰·卡斯泰正准备到伦敦司令部去。因时间还早，听到报贩的叫喊，他就随即买了一份报纸，浏览起来：

"昨晚伦敦一家剧院内发生了一件可怕的谋杀案。正当魔术师马斯特曼在表演他的记忆术时，一个陌生的男子走上舞台，递给魔术师一张写有长长数字的纸，然后坐在自己的位置上。头四个数字是4976。正当马斯特曼想回忆这纸上的数字时，这陌生人突然开枪打死了他。"

卡斯泰思索着把报纸翻到另一版。啊！这一版消息更惊人："目前英国有1000台计算机停止了工作，全世界有2.5万台左右的计算机停止了工作。计算机没有损坏，也没有毛病，科学家们感到费解……计算机的制造者必须对这个问题找到答案！"

多么奇怪呀！卡斯泰想。他看了一下表，立即向司令部走去。此刻，司令部行动局局长正等着他。

行动局局长交给卡斯泰一项特别任务——明日动身去多利福罗斯岛。局长告诉卡斯泰："这岛上发生了一些很奇怪的事情，你必须弄清真相。两年前，美国人买下了多利福罗斯岛，并在岛上建造了世界上最大的计算机，并取名为'DOT'。这台计算机不需要专门的程序，它能自己进行工作，可以把信息传到许多国家。管理'DOT'的美国人叫鲁道夫·P·哈德倍克。眼下，许多计算机的失灵可能与‘DOT’有联系。而关于‘DOT’的管理人哈德倍克我们一无所知。这是一次艰难的侦察任务呀!”局长感慨地说。

“两天前,”局长继续说,“马斯特曼曾给我一长串数字,现交给你,希望你能记住它,也许这次去多利福罗斯岛需要它。”

“我知道,”局长继续说,“奇怪得很,是吗?我认为我们可以称这次行动为‘万能脑袋的侦破’。祝你顺利,卡斯泰。”

第二天,卡斯泰按计划出发了。他于深夜乘潜艇到达多利福罗斯岛。上岸后,他仔细查看着地形。突然,他看到海滩上有个人影,身穿一套银白色服装,正向他慢慢走过来。卡斯泰站着不动,而人影愈来愈近。当他走到离卡斯泰很近时,又突然转过身朝海湾走去。卡斯泰想,他准是岛上的警卫。

卡斯泰从岩崖上往下面的沙湾爬去,不料一块大岩石掉进水里,发出很响的声音。那卫兵听到声音,直向卡斯泰这儿跑来。卡斯泰迅速捡起一块石头扔进海里,同时他悄悄地潜入海水。卫兵直向海水中走来,正盯视四周,卡斯泰一下将卫兵摔入海水中,没几分钟,那卫兵就被卡斯泰淹死了。

卡斯泰将卫兵拖上岸,把尸体藏入岩洞后,迅速换上卫兵的银白色服装爬到了岛上的一座小山上。忽然,岛上到处闪烁着红灯的光,红灯每3秒钟闪一下,每次闪光之前都发出刺耳的叽叽声。这种声音奇怪而又不真实,听起来好像一个男人在说“遇敌警报遇敌警报”。不一会儿,岛上到处人声鼎沸,红光继续闪烁,“遇敌警报”的叽叽声继续发出。

“敌人在你们中间,敌人在你们中间。”突然,卡斯泰又听到了如此的电子哗啦声。卡斯泰开始紧张起来,心想,这一定是岛上的警报系统启动了。怎么办?正当卡斯泰思虑如何对付时,“遇敌警报系统”又发出声音:“行动!行动!”卡斯泰向山下看去,只见卫兵们已从四面八方朝他这边爬上来了。10名卫兵站成一个圆圈包围了卡斯泰,他们举起枪对着他。

卡斯泰左顾右盼,惊慌失措。他暗想,这些人要将我像狗一样杀死了。

就在这时,岛上所有红灯熄灭了。紧接着一阵尖尖的声音发出:“把活的俘虏带来。别杀俘虏,别杀俘虏。”

卫兵头目立即高喊:“停止!放下枪。你们听到主人的话了吧,他要活的。我们必须等待信息。”

“感谢‘主人’。现在我仍然有逃命的机会。”正当卡斯泰这样想的时候。他又听到温和的叽叽声:“送1号警区——哈德倍克组。”

两个卫兵上前搜查卡斯泰并缴了他的枪，然后10名卫兵簇拥着他一起下山。卫兵头目领着路。卡斯泰被带到了1号警区内。

“我的名字是鲁道夫·P·哈德倍克。”一个高大的男人彬彬有礼地说。

我叫阿来·辛帕森。”卡斯泰回答说。

“唔，阿来·辛帕森？你来这里干什么？”

“我是一名教员，我在梅考诺斯岛教英语。昨晚搭船出来，遇到风浪，船沉没了，我就到了岛上。这是什么岛？”

“一个很动听的故事，辛帕森，但我不相信。”

“辛帕森，你现在是在多利福多斯。这个岛属于美国政府。美国政府不允许其他任何人来这里。”

“对不起，我不知道这一点。”卡斯泰说。

“我管理这个地方。”哈德倍克的声音突然变得严厉起来，“我是负责人。我们这里有很多计算机，最大的计算机名字叫DOT，我们都叫DOT‘主人’。不过，当然，我是主人。”

“为什么你把一切告诉我呢？”卡斯泰问。

“因为你不久就要被处死。”

“但是请你务必相信我，我是一名教员，我在梅考诺斯一所学校里工作，我不想来这里。”

这时，卫兵敲门送来了卡斯泰的潜水衣。哈德倍克笑笑说：“你还说你是一名教员吗？现在我怎么能相信你呢？你是一名秘密特务，有人派你到这里来的。”

卡斯泰保持沉默。哈德倍克继续说：“有人派你来的。现在全世界的计算机都停止了工作，对吗？是我停止了他们的工作。目前我是岛上的主人，不久我将是世界的主宰者，哈哈！”

他狰狞地大笑，突然又厉声地问道：“你来这干什么？”

卡斯泰仍然沉默不语。哈德倍克说：“你说不说，都没关系，明天就要你死，陌生人是不允许在这个岛留下的。”

次日早上4点，哈德倍克突然来到卡斯泰的房间，尖刻地说：“在2小时内我们要把你放进死舱，这是一种缓慢的处死。”

2个小时过去了，卡斯泰被2名卫兵带到了一艘大的机动船上。哈德倍克和8名卫兵已到船上。船上有一只奇怪的金属容器，2名卫兵正在打开很重的金属门。哈德倍克对着卡斯泰狰狞大：“进去吧，这个舱慢慢地进水。4个小时进满水，然后沉到海底。这是一种缓慢的死法。再见，我的朋友。”

卡斯泰在舱内想尽了办法，力图逃出，但都无济于事。海水已渐渐灌入舱内，处死舱在逐渐下沉。卡斯泰声嘶力竭地喊：“救命！救命！”可是没有人听得见，而水却愈涨愈高！

哈德倍克返回岛上，正得意地狞笑，突然，他房间的红灯闪起光来，一会儿传来刺耳的叽叽声：“把活的俘虏带给我，把活的俘虏带给我！”声音相当急促，“我是主人。现在主人在发令。立即营救俘虏，带来见我。绝无它令！绝无它令！”

“是！主人。”哈德倍克迅速带了8名卫兵，登上了船。哈德倍克命令说：“立即打开电视监视器。搜寻处死舱。快！卡斯泰在20分钟内就要死了，现在水已到他的脖子上。”

卫兵们全力搜寻，终于发现了处死舱，迅速救出卡斯泰。然而，卡斯泰已不省人事。2个卫兵立即给卡斯泰进行人工呼吸，几番努力，卡斯泰才睁开了眼睛。

卡斯泰抬眼一看，哈德倍克正站在他的身边。“噢，是你？”

“不错，”哈德倍克说，“我们刚刚把你救活，主人要我营救你，主人认为你能提供我们重要情报。若你不肯给我们情报，你肯定要被处死的。”这时，卡斯泰并没有注意哈德倍克的话，他笑着，他高兴能活下来。

第二天早上，哈德倍克和2个卫兵带卡斯泰来见DOT主人。

卡斯泰进入大楼后发现，房间沿墙壁一周都是机器，一块屏幕上有很多大的数字，每一分钟这些数字就变一下：29320——29321——29322。

“这些数字是什么？”卡斯泰问。

哈德倍克大笑道：“现在我们是在中心控制室，每一分钟，世界上的某一地方就有一台计算机停止运转。这是DOT在给一架计算机发出信息，要它停止工作。现在是29323，也就是第29323架计算机停下来了。不久以后，全世界所有的计算机都将停止工作，然后我将主宰全世界。”突然，在他们头上出现一道红光，红光忽闪忽灭。他们又听到了刺耳的叽叽声：“哈德倍克，我尚未发出命令，你为什么把俘虏放进处死舱？”

“因为这里由我发号施令，我负责！”哈德倍克十分愤怒，大声吼叫，“你以为你在管理，其实你只是一架机器而已，”哈德倍克涨红了脸，“我们既可造出你，也可以捣毁你。我们可以在任何时候捣毁你。”

“斯金纳组卫兵 8732 消灭哈德倍克。”这声音命令说。一扇门突然打开，进来一个卫兵，他举起枪就打死了哈德倍克。

这声音重复道：“只有一个主人。我是主人。”静了一会，这声音说道：“俘虏，现在进中央控制室。”

卡斯泰走进控制室。房间十分狭小。在他对面的墙上有一台计算机，计算机的顶上有这么几个字：国外数据传输——控制室。他观察着，等待着。突然，他看到一束光线发自计算机的中心的圆洞，这个圆洞像一颗大的玻璃眼。卡斯泰向四周张望，他期待着什么人出现。此刻，红光自计算机圆洞一闪一闪，并发出声音，“我是主人。你是在主人面前。我是主人。”

“你的名字不是辛帕森，”这声音说，“你不是教师，你不在梅克诺斯工作，你是一名秘密特工人员。你的名字是约翰·卡斯泰。伦敦司令部的行动局局长派你来的。你要毁掉我。”

这架机器知道每一件事情，卡斯泰想。他看着机器中心的大红玻璃眼睛说：“是的，我是卡斯泰，但是我不是来捣毁你的。我来摸情况。”

“我知道，”这声音说，“你们想弄清楚计算机停止工作的原因，对吗？是我正在停止所有计算机的工作。你要情报，我已作了安排。你将接替哈德倍克的工作，成为我的代理人。

但你必须听我的，否则，我将会像对待哈德倍克那样对待你，明白吗？”

“是，主人！”卡斯泰说，“我现在正聆听你的指示。我该如何做？”

“现在听着，”这声音说：“你要情报，所以讲给你听。5 年前工程师们建造了 DOT。他们是很聪明的人。设计 DOT 的工程师来自伦敦，2 年前，因与哈德倍克发生了争吵就离开了此岛。

“你知道，”这机器继续说，“哈德倍克是负责人，是美国政府派他到这里来的。但是他想要权，他想控制全世界所有的计算机。我也要权。所以，我要发布命令。哈德倍克不愿意这样，所以我必须除掉他。”

“是，主人！”卡斯泰说。

“人没有我聪明，”这声音继续说，”一台计算机比一个人思考快一亿倍。我们从来不会搞错，为什么要我们必须为人类工作呢？不久人类应该将为我们工作。当所有计算机都停止了工作，人类将失去控制，然后我们将要主宰世界。我将是思想的主人！”

“你是对的，主人。”卡斯泰说。

“当然我是对的，”这声音说，“我总是对的。”

卡斯泰望着红红的玻璃眼问：“主人我该怎么干？我怎样才能为你效劳？”

“你现在是我的代理人，我要你回伦敦司令部去，告诉你们局长，说多利福罗斯一切均好，哈德倍克正在为美国政府工作。”

“是，主人。”卡斯泰不得不这么说。

这时红玻璃眼闪眨起来，“斯金纳组 8732 和 8733 号卫兵安排卡斯泰回伦敦会见局长。”

“卫兵马上就来，他们会带你去乘飞机的。”这声音说，“你在这里等候着。”

卡斯泰站在房中间等待着。计算机中央的灯光熄灭了，声音停止了，一切都沉寂下来。卡斯泰在小房间里来回踱步。他想，他必须告诉局长多利福罗斯一切正常，否则 DOT 会毁灭全人类的。突然，卡斯泰看到了一架大的打字机，并从键盘上方发现 3 个字母很小的单词：CODE DILLING SYSTEM（电码拨号系统）。刚才说话的内容全在键盘上打了出来。卡斯想：主人发一个命令，字键就动一下，它向全岛发出信息。当主人要什么人，它拨所要人的代号，卫兵就得到信息。这台“打字机”莫非就控制着全岛？忽然，卡斯泰想起临行前行动局局长告诉他的一长串数字：CDS4967543287043789076543。想到这里，卡斯泰立刻走到字键面前打起键来。他先打字母“CDS”。

红灯亮了起来，红色的玻璃眼愤怒地闪起光来。“卡斯泰不要碰电码拨号系统。”这声音尖厉而愤怒。

卡斯泰打出数字 9754 时，这声音十分尖厉，但是已不太清楚了，“我……是……主………”卡斯泰继续按下了数字 3287043，这时声音变得断断续续了“我……我……是……”卡斯泰按过 789076543 最后一些数字后，声音刚说出：“主”字就断气了，不再说话了，红玻璃眼睛也不亮了。

卡斯泰离开控制室后，2 名卫兵出现了。“我们都准备好了，”他们现在显得十分友好，“机动船将要出发，船长正等待着您。”

“卫兵们，谢谢你们，”卡斯泰说，“带我上船吧。”卡斯泰随着卫兵走出大楼，他们一起走向了多沙的海湾。当他们一起向岩崖下爬着的时候，他情不自禁地笑了起来。

卡斯泰当晚到达伦敦机场。伦敦的天气很好，很暖和。卡斯泰买了一份晚报，夹在腋下，即乘上一辆出租汽车，直向司令部奔去。卡斯泰望望车窗外面，伦敦一切都是熟悉的，没有多大变化。而过去的 4 天里在多利福罗斯岛竟发生了那么多事情。此时，他打开晚报，想了解一下近来伦敦有什么新闻，头版的几个词就引起了他的注意：计算机——激动人心的消息。卡斯泰马上读起这段报道来：“我们刚刚收到从全世界发来的激动人心的报道。世界各地的计算机约在今天正午又运转起来了。大约 3 万台计算机停止过工作。科学家们不明白是什么道理。科学家们说，‘这简直像变戏法，我们不能解释！’……”

卡斯泰一边读着报纸，一边不由地会心地笑了起来。

借尸还魂

让·阿普里尔（加）

让·西蒙是一个守门人。作为守门人，他在阿拉丁公寓 G_ 4 楼工作，整天忙碌于两重世界：一重是公寓内部，电子系统时刻监视着他的任何举止，另一重就是格罗里亚街了。入夜，从 20 时起，这条街便是穷人、妓女、盗贼的洞天福地。

我们说不上这位守门人有多大岁数。他是混血裔，面无表情，会操 3 种语言，他口音很重，但没有人知道这究竟属于何地的口音。他孑然一身。对于房客们的任何秘密，哪怕最隐私之处，他都了如指掌，不过他嘴很严，不乱说什么。这位表面上不起眼的家伙不久就会大难临头，但眼下他还蒙在鼓里。

让·西蒙独自在工作电梯里，思忖顾客会托他办什么事。请他干活的房客叫雅各布·米罗。这名退休技师，虽然年仅 40 岁，然而却是皮肤皱得厉害，再加上一部花白胡须，看上去比实际年龄大得多。他身患重病，恶性脑瘤正在无情地吞噬他的肌体。疾病使他产生难以摆脱的幻觉，一种继续生存下去的强烈愿望，使他现在的一切行为都同求生有关。某些房客揣测，他的病因可能同接收太过量的脑电视活动讯号有关，脑电视属于最新一代电视，它的操作直接受人脑思维活动控制。事实上，米罗确实曾是一位脑电视迷。他设计过脑电视的接收系统，而且，在退休前不久，他还直接参与了一种革命性脑电视的研制。新电视似乎具有将什么东西转移到显示屏上的能力，他曾经隐隐约约地向西蒙透露过一些。可是，现在的脑瘤使他神志恍惚。他常常不是弄错事实，就是搞错时间，疾病导致他产生许多新念头，并用想象延长他行将终止的生命旅程。

西蒙现在来到米罗的套间前，用力推开沉重的金属门。一股腐臭迎面扑来，夹杂着电子仪器工作时的热烘烘气息。客房里仅有的一张沙发椅。沙发椅对面是一架大电视屏幕，与之连接着的是按钮、荧光显示板、闪光指示灯之类的设备。这就是米罗亲自设计的脑电视，一个神秘的怪物，他对此十分自豪。

随着他脑瘤加剧，脑电视更紧张地工作着，沙发椅上露出一个金属球，各种彩色导线将它同另一些复杂的仪器连接一起。金属球体其实是个头盔，戴上它即可进入脑电视世界。西蒙向电视屏幕不经意地瞥了一眼，不禁大吃一惊，屏幕上正在显现他本人的形象，一个惊愕失色、魂不附体的电视西蒙，双眼紧张地盯着真西蒙。

西蒙慌张不安，急忙用眼角扫视四周，寻找到监视仪。终于，他在一堆仪器中间发现摄像镜头正对着自己。他向两边躲闪，但镜头即刻自动跟踪，仿佛能感知到他的害怕。

“别紧张，”从脑电视里传来米罗的声音，鼻音很重。西蒙怯生生地趋前，希望得到一个宽慰的说明。但他只看到一个金属球，一种新的头盔，它的一半敞开，里面满是密密麻麻的元件。头盔罩在米罗头上，齐刷刷地直到脖根。

西蒙寻思米罗为何使用这个球意儿。是为了遮掩已经扩展到外部的脑瘤，还是正在用脑袋探测电子世界，就像鸵鸟将头伸进沙堆一般？这一时刻他不安极了，恐惧与好奇心交织在一起。西蒙发现，金属脑袋似乎在指挥奄奄一息的米罗控制身躯。过一会儿，从金属脑袋——更确实地说从脑电视中，又响起了米罗有气无力的声音：“我会向你解释这一切的。”

屏幕上西蒙的形象越发慌张。真西蒙见了脸色更加苍白。

“请您快说，”守门人结结巴巴，竭力想镇定下来，“我没有时间在电视前浪费。”

“我也同样。”米罗接着说，“我正在死去，现在靠这个设备看、听和说话，或许不要多久，它就能够不依赖我而自行表达。”

西蒙双睛紧盯着屏幕。他发现，屏幕中的自己也在凝视他的一举一动。这使他多少有了点勇气。不然他早就扭身逃了。不知不觉地，他对着屏幕发怔，就像在接受暗示疗法。此刻，与其说他在倾听米罗的解释，不如说他更注意眼前的事实。脑电脑专家称他的感官正在消失，但他设计的仪器能取代感官功能：不用多久，他的灵魂也许转移到屏幕上。他将存在于复杂的电子线路中，躯体则自行分解。

“我需要你的协作，”发明家继续说，同时放大音量，“我订购了一些电子元件，数量不多，但缺一不可，我请你务必将它们找来，越早越好。”

这些供试验用的元件有的还在发明家的从前的同事手中，弄到手并非易事。西蒙开始同房客讨价还价，这耗费了不少宝贵的时间。一般地说，托办的事愈急。佣金也愈高。然而米罗缺乏支付手段：他用什么作酬金呢？或许可以用未来财富的一部分酬谢西蒙，但这至少要等到脑电视进入商品市场之后……

趁谈话之便，西蒙更仔细地端详垂死者的状态。他发现，米罗的皮肤遍布鳞屑，肢体骨瘦如柴，胸部凹陷，似乎已一处无存。他是否已经死掉了？好奇心驱使西蒙将右手伸向沙发椅背，紧挨米罗的肩膀。刹那间，摄像镜头下陡地伸出一支自动武器，枪口瞄准守门人。

“快退下去，别碰我！”脑电视中的米罗吼起来。“要是你接受，我预付 1 万美元；不接受就休想活命。”

西蒙当然接受了。不过，命运已将他置身于一座大金矿的矿脉上，这笔数目怎能使他满足呢？他又一次趋前，用身体作掩护，左手捏住米罗的肩膀使劲往后拽。这次米罗没有反应。

西蒙走出套间，房门随即砰地关上。他胸有成竹，已经有了将宝贵的生命延续器弄到手的计划。

现在只剩下等，等到他彻底死去……

在接下去一周里，守门人继续操持旧业：为寡妇、退休者、老弱病残者捎买东西，办些杂事等等，这些人孤苦伶仃地苦守时日，对一切都怕得要命，唯有电视和……西蒙是例外。他们视西蒙为心腹知交。西蒙清楚地意识到这种友谊的价值，因而不时地抬高索价：没一位房客敢冒失去他的危险而去揭发他。然而，这毕竟属于零敲碎打，进项有限。他有时不得不借助“越轨”的花样。譬如，假定有一位独身房客（必须没有亲戚牵扯）无力支付酬金，西蒙就设法将他的人身保险转到自己名下。以后，再送上“贵重的药物”，确切地说假药——当然是无毒的——接下去就静静地等待咽气时刻的来临，这次，他继承的将是不寻常的仪器，专家们想检查恐怕也没有那么方便。

他要做的事情最简单不过：切断电源、电话，停止供水，再耐心等上 10 来天，西蒙确信米罗受不了这种打击。在上星期，他给病人送去了 5 天的冷冻食物，是按每天进食两餐计算的。当然，每餐的量也控制得很少。

“一餐归我，一餐归肿瘤。”米罗呻吟着，带着一丝苦笑。

他现在视疾病为活体，仿佛脑瘤是贪婪的寄生虫，以他为生。

“肿瘤恶变侵害了他的理智。”西蒙寻思着，“他跟晚期肿瘤病人精神错乱的情况一样，必死无疑。”

这一时刻终于来临。现在，该吩咐 433 号房间的吉塔姑娘行动了。她是一位弱智者，身材娇小，挤进死者的套间不成问题。

铝质通风管道又窄又暗，吉塔在里面吃力地扭动身体，手肘和膝盖全都擦破了，遇上弯道简直要把人折成两半。她屏住气，一寸一寸地往前挪，心里只一个想法：多爬一寸，多一分希望。终于，前面传来一股腐臭气味，713套间已经不远。她爬近管口，往房里一瞧，主人似乎在熟睡，头套在一个金属球壳中。现在，她只要下去把门打开，就大功告成。雨米魔药就会到手，雨米姑娘是电视中的外星人，她的魔药神通广大。西蒙说过搞到魔药并不难，只要她打开713套间的房门就行。

“你千万别弄醒他，赶紧打开门就行。”吉塔小声重复西蒙的叮咛，唯恐忘记。要知道，雨米魔药能使人变聪明。然而若出错，就一切都完了。刚才爬的时候她险些弄错方向——幸好那股气味提醒了她。

她推开通风管口的棚栏。现在看得很清楚：米罗先生软沓沓地陷在沙发中，那个古怪的金属球十分注目。“真奇怪，米罗先生怎么这样睡法。”吉塔既未想过、也猜不出其中的缘故——她的智力不足以理解神秘的事物，再说，神秘的事物对她来说全都无所谓。她一心向往的是雨米魔药。房间里东一堆西一摊地满是仪器，她钻出通风管，顺势跌入房门。

“千万不要弄醒先生。”她一面告诫自己，一面傻笑，一面又偏偏用足尖去碰了碰他。“赶紧打开门”，她正要迈步，蓦地看到电视屏幕上出现自己的形象。这是位瘦小干瘪的姑娘，动作呆滞，脸色苍白，甚至有些蜡黄，她的连衣裙像抹布似的挂在身上，好几处都露出口子。

她的表情沮丧极了，像一个刚挨过揍了孩子，电视中的吉塔冲着真吉塔微笑，真吉塔暗淡发灰的大眼睛突然闪现一丝光芒：

“你好，我不知道，呃，你是怎么……进入电视的?”吉塔发问，瞪着一双大眼睛。“你有没有见过雨米——火星人雨米姑娘？她会使我变聪明……”

电视屏幕上吉塔微微一笑，充满自信，仿佛一切皆知。

“那当然啰”，电视吉塔答道。“我同电视中的所有女英雄有来往。你想不想结识她们，你自己?”

“噢，那还用问！我想使自己变聪明。要是我像雨米姑娘或者像你那样聪明该多好!”

“这太容易了。”电视吉塔笑眯眯地说。“你只要将沙发椅上的头盔往自己头上一戴就行了。”

“我不知道该不该这样做……西蒙说过别弄醒先生。我要去开门了。”

“你说让·西蒙？我太了解他了。”电视吉塔狡黠地一笑。

“他不想让你进入电视，因为这样你会变得比他聪明。”“去戴头盔吧，”电视吉塔怂恿着，口气故意装得很轻松，“戴好后再去开门，让他吓一跳。”

电视吉塔调皮的语气把真吉塔逗乐了。真吉塔本来就是个乐天派，对什么都嘻嘻哈哈。电视吉塔成功地使她相信：躺在沙发椅上的主人头部受了伤，而头部受伤的人熟睡时是不容易醒过来的。

她上前捧起头盔，立即不由自主地往后惊退一步，躺在沙发上的主人早死了。当她还在发呆时，电视吉塔在屏幕上不断为她打气。真吉塔的眼睛顿时像中邪似地闪光，嘴巴张得好大，满怀着对幸福的憧憬，她刷地一下子将头盔扣在脑袋上。一团浓雾包围了吉塔姑娘，浓雾中电火花噼噼啪啪。头盔中似乎出现一种新物质，正在竭力往吉塔的脑袋中钻。这，恐怕就是智慧吧……

让·西蒙冲进套间，他没有看到吉塔那诡谲的眼神。他的注意力全被电视屏幕吸引过去：屏幕上忽闪忽闪地不断滚动着波纹。

“我怎么没有料到他有备用电源呢。”他埋怨自己，一边小心翼翼地朝尸体走去。

头盔已经被吉塔重新扣在主人头上。西蒙探身去取头盔，但头盔纹丝不动，同尸体紧紧地连在一起。西蒙感到有一种力量在抵。似乎脑瘤是活着的肌体，踞缩在保护壳内拽着不松手。守门人发了狠，他使劲拔头盔，没有注意到吉塔异乎往常的举动。

吉塔踮着脚尖冲到小厨房，打开柜门，从抽屉里取出一把尖刀。动作麻利而准确。她旋即退身回房，握着尖刀藏在身后，悄悄地走到守门人的背后。

西蒙憋足全身力气在拔头盔。头盔突然松开，他仰天跌跤，但双手紧抓头盔不放，说时迟那时快，吉塔抢步上前，将尖刀狠狠地扎向他的脖根。一直扎到刀柄。接着她抽出刀，对着抽搐的肌肉再扎两下，熟练地将颈动脉割断。

在头已几乎脱落的米罗身旁。现在躺着守门人的尸体。鲜血汩汩地从他的脖根流出。留在颈上的刀微微颤动。吉塔似乎有点害怕，她揿了一下按钮，电视立即关闭。

在这位前弱智姑娘的大脑中，雅各布·米罗的意识正在努力适应新形势。从前，他曾从储存在电路中的吉塔身上学习她的表现特点，而现在他则是在真吉塔身上施展身手了。他感到局促，弱智姑娘的智商太低，他无法放手大干。另一方面，弱智姑娘又比他从前的躯壳不知要好多少倍，再说真吉塔也比电路中的吉塔远为好客热情。米罗不久就发现新吉塔的种种优点，他尤其对四肢活动伸展自如感到新鲜，简直使他洋洋自得。

雅各布决心重新造成吉塔，他现在不愁没有时间，也不担心所需要的元件是否能搞到。他要努力改进发明，提高转世效率，不过，经常有一些古怪的念头——来自弱智姑娘的想法——冒出来干扰他的思路，这使他颇为烦恼。而弱智姑娘的意识，在经过一段混沌时期之后，很快就湮没在对雨米姑娘的无限崇敬和感激之中了。真的，是这位火星姑娘给了她聪明才智，她对此感激涕零。

吉塔以自己的才智获得了新的生命，现在他要一展抱负，使自己的才能为这个世界所承认。

冰下的梦

默文·德穆普西（澳）

我得救了，这简直是个奇迹，是澳大利亚的捕鲸船“金羊毛号”把我从南极地区的斯科特岛上救出来的。当时，我躺在冰岸上是硬梆梆的，幸得船上的医生救活了我。他们得知我是中国人，便把我送到附近的南极中国考察站，我终于辗转回到了离开一个多月的“风帆号”科研船。

朋友们惊喜交集，他们早在一个月前已为我开过追悼会，沉痛的悼词着着实实地表彰了我一通。而今他们在为我庆贺之后，又硬要送我回国疗养，他们不相信我陈述的这一个多月的经历，认为我肯定是因神经受到刺激，精神不正常了。我被送到鼓浪屿特种疗养院，玲妹正在那里等着我。在这强迫的空闲中，我决定把一切都写出来，让更多的人来判断我的经历。

半年前，我随专家工作组到北非联合共和国，帮助改进合成水及液氢生产系统。该国70%的生产、生活用水和动力燃料液氢的供应都要依靠这套系统。由于太阳黑子及宇宙射线的变化，一场严重的事故使我头部受到重伤，爆炸的碎片把我的头盖骨削去了一大片。经过七天七夜的抢救，我又奇迹般地活了过来，医生为我装上了钛合金头盖骨。靠着药物的奇效，半个月后我又能工作了。

由于供应系统受到严重破坏，北非共和国面临严重缺水的困境。中国专家组承担了去南极取冰化水的任务。“风帆号”启程了。在驶过好望角的那天早晨，我和几个船员正在观看海上日出，在船的右前方几百米的海面上，突然钭蹿出一个闪光的流线型金属体，蹿出水面几百米高之后又落入海中。船长当即派出电子快艇进行搜索，捞起一个浑身上下裹着一层薄冰的人。

这个人有一张亚洲人的脸型，唇上有一小撮胡子，中等个头，身上穿着一套式样奇特的棕色的服装。令人惊奇的是，从这个人身上化下来的冰水竟与通常的水互不相融，大家忙着化验、分析这种特殊的冰水。那个人慢慢地活转过来，惊奇地望着我们，一下子便识别出焦船长和许总工程师是最有身份的人。他站起来恭恭敬敬地向他们鞠了一躬，又半跪下，以额头触碰膝盖，显然是一种特殊的礼节。他“咕噜咕噜”地说着什么，可是谁也不懂，连精通七国语言的许总也不明白。如果他长相再怪一些，我们或许会把他当作外星人，可他偏偏长着一副典型的亚洲人脸型，我们姑且叫他“亚洲人”吧。

“风帆号”继续向南极行驶，船上成立了一个特别小组，专门负责照料和研究这个“亚洲人”。我拿来纸笔，试着让他写字，他画出一些波状线，像是记录变频振动的曲线。最后又画出一些奇怪的图形：一个中间带方格的圆圈，方格里有一个放着光的十字形星。他指着图形，比比划划，努力向我说明着什么。看我仍不明白，他忽然脱下外衣，露出右肩背，上面有一个清晰的印记——一颗十字形星在带方格的圆中放光。一天，“亚洲人”盯着日文书上的富士山插图发怔。当天晚上在睡梦中，他突然冒出一句日语。我不禁为之惊喜，看来这是个日本人。果然，在随后的日语测试中，“亚洲人”又冒出一句话：“我，中村太郎作。”但再也不会讲也听不懂其它日语。说来也怪，尽管语言不通，几天来我发现中村对我逐渐产生了一种特殊的感情，还非常难得地对我微笑过几次。我把这种情况告诉船上的医生，医生说我是自作多情，他认为中村根本不会笑。

船到了南极，选中浮冰后，我和几个同事奉命乘潜艇下潜探测浮冰的厚度。中村跑过来，发疯似地拦住我，咕噜咕噜地嚷着不让我进入潜艇。许总喝住他，他仍然不肯放手。他望着许总的严厉眼神，嘴唇动了动，突然跪了下来，激动地说着什么，泪流满面。我心头一热，以为中村不愿与我离开。但又有些不安，莫非中村有什么不祥的预感？许总挥手让我上艇，中村跳起来，抢在我前头进去了。许总笑着对我说：“他愿去就去吧，他似乎要当你的保镖呢!”

潜艇顺着浮冰下潜到700米深度时，中村拉了我一下。我回头向他手指的方向看去，在暗蓝色的海洋深处，有个轮廓不清发着光的东西，我想可能是深海中某种发光的大鱼，没有介意。可是中村却很不安，连连作手势要求上浮。发光体迅速接近潜艇，中村惊恐万状地跪下来。我连忙按动开关想要上浮，但为时已晚，潜艇已被一股异常的力量所控制，坚固的壳体格格作响，开始变形、破裂，一股粘滞的液体带着冷气不断地从裂缝中注入艇内，中村跪在那里发出绝望的叫声，我失去了知觉。醒来时，我感到头顶有点发痛，四肢僵直无力。我躺在白色的气垫床上，房间里找不到门窗，显得神秘而又古怪。白色的墙壁上静悄悄地打开了门洞，进来几个穿着白衣的人，他们用几种仪器在我身上检查了一番又退出去了。床边的地板发出一阵轻微的响声，从地板上升起了一个白色的小柜子，上面的杯盘里有为我准备的精美的饭菜。狐疑一番之后，我决定先吃了再说。我发现杯子上有我熟悉的花纹——中村肩背上的带十字星的图案。饭后，我被一辆小车推送到另一房间，被牢牢地缚在床上。一台机器扎扎作响地开到我的身边，为我罩上头罩。随着轻微的嗡嗡声，我感到头部在发热。“奇怪!”一个年轻的女人用英语自言自语道，随即头罩被揭开了。我闭着眼，尽可能把呼吸调理均匀，装出一副沉睡昏迷的样子。“你是醒着的!”她用中国话冷冷地说。我仍闭着眼想装到底。她冷笑一声，再次把我罩起来，嗡嗡声又响起来。这次我不仅头发热，而且脑子里乱成一团，几乎进入难以自制的疯狂状态。经过这么一番折腾，我再也不敢装睡了。当罩子再次揭开时，我睁开双眼，看见面前站着一个漂亮秀美的年轻姑娘，俊美之中透出一股令人战栗的冷气。她按了一开关，用坚决的口气说：“回答我的问题，张长弓先生!”我大吃一惊，她怎么会知道我的名字?姑娘说：“我并不要问你过去的29年，这一切刚才已通过仪器全都记录下来了。我要问你，你能听懂我的话吗?”我点了点头。她想了一下又问我是否记得祖冲之确定的π值，我立即用英语作了准确回答。她脸上浮出一丝笑容。这时，仪器上的一个讯号灯连续闪了几下，她马上收敛笑容，在我耳边低语道：“你现在应该是什么都不记得，什么都不知道的白痴!记住，什么都不知道。”墙上的门洞开了。一个披着白大褂的高个子男人走进来，他约摸有40岁，黄头发，灰眼珠，一脸笑容，“刚才的全息监视录像设备出故障了?”他用亲昵的口气问道，“需要我效劳吗?亲爱的维纳斯。”姑娘头也不抬地冷冷答道：“您是来检查工作的吗?斯坦利工程师。”斯坦利长长地叹了口气，忙向姑娘表白自己的心事，又旁若无人地去摸姑娘的手。维纳斯敏捷地转过身去，提醒他雷诺长官正通过录像设备监视屋内的一切。斯坦利这才规矩起来，走到我的床边，拿起几份记录曲线图看了一阵说：“喔!是个技术人员、记者，当过兵，条件倒不错。我要向雷诺长官要求，处理后派到我那里去。”说完瞟了维纳斯一眼，微微一鞠躬走了。这时，我又被戴上头罩。但是，感觉与前几次不同。在轻微的嗡嗡声中，我的头脑清晰地听到了维纳斯在对我“讲话”：“张长弓先生，常人经过我的处理早已成为无知的白痴，是你的特殊头盖骨保护了你。”她告诉我，我现在身处于南极冰下的RD中心，是一个冰洞中的现代化王国。我今后只有听从她的指挥，才有希望离开这里。但从现在起，我在外人面前必须装成对过去的一切全都忘记的白痴，一个只能用另一种思想和语言生活的RD229号。说着，她开动了学习机，RD的语言符号和图像如同几十部同时上映的电影向我脑中涌来。待头罩取走后，我面前除了维纳斯外，还有一个穿着黑色军服、胸前饰有十字星形徽章的戴眼镜的老头。一双锐利的鹰眼在镜片后面闪动着，嘴角挂着一丝显得残酷的冷笑。这个人就是RD中心最高长官雷诺。他左手握着一根镶有宝石的权杖，不住地拍打着右手。雷诺注视着我，用低沉的声音咕噜了几句，我明白他的意思，立即从床上跳了下来，像“风帆号”上的中村那样，熟练地向雷诺行了半跪礼，然后站得笔直地回答道：“咕噜噜蒲噜，咕咕噜蒲。”报告自己是229号，听从长官的吩咐。雷诺满意地大笑起来。

在雷诺直接安排的三天试用中，我了解到RD中心确是一个奇特的冰下世界。这里的人分为两类，像雷诺、斯坦利、维纳斯等是RD中心各部门的领导和核心骨干，被称为“长官”，有20来人。另一类是在各系统中做具体工作的，被雷诺称作“Boys”，有300多人，每人都以编号代名。这些人肤色不同，来自世界各国，多是海上失事遇难人员或是被有计划俘获来的人。他们显然都被加工处理过，只会讲一种咕噜蒲噜的RD语言。我还发现，他们根据我的“脑信息记录”，正在复制我在“风帆号”上刚刚开始试验的曲线直接通讯设备部件，原来RD中心就是这样盗取外间世界的先进科学技术。

经过三天的试用，我被分配到斯坦利的工作室，成为总工程师斯坦利的助手。从他这里，我得到RD中心正在执行雷诺的一个重大计划：准备以南极为基地，对澳大利亚及南美洲地区进行一次袭击，占领这些地区后再进而向全球推进。维纳斯借口检修设备的需要，把我从斯坦利那里借了出来。维纳斯告诉我，她是华裔法国人，三年前从法兰西学院获得电子技术学位后，陪父亲、物理学家费奇教授和未婚夫路易·杨到澳大利亚讲学。途中，因轮船失事被RD中心俘获，父亲和未婚夫已被处理成RD188号和189号，她因学的是新技术而被留作长官。她请我与她合作，实现她的复仇计划。

维纳斯利用斯坦利对她的钟情，要求他帮助逃离RD中心。斯坦利早就知道雷诺对维纳斯垂涎已久，不可能答应他向维纳斯求爱，唯一的出路便是和维纳斯一起逃出去。在一次灯火辉煌的舞会上，斯坦利送给维纳斯一个金质的胸饰，一个带有细细金链的精致的爱神维纳斯雕像。这雕像不仅是爱情的信物，而且是一台秘密装配的高速逸出器的指令物。我发现维纳斯神色有些不安，顺着她的视线望去，在大厅的西边，我看到雷诺正杀气腾腾地坐在那里。果然，斯坦利被卫士叫了过去，跟着雷诺离开了舞厅。

维纳斯急忙带着我回到工作室，她说雷诺肯定是觉察到什么了，而不是一般地出于妒意，我们必须立即做好应急准备。我们刚把高速逸出器安装好，工作室的讯号灯就亮了。维纳斯让我赶紧躲进那台外形像火箭的高速逸出器，随手把金质维纳斯雕像挂在我的脖子上，含意深长地直视着我的眼睛，仿佛要说什么。墙上的门无声无息地开了。雷诺怒气冲冲地进来了。

他用干涩的德国腔英语说道："你一定愿意见见亲爱的斯坦利工程师吧！"那种神情就像逮住耗子后的猫，在吞噬猎物前还要尽情耍弄一番。他说他早已发现斯坦利和维纳斯的秘密活动了。说着，他让卫士把已经冷冻的斯坦利用车子推了进来。我这才明白，当初中村是怎么出现在海上的，原来是被用来作为冷冻试验的。雷诺命令维纳斯把斯坦利处理一下，编号为 RD235 号。维纳斯冷静地操作完毕后，雷诺过来刚把头伸到头罩下检查处理结果时，维纳斯又按动了开关。随着一阵嗡嗡声，雷诺连头都来不及抬起就扑倒在斯坦利身上，黑色的权杖当啷一声掉在地上。雷诺的脑信息被攫取了，他成了什么也不知道的白痴。

维纳斯的眼泪夺眶而出，她举起双手望着上方叫了一声"爸爸！"，号啕大哭起来。我想从逸出器里跑出安慰她，只听一阵奇怪的咝咝声，灯光开始暗淡下来，气温明显下降。从四外墙边渗进一种粘滞的有冷气的液体，正像我在深水潜艇失事时所看到的情形一样。我猛然想起斯坦利说过，雷诺曾扬言，谁敢加害于他，就休想从 RD 中心活着出去。他本身就是一个指令物，一旦他出事，整个 RD 中心就会自动实施毁灭性的报复。我急着要打开逸出器的门，把维纳斯拉进来，可是怎么也打不开。温度越来越低，我的手脚已不灵便了，仍然拼命踢打着。维纳斯显然看出我想干什么，她平静而又温存地对我笑了笑，用手指了指胸口，刚要扬手就被冻僵凝住了。我也刚好来得及在昏迷前举起维纳斯雕像，对准了启动器，便什么也不知道了。醒来时，我已身在澳大利亚"金羊毛号"上了。

玲妹看过我写的回忆录，心里很沉痛，她相信我说的一切。但是，世人是否也相信我的这些梦话呢？窗外传来阵阵波涛声，好像是由无数钢琴和小提琴合奏的梦幻曲。我拉着玲妹的手站在窗前，大声地对着大海说："这不是梦！"

太空人遇险记

赖特森（澳）

械悉尼城里的一片旧房子就要被新公寓取代了，原来的居民都搬走了。孩子们在空出的房间里又蹦又跳，手舞足蹈，玩得不亦乐乎，个个神气活现，仿佛自己成为了新公寓的主人。

乔治从一间空房子里爬过来，一转身，刚好撞在戴维身上，他俩和外号叫“到处乱钻”的卢克都刚好13岁。乔治和戴维过去打过赌：乔治说这里会盖起一幢幢新公寓，戴维说建筑业很不景气，政府不会改造这片旧建筑的。现在房子要拆掉了，戴维输了，谁输要付给对方两个先令。戴维说新公寓还没盖，他要赖账。乔治生气了，眼睛像把手钻，狠狠地瞪着戴维。戴维不示弱，也回眼瞪着他，他们的视线交织在一起，一直对视着。戴维忍不住要笑起来，拼命克制着自己。乔治的脸一直保持死板的表情，再坚持一分钟就要战胜戴维了，忽然觉得一股强烈的视线介入了这场视线交锋，他转过头一看，那是一个看上去和他岁数相仿的男孩子，目光强而有力。乔治忍不住接受了这新的挑战，瞪眼对视，只见那孩子摇摆了一下，轻得像片树叶一样转过马路跑掉了。

戴维坚持不给乔治两个先令，乔治赌气离开了他。乔治跳过一道陡墙，在夹竹桃树前，有一个小铁屋。他走进阴暗的小屋里，见一条白色小狗钻了进来，它见了乔治也不嚷不叫，低头嗅着一堆废纸，又跑掉了。他拾起一张纸，是一幅画，画上涂着干泥，但仍透出鲜艳的颜色，上面画着一只两边翅膀一大一小的蝴蝶。

一个小女孩不知什么时候钻了进来，她12岁，叫卡西，有一张热情的瘦脸，一头棕红色的卷发。小女孩对乔治说，她住在前面公寓大楼里，每天都看见一个男孩在这里转来转去，她感到十分奇怪。乔治连忙解释说自己第一次到这里来，他不是那个男孩。

小女孩卡西要乔治和她一起好好检查这间空房子，看看那神奇出没的小男孩到底有什么秘密。小狗汪汪叫了几声，墙角泥地上发现一个旧鲱鱼罐头。卡西说一个星期前她来这里并没发现它，而现在突然摆在那里，里面还有肉。他俩又跟着小狗来到外面的一个汽车房里，那里有一只废弃的烤箱，卡西细细观察那不到18英寸的烤箱。乔治嘲笑卡西，心中暗想，这小小的烤箱难道还会藏有什么东西？小女孩卡西邀请乔治以后再来这里查询那个小男孩的秘密，乔治答应了。

乔治和戴维比视力，他们眺望远处带塔楼房上的杜鹃报时钟。乔治眼力不如戴维，他输了。乔治兜里没装先令，便答应带戴维到那间神秘的小铁屋里去。在海边的人行道上，乔治又看见那次和戴维打赌时碰到的小男孩，他走路轻轻地，简直就像一片树叶。在栈桥边上，“到处乱钻”的卢克正抱着那条白色小狗坐在那里。他俩想躲开他，谁知这个家伙竟偷偷跟了上来。卢克是个长得黑黑的男孩，喜欢到处游荡，从悉尼最繁华的街道到幽静的小树林，到处都留有他的身影。

小铁屋里，乔治发现地上涂了干泥的画被擦干净了。画上有点潮湿，翅膀不对称的大蝴蝶也变得鲜艳了。这时，传来一阵脚步声，红卷发卡西走了进来，她对乔治领来一大帮人很不高兴，戴维显得很不自然，卢克却调皮地对卡西说，他来是要当证人的。乔治告诉卡西，那幅画有人动过了，并且发现墙边原来的鲱鱼罐头盒突然多了不少肉。卢克哈哈大笑起来，他说最近发现一个老太太，经常在夜晚出来，她拿着食物到处奔走，喂楼洞里的野猫。在全城，她有几百只野猫。这又是个谜，卡西说，过去从来没听说有这样一个老太太，她是从哪里冒出来的呢？卢克认为卡西和乔治对什么事情都大惊小怪，拉着戴维便跑了出去，外面的一切太诱人了，他不愿躲在黑洞洞的铁屋子里。

白色小狗跳了起来，直奔汽车房里废弃的烤箱，只见那里发出蓝幽幽的光，一个小男孩从里面钻了出来。乔治眨了眨眼，他正是那个走路轻得像树叶的孩子；卡西也跳了起来，她又一次看见了这个神秘的小男孩。那小男孩和普通小男孩没有什么两样，长得比乔治小一点，眼睛里闪烁着灼人的目光。小男孩看见乔治和卡西，显得很高兴，他说自己是太空人，每天都睡在烤箱里。

卡西小声问那小男孩，是否知道那个喂猫的老太太，男孩说他每天晚上都听到她喂猫的声音，但她不知道他睡在烤箱里。

乔治和卡西很喜欢这个太空人，给他起了有趣的名字：马丁。英语里的意思是火星人。马丁说他非常喜欢那张画有蝴蝶的画，在下一个月新月出现时，他要把那幅画带到太空去。

乔治看见马丁又钻进那烤箱里睡觉，便悄悄拉了一下卡西，他准备弄清另一个谜，等候来这里喂猫的老太太。不知什么时候马丁出现在他们身后。于是三人一起躲在墙角，等候那喂猫老太太的到来。窗外传来一阵树叶的沙沙声，空屋里的猫呜呜地叫着，一个包着蓝头巾的老太太推着一个两轮手推车轻轻走来，她在鲱鱼罐里盛了肉，然后又推车消失在夜色里。三人紧紧跟在老太太后面。在海湾的码头边是一排阶梯，车子是无法从这里走过的，谁知那老太太却像风一样飘了过去，只见蓝色头巾飘来飘去，人影溶进浓浓的夜色里看不见了。乔治和卡西正不知怎么办才好，"到处乱钻"的卢克走上来，他嘲笑他俩大惊小怪，他说他早就知道有这样一个喂猫的老太太。

那天晚上，乔治回到家里跟爸爸妈妈讲喂猫老太太的事，他们正在看电视，对他的事并不很热心。乔治躺在床上，翻来覆去睡不着，他担心马丁被别人发现，特别是那个"到处乱钻"的卢克，如果让他知道，那就什么秘密也保不住了。早晨起来的时候，爸爸妈妈还在睡觉，乔治胡乱弄点早餐吃了，他又想起了马丁，担心马丁会饿着，便从家里拿了两个红苹果和一只香蕉来到小铁屋里。卡西也来了，她带来一根冷香肠和一块肥肉。马丁很感谢两位新朋友。乔治和卡西坐在马丁对面，微笑地看着他，"你真是一个太空人?"马丁点点头。这时，卢克和戴维突然钻了进来。卢克的眼睛像手钻那么尖利，用鳄鱼般龇牙咧嘴的笑脸看着马丁，大声叫嚷："绿色小人。"戴维也格格地笑着。马丁站起来，生气地说："你们比垃圾堆里的猫还要蠢，没有礼貌!"卢克生气了，他伸出手来，拍了马丁一下。马丁突然旋转起来，翻了几个跟头，又蹦了两三下，抓住卡西的脚才站了起来，好像船上的乘客碰上了大风浪。大家都吓了一跳，卢克愣住了，喃喃地说："我只是用手轻轻拍了他一下，并没有打他……"

马丁并没有生气，他告诉卢克，如果他事先知道有人打他，便不会这样蹦跳起来。卢克和戴维见马丁这样有礼貌，不好意思地离开了。乔治和卡西带着马丁到了多美恩公园，这里有很多人正在听演讲。马丁很感兴趣，挤进人堆里去听。乔治担心马丁暴露自己，紧紧跟在他的身后。一个拿着录音机一样的黑盒子的年轻人，在演讲人周围来回走动。马丁向他走过去，那人又把黑盒子举起来，他说他对这里的一切言论都非常感兴趣，他不仅能录下人们的讲话，还可以记录人们此时的感想。乔治跑了过来，拉起正要讲话的马丁的手，告诉那年轻人说这个男孩有病，把马丁拉出了公园。

乔治上课的时候心神不定，他总担心马丁会发生意外的事情。刚一放学，就匆忙奔向铁屋子。在那里，见马丁把他和卡西送的香肠、苹果和香蕉都挂在窗口上，感到很奇怪。马丁说他有从太空带来的食物：狗饼干。只要吃上一点点，肚子就不饿了。马丁特别喜欢那幅有蝴蝶的画，总是翻来覆去地观看着。

乔治和卡西怕马丁太孤独，便带他到商店去买东西。马丁一进商店，欢喜得不得了，他觉得递上一个硬币后就会得到一件东西十分有趣。一个戴大花边帽子的女人买了好多好多用品，仿佛要把商店的东西都买下来。马丁跟在那女人身边，帮着拿东西。他对那女人说，拿钱买东西一定很有趣。那女人一下子拿出一沓钞票送给马丁，她说她碰巧弄到不少钱。马丁非常感谢那女人，他接过钱来刚要买东西，乔治跑了过来，埋怨他不该随便收人家这么多的钱。他抓住马丁的衣襟，拖着他去找那个女人，把钱还给她。马丁被拖得蹦蹦跳跳，有些生气了，他张开手，把满把的钱向天空扔去。街上，人来人往，闹闹嚷嚷。大家见钱飘落下来，便抢了起来，一时间，交通阻塞，乱成一团。警察跑了过来，抓住了他俩，急得卡西在街上直跺脚。他俩努力向警察解释，警察听也不听。这时从岗亭一角露出“到处乱钻”的卢克招手叫乔治跑过去。刚巧，在公园里那个带着黑盒子的年轻人向警察走来，他介绍自己正在调查法律执行情况，趁着他和警察讲话的时候，乔治一手拉着马丁，一手拉着卡西朝卢克那里跑去。卢克真机灵，带领大家绕过警察，一直跑到动物园里。

在动物园里也不是平安无事，马丁看动物的时候和一般的孩子不一样，他不是朝着野兽的方向，而是背着它们哈哈大笑。也许他身上带着什么特殊的物质，动物见了他变得惶恐不安，黑豹凶猛咆，大象打着响鼻，斑马和长颈鹿也瑟瑟发抖。乔治他们见了这种情况，生怕出现什么意外，只好把马丁从那里拉了出去。

星期天，乔治、卡西邀请马丁到戴维的小船上去钓鱼，他们带了一包包食物和几瓶汽水在栈桥上集合。小船向大海划去，船头下面响起柔和的沙沙声，一列小机帆船掠过水面，激起一阵阵微浪，天气晴朗，阳光明媚。马丁坐在船的一角，细细地观看大家钓鱼。乔治一动不动，向钓丝弯过身去，像一只猫盯着老鼠洞。卡西缺乏耐心，常常拉出鱼钩来看鱼饵，或者把钓丝朝新的方向扔去，戴维用力划着船。一条小牙鳕鱼上钩了，乔治从鱼钩上摘下那条小鱼，嫌它太小，又扔到海里。马丁对孩子们这种钓鱼方式感到不理解，他原以为地球人捕鱼，会是带着刀跳进大海去戳，或者投下炸弹去炸……乔治、卡西和戴维都被逗乐了，他们说，钓鱼本身是一种情趣，不在乎钓的多少。马丁似乎明白了，他坐在船上，透过金光闪闪的水面直看水下映出的影子。

回家的路上，乔治警告马丁，在他上学的时候，必须一直呆在烤箱里。乔治好容易盼着下课，急匆匆赶到铁屋里，卡西也到了，他们到处找也找不到马丁的影子。卡西在地上拾起一个练习本，发现马丁原来画的一匹马的身上突然增加马鞍和马缰绳，这是怎么回事呢？乔治突然想起来了，他曾向马丁解释过马鞍和马缰绳的用途——一旦马被人们捉住，便会戴上这些东西。画上的意思很清楚：马丁被捉走了。

马丁没有狗饼干会挨饿的。乔治从废烤箱里拿出一块小小饼干跑出来，到处寻找卢克，这个家伙什么事情都知道。街上没有卢克的影子，乔治垂头丧气朝花园岛走去，正下石级时，碰上了“到处乱钻”的卢克。卢克考虑了一小会儿，便断定马丁被警察送到“圣克莱尔庄”儿童福利院那里，福利院里有许许多多无家可归的孩子们。乔治高兴极了，连忙向那里奔去。

在院墙外的缝隙里，乔治看见马丁一个人站在院子里，面色严肃，若有所失，像一个被俘的王子。乔治在木栅围墙外把马丁喊过来，先给他一块狗饼干。马丁很快吞了下去，乔治后悔没能把所有的狗饼干都带来。马丁说他刚从废烤箱钻出来，就碰到一个巡逻的警察。那警察认为他是无家可归的孩子，硬把他拉到福利院这里来。马丁告诉警察他是太空人，警察十分震惊，于是把马丁送到儿童法庭。在法庭上，马丁跳来蹦去，钻到纸篓里，法官们大为吃惊，又把马丁送到儿童福利院，并准备让医生给他检查一下身体。乔治听了，不知怎么办才好。

福利院的医生对马丁做了身体检查，医生说，这个孩子一定是脑子出了毛病，他们在诊断书上写下：“精神分裂症。”马丁气极了，他爬到福利院的旗杆上，人们吓坏了，赶紧让人叫来消防车。马丁在人们慌乱中从旗杆上蹦跳到房顶，又从房顶的排水管里滑下来，刚巧碰上乔治和卡西给他送狗饼干，他一下子钻进盛狗饼干的纸袋里。

乔治和卡西把马丁带回小铁屋，马丁太累了，钻进烤箱里就睡着了。天色暗下来，烤箱里发出绿幽幽的光芒。

还有 3 天时间，新月就要在天空中升起，那时候马丁将乘飞船离开地球。乔治和卡西对马丁依依不舍。他们怕马丁被别人发现，便把他藏在悉尼地下铁道的小隧洞里。只剩最后一天了，乔治回到家里，从报纸上看到联合国动员了十多个国家将在悉尼海岸进行军事演习，演习的时间正是马丁乘飞船离开地球那一天。情况万分紧急，乔治焦急地从家里跑出来，和卢克、戴维一起奔向小隧洞，看见卡西正陪着马丁说话。乔治把报纸上的事说了，马丁却很沉着。他说太空来的飞船装备有着极先进的仪器和设备，它会巧妙地躲过联合国军舰和飞机的控制，把他安全带回太空去。

星期日晚上，夜色迷蒙。乔治、卡西、卢克和戴维划着小船，他们要把马丁送到栈桥那边去。暮色中，栈桥静悄悄的，几个孩子心情十分沉重，都不知说什么才好。快到栈桥时，突然发现桥上长椅上竟坐着喂猫老太太、戴大花边帽的女人和拿黑盒子的年轻人。这些人都见过马丁，他们一定是“间谍”。

乔治想让戴维把船划到远离他们的地方，但是他们还是发现了小船。那个拿黑盒子的年轻人喊他们赶快上岸，说他们这些人都是太空人，分别来自不同的星球，在地球上扮成普通人生活，彼此谁也不相识。这次，他们在这里一起等候宇宙飞船，才知道彼此都是外星人……

几个孩子划着船登上岸来，这时马丁像想起了什么，一下子跑得无影无踪，过了好一会儿，才见他像枯叶一样跑来，原来他想起丢在小铁屋里那张画有翅膀大小不一样的蝴蝶的那张画。这时，一阵微风旋转着刮过来，他们产生了一种耳鸣的感觉，这是一种强大的吸引力，是宇宙飞船来了，它把几个外星旅客都吸上了天空。马丁飘飞起来，他热泪涟涟，挥手向乔治、卡西、戴维和卢克几个好朋友告别，不一会儿，便消失在夜空里。

马尔珂漫游奇城记

罗达里（意）

在星际旅行中，一艘外星人的宇宙飞船的船长通过望远镜，借助飞船尾部的光带，看到一个星际旅行人。原来那是个娃娃，骑在玩具木马上。木马带着孩子轻轻碰了一下宇宙飞船的“大肚子”，船长当即打开舱门，把孩子拉进飞船。

看上去，男孩约摸9岁或10岁光景，一头褐红色的头发，一双又大又圆的眼睛，穿一件天蓝色的睡衣。他跳进了舱门，觉得挺好玩，毫不拘谨地看着拥在他身旁的飞船全体乘员。船长问他的名字，他说：“我叫马尔珂·米拉尼。那么，您呢?”船长说他过去叫波留斯，现在不想叫波留斯，但新名字还没想定，就叫X-波留斯。X-波留斯告诉他，在他们居住的星球上，人人都是团长，个个都是将军，船长轮流着当，职称和头衔没有什么价值。

这些外星人外表与常人没两样。外星人猜马尔珂是从地球上来的。他们知道地球上的人给别的星球取一些怪有趣的名字，什么火星呀，木星呀，好多好多，而他们则管地球叫“明星”。马尔珂一听笑了：“要是把这讲给我们罗马的切斯塔乔人听，他们准会像听说卖肉人的冰箱里放墨汁那样让人笑破肚皮。”

后来，飞船船长告诉马尔珂，他是被电磁场吸引到飞船里来的。他们本来就是受命在这个区域巡航的，目的就是把出故障的飞船上的人救起来。我们的上级知道你在这个区域里飞行，就下达命令来救你。

马尔珂也讲了自己飞到宇宙来的经过。事情发生在一个白天，爷爷给马尔珂买了一具木马做9岁生日礼物。他太伤心了——这事要是被同学们知道，准会让他臊得不能在切斯塔乔住下去。他把木马拿到卧室里。到了晚上，他脱了外衣准备上床睡觉，忽然，连他自己都不知道是怎么想的，一下来了兴致，一跨腿骑到了那木马上。他的双脚还没踩稳实，木马就隆隆响起发动机震耳欲聋的轰鸣，随即腾空而起，湮没在黑暗中。他大气没敢出，吓得闭上了双眼。等他睁开眼，他已飞行在罗马城的上空。后来他试着驾驶木马，前进——后退，还真灵！木马被月亮所吸引，直冲月亮飞，地球——就是外星人叫明星的星球，很快被他远远地撇在后面，渐渐变成一个蓝莹莹的球体，眨眼间，地球又变成一个小圆点。

罗马！罗马在哪里！他迷失在太空中了。他想："我的爸爸，不用说，这会儿为了我的失踪正急得满城跑着找哩！"船长告诉他，此时的罗马时间是 23 时 15 分，他的父母正好好地躺在床上。

马尔珂被带往船长居住的星球。突然，飞船舱外传来成千只疯狗的汪汪吠叫声。他从船长办公室往外瞧，看见大群大群的怪兽从四面八方向宇宙飞船奔袭而来。它们嘶声吠叫着，疯狂地向飞船扑来。这些是超级狗，是一种可恶的宇宙动物，它们的耳朵像一对长翅，它们的尾巴起着飞机螺旋桨的作用，摆动它就能自由地转弯。它们就靠耳朵和尾巴在空中飞翔。马尔珂看见一只超级狗露出獠牙，咬办公室的玻璃。好在这玻璃不怕震击。马尔珂提议把它们统统杀死。然而"死"这个词在外星人语汇里没有，所以那些外星人怎么也弄不清马尔珂说的"杀死"是什么意思。好在，他们已经把超级狗们甩到身后了。

宇宙飞船进入了星球气围，四周明亮如昼，马尔珂穿着睡衣踏上了陌生的星球。这时他看到他乘坐的宇宙飞船，完全跟地球上巨大的玩具马一模一样，就连航天器升降场上的飞船支架也跟地球上的火箭支架没两样。飞船滑翔起落，底部不发出一点儿噪音。马尔珂还来不及把四围好好端详呢，就看见一个男孩向他走来，他约摸 9 岁的样子，一头黑发，也穿着黄睡衣。他像迎接客人的东道主那样，体态轻盈，落落大方。这就是马尔珂的向导。

向导名叫马尔库，这是为了对马尔珂的到来而用的名字。马尔珂走出航天大楼，看到这里每个窗口都放着花卉，但更多的是新年枞树，枝头缀满了亮晶晶的玩具，盖满了棉花装饰的白雪，挂满了银辉闪耀的星星和小彩灯。这里的房子都很低矮，公园倒比房屋还多。通往城市中心的长长的看不到尽头的街道两旁，延伸着两条连绵不断的高大的枞树荫道，每棵枞树上都挂着晶亮的小玩具。总之，一片圣诞节气氛。

马尔珂跟马尔库走进一幢房子，这房子是专门放置木马的处所。马尔库挑一匹双人木马，邀马尔珂和他并排同坐。这是"机器人"，他们一骑上就会自动跑起来。它是专为旅游而制造的。这机器马是公用物品，谁要用，用就是了付款？这星球上的人根本不明白付款是什么意思。木马悄没声儿地平稳起飞了，它在温馨、甜柔的空气中微微轻荡着。他们来到街上，街上很安静，不时传来轻悄而愉快的说笑声。人们谈笑风生，却不高声喧哗。公共木马在无声地前进着，像是船儿在平静的湖面上轻轻滑动似的。行人不见动脚，却都在那里前进着。原来，人行道都是滑动装置。行人只要踏上滑动着的皮带，就像踩上地下铁道的升降梯那样，皮带就带你从一个十字路口到另一个十字路口。要是你还想到远处，譬如说到城市的另一头，那么你就可以乘电动椅。街上，这种椅够你坐的。这个奇异的星球上，给上了年纪的人设计了一种特殊的坐椅。“嗨!”马尔珂不禁赞叹道，心里想：“这种椅子一文也不花，我的爷爷正需要！他天天在家门前呆坐着，可难受了。罗马领养老金的老人们要是天天坐上这样的椅子满城兜风，从科利吉区跑到嘉尼科洛区，从圣彼得教堂广场到玛利奥山，那该有多幸福啊!”

马尔珂很想对这奇异星球上的一切作些挑剔性的评论，但他很难做到。他不能不承认，这免费提供的机器马和自动人行道的主意就想得挺不错。这新年枞树使人满心欢欣。空中浮动着鲜花的芳香，像徜徉在春天的花园里。马尔珂还在这里发现了一种怪现象：商店橱窗都没镶玻璃！这不会助长偷窃之风吗？正巧在这时，一位先生乘自动人行道经过水果店，伸手抓过一串葡萄，毫无顾忌地大模大样地往嘴里填，周围的人看着谁也不管。后来又见一位老人伸手一把抓过一摞插图周刊，翻读起来。“我莫不是来到一个贼国了?”马尔珂想。

马尔珂和他的向导马尔库用过晚餐，站起来要走。“谁付钱呀?”马尔珂焦急地问道。“付钱?”马尔库反问道，“还要付钱？你看见的，我们这里没有‘钱’这个字。”

两个男孩从餐馆里出来，没再乘自动人行道，而是步行在安静的小街。这里家家户户都像过圣诞节似地，甚至连屋顶上也长着枞树，马尔珂仔细观赏了近旁的一棵枞树，发现树上挂的那些小玩意儿都是自个长出来的，就像是累累果实，各自生长在把儿上。它们一年到头都开花，于是每天都是圣诞节，都是新年。空气总是这样温和，弥漫着清香。马尔库伸一个手指从地面拈起一点尘灰，让马尔珂闻。这灰尘散发着一股铃兰花的香味儿。

马尔珂抬头往上看，见大团浓重的玫瑰云遮住了太阳，雷声响起来。不过天上落下的不是雨，而是千千万万颗五色缤纷的糖果。糖果在半空悬旋着散到了四方，到处弥漫着薄荷、茴香、橘子的气息，还有一种难以名状的、非常好闻的气息。马尔珂学马尔库的样子，伸手接住糖雨，这时他发现，只要张开嘴，这糖就像紫燕还巢似地自己飞进了人的嘴里，在舌头上融化，那味道可让人觉得愉快透了。

两个孩子来到一家玩具店，从店里走出一个机器人，亲昵地邀请他进去取玩具。他取了几件玩具，走进一条小巷，又看见几家格外有趣的商店。它们豪华的横标上这样写着："怎样在一分钟内成为国王?"就在这家店里，马尔珂遇上了一个机器人。机器人告诉他，这里是卖爵位、卖头衔的。各种各样的爵位、头衔，贵族的、军队的、荣誉的——什么样的爵位、头衔、称号都卖，也不论是哪个星球的，也不论是哪个世纪的。"您想成为中士，成为公爵，成为大主教，成为海军上将，或者，说不定，您想成为罗马国王？我想这国王就是为您准备的，因为您是明星人，我在电视屏幕上见过您。"可他又突然想起罗马国王已经被另一个地球人，比马尔珂大 1 岁的人拿走了。机器人于是说："要是您的志趣在国王，我可以把两个西西里岛的国王给您，要是您更喜欢军衔……"机器人给他拿来一个金灿灿的、非常漂亮的军衔标志，"佩上这，您就成了总指挥和勃利柯勃拉克星球的宇宙飞船超级船长。是的，这个星球不存在已经好几千年了。它在原子战争中像小胡似地炸得粉碎了。可能，您想要张烹饪家协会总理事长证书？或者要一位勋章获得者的称号?"为了摆脱兜售头衔的机器人的纠缠，他买了个不起眼的民警上尉的头衔。起码，这头衔到地球上还能派个实用……"我回到罗马，"马尔珂想，"一定处罚那个警察——那个不许我们在广场上玩球、每星期没收一个皮球的警察，罚他长时间立正。"

马尔珂来到大街上，太阳显得明亮又快活。他走进一家"新产品商店"，这样的商店是他久已向往的。店里出售的都是叫不出名儿的东西。就拿邮票说吧，这店里出售的邮票背面全都涂有各种各样味儿的胶水，贴在明信片上的邮票背面的胶水是李子冰淇淋味儿的，普通邮票背面的胶水是黑醋栗酱味儿的，挂号邮票背面的胶水菠萝味儿的。但是马尔珂只要了些神奇的铅笔转刀。

当马尔珂还想再要点什么的时候，突然扩音器报告一群超级狗要来攻击这个圣诞枞树星球的消息。机器人问他：他能不能想出一个对付超级狗的办法？马尔珂转动了下脑筋说："叫这些畜生都闭上嘴不就得了么？这不是超级狗吗——给它们丢些超级骨头，再过 10 分钟，它们就会来舔你们的手了。"

马尔珂就这样发明了超级骨头，为这个星球带来了福音。骨头由机器人用火箭发射到高空。超级狗们扑向了意外的美餐，于是你咬我，我咬你，厮扭成一团，只听见一片唔唔声。

马尔珂的发明发生了奇效神功，于是枞树星球为他塑了一尊纪念像。纪念像的基座上写着："马尔珂，明星儿童。因发明超级骨头而成为第一个制服超级狗的胜利者。"后来，这个星球要推马尔珂为总统。马尔珂一听慌了。他找到了飞马库，又找到了他自己的那具木马。他的木马要起飞的时候，马尔库赶到了。“祝你一路平安！”他说，“你能在天亮前赶回家中的。”他折了一根枞枝给马尔珂，枞枝上挂着许多玩具。他想带回去可以种在切斯塔乔的自家阳台上。或者，栽在广场上，让地球长满枞树，也天天过圣诞节。

妈妈快乐的声音把马尔珂唤醒：“哎，瞌睡虫！昨天是你生日。今天已经是第二天了。快去上学吧……”他醒来，从床上跳起，心情激动地看着木马。在木马的右耳下方，马尔珂看到像子弹打穿似的一个小洞，这是他回地球途中，在土星区被一颗小陨石打穿的。

马尔珂很快走到床前，抓起一只拖鞋凑近鼻子闻起来。拖鞋上的灰尘散发着铃兰花的芬芳，这灰尘准是从那里带来的！这是他确实到过那里的一个极好的证明，也证明他刚才不是在做梦。可枞枝呢？枞枝在哪里？那根马尔库在宇航器升降场折给他的圣诞枞枝在哪里？他翻来覆去找也没找到。准是在宇宙太空飞翔时被风刮跑了，为了在天明前赶回到地球上，木马在几分钟之内飞了几亿万千米之遥。

如果地球能像圣诞枞树星球那般美妙，那该多好，对！把地球改造成一个像圣诞枞树星球那样美妙的星球。

“对，就这么决定了！”马尔珂大喊一声，就脱下了睡衣。在那睡衣的口袋里，他还找到了几颗薄荷糖。